我爱你
天知地知我知而已

秦方好
-QINFANGHAO-

天知地知，
我知师知

秦方好

著

Tianzhi Dizhi
Wozhi Shizhi

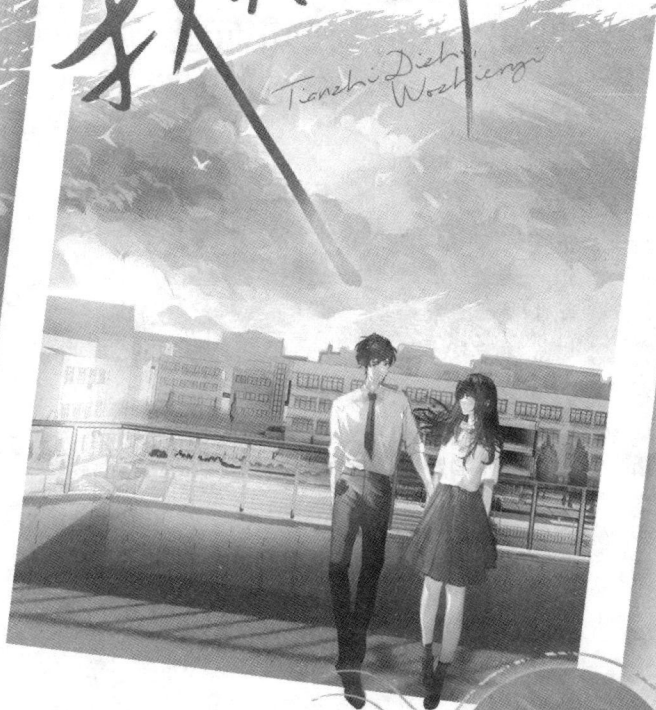

四川文艺出版社

图书在版编目（CIP）数据

天知地知，我知而已 / 秦方好著 . —— 成都：四川
文艺出版社，2023.6
ISBN 978-7-5411-6635-8

Ⅰ . ①天… Ⅱ . ①秦… Ⅲ . ①长篇小说 – 中国 – 当代
Ⅳ . ① I247.5

中国国家版本馆 CIP 数据核字 (2023) 第 071711 号

TIANZHI DIZHI,WOZHI ERYI

天知地知，我知而已

秦方好 著

出 品 人	谭清洁
责任编辑	范蒌薇
特约编辑	年 年
装帧设计	颜小曼　唐卉婷
责任校对	段 敏

出版发行　四川文艺出版社（成都市锦江区三色路 238 号）
网　　址　www.scwys.com
电　　话　0731-89743446（发行部）　028-86361781（编辑部）

排　　版　长沙大鱼文化传媒有限公司
印　　刷　长沙鸿发印务实业有限公司
成品尺寸　145mm×210mm　　开　本　32 开
印　　张　11.5　　　　　　　字　数　411 千字
版　　次　2023 年 6 月第一版　印　次　2023 年 6 月第一次印刷
书　　号　ISBN 978-7-5411-6635-8
定　　价　46.80 元

目录

目 录

/第一章/
一个乌龙

2012 年 8 月，路栩升高三。

那年有个关于世界末日的传言，在学生中间被传得神乎其神——根据玛雅人的预言，12 月 21 日，世界就会毁灭。

正值盛夏，气温直逼 40℃，高一、高二的学生还在享受暑假，高三已经提前开学了。

在学生们眼中，顶着如此高温来上课，不亚于世界末日了。

下午第一节课开始前，一个胖胖的身影从教室外冲进来，把一大摞卷子"砰"地砸在讲台上。

大多数人还没从午休的困乏中醒来，满教室都飘荡着昏昏沉沉的睡意。路栩正在看时尚八卦杂志，也被吓了一跳，条件反射性地把杂志扔进桌洞里。

全班人的目光都被那声音吸引了过去，有人不满道："韩硕你能不能别一惊一乍的？"

韩硕也不睬，自顾自地嚷嚷："发卷子了啊！发卷子了！月考成绩出来了！"

教室里突然就安静下来，接着爆发出一阵阵抱怨声和惨叫声。

"所有卷子已经批完了，排名放学前就能出来！"

又是一阵鬼哭狼嚎。

韩硕脸上写满了幸灾乐祸，仿佛这一切与他无关。

准高三学生的日常生活充斥着各种模拟考试，模拟考试过后，又是折磨人的月考排名。原来考完试，三天才出成绩，现在越发"魔鬼"了——

前一天刚考完试，第二天就出成绩排名，也就安城一中干得出来。

安城一中是全市最好的高中，这里的学生面临着更高的期望和更大的压力。无论是老师还是学生，连喘口气的时间都没有。

教室里全是"哗啦啦"翻卷子的声音。四门课的卷子，发到每个人桌子上就用了十几分钟的时间。

韩硕是路栩的同桌，每次发下卷子，韩硕更关心路栩的成绩。

"语文140分，数学135分，英语130分。"韩硕一把扯过路栩的卷子，"路栩同学，你这是在走下坡——"

韩硕突然不说话了。

路栩知道，韩硕一定是看到了她的理综分数。

韩硕满脸写着不可思议："理综满分？路姐，您这是奔着年级第一去的啊。"

韩硕一定是瞎了。

"你少胡说——"路栩抢过卷子，白纸红字写着"299"。

阅卷老师一定是瞎了。

她翻到卷子背面，唯一的扣分点是有一道大题字迹太过潦草，阅卷老师写了大大的两个字——太乱。

路栩看了半天，这笔迹也不像是她的。她再翻回姓名和考号那一栏，才发现分数是货真价实的299分，只不过，卷子不是她的。

路栩往前一翻，自己180分的试卷出现在眼前。原来是发卷子的人粗心大意，路栩和那位大神的卷子又连在一起，发错了。

安城一中的高三理科有二十个班，一千多人，每次考试的考场座位，都是根据上次考试的成绩来安排的。

在安城一中，理科排名前三百是一种无形的保障。按照过往经验，高考保持前三百名的水平，就等于一只脚已经踏进了重点大学的校门。

路栩永远都在两百名左右徘徊，稳稳当当，不够拔尖，但是也从没考砸过。

她能每次都在年级前三百名的考场坐着，完全是因为语数英的分数足够坚挺，理综惨不忍睹的分数她根本就不用猜。有了这么一出乌龙，更对比出她的惨烈。

路栩百思不得其解，理综接近满分的大神，为什么会跟她在一个考场？

"这大神是哪个班的？你去送卷子的时候，我也要去瞻仰瞻仰。"

路栩又看了一眼姓名栏：高三（6）班，曲修宁。

安城一中的班级，两两之间，互为兄弟班，兄弟班的任课老师、课程安排都是一样的。路栩在五班，经常和六班一起上体育课和实验课，很多人都互相认识。

"六班的？"韩硕拿着曲修宁的卷子，挠了挠头，"我怎么没听过这个人啊。"

韩硕是有名的"小灵通"，各个班的人都认识，各个班的八卦都知道，六班还有他不认识的人，真是稀奇。

放学前，路栩被韩硕搀掇着去了六班门口。

张晚忆在教室里瞅见路栩，赶紧跑过来，走到一半看见韩硕，她脸上的笑立刻隐了去。

韩硕嬉皮笑脸地凑上去："小晚忆，月考考得怎么样啊？"

明摆着哪壶不开提哪壶。

张晚忆翻了个白眼，像没听见似的，转身跟路栩展示她新染的头发。

路栩凑近一看，里面有几撮灰绿色的挑染："这么明显，老章头没发现吗？小心他又打电话跟你妈告状。"

"没事，只要扎起来就看不见。"张晚忆耸了耸肩，"你来找我干吗？"

"不找你，找你们班的曲修宁。"

路栩注意到张晚忆脸上微小的表情变化，她把手上的卷子亮出来："他的卷子发到我那里了。"

显然，"299"这个分数太过震撼，张晚忆瞪圆了眼睛，好几秒都没说话。回过神来，她朝教室里喊了声："曲修宁，有人找。"

只见靠窗第三排站起来一个男生，身材挺拔而清瘦。他原本在桌子上趴着，先是往这边望了望，看到张晚忆之后，才朝门口走过来。

头发有些凌乱，但这一点小杂乱，仍挡不住他明朗的线条。

这就是曲修宁。

他是教室里唯一没有穿校服的人，在人群中很打眼。

有些人，初见便让人惊艳。

显然，他们都没有料到来者的样子。

这让韩硕对自己的外貌和身材产生了不自信，鸡蛋里挑骨头般地问："他不穿校服，你们班会被扣分的吧？"

张晚忆翻了个白眼："人家刚转来，校服还没定做呢！"

韩硕脸一阴，完了，这个人没有任何弱点。

或许是来者的气场过于强大，路栩下意识地移开了视线，任凭身边两个伙伴叽叽喳喳，竟一时间忘了要说什么，僵硬地抬了抬手臂。

还好曲修宁够聪明。他看到路栩手里的卷子，就什么都明白了。

"这是我的理综卷子？"曲修宁自然地接过卷子。

夕阳的余晖洒在曲修宁脸上，映出他脸颊上一层绒毛，他整个人像是被勾了一圈金色的轮廓。

他低头翻了翻卷子，先看的是卷子背面。看到唯一的扣分点时，曲修宁眉头微皱，额前的碎发和浓密的睫毛也跟着微微颤动。

翻回前面，看到分数时，他的眉头才舒展了一些。

看着他的侧脸再加上这张近乎完美的卷子，路栩一时语塞，找不出形容词描述。

时隔多年后，路栩在细数学生时代的美好回忆时，曲修宁在夕阳下的侧脸，绝对可以位列前三，她无论如何都忘不了这个他们初遇时让她心动的场景。

路栩说："你卷子发错，发到我手里了。"

少年看了她一眼，随后视线又回到卷子上，勾起一抹浅笑，似乎是对分数很满意。

"嗯，谢谢。"

他的声音很好听。

路栩本以为只是一趟简单的送卷子之旅。

在来之前，她还觉得韩硕多事，并没有过多猜想这位理科大神的样子，而这个结果，让人有些意外。

路栩不由自主地屏住呼吸，心仿佛漏跳了一拍。她只觉得声带发紧，"不用谢"三个字哽在喉咙口，最终还是没说出来。

在这之前，她从来没有过这样的感觉。

幸好有张晚忆和韩硕打破尴尬。

"既然大家都是兄弟班的，不如认识认识吧。我叫韩硕，五班的班长。"韩硕趁机站出来，开始自我介绍，"这次理综这么难的题，居然真的有考出满分的大神……"

张晚忆一胳膊将韩硕抢开："五班除了这位，其他人都不错。这是我姐儿路栩，咱们都是兄弟班的，就不用见外了。"

曲修宁语气平静而疏离："你们好。"

路栩有些局促，官方而生硬地回应："初次见面，请多指教。"

"你们不是第一次见了。"没想到韩硕却说，"你俩卷子都是在一起的，月考肯定是前后桌。"

曲修宁显然对路栩没有任何印象，他愣了一下，还是给出了肯定的回答："啊……是。"

路栩感谢曲修宁给她留了面子。

为了缓解自己的尴尬，她心想反正他们互相都不记得，扯平了，但又有点小小的不甘心。

卷子物归原主，曲修宁似乎没有再聊下去的想法，点头示意之后就回教室里去了。

韩硕专挑曲修宁的刺："啧啧，是不是他这样的人，都喜欢装高冷玩忧郁，压根儿不想跟我们认识？"

张晚忆："人家凭什么要跟你认识？"

韩硕"啧"了一声。

张晚忆接着问他："你是不是觉得人家长得帅学习又好，自卑了呀？"

韩硕："你怎么总向着曲修宁说话，你是不是喜欢上他了？"

"你有病吧韩硕。"张晚忆给了韩硕一拳头。

这个小事在他们俩那里，算是画上了句号。

而在路栩这里，才刚刚开始。

路栩忍不住往六班教室里看了一眼。曲修宁回到座位，卷子被他随手放在桌子上。他又慵懒地趴下，手随意搭在桌子上，自然下垂，仿佛没被打扰过。

路栩心里翻江倒海。

她的少女时代一直循规蹈矩，除了学习，其他事情她从来没想过。

或许是因为，之前从没遇到过如此耀眼的人。

而现在，她表面上没有显露任何情绪，心却跳得厉害。回到教室里，她脑海里全都是少年那张脸。

她相信了。

光芒万丈的人，真的存在。

放学的路上，韩硕加入到路栩和张晚忆的队伍中。张晚忆还在气头上，为了赔礼道歉，韩硕不得不请两位大小姐喝奶茶。

韩硕把曲修宁当成了假想敌，旁敲侧击地打听情报："路栩刚才说找曲修宁，你脸上那是什么表情？"

张晚忆气鼓鼓地说："关你屁事。"

"我错了，大小姐，求求你告诉我吧。"

在韩硕的再三恳求下，张晚忆才说出实情："我还当她犯花痴，也来看帅哥。"

原来曲修宁转学来不久，就已经有其他班的女生跑来偷偷看他外加递情书了。

原来曲修宁曾经是安市高级中学的年级第一，是被安城一中挖过来的。

原来之前的考试，曲修宁记错了英语考试时间，卷子没答完，才排到路栩后面。

路栩感叹道："卷子没答完还能考二百多名，这是天才吧？"

"你别替人家天才操心了，替你的姐妹我操操心吧。"

张晚忆挽着路栩的胳膊唉声叹气。不用问，准是月考又考砸了。

"你说我当时怎么就脑子进水选了理科呢？"张晚忆敲了自己脑袋一下，"有人能考满分，而我上课跟听天书似的。"

理科难懂的方程公式让张晚忆痛苦不已，还好她天生乐观，会自己排解。

路栩曾建议她转去文科班试试，高三开始前的暑期，不少人都这么干。但张晚忆觉得自己不是学习的料，在哪儿都一样。

"路栩，你说今年世界末日是不是真的？如果是真的，我就不学习了。"

这时候，路栩在马路斜前方看到了曲修宁的身影。他一个人走着，背影被夕阳的余晖拉得很长。她开始心不在焉，眼睛忍不住往那个方向瞟。

张晚忆又问了一遍，路栩才回过神来。

她心想，就算预言是真的，世界末日之前的日子也一定很美好。

路栩和张晚忆住得近，除了值日或者其他特殊情况，她们俩都是一起走的。

安城一中坐落在老城区一条窄窄的路上，因为学生多，很多小店生意红火，文具店、奶茶店、书店一应俱全。

大多数时候，她们俩会去书店淘一淘杂志，去奶茶店喝点东西，平衡一下繁重的课业生活。

今天多了个韩硕，他想请两位大小姐赏脸，跟他一起吃炒年糕。

路栩有一搭没一搭地回应着。

她的目光追随着曲修宁，奈何张晚忆和韩硕在一旁插科打诨，等她再抬头，曲修宁的身影已经消失在视线里。

"你看谁呢？"张晚忆察觉到了路栩的心不在焉。

她顺着路栩眼神的方向看过去，迟疑了一秒，拍了拍身边人的胳膊："路栩，那是不是你爸啊？"

路栩抻长脖子一看，还真是。

路晓明正站在路口朝这边张望，显然是在等路栩。他身边是一辆SUV，是他几个月前刚换的车。这辆车子比之前的轿车大好多，路栩总是认不出这是自家的车。

路栩跟两个伙伴匆匆告别，快步朝路晓明走过去。

"爸，你怎么来这儿了？"

路晓明主动接下路栩的书包，说要带她下馆子。

"我要吃炒年糕和泡菜锅。"没吃上韩硕的炒年糕，路栩觉得有点亏，打算从老爸这儿讹回来。

她边说边拉开车门，坐进去才发现后排坐了两个人。

她的头差点撞上车顶："赵、赵阿姨。"

赵阿姨和一个十岁左右的小男孩坐在后排，看上去有些拘谨。路栩见过赵阿姨几次，但这个小男孩是第一次见。

路栩似乎预料到要发生什么了。

"小栩放学啦，这是赵斯然。"赵阿姨介绍她身边的小男孩，"斯然，这是小栩姐姐，叫姐姐。"

小男孩很听话，立刻叫了声："姐姐。"

赵阿姨说："姐姐可是一中的尖子生。"

路栩抬头，目光在后视镜里跟小男孩的目光对上。她扯了扯嘴角。她也有表妹表弟，虽然被叫过无数次姐姐，只有这次让她听着有点别扭。

路晓明把路栩的书包递给赵阿姨，赵阿姨顺手接过去放在后座上，动作很自然，像老夫老妻。

说实话，路栩从没见过自己爸妈像老夫老妻一般生活。他们在她五岁的时候就离婚了，路栩跟着路晓明生活。

虽然没有老夫老妻的默契，但他们起码还维持着表面的和平。在路栩成长的重大节点上，他们两个人是没缺席过的。

路栩早就接受了自己是单亲家庭的孩子，毕竟父母已经离婚十几年了，没有在一起的日子比在一起的日子还要长。

也许是那时候路栩太小，已经习惯了和路晓明生活，她好像从没想过父母再婚会是什么样的。

路晓明坐进车里，郑重地对路栩说："小栩，爸爸先给你道个歉，没有提前告诉你。学校不让带手机，我也没法联系你，跟你赵阿姨商量之后，就直接过来接你了。"

路栩摸了摸校服口袋里的手机，说没关系。她突然有点心疼路晓明，她已经长大了，有了自己的秘密，路晓明却还认为她是那个听话的小孩。

"我订了你爱吃的那家烤鸭店的座位，咱们过去吃，顺便商量个事。"

路栩用余光看见赵斯然咽了下口水。

赵阿姨："小栩刚才说想吃什么年糕来着，就吃那个吧。"

路栩赶紧否认。她原本只是想跟路晓明两个人吃点街边小店的炒年糕，可现在他们四个人，吃这个显然不合适。

但赵阿姨还是坚持要吃路栩说的炒年糕和泡菜锅。她甚至说西郊有很多韩国企业，不少韩国人在那一带开饭店。

路晓明只好取消了烤鸭店的预约，驱车去找韩国饭店。

在路上，路栩听到路晓明问赵阿姨，这个车坐着总算不挤了吧。她看了看宽敞的车内空间，突然意识到了路晓明换车的原因。

赵阿姨回了句"挺不错的"，然后两个人就开始讨论车子的一些性能和内饰，内容很日常，氛围很温馨。

路栩看了一眼路晓明，觉得他们俩好像……还挺般配的。

半小时后，他们四个人坐在一家名叫"金大叔紫菜包饭"的店里。

店铺很小很挤，桌椅跟韩剧里一样，他们四人围着一个泡菜锅，锅还没开，最上面盖着午餐肉、年糕和泡面饼，全都是路晓明平时不让路栩吃的东西。

这场景实在有些滑稽。

开始吃饭前，路晓明对路栩说："小栩，爸爸再跟你介绍一下。这是赵欢阿姨，这是赵阿姨的儿子赵斯然。斯然十二岁，开学之后上初中。"

他们之间的故事，路栩知道一些。

路晓明自己做生意，经营着几家户外装备店，赵欢在社保局工作。两个人在一次徒步活动中认识，后来赵阿姨去爸爸店里采购户外装备，一来二去，就熟悉了。

据路晓明以前隐约透露，赵欢的前夫有家暴倾向，几年前她毅然离了婚，自己带孩子生活。

路晓明接下来的话，路栩其实已经猜到了。

他说他跟赵阿姨认识也两年多了，觉得彼此很合适，他最近想跟赵阿姨领结婚证，以后住一起，互相照顾起来也方便。

"你开学之后就高三了，我有时候回家晚，以后你放学回来，家里有人等你，能吃上热饭，我才放心。"

见路栩反应平静，路晓明试探着说："小栩，你如果有任何想法，都可以跟我说的。"

路栩想说，她可以住校，或者吃学校食堂，她不需要太多照顾。

但她知道爸爸需要她的认可。

印象中，赵欢是路晓明离婚这么多年来的第一个女朋友，这是属于路晓明的重要时刻，她不想让爸爸失望。

就在两个大人都期待着她回应的时候，她却走神了。

她想到爸爸妈妈在一起的时候，想到妈妈以前短暂交往过又分手的那个叔叔，想到无数次爸爸在校门外顶着烈日或者大雨等她……短短几秒钟，路栩几乎把她成长的过程在脑海中过了一遍。

路晓明把她照顾得很好，她健康地、悄悄地长大了，但她没想过，路晓明也是需要被照顾、被爱的。

路栩觉得，赵欢其实对她挺好的，也足够尊重她。明明是他们两个人要组成新家庭，爸爸的新车也是为了家庭成员增多换的，可赵欢还是把副驾驶座让给她坐。

路晓明和赵欢显然吃不惯这些孩子们喜欢的东西，但路栩和赵斯然吃得很香。路栩瞟了赵斯然一眼，看他用筷子把方便面卷了又卷，然后一下子送进口中。

倒挺会吃。

路栩心想，烤鸭还是泡菜锅，在赵斯然眼里，或许没什么分别。就像他妈妈要和自己爸爸组成一个新家庭，对他来说也没什么。

"我没什么想法，爸爸，你不用担心我的学习和生活，我能照顾好自己，我希望你开心。"路栩端起桌上的饮料，站起来，"爸爸，祝你幸福。爸爸，赵阿姨，祝你们幸福。"

她看到爸爸眼睛里像是有什么东西涌上来。

总体来说，这顿饭吃得很融洽。

路栩几次避开了路晓明投过来的目光，她是死要面子的青春期少女，她不能当着赵阿姨和赵斯然这个小屁孩的面掉泪。

路栩做了她能做的，而路晓明和赵欢，得到了路栩的认可，感觉如释重负。

晚上回家后，路栩躺在床上跷着二郎腿，怎么也睡不着。

一天之内，新认识的两个人都让她心情复杂。

也许是被网上"有后妈就有后爸"的论调吓到了，她突然有点想妈妈。

她看了一眼闹钟，已经晚上十一点了，不知道妈妈睡没睡。

她拨通妈妈的电话，只"嘟"了一声就接通了。

"这么晚了，怎么还没睡？"果然，还是熟悉的质问语气。

"你不也一样。"

"明早有案子开庭。"妈妈停顿了一下，"有事吗？"

"没什么，就是……就是……"

妈妈直截了当："是你爸再婚的事吗？"

"你怎么知道的？"路栩吃惊，一个鲤鱼打挺坐起来。

母女心有灵犀，妈妈听她的语气，一猜就猜到了。

妈妈说："去年赵欢家里有点事，你爸当时到我事务所来咨询过。"

"你不吃醋吗？"

"我吃什么醋。你爸能来找我，已经拉下面子了，我还能不帮啊？"

路枸突然很想问一句，妈妈跟爸爸没有离婚的时候，妈妈是不是也这么理解爸爸。

转念又想，也许不是吧，不然他们现在还是一家三口。他们不再相爱，却能像朋友一样在对方需要帮助的时候伸出援手。

"再说了，我俩离婚十几年，还不准人家重新找，你妈有那么小心眼吗？"妈妈说完，又补上一句，"但是爸爸妈妈对你的爱是绝对不会变的。"

又是这句让耳朵起茧子的话，但母女俩心电感应般地，沉默了几秒。

"那个赵阿姨，对你好吗？"

"挺客气的。"

"那就行，那……以后你叫她什么？"

"你想什么呢，当然叫阿姨啊。"

妈妈像是放心了些，换了话题，叮嘱路枸高三了要注意休息，不要熬太晚。

路枸重新躺下，跷着脚丫子："妈，你跟我爸是高中时认识的吗？"

"嗯，问这个干吗？"妈妈突然警惕起来。

"没什么，就是问问。"

"你现在最重要的事就是学习，其他的别瞎想。"

路枸："……"

"行了，我还有忙呢，你赶紧睡吧，明早还要上课。"妈妈这个摩羯座干脆地结束了对话。

挂掉电话，路枸意外地平静，或许是一切都顺其自然，她并没有自己想象的那么心烦意乱。

她眼前又浮现出曲修宁的脸。

也许是这个少年的出现，冲散了她复杂的情绪。

她卧室的窗外不远处有棵大树，夏夜总是有蝉鸣，但此刻，她完全注意不到那扰人的噪声。

再想起下午相遇的场景，路枸的心仍像被猛然拉上的拉链一般，局促到连呼吸都紧张。此刻她在床上辗转反侧，她不知道，这只是以后无数个难眠夜晚的开始。

前一天睡得太晚，路枸早上险些迟到。

她慌慌张张地往教室跑，路过六班门口的时候听到有人叫她，这才刹住脚步。

透过窗户一看，张晚忆正招手示意她进去。韩硕占了张晚忆旁边的位置，坐得没个正形。看这个人自在的样子，还真把六班当自己家了。

路栩理了理刘海儿，深吸了一口气，走进去瞥了一眼靠窗第三排的位置，才发现那里空着。

张晚忆赶走韩硕，让她坐下。

"月考排名出来了。你班级排名第七，全年级排名第二百零七，我已经帮你看过了，不用谢。"见着路栩，韩硕连珠炮似的说了一堆。

意料之中，跟上次相差无几。

韩硕示意路栩凑近点，压低声音说："昨天那个曲修宁，这次是年级第一。"

路栩一愣，以为韩硕察觉到了什么。她表情像被谁踩着尾巴似的："跟我说干吗？"

"你好歹也拿了人家的卷子，沾了学霸的喜气，你不想知道他的总排名啊？"

路栩回了句："不想。"

韩硕的表情耐人寻味，他摸了摸下巴："我看你是嫉妒。你肯定在想，那张 299 分的卷子是你考的就好了。"

路栩歪着脑袋，面无表情地盯着他，这人是真的蠢。转念又想，自己在韩硕眼中，就是把成绩看得重于一切的书呆子吗？

张晚忆小声说："这次理综，全年级除了曲修宁，一个上 280 分的都没有。"

听到这句，路栩嘴角不自觉地上扬。

韩硕神秘兮兮，一副手握重磅新闻的样子："我昨天跟高级中学的哥们儿打听了一下，这曲修宁以前在高级中学，也就那么回事。"

韩硕还要接着往下说，教室里突然变得特别安静。更准确地说，是一片肃杀。

回头一看，老章头不知道什么时候已经站在他们三人身边，他们三个脑袋凑在一起，竟一点没察觉。

老章头大名章严，是两个班的英语老师兼六班班主任。其实老章头不过三十来岁，光看长相跟老头儿沾不上什么边。只是他年纪轻轻头顶就有了"地中海"迹象，穿衣风格也一言难尽，经常出现西裤和凉鞋这种魔幻搭配，大家才给他起了这么个外号。

老章头用书敲了韩硕一下："早读时间，你跑到别人班里做什么？赶紧回去，下午上课再好好说说你这次的月考成绩！"

韩硕哭丧着脸，急着出卖身边的人："老章——老师，你不能只批我一个啊。"

路栩在心里翻了个白眼。同桌本是同林鸟，大难临头各自飞。

但成绩好，等同于多了块免死金牌。老章头并没有对路栩发难，而是让她去办公室。

"路栩，你去帮周及拿一下英语资料，回到班里发给大家。"

路栩回头，朝韩硕做了个欠揍的表情，赶紧溜了。

路栩到的时候，办公室里貌似只有周及一个人。

这个时间段，老师都在各个班里监督早读或早自习。周及正坐在老章头的电脑前，眉头紧锁。

路栩没敲门，直接进去："周及，老章头让我来帮你拿资料。"

周及仿佛见到了救星一般，赶紧把椅子让出来："路栩你快救救我吧，这个表格怎么都打印不出来。"

路栩走近一看，电脑屏幕上是一个 Excel 表格，上面是五班和六班所有人的成绩排名。

这是老章头的习惯，每次考试结束，老章头都会做一版详细的成绩表。跟学校下发的版本不同，他会把每人上次的成绩也列上去，在全班、全年级进步或是退步多少，一目了然。对于有些人来说很清晰，对另一些人则显得很残忍。

路栩扫了一眼，曲修宁在最上面，后面紧跟着周及的名字。周及平时成绩虽不错，但最多就是在年级五十名左右，这次爆冷，一下子冲到了年级第二。

听到路栩的名字，对面办公桌上方冒出两个人头。

办公室的座位是格子间，两个男生一直在靠窗的办公位上整理资料，路栩进来时完全没注意到。

其中一个是六班的邹铭琦，他是六班体育课代表，两个班一起上体育课时，一直是他带着大家做操、借器材。路栩不像韩硕和张晚忆那样外向健谈，对于六班大部分人，她只知道名字，并没有说过话。

另一个是曲修宁。

路栩抬头，正好对上少年的眼眸。

曲修宁主动朝她扬了扬下巴，算是打过招呼了。

她胸口一紧，心跳宛如坠入无底洞。

一时慌乱，她甚至忘了要做什么，眼睛盯着屏幕，却一个字也看不进去，漫无目的地挪动着鼠标："这个……这个应该……"

曲修宁突然站直身体，胳膊搭在格子间的隔板上。他的皮肤在男生中偏白，小臂虽瘦，却不失线条感，左腕戴着黑色手表，手指修长，指节分明。

他的声音从路栩头顶传来，平静但悦耳："看看是不是打印机连错，或者没纸了。"

路梒愣了片刻，随即发觉曲修宁是在对自己说话，便乖乖听话，先看打印机选项，连接没错，再打开打印机纸盒，果然是没纸了。

A4纸全堆在老章头办公桌下面，路梒俯下大半个身子去拿纸，又手忙脚乱把纸放进去。刚放好纸，打印机便发出正常工作的声响。

在曲修宁面前闹出这样的笑话，路梒无地自容。

周及愉悦道："同学，谢谢你啊。"

她一脸期待，只换来一句简短的"嗯"。

之后办公室又陷入安静，没人再说话。

他们手里的事很快做完，曲修宁跟身边的男生一人抱起一摞练习册，一前一后走出了办公室。

他们刚离开，周及就摇了摇路梒的肩膀："哎，你认识六班那个学霸？"

路梒明知故问："哪个？"

"就刚跟你打招呼那个，曲修宁。"周及话里颇有些打探的意味，"他才刚转学来没多久，你们怎么认识的？"

路梒吞吞吐吐："其实……也不太熟。"

周及像是在自言自语："也对，他很低调的。"

路梒没作声，按照老章头的习惯，又把五班和六班的详细成绩分开打印了一份。

周及拿着成绩单，眼睛却只盯着一处："这次理综题那么难，他居然能考299分，真是太厉害了。"

路梒安慰她，总分跟曲修宁差得不多，没必要羡慕。

周及勉强笑了笑："是啊，我都考第二名了，人家却还不知道我是谁。"

与此同时，类似的对话也发生在办公室外的走廊上。

邹铭琦有几次想张嘴，但看曲修宁一路无话，也就没开口。

过了一会儿，他实在忍不住，问："你跟五班那女生认识？"

曲修宁问："哪个？"

"长得特白，眼睛很大，右边眼角有颗泪痣的那个。"

曲修宁想了想："没注意。"

离得那么远，他是真没注意谁脸上有泪痣。

邹铭琦被气得够呛："就……后面来的那个女生。"

"喔，她啊，认识。"

邹铭琦步步紧逼："怎么认识的？"

"我月考卷子错发到她那里了。"曲修宁漫不经心道，"怎么了？"

"没怎么。"邹铭琦啧啧道，"我的卷子怎么就没错发到她那里。"

"考前三百名，跟她一个考场就有这个概率。"曲修宁看了他一眼，

"我比较难，你努努力应该可以的。"

邹铭琦："……"

走了一多半路程，邹铭琦觉得不太对劲。

他低头看了一眼手上的资料，又看了看曲修宁手里的，封面都是一样的，足足有一百多册。

"不对啊，我们是不是拿多了？"邹铭琦停下来，"是不是五班的也这里面？"

"谁叫你自己不操心。"曲修宁这算是默认了。

邹铭琦无语："刚刚你怎么不说？"

曲修宁"道德绑架"："那你现在送回去，让她俩自己拿，我在这儿等你。"

邹铭琦打算省省力气，他在曲修宁这里杠不过，只能吃瘪。

走到教学楼里，正好是早读和第一节课的间隙，走廊里人声沸腾，好不热闹。

路过五班时，曲修宁喊住邹铭琦："我先回教室，你把五班的资料送进去。"

路栩空手回到教室，发现英语资料已经人手一份。

她问韩硕资料是谁发的。

"还能是谁发的，当然是你最善良最热心的同桌！"韩硕一副要把她吃了的架势，"某些人逃了一整节早读，逃过被老章头骂，为什么最后做苦力的还是我？"

路栩翻了个白眼，没被他带偏："我是问，谁送到班里来的。"

"邹铭琦，还有那个曲修宁。"韩硕托着腮，愁云惨淡，"这个姓曲的，这两天存在感可真是太高了。"

路栩突然想到早读时他没说完的话题，便接着打探。

"你早上说，他在高级中学就那么回事，是怎么一回事啊？"

韩硕哭丧个脸："什么呀，我那都是说给张晚忆听的。这个曲修宁，简直找不出缺点。他没转来以前，在高级中学也是呼风唤雨的风云人物，长得帅、成绩好，关键人家还不是书呆子，性格不错朋友也多。

"更气人的是，他家世还特别好，母亲是大提琴演奏家，还是音乐学院的副教授，气质出众，父亲是商界大佬，家境优渥。

"喜欢他的人排长队，不过好像他从来没答应过谁……"

路栩默默听着，脑子里满是刚才在办公室里的场景。曲修宁的每个动作都在她眼前反复播放。

他漫不经心搭上来的胳膊，自然而然开始的对话。看似随意，却又那么恰到好处。

　　还有面对她和周及，曲修宁截然不同的态度，也让她内心雀跃。

　　对她而言，最大的惊喜不过在于，他记得她。

/ 第二章 /

喜欢一个人，是秘密

月考成绩出来后，曲修宁一战成名。

这次月考题目公认的难，但他不光理综考了 299 的高分，英语和数学也是接近满分的成绩。

最激动的还数老章头，走到哪里都要提上一句。很快，曲修宁神一般的战绩就传遍了整个年级。

当所有人的注意力如舞台追光一般聚焦在曲修宁身上，全世界最不在意的，可能只有曲修宁自己了。

老章头在讲台上讲月考卷子，从言语到行动，都不吝夸赞曲修宁，甚至还把他的英语满分作文投在屏幕上。

而这位年级第一，正懒洋洋地托着下巴，在本子上写写画画。也只有他，能在老章头的英语课上这么恣意。

他奋笔疾书的"沙沙"声，成功引起了前排邹铭琦的注意。

邹铭琦回头一看，曲修宁手里是一本练习册，在做物理题。

邹铭琦皱眉，小声说："你理综分那么高，怎么还在做题？"

"放松，不行吗？"

邹铭琦无语："变态。"

被邹铭琦这么一打断，曲修宁决定休息一会儿。

余光里，窗外两个人影闪过，似乎有些熟悉。几秒之后，张晚忆表情痛苦，举起了手。

老章头没有停下来问怎么了，直接做了个手势，示意她可以出去。

张晚忆捂着肚子，小跑离开了教室。

也许是张晚忆的演技过于夸张，曲修宁察觉出不对劲，用自动铅笔戳了一下邹铭琦。

邹铭琦没防备，发出了尖叫鸡一般的声音。光听叫声，一点也不像一米八的大高个发出来的。

老章头抬眼："你也肚子疼？"

全班爆发出一阵笑声。

邹铭琦恼火，咬牙切齿地回头："干吗？！"

曲修宁波澜不惊："刚才是怎么回事？"

邹铭琦眉毛一横："你好意思问我？"

曲修宁朝着张晚忆的座位努努嘴。

"噢，你看出来了？"邹铭琦会意，"她是为了早点脱身，去食堂吃饭。"

曲修宁不解："哈？"

邹铭琦："五班的路栩和韩硕一路过咱们班，她就装肚子疼，这是他们的暗号。他们三个老在一块儿。"

曲修宁："每次都这样？"

"也不是，大概今天有红烧狮子头吧。"说完，邹铭琦心虚地补了一句，"别跟别人说啊，班里就我知道。"

曲修宁看了眼手表，还有八分钟下课。

成绩重要，吃饭同样重要。有人埋头苦读，就有人为了红烧狮子头费尽心思。

这个小插曲，让整体学习氛围浓厚的大环境里，多了点活泼的感觉。曲修宁嘴角一抬，这三人，还挺有意思的。

暑假期间只有高三学生在校上课，学校食堂只开几个窗口。像红烧狮子头这种热门菜更是抢手，一周只做一次，每次窗口前都大排长龙。

韩硕凭借着他"小灵通"的能耐，成功跟食堂大叔攀上了关系，总能提前知道菜单。

十二点下课铃刚响，大家一股脑涌出教室，没有丝毫留恋。

邹铭琦坐在座位上没动，像往常一样，先在手机上看会儿篮球联赛的战况。

曲修宁却站了起来，动了动脖子："走，吃饭。"

邹铭琦抬头："你平时不是嫌这会儿去，人多吗？"

曲修宁面不改色："你不是说有红烧狮子头吗？"

邹铭琦一耸肩，自知不是眼前这人的对手，打不过就加入，收起手机跟他走了。

大批人马冲进食堂的时候，路栩他们已经优哉游哉地吃上了。

不知谁喊了一句"今天有狮子头"之后，食堂里瞬间人声鼎沸。

他们这张小桌也不安宁。韩硕不小心把一滴油溅到了张晚忆的校服上。校服是才洗的，张晚忆一下子火了，跟他吵个没完。

正拌着嘴，旁边餐桌上的几个女生突然小声惊呼，之后几个人推搡着其中一个开玩笑。

他们三个跟着回头，就看到曲修宁跟邹铭琦一前一后走进食堂。

曲修宁和邹铭琦的出现，确实是食堂的一道风景线。两人的身高差不多，都在一米八左右。曲修宁五官出色，挺拔修长，典型的公子哥相貌，邹铭琦则是运动阳光大男孩的感觉。

两个帅哥走在一起，真的很难让人挪开眼。

"嗨，他俩呀，我还当谁呢。"张晚忆看了一眼，继续扒拉盘子里的饭菜。

她声音不大，但足够让隔壁桌的几个女生听清楚。路栩跟韩硕无声对视了一眼，但她仍旧泰然自若，全然不顾隔壁桌投来的视线。

张晚忆漂亮又自信，并不害怕得罪隔壁桌的陌生人。

路栩伪装得不动声色："他俩关系好啊？"

张晚忆点点头："嗯，他俩坐前后桌，干什么都在一起，可能长得好看的人就爱和长得好看的人玩。"

路栩指着韩硕："那我们为什么要跟他玩？"

韩硕哽住："关我什么事？"

张晚忆突然认真起来，仔细端详着韩硕的脸："其实你五官长得还是蛮好看的，主要是因为鼻子很挺，这点就赢过很多普通人了。"

此话一出，韩硕来劲了。

他亮出身份证，上面办理的日期是两年前，也就是高一刚入学的时候。照片上的少年干净阳光，轮廓分明。

"哟，您还记得您奶油小生的样子呢。"

韩硕学着《家有儿女》中刘星的做派，手腕撑住下巴："我不是奶油小生，我要当硬汉小生。"

"你如果瘦下来还有点可能。照现在这个吃法，迟早变猪妖小生。"

韩硕立马放下筷子。

他们两个插科打诨，路栩并没有参与，她的眼神一直追着曲修宁。

曲修宁在各个窗口晃荡，转了一圈之后在牛肉面窗口停下来，跟一个女生讲话。

那个女生路栩认识，叫吴清睿，就坐在路栩后排，开朗可爱，经常分享小零食给周围人。吴清睿学习不错，是稳定在班级前十名的水平。

路栩时不时抬眼，观察他们。

她羡慕曲修宁跟吴清睿说话时的状态，轻松自如，可以肆无忌惮地开玩笑。那种状态，就是对待"自己人"。

而对她，只是认识而已。只知道名字的那种认识，见面打个招呼的那种认识，不会加深了解的那种认识。

不知过了多久，韩硕用手在路栩的眼前晃了晃："我发现你今天话特别少。"

路栩回过神来，佯装不自知："有吗？"

"不只是今天，最近都不太正常，心不在焉的，动不动就愣神。"

张晚忆表示同意，末了补了一句："典型的单相思表现。"

张晚忆很少有跟韩硕意见统一的时候，今天真是邪门了。

他们俩盯着她，似乎在等她的答案。

她其实没有细想过答案。

她好像喜欢上了一个光芒万丈的人，他如此炽热耀眼，而他们交集甚少，甚至连话都没说过几句。

她从来没遇到过能让她如此紧张局促的人。

她不打算把这份心思跟两个伙伴分享，至少现在不会。

面对两个嗷嗷待哺的八卦探测仪，她甚至在认真思考，这时候把爸爸再婚、不熟悉的阿姨即将入住她家的事拿出来卖惨，会不会太"犯规"。

"没有，你们想多了吧。"路栩佯装镇定，随手抚了抚额前的刘海儿。

韩硕觉得没意思："那你在看谁？"

她突然发起脾气来，声音也随之提高："关你什么事啊！"

她再抬眼，曲修宁和吴清睿不见了，牛肉面窗口前只站了几个端着餐盘找座位的人。她的心突然空落落的。

很快，她又重新捕捉到了曲修宁的行踪，就在几米开外。在人群之中，曲修宁突然毫无征兆地回过头来看她，之后，眼神越过她，落到他们旁边的空位上。

路栩有种偷窥被当事人抓住的慌张，一愣神，筷子从指间滑落，在脚下滚了几圈。

就餐区域每隔几米就有一台筷子消毒机，方便学生们拿取。曲修宁本来已经走过去了，又往回跨了几步，从消毒机里抽出一双筷子。

一双好看的手伸到路栩面前，把筷子递给她。

路栩接过来的时候，两个人指尖碰到了一起。她浑身如触电般发麻，一瞬间，食堂里的热闹气氛仿佛突然离她远去。

不过是举手之劳，曲修宁并没有当回事，他自如地坐在他们旁边的空位上。

可路栩局促得都不知该怎么把饭送进嘴里了，她甚至不敢抬头看他，只轻声说了句"谢谢"，心里暖流涌动。

他如此耀眼炽热，然而此刻，这份温暖只为了她一人。她有点小骄傲。

曲修宁落座，对路栩的心思全然不知。

韩硕冷不丁地问："该不会是他吧？"

路栩猛地看了一眼韩硕，脸上的表情瞬间复杂且难以控制。

韩硕用力拍着张晚忆的胳膊："哈哈哈，你真应该看看她的表情，太好玩了。"

韩硕常常让路栩对他好点儿，因为他们同桌的缘分只有三年。而现在，路栩觉得这个缘分可以了断了。

她现在只想狠狠地一脚踹到韩硕脸上。

路栩脖子一梗："怎么了？我就是喜欢……看帅哥，不行吗？爱美之心人皆有之，谁见到帅哥都会多看几眼的，有错吗？"

她自己都不知道自己在鬼扯些什么，只是清楚地看到，曲修宁猛地呛了一下。

放学前最后一节是自习课，老章头刚在教室门口露出半张脸，教室里立刻发出一串不情愿的拖尾音。

老章头把手上的书往讲台上一掷，带起一阵粉笔灰。

"怎么，不欢迎？"

底下窃窃私语，后排有人在乱哄哄的环境中大喊了一声"对"。

真的勇士，敢于直面想要占课的老章头。

老章头把茶杯往讲台上重重放下："你们以为我愿意占你们的自习课啊，你们烦，我也烦。"

韩硕小声嘟囔："烦你还天天来。"

老章头听到了竟也没生气，他两手一摊："你们要是都能像六班曲修宁一样门门都考满分，我也就不用每天来了。"

这几天他逢人就说见人就夸，看来曲修宁这个全校第一给老章头带来的愉悦和自豪感非同寻常。

这时候，韩硕戳了戳路栩，朝左边努了努嘴。

路栩看过去。

那是周及座位的方向。隔了三排，路栩还是能清楚地从侧面看出，她情绪并不高。

韩硕小声说道："是不是老章头总提年级第一，没提过她，她才不高兴啊？"

周及戴了副金丝边框的眼镜，是个文文弱弱的女孩，扎一个马尾辫，很容易淹没在人群里，在学习上，却总是憋着一股劲。

路栩望着周及的背影，心里有些不是滋味。

"行了，你们也别阴阳怪气了。今天不给你们增加负担，把六班的练习册发给你们，批改之后，放学前交上来就行。"老章头大发慈悲，"认真改啊，我都会看的。"

班里有人欢呼起来。

老章头经常把五班的练习册发给六班，六班的发给五班，让大家互相批改英语作文，还要写评语。

"周及，你去六班把练习册拿过来。"老章头一挥手，习惯性地吩咐身为英语课代表的周及。

周及在座位上没有动。

老章头又叫了一声。周及突然像赌气一般，趴在桌子上抽泣起来。老章头不明就里，小声问了第一排的同学，所有人都茫然地摇头。

没有人知道周及怎么了，但大家或许都猜到一点。

"路栩，你去吧。"老章头示意路栩，"练习册就在六班讲台边的凳子上。"

路栩心里不爽，他明明就是从六班的方向过来的，两个班之间也就十几步路，就不能自己把练习册带过来吗？明明长着两只手，非要使唤学生，还专挑女生……嘴上却只能回答："好的。"

只见周及站起来，抹了抹眼泪，声音有点魖："还是我去吧。"

老章头在讲台上一脸迷惑，若有所思。

周及回来的时候，眼眶还是红红的。

韩硕自告奋勇，主动分担了发练习册的任务。

他当然不是单纯的乐于助人，只见他如同点钞一般，用大拇指翻过众多练习册，最后从中抽出一本，"啪"地扔到自己桌上。

路栩看到书脊上写着几个歪歪扭扭的字母，她拿到手仔细辨认，才看出是"ZWY"。

路栩翻开那本练习册，且不说作文写得如何，看韩硕的评语，就是纯正的鼓励式教育。

即使作文里有语法错误，他也会在批改之后再用红笔写个大大的"Excellent（非常好）"。往后看，老章头的批语总是紧随其后，"Please be objective（请客观一点）"。

抽出自己想要的练习册之后，韩硕以发扑克牌的姿势和速度，敷衍地把剩下的练习册全部发完。

相比之下，周及就慢很多。每发一本，她都要看一眼封皮上的名字。

发到路栩这排时，她突然把最上面的一本练习册放到最下面，重新给路栩发了一本。

路栩还没开口问，周及先来了个此地无银三百两："路栩，刚这本有点皱，给你发一本新的。"

又不是发新课本，再皱也是别人的。

路栩盯着周及的手："我看那本也没有很皱。"

周及指着已经发给路栩的那本，耐心解释："你看，给你发的这本是六班英语课代表的，他这次英语考了140分呢，他学习好，改起来不费劲。"

路栩好像明白了什么。

韩硕在旁边怂恿："你就拿着吧，改谁的不是改啊。"

路栩气得咬牙，你个精致的利己主义者。

最终路栩还是没拿到那本压在最底下的练习册。她看着周及发完所有的练习册，最后表情虔诚地捧着剩下的那本回到座位上。

韩硕还不解风情地问："周及怎么不哭了？"

这是只有路栩和周及才知道的秘密。

大家批改完作文，陆陆续续交到周及那里去。下课铃一响，教室里瞬间热闹起来，说话声、桌椅摩擦声交错。

放学后，路栩不急着走，在座位上趴着，等值日的张晚忆。

夕阳照进来，整个教室变成了金色。班里还有一部分人没走，穿着校服的少男少女嬉笑怒骂。

路栩托着腮帮子，心想如果时间可以静止该多好，全世界大概再也没有比这更好的时刻。

就是在这样充满青春气息的场景中，曲修宁披着光出现了。

曲修宁在五班门口张望，没几个认识的人。这时候，路栩突然抬头，目光正好跟他对上。

自从上次食堂的尴尬发言之后，路栩还没跟曲修宁打过照面。

她正不知道要如何面对，曲修宁先招了招手，说："路栩，能出来一下吗？"

周及猛地抬起头。

路栩用手指了指自己，眼神疑惑："我？"

曲修宁点头。

她从座位上起身，走路都有点别扭。路过周及的桌子旁时，她感觉周及的眼神要把她烤熟。

路栩紧张道："什么事？"

曲修宁："通知你们班长一件事。"

路栩回头，韩硕在教室后面戴着耳机听歌。她指着韩硕："我们班长在呢，我帮你叫他过来。"

"不用，你帮忙转达吧。"曲修宁拉了她一下，"让他明天早读时间去办公楼 202 开会就好。"

"哦，好。"

这时候，周及走过来，打断他们的对话："路栩，你能跟我一起去章老师办公室，把练习册拿过去吗？"

平时叫惯了老章头，路栩正在想章老师是谁，就听到曲修宁问了句："需要帮忙吗？"

路栩抬头，发觉曲修宁这话是在问自己，赶忙说："不用不用，又没多重。"

周及神情奇怪地看了她一眼。

两个女生一前一后走在去办公室的路上。

一出教室门就仿佛走进了蒸笼，尽管已经是下午六点多了，温度依旧很高。

路栩自觉奇怪，刚才跟曲修宁说话的时候，并没有注意到室内外温差如此大。她低头疾走，想快点冲进办公楼，因为办公楼里有空调。

周及却拖拖拉拉。

路栩停下来等她："你怎么啦？走那么慢。"

周及没说话，不太开心的样子。

路栩接着问："你心情不好？"

"刚才曲修宁要帮忙拿练习册，你为什么不让他帮？"

周及突然很凶，几乎是质问的语气。

想到那本被藏到最底下的练习册，想到寡言的周及突然出现打断他们的对话，路栩全明白了。如果不是她急着拒绝曲修宁，那么周及就可以名正言顺地跟曲修宁一起去办公室了。

她盯着周及，恍然大悟的样子："原来你是因为这个才不高兴啊。"

"不、不是……"周及像是被发现了什么秘密，忙着解释，"他要是能帮忙，就不用我们跑一趟了。"

才不是因为这个。

路栩故意说："噢，原来你是想使唤年级第一。"

"怎么会！人家学习比我好那么多，我怎么敢使唤他。"周及低着头补了一句，"再说了，人家也不认识我。"

路栩假装叹了口气，接着逗她："唉，原来是我学习不如你，而且我还认识你，你才这么使唤我的。"

周及涨红了脸："哎呀，不是。"

气氛有点别扭。

过了一会儿，路栩一笑："我知道，你是想说，曲大神人那么好，肯定会帮你的对不对？"

"他人当然好了。"周及看了她一眼，"你认识他，你还不知道他人好吗？"

路栩头一歪，想了想："好吧，是挺好的。"

他是挺好的，也许他对每个人都这么好，对她也没有什么特别之处，但她不想让更多人知道他的好。

"我挺羡慕你和吴清睿的，他在五班就认识你们两个女生。"周及看起来有些难过。

路栩竟然激动了一瞬间，接着问："你怎么知道？"

"吴清睿跟他是初中同学，以前就认识。跟你嘛，他会跟你说话，跟你打招呼，除此之外也没什么特别的。"

路栩突然傲娇起来，心想，他跟你连招呼都不打呢。

她打趣道："你平时话不多，知道的八卦倒不少啊。"

周及苦笑："知道再多有什么用。"

了解再多，也只是知道外人口中的曲修宁而已。

她知道曲修宁什么时候转学来的，上一次考试睡过了没考好，知道曲修宁想要考P大，知道邹铭琦跟曲修宁关系好，知道谁给曲修宁递过情书，却不知道路栩为什么会先认识了曲修宁。

喜欢一个人，并没有什么先来后到，因为她们都一样得不到。

路栩小心翼翼地打探："你下午为什么哭？是因为老章头使唤你当苦力吗？"

"怎么可能？！"周及突然变得很激动，之后语气又软下来，"我说不清楚，就是觉得我很可悲。我这次虽然是年级第二，但总分跟他还是差好多。他是天才型学霸，我肯定是赶不上他的。我就想着，考个年级第二，老师总会在六班提一提我吧，没准他就记住我了，但好像，大家也只是对他印象更深刻了而已……算了，不跟你说了，你根本就不懂。"

说到最后，周及垂头丧气。

路栩心想，我可能是最懂你的人了。她面对曲修宁时，又何尝不是这种复杂的心情。

"路栩，我今天跟你说的这些，你可不准告诉别人。"

"我能告诉谁啊？"

"你同桌，还有六班的张晚忆呗，你们关系那么好。"

路栩一字一句地说："放心吧，我才不会说。"

路栩到底也没说"我可以介绍你们认识",也没说"我就是要告诉别人,传到六班去",更没有说"我很理解你"。如果对方不是曲修宁,她也许会开些臭不要脸的玩笑。

可现在,她会遵守承诺,对这个秘密守口如瓶。

暑期课程过半,上次月考的事终于翻篇。毕竟下一次考试近在眼前,谁也没时间在过去的事里沉浸太久。

学校里也变得热闹了,教职工的身影逐渐多了起来,都在忙一年一度的新生入学。

新生8月底开学,要在学校进行为期一周的军训,之后还有军训会演。学校为了不影响准高三生,8月底到9月初会给他们放一周的假。

高考一天比一天近,老师们开始火急火燎地抢进度。这个老师说"留给我们的时间不多了",那个老师说"开学后马上要开始第一轮复习"。

现在还能稍微喘口气,正式开学之后晚自习要回归,课程也会更单一紧凑。如果说之前还是小打小闹,这时大家已经能真正地感受到高三的压迫感。

自从路栩从周及的口中得知曲修宁想要考P大后,便开始一遍又一遍地审视自己。

晚上,路晓明推门进女儿的房间,发现房间里只有台灯亮着,路栩正对着卷子发呆。看着她书桌上堆成山的课本资料,他突然有点心疼女儿。

"小栩?"他把房间的大灯打开。

路栩回过神来,呆呆地答了声:"嗯?"

"想什么呢?"路晓明把切好的水果放在书桌上,摸了摸她的头,"学习的时候不要只开台灯,环境光对视力也有影响。坐久了就起来转转,学累了就早点休息,别强撑着。"

路栩成绩一直不错,基本没让路晓明操心过,他对女儿的要求只有一个,就是注意身体。

路栩冲他咧嘴一笑:"我知道,爸爸。"

路晓明凑近一看,路栩手里拿的是上次月考的理综卷子。

"这不是你们上次的月考卷子吗?"

"我又重做了一遍,才得了265分。"路栩语气懊恼,"爸你知道吗,同一张卷子,我们有同学月考考了299分!我知道了答案第二遍做,还是有大题不会,还是有题会算错。"

理综不是路栩的强项,这个路晓明知道。但在安城一中这样的省重点学校,女儿的总成绩还能一直保持在年级前三百名,而且这样自律,实属不易，他还是以鼓励为主。

"299 分怎么了，他不也没考满分吗？"

路栩托腮："人家唯一的扣分点，是有道题写得太乱，扣了 1 分的卷面分。"

路晓明盲目乐观："我闺女这点就比他强，你写字还是很好看的，起码不会被扣卷面分。"

她差的是那 1 分的卷面分吗？

路栩眨巴着眼睛盯着路晓明，第一次觉得一个四十多岁的人还能这么天真，也是难得。

路晓明满面笑容："老师不是说了嘛，你们学校月考难度还是很大的，到了高考考场，这些都是小菜一碟，没准你也能考个 299 分，爸爸还是相信你的。"

就算给她十次机会，她也未必能考出这个分数。

路栩叹了口气："算了，爸，你不懂。"

路晓明当然不明白十七岁的女儿为什么突然对理综分数这么执着，他只觉得欣慰，却不知道她苦恼的真正原因。

他担心路栩因此钻牛角尖，还苦口婆心地劝："闺女，别太在意一次考试的分数，经验就是在不断犯错的过程中总结出来的……"

路栩突然打断他："爸，你觉得我能考上 P 大吗？"

以路栩的成绩，考个不错的"985"应该没什么问题，努努力，理综超常发挥一把，也许还能再上个台阶。可 P 大，那是全国公认的最高学府，面对这个问题，盲目乐观的路晓明也没法爽快地回答女儿。

"我查查去年 P 大的分数线。"

路晓明打开书桌上的电脑。上一年，P 大在本省的最低录取分数线是 701 分。

父女俩相顾无言。

按照路栩上次月考的语数英成绩，她的理综需要考 296 分才能够上P 大的最低分数线。

路栩把理综卷子随手折进一本书里。这突如其来的上进心，还没燃起来就被一盆冷水浇灭了。

一阵尴尬的沉默之后，她挠了挠头："我随便说说的。"

路晓明拍了拍她的肩膀："别灰心，还有将近一年的时间呢。听说你们开学要换物理老师，或许还能带动一下你的理综成绩。"

范旻婷是五班和六班的物理老师，也是五班的班主任，脸蛋漂亮，穿衣时尚，是国外留学回来的高才生，人狠话不多——看上去不怎么管事，但该管的绝不含糊。

老章头虽然惹人讨厌，但还是挺开得起玩笑的，平时大家的抱怨他都是一笑而过，而范老师幽默感基本为零，很少笑，也没人给她起外号。

路栩猛地抬头，眼神呆呆的，问："我们要换物理老师？谁说的？"

这回换爸爸蒙了："你不知道？"

高三换老师，这可不是件小事，路栩之前竟没听到过半点风声。

第二天一早，路栩直奔教室，摇醒了还在打盹的韩硕。

韩硕烦躁道："别摇了，再摇早饭都吐出来了！"

路栩问："开学后要换班主任，真的假的？"

韩硕脸上顿时睡意全无，一副"你怎么才知道"的表情。

完了，是真的。

路栩心里一空，失神地坐下。

"你知道？为什么啊？你怎么从来没说过？"

韩硕叹了口气："还没定呢，我总不能瞎说吧。"

在路栩的逼问下，韩硕最终还是松了口。

原来有家长来学校时碰见范老师，发觉她不太精神，神经敏感的家长便怀疑范老师怀孕了，直接找到了校长办公室，要求给五班换班主任。

吴清睿的脑袋也凑过来，说："还有这种家长呢，以为自己的眼睛是B超啊？"

自从知道吴清睿跟曲修宁只是普通同学关系后，路栩心里就轻松多了。

韩硕一摊手，接着说："最戏剧化的是，校长本来不肯，哪有高三换班主任的？可是那家长一副闹事的架势，校长没办法，就去问了范老师，结果她还真怀孕了，刚查出来几天。"

"然后呢？"路栩跟吴清睿异口同声。

韩硕耸了耸肩："我现在也不知道范老师能不能接着带咱们。"

吴清睿想知道那家长是怎么一眼看出来范老师怀孕的，而路栩的关注点则在于韩硕的消息怎么这么灵通。

吴清睿一副嫌弃的表情："我听说怀孕前三个月一般都不能跟别人说的，什么人啊真是的。"

路栩掰着手指算了算日子，怀胎十月，正好明年高考前后生产："但是，怀孕对工作影响也没那么大吧。"

韩硕点点头："范老师也是这么跟学校说的，但那家长觉得怀孕了精力肯定跟不上，还带毕业班就是不负责任，物理又是这么重要的科目。"

大人永远从最实际的利益角度考虑问题，而懵懂的学生却总是把感情看得很重。他们三个都坚定地站在范老师这边，又隐隐担心那个最不希望的结果会发生。

韩硕最终没有说到底是谁的家长，因为那个同学知道后跟父母大吵一架，他觉得那个同学人还不错，家长和孩子不能混为一谈。

路栩盯着韩硕，忍不住"啧啧"了两声。

韩硕被盯得发毛："别想用什么诡计套我话，我什么都不会说的。"

路栩嘴角一扬："张晚忆说得没错，你是挺不错的。"

张晚忆只夸了韩硕的五官，而路栩则是突然间发现，他是真的很好。

吴清睿皱着眉，说："我还挺喜欢范老师的，也不知道她能不能接着带我们。"

韩硕接了句："美女谁不爱啊。"

"你真没有内部消息？"路栩跟吴清睿一起问韩硕。

"我真不知道，没准学校领导也没想好呢。"他仍旧摇头，"不过可以告诉你们一个别的消息，咱们开学前要搬到新楼去。"

现在还在放暑假，这届高二生还没开学，他们还在高二的教室上课，正式开学后，他们就要搬到隔壁那栋高三专用楼里了。

这都是惯例，大家很早之前就在讨论什么时候能"搬家"。

高一高二的教学楼是在一起的，而高三专用楼是独栋。整栋楼很现代，装修和设施都是最新的。从那栋楼里走出来的人，都自带一种"我读高三"的高傲感。

路栩跟吴清睿直翻白眼："能不能说点有用的！"

"你们听我说完嘛。现在一层楼是六个教室，学校觉得那栋楼离老师办公室太远，要在每层设一个教师休息室。"

吴清睿没听懂："所以呢？"

"所以搬过去，我们班和六班就不在一层楼了。"

吴清睿没什么所谓，路栩却傻了眼。

课间休息时，路栩故意路过六班教室，看到曲修宁正趴着睡觉。

他不是那种抓住每分每秒学习的学霸，有时他会跟几个同学凑在一起说笑，有时会跟邹铭琦一起靠在走廊的栏杆上聊天，有时会有其他班的女生专门跑来看他，女生的朋友在一旁起哄，在教室外喊他的名字之后再跑开，他全然不在意，也丝毫不理会。

平时路栩就在五班和六班之间的走廊上，默默地看着这一切，勾勒出一个只属于她的曲修宁。

现在，她只有一种离别将至的悲凉感。

上课铃响，路栩转身碰到了范旻婷，这才想起这节是物理课。

范旻婷眼眶红红的。路栩说了句范老师好，范旻婷努力调整表情，挤出一个笑容。这是路栩唯一一次见她笑，却不知如何回应她。

班里没有因为上课铃而安静下来。

几分钟后，范老师才踏进教室。她如往常一样面无表情，大声说了句"安静"，班里瞬间鸦雀无声。路栩抬头，已经看不出她哭过的痕迹。

一个再平常不过的日子，教室要重新分配，她的班主任可能会被换掉，班级未来的命运未卜。

而老天似乎并不明白这一切，外面晴空万里，她却无比难过。

下午，窗外忽然风雨大作。这是这一个多月来第一次下雨，正好降一降连日以来的暑气。

距离月考只剩下两天，自习课上，范旻婷站在讲台上，讲考试的事情。

据说这次考试不是学校内部出题，而是用全市联考的卷子，难度不会很大，主要是为了在高三正式开始之前给大家树立信心。

"考试试题我已经看过了，只要细心答，相信大家都能拿到满意的成绩。但是——"范旻婷用食指用力敲讲台，"从这次考试开始，我们就要按高考的标准来了。答题卡跟高考一样，每道题要写到相应的位置上，老师只在规定区域内找答案，写出界或者答错位置，一律不得分。"

大家都跟着划重点、记要点，路栩偏头看着窗外，外面的风景在暴雨中有些看不清。

"路栩！"伴随着一声怒吼，一根粉笔精准地落到路栩的课本上。

在五班，被范旻婷呵斥是很高频的事，但训斥路栩还是第一次。所有人都往她这儿看过来。

她赶紧把心收回来。

过了一会儿，韩硕用手肘推了推她："想什么呢？"

路栩总觉得范旻婷在盯着她。她从本子上扯下一角，回复韩硕：你说开学后会怎么样？

韩硕低声说："看范老师这样子，不像是要被换掉。"

路栩本来是在想换教室的事，这下将错就错，在纸上奋笔疾书：上午进教室前，我看见她哭了。

韩硕愣了一下，随即说："估计会把她调去带新生，你别瞎想了。"

叮嘱完考试内容，范旻婷放下粉笔，拍了拍手上的粉笔灰。

"考试时间是周四周五，家长会在周日。"范旻婷在黑板上写了四行字，分别是每门考试的具体时间。她敲了敲黑板，示意大家把时间记好。

"周三提前两节课放学，要大扫除，所有人把抽屉里和储物柜里的东西全拿走，开学后要换教室了，走之前把教室打扫干净，给你们的家长和高二的学弟学妹们留个好印象，别让人家一进来就看见脏乱差。"

说到换教室，下面开始发出乱哄哄的讨论声。

路栩问韩硕："我们跟六班还能分在一层吗？"

韩硕没听清。

路栩又大声问了一次，可班里不知怎么，突然安静下来，只剩她一个人的声音在整个教室中回荡。

她今天可真够倒霉的。

大家突然哄笑起来。范旻婷用黑板擦在讲台上重重敲了三下。

"教室怎么分还没定下来，这也不是你们该操心的，开学前会用短信的形式通知大家。要考试了，把心思放在考试上比什么都强。"范旻婷意味深长地看了路栩一眼，"这么舍不得跟六班分开，干脆你坐到六班教室去好了。"

路栩心想，她倒是求之不得。

自习课之后就放学了，路栩从厕所回来，张晚忆在六班门口截住了她。

"听说你刚才上课被范老师抓住好几次？"张晚忆从背后环住路栩。

这才几分钟就听到了风声，不用想，肯定是韩硕这个大嘴巴说的。

路栩气笑了："韩硕是不是给你实时直播八卦？"

张晚忆学范旻婷的口气说话："'这么舍不得跟六班分开，干脆你坐到六班教室去好了。'哈哈哈，太好笑了，你还没被范老师骂过吧？路栩啊，You also have today（你也有今天）！"

"你不也是范老师嘴边的常客嘛，五十步笑百步！"

"别傻站着啦，帮我个忙。"张晚忆把路栩拉进六班教室。

教室后面的板报上贴着很多张照片，都是六班同学的生活照。老章头让他们把这些照片都保存好，换了教室再贴上去。

张晚忆踩着一条板凳，把那些照片摘下来交给路栩，路栩掸掉灰尘整理好，两个人配合默契。

曲修宁的照片也在其中。

他的那张照片是在芬兰拍的。少年坐在北极圈标线旁，对着镜头开心地比"V"。

那时他的头发比现在短一些，犀利明朗，干练阳光，眸子如同星河般明亮。蓬勃的气息甚至穿透了相纸，直直地击中路栩。

她只能通过一张照片，去想象他精彩的人生。

"你看看老章头这张照片，也太丑了。"张晚忆不知什么时候从板凳上跳了下来，把一张老章头的照片伸到路栩眼前。

慌乱之中，路栩迅速把曲修宁的照片塞进校裤口袋，接着张晚忆的话："这应该是老章头最英俊的一张了吧。"

张晚忆哈哈大笑。

她俩正嬉笑打闹，路栩往后退了一步，踩到一个人的脚。她一个趔趄，没站稳，旁边的人手疾眼快，扶了她一把。

回头一看，曲修宁正在她身后站着，手还搭在她胳膊上。

或许是做贼心虚，她一下子就变得拘谨起来。

"不、不、不好意思。"

四目相对，曲修宁近距离看了女生一眼，皮肤白嫩，眼角有颗泪痣，精致而特别。

自己都差点摔倒了，还跟别人道歉呢，他心里闪过这一句。

他说了句"没事"，淡淡的，好像真的没什么所谓。

"剩下的我来吧。"他抬头看了看，转向路栩说了句，"你辛苦了。"

"没什么……"只要曲修宁在，她就像得了失语症一般，跟张晚忆之间那些插科打诨的玩笑话，她现在一句也说不出来。

他把剩下的几张照片飞快地摘完，他个子够高，甚至不需要站上板凳。

做完这些，他拍了拍手上的灰，随口问："开学后咱们班真的要搬到那边二楼？"

张晚忆："小道消息是这么说的，八九不离十吧。"

曲修宁开口，淡淡地说："又没隔多远，没什么差别吧。"

他似乎毫不在意。路栩心里空空的。

"当然有差别了，找个人还得楼上楼下跑，多麻烦。"张晚忆接着说，"再碰上老章头那种喜欢使唤人的，腿不跑断都不算完。"

路栩搭腔："对，两个班之间经常要互相拿资料，教室离太远确实不方便。"

曲修宁点点头："也是，那还是在一起好点。"

还是在一起好点。

路栩望着眼前漫不经心的少年，心想，就让她暂时曲解一下这句话吧。

回到家，路栩发现厨房的灯亮着，抽油烟机"嗡嗡"作响。

"爸？"路栩试着喊了一声。

路晓明从厨房里探出半个身子："小栩回来啦？稍等一会儿啊，饭马上就好。"

路栩放下书包，在冰箱里拿了根香蕉，靠在厨房门边上，边吃边看。

厨房里切好的备菜不少，目测至少四菜一汤。

"爸，这么丰盛啊，咱家今天要来客人吗？"

路晓明抬头一笑："咱们先吃，一会儿我给你赵阿姨打包送点过去，她今天去兴趣班接斯然，没时间做饭。"

"哦。"路栩咬了口香蕉，想了片刻，"那干吗不叫她来家里吃？"

大概是没想到她会这么说，路晓明愣了一下。

"那……我打电话叫她？"

"都要成一家人了，吃个饭又没什么。"

路栩也不太相信，这句话是从自己嘴里说出来的。

过段时间，家里就要多出一位"女主人"，她肯定会无所适从。但她还是想尽量懂事一些，好让爸爸没那么辛苦。

路晓明抽出一张厨房纸抹了抹手，给赵阿姨打了个电话，在电话里还特意强调，是路栩叫他们母子过来吃饭的。

半个小时后，家里的门铃响了，但路晓明还有一个菜没炒。

路栩、赵欢还有赵斯然，三个人在客厅里大眼瞪小眼。

赵欢往厨房看了一眼，说："我去帮帮你爸。"

赵斯然也要跟着去。赵欢把赵斯然往路栩跟前一推："斯然呆头呆脑的，你带着他玩一会儿吧。"

一个十七岁的高三生跟一个刚上初中的小屁孩，真的没什么可"玩"的。赵斯然拘谨地叫了声"姐姐"，路栩官方地回了一句"你来了"。

过了一会儿，赵斯然小心翼翼地问："姐姐，我以后住哪个房间？"

她跟爸爸还没聊过这个话题。

不过家里总共四个房间，爸爸跟赵阿姨住主卧，路栩住次卧，赵斯然只能在书房和客卧之间二选一。

他们先去了客卧，这间房只有一张床和一个衣柜。赵斯然没说什么，看不出喜不喜欢。

接着他们又去了书房。书房有一面墙都是书架，剩下的空间不多，连带飘窗空间做了榻榻米。虽然空间不大，但给人一种很安逸的感觉。

赵斯然似乎很喜欢这个设计，眼里放光，四处打量着。

书架上有一些玻璃格子，里面还是空的，他正在盘算能不能把自己的动漫手办放在里面。

路栩看出他的心思，问："你喜欢这个房间？"

赵斯然点点头。

赵斯然开始跟路栩阐述他的设想，还模仿路飞说了那句著名的口头禅。

路栩想起那个古老的冷笑话，接了一句："上海贼王？别傻了，上海治安很严的。"

既然以后是一家人，就得让这个小弟领略一番她的幽默。

果然三岁一代沟，赵斯然没听懂，转身就跑去书桌前玩转椅了。

路栩深吸了一口气，理综考 180 分都没这么挫败过。

"姐姐。"赵斯然翻开书桌上的一本书，"你来看这个。"

路栩走过去，发现那是一本相册，上面是路晓明和赵欢的合影。

这些照片都很日常，大部分是在山里拍的。爸爸以前是不爱照相的，面对镜头就变得像机器人一样僵硬。但这些照片里，他们两个人都穿着徒步装备，在一片树林之中，笑得很真切。

"这里还有一张照片。"赵斯然指着地上说。

路栩的脚下躺了一张皱皱巴巴的照片，曲修宁的脸朝上，正对着他们微笑。

这是什么时候从口袋里掉出来的？

"这是谁啊？"赵斯然手疾眼快，先捡起来了。

路栩慌得要命，却还脸不红心不跳地撒谎："这是我爸年轻的时候。"

"可是这照片下面标的日期是去年。"

是谁说这个小孩呆头呆脑的？

"饭好了，来吃饭了。"路晓明及时出现在书房门口，"你们在看相册啊。"

路栩点点头，说拍得挺好的。

"这都是跟你赵阿姨出去徒步的时候拍的。"路晓明过来自己讲，"这张是在南湖拍的，这张是在翠华山拍的……"

赵斯然突然问了句："你是不是喜欢他？"

这是不曾有过的、被人看穿的感觉。路栩后背突然一凉。

她看准时机，手在桌子下面把曲修宁的照片抢了回来。

路晓明还以为这个问题是问他对赵欢的感觉，这个四十多岁的男人扭捏了一阵，随后回答："是啊，喜欢。"

赵斯然并没有跟路晓明挑破，而是笑嘻嘻地盯着路栩。

虽然父母很早就离了婚，但他们在情感和物质上没有太亏欠过她，她曾认为只要从家庭里得到的爱足够多，就不会像花痴一样把心思放在那些傻小子身上。

可现在她发现，有些感情是无法控制、恣意生长的。

看着赵斯然天真灿烂的笑脸，路栩突然想起张晚忆的那句话：

You also have today.

是啊，她也有今天。

吃饭时，路栩跟爸爸说了家长会和放假的事。

路晓明拿来日历，数了数时间，说趁着路栩跟赵斯然都放假，他跟赵阿姨把证领了，全家一起吃顿饭。

听到"领证"两个字，路栩怔怔的，用筷子反复戳着碗里的米饭。

领了证，就是合法夫妻了。

她主动开口叫赵阿姨来吃饭时，是没想过这一茬的，就连刚才陪着赵斯然挑房间，她也没想过，他们很快就要住进来了。

不过爸爸和赵阿姨之间，什么都定了，就差领证了。就算她不愿意，周围的一切也会推着她往前走。

但她脸上的表情骗不了人。在别人看来，她垮着个脸，分明写着"不情愿"。

赵欢察觉到了，沉默了一阵，说道："其实也不急……要不过段时间吧。"

路栩停下手上的动作："没关系的，开学后我可能都没有时间了。再说，我刚跟斯然选好房间了，是吧斯然？"

赵斯然点点头，满嘴都是京酱肉丝的酱料。他还问，路晓明跟他妈妈结婚那天，能不能再去吃一次泡菜锅。

路晓明跟赵欢如释重负。

懂事的人总是要承担更多，路栩也不知道这样的懂事，会不会让妈妈觉得她太软弱。

吃完饭，路晓明跟赵欢一起在厨房洗碗收拾。赵斯然凑在路栩桌前，饶有兴趣地看着她书桌上的陈设。

路栩的房间整理得井井有条，学习资料分门别类放着，玩偶摆件也像军训似的站成一排。

"姐姐，那张照片上的人是谁啊？"

臭小子，就知道他还记着呢。

路栩像煞有介事："这是我们年级的考神，这照片要好好保存，保佑我上重点大学。"

赵斯然不是几岁的小孩了，这种瞎话他是不信的。

"我们班有人喜欢一个女生，就会偷偷藏她的大头贴。"

"那是因为你们这些小屁孩没有手机。"路栩大言不惭，"现在都用手机拍照，谁还用藏照片这么老土的法子啊？"

赵斯然想了一会儿，这次好像信了。

路栩盯着他："你跟姐姐说，你有没有藏女生的大头贴？"

赵斯然扭捏了半天，说没有。

明明就是有。

路栩直接问："她叫什么名字啊？"

赵斯然脸腾地红了："她也叫赵斯然。"

跟他同名同姓，一个字不差。

嚯，《情书》啊，现实版的藤井树和藤井树。

只是眼前这位男藤井树，吃完饭连嘴都擦不干净。

很快就到了考试前一天。

上午上课都还正常，下午第二节课下课铃一响，整栋楼已经乱作一团。

考场排出来了，安排表就贴在教室后面，大家纷纷往前挤，抄自己的考号和考场。

学校广播里动员全年级大扫除，所有东西都要拿回家，开学后搬到新教室去，所有人都忙着整理堆成山的书本，这个要借纸袋，那个要扔垃圾，桌椅碰撞，人声嘈杂。

一片忙乱之中，路栩趴在座位上，没有要动的意思。

"你在第七考场，靠窗第二排。"韩硕递给路栩一张字条，上面写着她的考号和座位号，"不用谢。"

因为家里的事，路栩心情乱乱的，提不起精神。

她并不是抵触爸爸再婚，也不反对赵欢母子搬进来，只是明明早就知道的事，到真正发生的时候，她还是有些不适应。

她给韩硕做了个手势，算是道谢。

"心情不好？"韩硕问了句。

路栩："没有。"

韩硕："那你怎么没精打采的，都两天了。"

他其实很细心，什么都看在眼里。

路栩："就……有点烦。"

韩硕没有再问，从包里掏了块威化饼干给她，说："吃点甜的，心情会好点。"

自从张晚忆说韩硕瘦点好看之后，韩硕已经很多天没出现在食堂了，每天以各种水煮青菜和水果度日。但他还是习惯随身携带小零食，时不时拿给张晚忆吃。

路栩看了看他，好像是瘦了点，能看出下颌线了。

六班教室里，张晚忆桌洞里的杂志、护肤品，各种花花绿绿的笔记本和文具，摆了一桌子。

邹铭琦拿着抹布晃过来，被眼前这些东西震惊了："这么多东西，得动用搬家公司吧，你拿得动吗？"

"有韩硕呀。"

邹铭琦长长地"噢"了一声，多少有点阴阳怪气的意思。

张晚忆朝他扔了个纸团过去："他不帮我拿，难道你帮我拿？"

"可以啊，有什么不行的。"

邹铭琦是体育生，放学后要训练，为了不让他在路上浪费时间，他父母就在学校对面的老小区租了个房子。平时他都住在那里，上学步行只需要两分钟。

邹铭琦说："不如你的东西都放我家吧。你那个五班的闺密如果也有东西懒得拿回家去，也可以放我家。"

原来醉翁之意不在酒，这次换张晚忆长长地"噢"了一声。

"加我一个。"曲修宁不知道什么时候飘过来，冷冷地说了句，"你家那么大，不如把我的东西也放一放？"

邹铭琦轻轻一拳砸在他身上："你来添什么乱。"

曲修宁拨弄了一下额前的碎发："我是看你慷慨，就顺道来占占便宜。"

张晚忆挠了挠下巴："既然这样，我再带个韩硕，你不介意吧？"

邹铭琦气得要死："你你你——你不讲武德！"

最后去邹铭琦家的，是一支浩浩荡荡的队伍。

大扫除结束后，学生们如同潮水般散去。整栋楼的教室都被摆成三十人的考场，多出来的桌子都堆在教室后面。

五班只剩下路栩跟韩硕，他俩在等张晚忆收拾她那一堆宝贝。

有几个高一新生和家长提前跑来学校，打探学校环境。他们在五班教室门口张望，顺便问了些问题，食堂饭菜如何啦，老师教学水平啦，诸如此类。

过了一会儿，张晚忆带着曲修宁和邹铭琦出现在五班门口。那个要上高一的新生是个女孩，路栩看到她脸上露出不可思议的表情，一般人看到帅哥都是那个表情。

"久等啦，走吧！"

路栩一共有三个包，一个是要背回家的书包，另外两个是纸袋子，里面都是假期用不到的书。

邹铭琦正要朝路栩走过去，张晚忆意味深长地笑着，发出"啧啧"的声音。

"你叫我们这么多人来，原来只是为了给某个人拎包啊。"张晚忆故意把"某个人"几个字咬得很重。

曲修宁抬起头，看了一眼路栩。

邹铭琦说："韩硕，你能管管你家张晚忆吗？"

教室里三个人都不淡定了。

张晚忆大喊她什么时候成韩硕家的了。邹铭琦怕她再说什么，反倒不好意思在路栩面前表现了，回六班帮张晚忆拿包。

曲修宁耸了耸肩，无声无息地把路栩面前的两个纸袋拎走了。他朝路栩做了个狡黠的表情，表示懒得理那几个人，他们俩先走。

那一瞬间，路栩只想感谢张晚忆。

那三个人还在后面吵闹，曲修宁跟路栩一起走在前面。

两个人第一次有了独处的时间。曲修宁的碎发在夕阳照射下凌乱地散着，随着他的步伐微微颤动，他的手肘会不时碰到她。

这一刻，就算她表面装作淡定，心脏还是不小心漏跳了一拍。

曲修宁先问："明天在哪个考场？"

路栩答："七考场，就在七班。"

曲修宁接着说："哦，那这次我的卷子应该不会发到你那里了。"

"嗯，哈哈。"她局促地干笑了两声，笑完想抽自己两下的那种。

曲修宁觉得路栩可能是跟他不熟，所以话并不多，便不再说什么了。

路栩琢磨着要怎么把对话继续下去。问他的考场？还用问吗，肯定在一考场的第一个座位。

走到校门口的超市，曲修宁回头问了句："喝饮料吗？"

后面三个人报出三个不同的饮料品牌。

曲修宁问路栩："你呢，你喝什么？"

"我喝水溶C吧。"

"你也喜欢喝那个？那咱俩买一样的。"

说完，他转身进了小超市，没看到路栩脸上惊喜的表情。

路栩喜欢水溶C，是因为喜欢那个可爱的"五个半柠檬"的广告，没想到随意瞄了一眼电视，竟跟曲修宁有了共同的喜好。

出来后曲修宁只拿了他和路栩的饮料，其他三个人的被他放在小超市门口的冰柜上，叫他们自己拿。

一个小小的"区别对待"，足以让路栩欣喜若狂，没人知道她现在有多开心。

他们把所有东西都放在邹铭琦家的次卧，跟他的健身器材堆在一起。

张晚忆一本正经地叮嘱邹铭琦别偷用她的防晒霜和夹板拖鞋，邹铭琦反击了两句，韩硕不乐意了，他们三个人又叽叽喳喳起来。

路栩跟曲修宁站在一旁。

他们在吵些什么，她一句也没听进去。她只顾着贪恋跟曲修宁站在一起的时光，与他并肩，就好像拥有了全世界。

在邹铭琦家放完东西，韩硕没头没脑地问了句要不要吃烧烤。

张晚忆翻了个白眼说明天还要考试呢，结果剩下的人异口同声地说"好"。

路栩惊讶地偷看了一眼曲修宁，只见他耸了耸肩："反正现在回去复习也来不及了。"

"你们这些学霸，就是不想给人留活路！"说完，张晚忆义愤填膺地加入了烧烤队伍。

他们几个围坐在一家小竹签烧烤的圆桌边，老板看他们都穿着一中的校服，夸他们一中真是又出学霸又出俊男靓女。

张晚忆甜甜地说了声谢谢。

除了曲修宁，他们几个都是从安城一中的初中部升上来的，他们对曲修宁都有太多疑问，于是这顿烧烤就变成了加深交流的联谊会。

不过都是其他人问，路栩静静听着。

韩硕忙着给张晚忆夹菜递签子，顺口问曲修宁："都高三了，你为什么还要转学啊？"

曲修宁说因为搬家了，一中离他新家更近，而且父母觉得一中的师资力量和环境比高级中学更好，一中的校领导找了他几次，他就转过来了。

曲修宁仿佛天生一副漫不经心的样子，他耸耸肩："我其实在哪儿无所谓，家里人坚持的。"

邹铭琦说："各个学校都在抢好学生，你有希望冲击状元，一中当然要不顾一切把你抢过来。"

曲修宁扬了扬下巴："你不也一样。"

路栩跟张晚忆不明就里。

韩硕补充："邹铭琦是国家田径二级运动员，高考能加分的。"

张晚忆露出错愕的表情，随即转为羡慕。

这张桌子上，曲修宁跟路栩是学霸，邹铭琦有体育特长加分，韩硕虽然平时插科打诨，但他成绩可不差，上个重点大学不成问题。

只有她，全把工夫花在脸和头发上了，浑浑噩噩过了两年，别人做完了成堆的练习册，而她攒了成堆的时尚杂志。现在就要高三了，她却始终在年级七百名左右徘徊，这个排名，在这几个人面前实在不好意思拿出来说。

张晚忆垂下眼眸，情绪突然低落："你们成绩都那么好，也都知道自己的出路，曲修宁要考 P 大，邹铭琦可以当运动员……"

曲修宁自顾自地哼笑了一声，语气里透着无奈："所有人都想要我考 P 大，可考上之后呢？我真正想要做些什么，自己反倒看不清。"

像他这种天之骄子，必然背负了众多期望。

"别这么说，如果只是因为成绩的话，高三这不还没开始嘛，努力还来得及。"路栩揽过张晚忆的肩膀，"再说了，路是自己走出来的，你有很多我们都没有的优点，没必要羡慕我们。"

她实在是不太会安慰人，但韩硕还是向她投来感激的眼神。

邹铭琦接过路栩的话："路栩说得没错，我们没什么可羡慕的。别人都觉得我是体育特长生可以加分，但我这水平，这条路将来能走到什么程度很难说，好学校的文化课分数线也高，一般的学校我又不愿意去，其实也挺难的。"

大家陷入一阵沉默。

最后，曲修宁说："高考不是终点，活在当下，做好现在的事，也许就有答案了。"

路栩回头看他。他盯着远处，若有所思的样子。

她不知道，这个光芒万丈的少年有怎样的心事，但她知道，他的未来，一定属于更大更精彩的世界。

夏天天黑得晚，他们各自回家的时候，城市华灯初上。

路栩跟张晚忆沿路拦了辆出租车，车子远去，三个男生还在原地看着，韩硕时不时地招手。

车流之中，他们的身影慢慢缩小。曲修宁有他独特的站姿，路栩一眼就能认出来。他的轮廓在沿途车灯的照射下，耀眼夺目。

出租车司机开着收音机，正好放到梁静茹和品冠的那首《明明很爱你》。

"我平凡无奇，而你像灿烂星星，让我担心……"

这首歌做背景音乐，看着曲修宁的身影，路栩突然有点想哭。

考试两天，时间安排按照高考的标准，第一天早上考语文，下午考数学，第二天早上考理综，下午考英语。

这次的试卷果然不难，就连路栩都在理综卷子上找到了自信心。她庆幸自己把上次月考卷子做了两遍，这次的物理大题里，正好有一道是月考题的演变。

她第一次在理综考场上体会到了奋笔疾书的快感。

考完理综，路栩的心里轻松多了。

路栩的考场里没有五班的同学，她独自趴在位置上闭目养神。后座的两个女生挤在一起聊天，她们从老师们为了家长会出排名通宵加班改卷子，聊到这次的年级第一会是谁。

"操那个心干吗，反正不会是你跟我。"其中一个女生说。

"那当然了，我们跟人家差远了。"

"我知道你想说谁，是不是六班的那个曲——"

"嘘，小点声，别人都听见了。"

路栩在心里叹了口气。

考试全部结束后，大部队一股脑地往校门外涌，人群中到处洋溢着放假的兴奋。

路栩快走出学校大门的时候看到了曲修宁，便有意无意朝他的方向走。

只见曲修宁在校门口徘徊了一会儿，掏出手机打电话。

很快，有几个人在马路对面朝他挥手："这儿呢，这儿呢！"

曲修宁走过去跟他们会合。叫他的是两男三女，他们没穿校服，也是高中生的模样，应该是曲修宁之前的同学。

那三个女生里，有一个特别漂亮。

没错，特别漂亮，一看就是校花级别，让人移不开眼的那种漂亮。她扎着简单的马尾，穿着简单的短袖和牛仔裤，在一众灰头土脸的高三生中，特别出众。

路栩突然生出莫名的危机感，她盯着对面，跟曲修宁一行人保持着同样的速度前进。

走着走着，她撞到一个人身上。

"对不起……"她抬头一看，对方是位穿着职业套装的女士。

咦，这位女士有点眼熟……她的声音一下子提高八度，叫了出来："妈？！"

"我都看你半天了，你跟只螃蟹似的，干吗？"

妈妈顺着她的视线看过去，马路很窄，曲修宁一行人就在她们母女俩正对面。

路栩心虚，嘴上也不利索："我、我、我看美女……"

妈妈像看傻子一样看着她。她挽过妈妈的手臂，开始撒娇："妈妈，你专门来接我的？"

"不然呢，我还能来接谁？"妈妈跟她说话宛如对待下属，每句都是反问。

"我的意思是，你来之前也不跟我说一声。"

她看了一眼马路对面，曲修宁和那几个人晃晃悠悠地走着，有说有笑，一股酸味冒上胸口。

"下午我跟委托人在附近谈事情，就打电话问了你爸，他说你今天考完试就放假了，谈完事我就过来了，这不，时间还挺赶巧。今晚你到我那儿住，明天晚上我把你送回你爸那儿去。"

妈妈一向雷厉风行，无论安排什么事，从来都不拖沓。她根本什么都不用说，就被安排得明明白白。

说完，妈妈掏出车钥匙按了一下，路边一辆车的车灯闪了闪。

妈妈也换了辆新车，酒红色的车漆，跟单身女强人的气场很搭。这个场景跟爸爸之前来接她那回如出一辙。

她傻乎乎地问："妈，你也要结婚了吗？"

"说什么胡话呢。"妈妈很无奈，敲了敲她的脑瓜，"工作这么辛苦，我也该奖励自己一点什么对吧。"

不知道她活到四十多岁会不会有妈妈这么酷。

她很想知道，是不是变成大人之后，就知道生活该朝哪个方向前进，而只有他们这些小孩才有时间伤春悲秋。

"我刚过来的路上看见一家新开的日料店，想吃吗？妈妈带你去吃。"

路栩点点头。

上车后，妈妈发动车子，打开空调，却不急着出发。

"后天开家长会，是吧？"

家长会的事，路栩压根儿就没跟妈妈说，妈妈工作太忙，以往的家长会也没参加过几次。

"我后天要去青岛出差，家长会就让你爸去吧。"

"嗯。开完家长会，我爸跟赵阿姨就要领证了。"

妈妈愣了一下，然后火急火燎地在包里翻找东西："我正要说这事呢，我们俩有东西要给你。"

路栩一时不确定，妈妈说的"我们俩"，到底是不是她和爸爸，毕竟他们俩平时没什么机会一起出现，不太用这个词。

妈妈从钱包里抽出一张卡，递给路栩。

卡面上是 Kitty 猫。路栩还没有自己的银行卡，但这种卡，她在街边的广告牌里见过，需要一定存款才能定制。

"这里面有五十万，密码是我手机号后三位加你手机号后三位，别记错了。"

路栩手一抖。

"我跟你爸分开也没给过你什么，本来我们商量的是一人拿二十五万，都给你存着，你爸心里过意不去，拿了四十万，我只添了十万。"妈妈连珠炮似的说完，"算他还有点亲爹的责任心。"

从天而降一笔巨款，路栩有点蒙。

妈妈犹豫了一下，还是跟她说："钱的事你自己知道就好，这可都是给你存的。"

路栩懂事地"嗯"了一声。她摆弄着那张卡："妈，你们给了我五十万，你们自己还有钱吗？"

"你就别替我俩操心了，这钱是我俩该给你的，给你就拿着，可以花但别乱花，你现在高三也没什么花钱的地方，以后再说吧。你现在最重要的就是学习，考大学，其他的别乱想，听见没？"

路栩乖巧地点点头。

妈妈握着路栩的手，就那么看着自己的女儿。

她们母女俩很久没有这样相处过了。

妈妈帮她把一撮碎发别到耳后，许久，说了句："孩子，爸爸妈妈对不起你。"

透过车窗，她看到曲修宁一行人停在街角，那个漂亮女生正在仰头跟曲修宁讲话。

他身边永远有人围绕，而她，注定只能仰望和远远注视。

心情一下子低落到谷底，最近所有的委屈一下子涌上来，化成泪水填满了她的眼眶。

路栩在车里哭了很久，眼泪跟开了闸似的，怎么都止不住。

对新生活的恐慌，来自高三的压力，还有跟曲修宁有关的这种挫败感。她本以为自己能像分类整理书本一样整理好自己的情绪，只是她没想到，她没办法做到每件事都井井有条。

妈妈只是握着她的手，没有多说什么，但她什么都懂。

于是，考试之后的那顿日料变成了路栩跟妈妈之间少有的温情晚餐。

一整晚，妈妈都没提可恶的考试和排名，也没有强行纠正她的某些小习惯。这个女强人暂时脱掉了战甲，变成了知心妈妈，对女儿有求必应。

晚上，路栩住在妈妈家。妈妈的房子跟她本人一样简洁干练，装修色调简单但并不便宜，屋子里随便一件家具都价值不菲。

电视柜上摆了几个花花绿绿的纸相框，里面是路栩跟妈妈的合影。那些相框还是路栩读小学时，上手工课做的，跟家具不太搭，但妈妈还是把它们放在了最显眼的位置。

平时路栩偶尔也会来住，母女俩一人一间房，互不打扰，但今晚她想跟妈妈一起睡。

妈妈也破天荒没有围着工作转，躺在床上抱着她，手轻轻地一拍一拍哄她睡觉，就像小时候一样。

"妈，你身上有股味道。"

妈妈抬起手，闻了闻睡衣一角："我刚洗澡了呀。"

"就是只有你身上有的那种味道，别人都没有，我一闻就知道是你。你身上、枕头上、家里，到处都是这个味道。"说完，路栩把头埋在妈妈臂弯里。

那是一种能让她有安全感的味道。

不过十几秒的时间，她就踏实地睡着了，没发觉妈妈已经泪流满面。

第二天晚上八点多，妈妈开车送路栩回了家。

在路上，路栩接到范老师的电话，问她明天有没有时间，家长会需要有人来学校帮忙发卷子。

"你们班主任？还是那小姑娘？"

路栩"嗯"了一声，跟妈妈说了范老师怀孕的事，说有家长要换掉她，还对那些家长的不近人情表示愤慨。

"你怎么没早说？"妈妈的语气突然严肃起来。

路栩脖子一缩，昨天不是光顾着母女温情了嘛，谁想得到这一茬。

妈妈掏出手机就要打电话。她之前帮学校某个校领导处理过遗产纠纷的案子，逢年过节的总会问候一下，这关系就一直维系着。

路栩赶紧摁住妈妈的手，说："妈！这事学校肯定会考虑的，你就别问了。"

"你是我女儿，我怎么可能不过问？高三重要，物理也重要，这班主任肯定要换的。带毕业班多辛苦，更何况她还怀孕了，对你们对她都不是好事。你们这些小孩就是爱把感情看很重！感情再深，高考能加分吗？"

"可是范老师带了我们两年，我们都习惯了，突然换老师，对我们才不好吧。"

妈妈的回复精准而扎心："别在这儿伤春悲秋的，老师怀孕了又不会丢掉工作，生完孩子可以再回来又从高一带起。你们呢？高考考不好，影响多大啊！再说了，范老师带了两年，你物理成绩提升了没？"

路栩无言反驳。妈妈又变回去了，变成了那个刀枪不入、嘴上不饶人的女强人。

她语气软下来，扯着妈妈的胳膊："妈，明天我爸去开家长会，到时候家长都在，有什么情况也好跟学校反映，你出差去外面照顾好自己，好吗？"

女强人吃软不吃硬，想了片刻，还是答应了女儿。但走之前，她还是跟路栩强调，会打电话跟爸爸商量。

路栩下车，背好书包，俯了半个身子："我爸就在楼上，你不上去？"

"我只负责安全把你送到，我跟你爸嘛，就没有见面的必要了。"说完，她把车窗升上去，跟路栩做了拜拜的手势，直接开车离开。

第二天一早，高三生们迎来了第一次家长会。

这天正好也是高一新生入学报到的时间。

路栩跟爸爸一起去的学校，到了教室才发现，班里好多人被叫来了。

韩硕不知从什么地方冒出来："叔叔好，我是路栩的同桌韩硕。"

路晓明哈哈一笑，说："我记得你，那个小胖子嘛，你们俩从高一就是同桌。"

韩硕做出中枪的动作，路栩赶紧推着爸爸去座位上。

韩硕鞠了一躬，对她说："路栩同学，恭喜你在本次考试中进入全班前十名，只有前十名才有殊荣来家长会做苦力。"

"哇，你这次也进前十啦？"

"这次题简单，我捡了个便宜，正好卡在第十名。"韩硕摊手，"不过我是班长，不管怎么着都得来。"

要做的事儿还挺多，每科考试的卷子要发，还要发假期作业。一共就放七天假，每个老师都准备了至少两张卷子。

"先帮我发排名表吧，我还要去办公室搬卷子。"韩硕递给路栩一摞纸，"你这次考得挺不错。"

班级排名表人手一份，但年级排名表只有韩硕手里拿着的那份。路栩飞快地扫了一眼，看到第一个名字是曲修宁，心放回肚子里。

路栩低头看了一眼排名表，她这次在全年级排名一百，班级排名第五，这是她没预料到的好成绩。

她的语数英成绩本来就是全年级数一数二的水平，这次数学和英语都考了140以上的高分，再加上理综成绩没有拖后腿，总成绩一下子有了大的飞跃。

发排名表的时候，有几个家长拉住她问成绩，她每次说完后，总能收获羡慕的眼神。

这些都被路晓明看在眼里。他已经跟前后左右的家长熟络起来，问了问其他孩子的成绩，这一块就路栩考得最好，他心情好极了。

家长会正式开始，范老师抱着一个厚厚的笔记本走进来，教室里的家长开始窃窃私语。

或许是有些紧张，范旻婷开口之前整理了一会儿讲台桌面，可讲台上一共只有两样东西，她的笔记本和一把大的三角尺。

她把笔记本跟三角尺换了几次位置，然后才清了清嗓子，微笑道："各位家长早上好，我是五班班主任范旻婷。这是五班进入高三的第一次家长会，也是我跟五班的最后一次家长会。由于学校内部的一些调动，这学期开始我就不再担任咱们五班的班主任了，物理课也会有其他老师接手。

"请各位家长不要太担心，学校新安排的老师是周晴老师，家长会结束后大家可以去楼下'教学能手'的表彰栏里找到她的名字。周晴老师经验丰富，带过很多毕业班，这段时间我一直在跟她做交接工作，保证课程进度，也保证让周晴老师了解每个孩子的状况。一会儿各科老师会陆续过来，我也会跟大家一对一交流，把孩子们在学校的情况详细跟各位家长聊一聊。"

底下一部分家长松了口气。

范老师眼眶有点泛红，她自己才二十多岁，就管他们叫"孩子们"。

来帮忙的同学都趴在教室窗外看着，大家都有点心疼范老师。

路栩转过头问韩硕："你是不是早就知道？"

韩硕摇头，说："看样子学校早就有了结果，可能范老师没法直接跟我们告别，又想自己给家长们一个交代，才选择在今天说吧。"

旁边有个同学忍不住喊了句"范老师谢谢你"，韩硕和路栩也跟着喊了一句。所有家长看过来，那个带头的同学被他的妈妈喝了一声。

没人注意范老师抹了一滴泪。

有人小声说："范老师真可怜。"

有人无奈感叹："这个世界真残忍。"

大人们恐怕无法理解，孩子们并不是为了赌气硬要留住范老师，而是不想让真心在成长中，慢慢消失。

在教室外待了一会儿，路栩实在不忍心再听下去，拉着韩硕跑去楼下透气。

韩硕不情不愿，靠着教室窗户还能吹上几丝从里面透出来的空调凉风，到楼下根本不是透气，而是蒸桑拿。

高一教室里人声鼎沸，新生们正忙着领军训服，看到他俩穿着校服，一大群人突然对他们行起注目礼，那眼神太过真挚，吓得他们赶紧逃走。

韩硕一边回头向新生们致意，一边说："就喜欢看那群新生没见过世面的样子。"

篮球场有块树荫，他们一人买了个甜筒，坐在树荫下的水泥台上啃。

不远处的操场上，校田径队正在训练。

路栩随口说了句："田径队放假也要训练啊？"

没想到招来了韩硕侧头看过来的目光。她不懂韩硕干吗那么看着她，继续舔她的甜筒。

"邹铭琦也在训练呢，看见没？穿白色短袖那个。"

路栩眯着眼睛看了半天，也没分清谁是谁："看不清。他训练跟我有什么关系？"

"怎么跟你没关系？邹铭琦特别想认识你，而且对你跟对我们不一样，你知不知道？"

手中的甜筒被吓掉半个。

她直勾勾地盯着韩硕，半天才憋出一个字："啊？"

"不然呢，你以为前几天的烧烤是我想吃啊？还有，你以为他真那么慷慨，让咱们一大群人把东西放到他家？"

路栩努力回忆自己是不是错过了什么，语气慌乱："瞎说的吧？"

显然，发生这些事的时候，她的注意力全都被曲修宁吸引去了。

韩硕显然不信："别装了。"

路栩摆出一副"你不信我也没办法"的表情，说："我们俩又不熟，连话都没说过。"

韩硕："那天吃烧烤不是聊得挺好嘛。"

路栩急了："那不是大家一起聊的嘛！要不是你跟张晚忆在，我都不会去。"

她一抬头，正好看见穿着白色短袖的人影正在做拉伸。

被韩硕这么一说，那个身影怎么看怎么别扭。

韩硕边摇头边咂嘴："他以前可是级草，你知道有多少女生专门跑去看他训练吗？"

韩硕这句话的重点是"多少女生"，但路栩只捕捉到"以前是级草"。

"以前？现在换人了？"

韩硕撇了撇嘴说："这不是曲修宁转学来了嘛，有一部分女生就自作主张，把邹铭琦从级草的宝座上生拉硬拽，拽下来了。"

"以前是级草怎么了，现在又不是。再说了，就算是，跟我也没关系。"路栩依旧装傻。她担心韩硕大嘴巴说出去，指不定会被传成什么样。

韩硕不死心，撞了撞她的肩膀，说要交换秘密。

"咱俩一人说一个秘密，你说完，我也说一个我的。"说完，他也不管路栩入不入局，直接问，"我先来？"

路栩"哼"了一声，没回答。

韩硕对着她举手发誓："来嘛，我保证不告诉别人，天知地知你知我知。"

谁要跟他交换秘密。

路栩无精打采地一摆手，表示对韩硕的提议并不感兴趣："你能有什么秘密，你那还是秘密吗？"

这句反击并没有多强，竟然意外地让韩硕吃瘪了。他不再追问路栩，两个人蔫头耷脑地坐在一起，各怀心事。

路栩心里想，我这个秘密，天知地知，我知而已。

/第三章/

"你好，我是曲修宁。"

家长会结束后，假期就开始了。

他们放假离校，高一新生正要开始军训。那群高一新生站成队列，看他们穿着校服的样子，眼神里有好奇，也有羡慕。

一中的校服有个特别的小设计，校服款式都是一样的，只通过胸前绣着的校徽款式区别年级。

高一的黄色代表青春，高二的红色代表热情，高三的蓝色代表未来。

以前他们上高一的时候，也很羡慕高三的未来蓝，直到他们自己上高三才知道，蓝色还代表忧郁。

各科的暑假作业直接发到了家长手里。大人们从教室里出来，每人手里都抱着一摞卷子。不得不说，那个场面很滑稽。

说是假期，不如说是在家自助考试。假期一共七天，算下来他们平均每天至少要做两张卷子，除了卷子，还有各种练习册。

路栩打算放纵几天，先不去想那堆令人窒息的假期作业。

假期第一天，是路晓明跟赵欢领证的日子。

路栩本来想趁着假期好好睡个懒觉，但生物钟还在上学状态，到点就自动醒了，她忍着困意看了眼时间，六点四十分。

她听见外面有窸窸窣窣的声响，打开房门，发现爸爸已经穿戴整齐，眉眼间都是掩饰不住的高兴。爸爸身上是件青色的短袖衬衣，应该是新买的，衣服上的褶子还在。

父女俩一个容光焕发，一个蓬头垢面，对比鲜明。

"爸，现在才六点多。"路栩搓了搓脸，强行让自己清醒过来，她又看了一眼表，确认了一下。

路晓明笑道："我知道，这不是提前准备好嘛。"

"您这可太提前了，民政局九点上班，还有两个多小时呢。"

路晓明站直，在她面前转了一圈："我这身怎么样，够正式吧？"

"挺好看的。"她走近摸了摸路晓明衣服上的褶子，"不过还得再讲究点，衣服脱下来，我给你熨熨。"

她熟练地给挂烫机装好水，把衣服挂上，开始忙活。

她回头，看到路晓明局促地站着，就开起玩笑："明天开始就不用我给你熨衣服了。"

路晓明似乎在想什么，沉默了许久。

过了一会儿，他做了个深呼吸，勉强开口："小栩，你妈应该把卡给你了吧？我也不知道怎么跟你开口，这么多年，我总是很忙，没照顾好你——"

"爸，你什么都不用说，我都知道。"她很平静地回头冲路晓明笑了一下。

她知道爸爸是爱她的，妈妈也是爱她的，而她也同样深爱着他们。这就足够了。

今天是个好日子，她不想有眼泪，她希望所有人都开开心心的。

她把熨好的衣服递给爸爸，让路晓明重新穿好，然后给了他一个大大的拥抱："爸，结婚快乐。我是真的为你高兴。"

这一次，她没有哭鼻子。

爸爸要领证了，妈妈在事业上打拼，她的高三近在眼前。他们一家三口都在往不同的方向奔去，她想她已经做好迎接新生活的准备了。

当天下午，赵欢母子就搬了进来。

搬家公司的人把大大小小的纸箱堆在客厅，路晓明跟赵欢忙着收拾摆放。

路栩出来跟赵欢打了个招呼，之后就一直待在自己房间里。赵斯然想找路栩玩，被赵欢说了几句，让他不要打扰姐姐学习。

其实路栩连书包都没打开过，她正躺在床上，双腿跷得老高，跟张晚忆煲电话粥。

这次考试题虽然简单，但不是每个人都考得好，张晚忆总成绩比上次好一点，名次却倒退了。

她心情很差，絮絮叨叨地跟路栩在电话里抱怨："昨天我妈去开家长会，回来就开始苦口婆心地劝我转去文科，说她同事的小孩也是成绩不好，高三才转去文科，今年考了个不错的一本。可关键我文科也学不好啊，万一去了文科班不适应，那我不是两头都没捞着嘛。"

路栩安慰她："大人们喜欢病急乱投医，觉得理科学不好就适合学文科，其实不是这样的。老师不是说了嘛，文科学好也不容易。这是决定你未来的大事，你得自己想清楚。"

张晚忆叹气："我要是想得清楚就不会这么烦了。昨天家长会的时候我偷跑去看了八字，让算命的看看我到底有什么出路。"

路栩问："算命的怎么说？"

张晚忆边回忆边说："说我命里带财库，能赚钱也不会缺钱，说我以后事业会特别顺……"

路栩突然想到点什么，跟张晚忆说："我们班有个女生好像准备考编导专业，我听她说，这个属于艺考专业，理科也能考，是可以短时间强化培训迅速提高专业成绩的，文化课分数线也会适当降低，你可以了解下。"

这个提议引起了张晚忆的兴趣，她挂了电话，去网上查关于编导考试的信息。

过了将近一个小时，张晚忆打电话回来了。她让家里人帮忙咨询了一下熟人，又打电话问了班主任老章头，大家一致觉得这个路子很适合她，可行。

张晚忆："算命的还说，我命里有个贵人，路栩宝贝，我觉得那个人就是你。"

路栩："你也太抬举我了，我就是提了个参考意见。"

张晚忆："可你的参考意见好接近标准答案啊！真的，你刚刚一说，我有种在黑暗中突然找到方向的感觉，之前都特别迷茫。我还没问过你呢，你有没有什么目标啊路栩？"

路栩："我想跟我妈一样，做个又酷又独立的人，但具体做什么还没想好。我觉得那谁说的话挺对的，做好现在的事，也许就有答案了，所以还是活在当下吧。"

"那谁"就是曲修宁。曲修宁说这话时，张晚忆也在场，于是她把话题转到了曲修宁身上。

张晚忆："对了，你知道吗，听说考完试那天，有个漂亮女生跑过来找曲修宁了。"

路栩脑子里"嗡"地一炸。

张晚忆完全没察觉路栩的沉默，反而越说越来劲："好多人都看见了，那女生是高级中学的校花，好像他们初中就是同学来着。听说那女生是个绝世大美女，我反正是没见着，你们俩考场离得近，你见着没？"

那个漂亮女生的脸浮现在眼前。在路栩认识的所有人里，张晚忆是最漂亮的，可那个女生，比张晚忆更好看一些。

路栩说谎了："没有，我妈在校门口接我来着，我直接坐车走了。"

张晚忆自然不会放过这条八卦消息："你们班吴清睿跟他不是初中同学嘛，你问问她去。"

路栩表现出被胁迫的样子，在QQ上找到了吴清睿的头像。

半小时后，张晚忆迫不及待地打来了电话："情报刺探完毕没？"

路栩能给的信息很有限，随便问个人都知道的那种。那女生叫任晋萱，是高级中学的校花，现在是高级中学文科班的"一姐"，也是有实力冲击文科状元的。

张晚忆叹了口气，自嘲道："凭什么人家那么漂亮，学习还那么好？真不公平，为什么老天只分了美貌给我，脑子却忘了？"

路栩接着她的话一本正经道："看来你对自己的认知很清晰。"

"去去去！说八卦呢，他俩有没有什么八卦？"

"不知道。"

"啊？真没劲。"

"我又不能直接问。"

张晚忆不理解："有点八卦精神，OK？为什么不能直接问？"

因为她心里有鬼呀。

她全程没提过曲修宁，只是围绕任晋萱问了些有的没的，生怕被吴清睿发现什么端倪。

当天晚上，他们这个新家庭一起吃了第一顿饭。路晓明和赵欢两边家里的老人都去世得早，这顿饭也就简单了不少，只有他们四口人。过两天路晓明和赵欢还要宴请朋友，也是只有简单几桌，两个孩子不用去。

这顿饭很隆重，路晓明订了家高档西餐厅，旁边还有人拉小提琴。他心情很好，甚至给路栩的高脚杯里也倒了点红酒，让她尝尝。

赵欢给赵斯然穿了衬衫和西裤，看起来像个小绅士。只是他一直嘟囔着想吃上次的泡菜锅，被赵欢在桌子下踢了两脚才安生。

路栩笑着跟赵斯然说改天带他去吃，缓和了桌子上的氛围。

饭桌上其乐融融。

路栩的手机突然振动，她拿起来一看，有一条QQ消息通知。

点开手机，有个陌生QQ号发来好友申请，好友认证文字写的是：路栩你好，我是曲修宁，听说你有事问我。

路栩倒吸了一口冷气，差点昏过去。光是读这句话，她仿佛已经看到曲修宁那张冷峻的脸。

她手颤抖着发信息，问吴清睿是怎么回事。

吴清睿回复她：哦对了，忘了跟你说，曲修宁跟任晋萱很熟，我把你的 QQ 号给曲修宁了，让他加你，你有什么事直接问他就好。

路栩觉得她可以收拾行李，连夜离开这个星球了。

曲修宁的假期过得不太安宁。

曲家是个大家族，爷爷辈有八个兄弟，各自的子孙都离得很远，生活在世界各地。他的爷爷排行老五，只有爷爷和三爷在安城。今年夏天不知怎的，二爷爷牵头想回安城来探亲，一提起这话头，兄弟几个还有子女辈的都想回来看看。

安城是个文化古城，亲戚们回来免不了要去景点逛逛。这段时间，曲修宁的爷爷跟三爷就在他家住着，忙着给亲戚们租大巴、安排酒店，仿佛在接待一个旅行团。

8 月底，曲修宁放假第一天，几十号人浩浩荡荡地来了。

曲家的亲戚，个个都小有成就。

爷爷拉着曲修宁，跟他介绍这个是他大爷爷家的大女儿，他要叫姑姑，是 Z 大老教授；那个是四爷爷家的小儿子，他要叫六爸，那是他六妈，珍妮丝儿，美国人……只能说太爷爷的基因太强大，他们家的人个个浓眉大眼，称呼众多，认了一圈下来，曲修宁脸盲了。

下午，曲修宁参加了家宴，足足三十人的大桌包间，他甚至看不清坐在自己正对面的人的脸。

亲戚们早就听说曲修宁有多优秀，见了本人更是赞不绝口。

吃饭期间，姑姑姐姐们都夸他一表人才，还偷偷问学校里有没有追他的小姑娘。叔叔伯伯都过来跟他说，回来一趟不容易，下次再见，估计就是你小子结婚的时候。

他不大喜欢这种太热闹的环境，但还是一一回应，礼貌而疏离。

父母辈的人似乎很享受这种血浓于水的紧密联系，而跟他差不多年纪的小辈，多少都有些无所适从。

吃饭的地方就是亲戚们下榻的酒店，吃完饭，大家拉着行李箱开始找各自的房间。

第二天亲戚们要兵分两路，长辈们都要回老城区，看看城墙和之前的老宅子，小辈们去音乐学院听交响乐，正好曲修宁妈妈的学生明天有演出。

跟长辈们一一打了招呼，曲修宁一家再回到家，已经是晚上了。

这一天异常疲惫，他正要去洗澡，突然收到一条 QQ 消息。他点开一看，是吴清睿发来的：这是路栩的 QQ 号，她问了好多关于高级中学的问题，你也知道我初中毕业就没怎么回去了，有些我也不清楚，你加她，我让她有问题问你了哦。

他摩挲着手机，不明白路栩为什么会对他之前的学校感兴趣，想了一会儿，还是回了句好。

他找到路栩的QQ，发现她的签名是"天知地知，我知而已"。

他扫了一眼，没怎么在意，发了个好友申请就去洗澡了。

高档餐厅的牛排，路栩到底还是没吃出味来。后面上了什么菜，什么餐后甜点，她也都没记住，桌上的红酒她倒是一饮而尽了，吓了路晓明一跳。

回到家，她一直在琢磨要怎么跟曲修宁解释。她开始回忆跟吴清睿的对话，设想曲修宁会从哪个角度提出问题，而她应该怎么回答……

纠结了一会儿，她还是没有答案，又担心曲修宁那边会多想，于是硬着头皮通过了好友验证。

编辑了好几遍，路栩终于发出了他们之间的第一条消息：不好意思，晚上跟家人在外面吃饭，才看到。

曲修宁没有回复，也许是在忙。

她把手机朝下扣着，等了一会儿。一直盯着会加速焦虑，不看也许会有惊喜。中间她没忍住看了一眼，还是没动静。

紧张之余，更多的是兴奋。

毕竟要曲修宁的联系方式，她倒是想过，但没想到要怎么开口。现在好了，得来全不费工夫。

大概过了十几分钟，曲修宁发来信息：没事，你要问什么。

他这句话语气平淡。路栩屏住呼吸，大气也不敢出，随即猜测他是不是心情不好，或者不想跟她说话。

她决定耍一点小心机，慢慢打字：吴清睿怎么跟你说的呢？一时间我也不知道从哪儿问起。

曲修宁：她说你问了些关于高级中学的事。

路栩此刻真是太感谢吴清睿，居然没在曲修宁面前提任晋萱的名字。不过也是她自己足够机智，在很多个问题里夹杂了一两个有关任晋萱的问题。

她胡乱诌了个"亲戚家孩子想上高级中学，不知道学校环境如何"的理由。

曲修宁：想知道学校环境，亲自去感受不是最好的吗？

这个回复就显得她很蠢。她有种被人抽了一巴掌的感觉。

路栩：也是哦，我没想到这一茬。

之后就没了下文。

路栩懊恼自责，在床上翻来滚去，还没想到挽救印象的好办法，就这么昏昏沉沉睡过去了。

路栩再醒来时，已经是第二天早上了。她扫了眼闹钟，又是不到七点。

昨晚睡着时手机握在手里，一晚上过去，已经没电了。她插好充电器，去卫生间洗漱，发现赵欢已经起床，正在厨房忙活。

她过去道了声早安。

"小栩，起这么早？"

路栩点点头，说习惯了。

"还是你自律，赵斯然那小子贪睡，别人站在他身边敲锣都醒不了。"

路栩笑道："反正还没开学，能多睡就多睡吧。"

"他也过不了几天舒服日子了。"赵欢娴熟地打了几个鸡蛋，"对了小栩，阿姨跟你爸今天要招呼朋友，你俩就在家里。他这个暑假没作业，我心里头老是不踏实，给他报了个提前学初中知识的班。你有时间的话，可以帮忙检查一下他暑假补课班留的作业吗？"

路栩点头答应，之后不知还能聊什么。赵欢大概也察觉到了这份尴尬，让她先去忙自己的，等早饭好了叫她。

洗漱完回到房间，她再打开手机时，发现有一条未读消息，是昨晚她睡着之后曲修宁发来的：我大概理解错你的意思了，你是想替亲戚问问高级中学的教学和学生情况对吗？高级中学比咱们学校新，教学环境更好，教师水平有些参差，有经验的老师会分配在实验班。年级的前四个班是实验班，成绩好的基本都集中在这几个班里，每年高考就靠这些好学生出成绩。学生家境普遍都比较好，学校也不像一中这样每天都要求穿校服，同学之间就会有一些攀比。

看得出来这一大段话是认真打的，全都是为了她那个不存在的"亲戚家孩子"。他没有理解错，是她目的不纯。

路栩带着歉疚，回复了一句谢谢。

没想到这一大早的，曲修宁回复得很快：没什么，能帮到你就好。

她一连打了好多个感谢，然后顺便问了句怎么起得这么早，把话题延续下去。

几秒后，对话框里多了一行：你不也一样。

路栩捧着手机，嘴都快咧到耳朵根了。

之后他们又聊到假期安排，路栩说她本来打算去学校附近新开的书店看书，但有事去不了了。

曲修宁一大早就被父母吵起来。

曲家探亲队伍里，中老年人居多，一大早就在酒店收拾完毕，催着其他人出发。父母安排的行程足够周到，吃喝玩乐一条龙，他不想去凑那个热闹，正愁没地方去，便跟路栩问了地址，正好去书店躲个清静。

早饭时间到，路栩家其他人都起床了。

赵斯然没睡够，在餐桌前还闭着眼睛，也不动筷子，仿佛在打坐。

"姐姐早上六点多就起床了，赵斯然你呢？开学就上初一了，你有点初中生的觉悟。"赵欢苦口婆心，"今天把你补课班的作业都给姐姐看看，让姐姐帮你把把关。"

赵斯然睁开眼："今天要去书店买课外书，你忘了？"

赵欢完全不记得这回事："什么课外书，你跟我说过吗？"

赵斯然跑回房间，拿了张 A4 纸拍在餐桌上，上面印了七八本中学生必读课外书籍。

"我怎么不记得有买书这个任务，老师布置的？哪个老师，什么时候说让买的？"

路晓明出来打圆场道："兴许是你忙忘了，最近晕头转向的，难免记岔了。"

赵欢和路晓明对视了一眼，今天他们两个要忙一整天，没时间带他去书店。

路栩灵机一动，赶紧说："要不，我带斯然去吧。"

赵欢欲言又止。

路晓明说："路栩是大孩子了，跟着她你还不放心啊？"

新开的书店离家和学校不远，一共有两层，室内装修很有艺术感，再加上是新开业的，顾客不算少。

赵欢再三叮嘱，不许赵斯然买漫画书，但路栩觉得，眼下毕竟只有她一个人看着，赵斯然未必会听她的。

果然，赵斯然一到书店就奔着漫画区去了，拦都拦不住。

漫画区有很多跟赵斯然一般大的小孩，他们直接席地而坐，个个如饥似渴，恨不得钻进书里。

"喂，你忘了赵阿——你妈妈说的话了吗？"她脱口而出赵阿姨，又及时改口。

赵斯然双手抱拳，冒出星星眼："姐姐，你就大发慈悲让我看一会儿吧，我保证，只看不买。你有什么想看的书就去看，等过两个小时你再来找我。"

路栩哭笑不得："那书单上的书……"

赵斯然回头看了一眼："再说吧，这个不急。你赶紧去忙你的吧。"

道高一尺魔高一丈。

赵斯然急于把她支开，而他回头看的那个地方，坐了个小姑娘。

路栩压低声音叫了一声"赵斯然"。

那个小姑娘抬起头，用眼神寻找叫她的人。小姑娘扎了双马尾，眼睛亮亮的，很伶俐的样子。

下一秒，路栩就看到了"男版"赵斯然做贼心虚的表情。

赵斯然这点小把戏，她还是看得出来的。

原来他千辛万苦骗过大人跑来书店，就是为了见这个同名同姓的同学？好吧，他们这对异父异母的姐弟，某些方面还挺像的。

路栩脸上露出假笑："你这是……"

"我们是一个学习小组！"

"好好好，学习小组。"路栩笑笑，只是语气有点怪。

赵斯然憋红了脸，求路栩别把这事告诉赵欢。

他着急的样子有点可爱。

路栩摸着他的头，扔下一句"See you（再见）"就溜了，毕竟，她也不只是来当赵斯然饲养员的。

路栩在书店里转了一圈，都没看到她想找的人。

去到二楼，走到外国文学区时，她发现一个被一圈书架围起来的空间，里面是书店的 VIP 区。这是一个小型咖啡厅，只有点单才能进去，里面提供舒适的沙发卡座还有电源。

熟悉的身影就在那里。

曲修宁正坐在里面，面前的桌上放了杯咖啡。他一只手撑着额头，看书看得极为认真。从路栩的角度看过去，他的侧颜轮廓清晰明朗。

他是听了她的建议才来的这里，也许他还会觉得她品味不错。就好像两个人之间的约定被履行了一样，那一刻她觉得离这个少年好近。

VIP 区的设计很别致，顶上是天窗，自然光正好能从天窗进来，所以这一片区域比书店其他地方亮很多。坐在里面的人看外面，只能看到晃动的人影，而外面的人看里面，却能看得很清楚。

路栩沿着那排书架，一步步走近。透过书架之间错落的空隙，她看到他手上捧着的书的书名——《树上的男爵》。

她很快就在畅销书架上找到那本书，毫不犹豫地拿了一本。

除了 VIP 区，书店在各个区域都放了连排的椅子。

路栩捧着那本《树上的男爵》，找了个空位。这个位置是她精挑细选过的，坐在这里离 VIP 区不远，一抬头就能看到曲修宁的侧脸。

此刻，少年正全神贯注地阅读，对有人在注视着他这件事并不知情。他穿着一件白色的 T 恤，领口的地方露出一半锁骨，左手扶着额头，指节分明，动作里透着专属于他的慵懒。他的位置离天窗很近，阳光直直地洒下来，使他所在的那片区域比周围更明亮些。

他就像是天窗上洒下来的那一道光。只要他存在，就足以引她注目，让她欢喜。

路梆不知道该做些什么，好像只要她手里握着那本书，就离他更近了一些。不过，是坐在这里把这本书读完，好以后找机会跟曲修宁聊起，还是走过去假装偶遇？她举棋不定。

外面的椅子到底没有 VIP 区的沙发舒服，路梆坐了一会儿就腰酸背痛，也不知到底是这椅子太硬，还是她想靠近的心太急切。

她犹豫了一会儿，最终还是鼓起勇气走向 VIP 区。

一个人明明看到了另一个人，但要假装没看到，是件需要演技的事。

路梆先去吧台点了杯喝的，用余光看了眼曲修宁，他自始至终都没抬过头，压根儿就没发现她进来了。她有些失落，选了门口离曲修宁比较远的一个位置，背对着他坐下。

那本书她已经翻开了好久，却始终停留在最前面那页，她读了好多遍开头，却一个字都记不住。

她终于尝到喜欢一个人的滋味。

她想到韩硕。他早就习惯了事事以张晚忆为先，对张晚忆好，却从不捅破那层窗户纸；她想到周及，了解曲修宁的一切，用课代表的便利给曲修宁的练习册打分，对方却不知道周及的存在；她又想到那些前赴后继来六班偷看曲修宁又怕被发现的女生……

纵观他们所有人，哪个不是因为得不到而小心翼翼，患得患失？

突然，修长的手指敲了敲路梆的桌面。她正胡思乱想，被这一敲吓得一激灵。

抬起头，曲修宁的脸就在眼前。他做了个手势，表示抱歉，然后晃了晃手里的手机。原来是刚出去接电话，回来时才注意到路梆。

路梆露出一个惊喜的笑，这个表情她在内心演练了很多遍，真正做出来时，却嘴角发僵，有点不自然。

曲修宁并未在意，只说："你也在啊。"

周围很安静，路梆点了点头。

曲修宁把手机放在路梆的桌子上，回他原来的位置拿了咖啡和书，坐在路梆对面。

他看到两本一模一样的《树上的男爵》封面时，语气中的惊喜不难听出："你也喜欢这本书？"

路梆心虚，她才读了两页，但这不能掩盖她内心的高兴。

她不好意思地指了指她的书："我刚随手拿的，才开始看。"

他轻声说了句"咱俩还挺有缘",接着低头看书。

只是随口一句话,路栩的内心却如同大海一般,表面风平浪静,内心暗涌翻腾。

从一开始的喜欢喝同一种饮料,到现在的出现在同一家书店看同一本书,曲修宁必然没有多想,不然他怎么会察觉不到其中过多的巧合?

两个人之间,一次巧合是巧合,两次就一定不是偶然,而是其中一个人别有用心。

两个人面对面看书,曲修宁沉默专注,路栩如坐针毡。

她有好几次抬眼偷看曲修宁,都发现他完全沉浸在书里。他们的位置离出入口很近,偶尔有人来往,曲修宁从没抬过头,丝毫不受外界影响。

路栩想,他如此优秀也跟这个有关,专注也是一种迷人的气质。两相比较,她有太多杂念。

不知过了多久,曲修宁的手机振动。他的手机就放在桌上,路栩瞥了一眼,就看见屏幕上三个字的来电显示,她看到"任晋"两个字,第三个字是什么,并不难猜。

曲修宁起身去外面接电话。路栩看着他的身影,有些出神。

任晋萱打电话给他有什么事,他们到底是什么关系,她都不得而知。

路栩不得不承认,自己是羡慕任晋萱的,羡慕她出众的外貌,羡慕她足够出色的成绩,羡慕她可以自信大方地与曲修宁站在一起,接受众人的注目。

回来后,曲修宁显然没心思再看书了,他双手抱在胸前,皱着眉,不知在想什么。

路栩假装没看见。

之后他合上书,长按手机电源键关机,然后转了转脖子,关节发出清脆的声响。

路栩适时抬起头,问道:"你要走了吗?"

曲修宁挑眉,神色有些异样:"没有啊。"

"噢,我以为你有事要走。"路栩做了个打电话的手势,解释道。

曲修宁今天接到任晋萱两通电话,都是叫他去参加同学聚会。

他拨了拨额前的碎发,说:"哦,没什么事。"

明明前几天刚一起吃过饭,现在又要聚会。曲修宁性格不算孤傲,但不愿意频繁凑这种热闹,毕竟已经高三了。

他不多说,路栩也不便深入再问。

过了一会儿,曲修宁冷不丁地问:"你呢,在这儿待一整天吗?"

"等我弟弟看完书。"路栩回答,"本来是陪他来买几本书,结果他跑去看漫画了。"

"哦，这样。"曲修宁好像并不关心，只是出于礼貌回应。说完，他出去重新拿了几本书来看。

就在这个间隙，赵斯然找到楼上来了。

他在 VIP 区门口看见路栩，用气音叫了一声"姐姐"。这种方式说话，反而比低声说话更大声，所有人都朝他所在的方向看过去。

路栩招手让赵斯然进来。他扭扭捏捏地走到路栩身边，四处看了看，小声说："我不是 VIP。"

路栩差点笑出声，让他坐在自己旁边，又叫了一杯饮料给他。

路栩问："还没到时间呢，你怎么上来了？"

赵斯然垂头丧气："她妈妈来接她了。她每天的安排要严格按时间表来，只能出来玩一会儿。"

"看看人家，再看看你。"

赵斯然"咕咚咕咚"把饮料一饮而尽，着急要走："把书单上的书买几本，咱们也回吧。"

路栩不解："书单不是假的吗，还买什么？"

赵斯然无语："不买我妈看出我骗她怎么办？"

路栩拿上那本《树上的男爵》，说："算上这本吧。"

跟赵斯然挑完书，路栩觉得要回去跟曲修宁打声招呼再走。重新回到 VIP 区，曲修宁仍是之前看书的姿势。

"那个……"路栩抱着一摞书，轻轻放在桌子上。

曲修宁抬起头。

"这是我弟弟。"路栩把赵斯然揽过来，"刚才跟我弟弟去拿书了，我们要先回家了。"

在人前，赵斯然的演技绝对是影帝级别的，他乖巧地叫了声哥哥。

路栩拿的那摞书有六七本，其中大部分是精装的硬壳书，看起来并不轻。

曲修宁想了想，说："你家离这儿远吗？我帮你们拿回去吧。"

"不用了，我跟我弟一人一半就行……"

"走吧。"曲修宁抱起那摞书，"之前你的资料不也是我拎的。"

两人争了半天，最后决定让曲修宁帮他们拎到楼下的打车点。

老城区比较拥堵，打车都有固定的打车点，出了书店，还要走一小段路才能到。

他们三个走在一段小路上，法国梧桐的树影洒落在人行道上。路栩一直走得很别扭，而赵斯然则不时偷看曲修宁，觉得这个人很眼熟。

赵斯然用胳膊肘碰了碰路栩，问："姐，你怎么不说话？你怎么不像你了？"

这孩子哪儿都好，就是不会控制音量，他说的每一个字曲修宁都能听见。

"天气太热，我不想说话。"路栩希望他闭嘴。他俩才认识多久，这个小兔崽子了解她吗，就在这儿乱说话。

路栩还是怕尴尬，便转移到他们之间熟悉的话题："你假期作业做完了吗？"

曲修宁摇摇头，说："那些卷子都太基础了，老章头让我挑自己想做的做。"

他一开始是管老章头叫章老师的，现在听路栩他们叫习惯了，也跟着改口了。

路栩应："噢。"

之后便一路无话。

到出租车站点时，赵斯然突然想起来眼前这人是谁，他在一张照片上见过。他张大了嘴，指着曲修宁正要说话，就被路栩凌厉的眼神吓退，只是双手抱拳，对着曲修宁作了个揖。

路栩无语："赵斯然你干吗？！"

"我想起来了，你是考神，我姐说她每次考试前都拜你！我开学就分班考试了，也得拜拜。"

曲修宁把疑问的眼神投向路栩，路栩心底漫出丝丝凉意。她觉得自己心脏病快犯了。

路栩倒吸了一口凉气，忙着跟赵斯然撇清关系："我跟他其实没有血缘关系。"

曲修宁望着这对生动的姐弟，突然间觉得这燥热的盛夏，有意思极了。

路晓明和赵欢忙活完了结婚的事，白天各自上班，留路栩跟赵斯然在家里。赵欢每天晚上做好第二天中午的饭，到时间他们姐弟俩用微波炉热一下就能吃。

自从在书店"偶遇"过曲修宁之后，路栩剩下的几天假期都在挫败中度过。

她把自己关在房间里埋头做卷子，让自己忙起来，试图忘掉之前尴尬的场面。在喜欢的人面前丢脸，是比考试失利还要严重的事。

写作业的间隙，她会对着曲修宁的QQ头像发呆。他的头像是灰色的，这几天都没上线，也许在忙自己的事。

他们的聊天记录还停留在几天前，她不知要怎么解释她"拜考神"这个误会。

她好几天都没给赵斯然好脸色，然而赵斯然根本就不知道哪里惹到了姐姐，还嬉皮笑脸地往上凑。

到最后，她只能安慰自己童言无忌，赵斯然没有对曲修宁说"我姐藏了你照片"就已经够仁慈了。

假期最后一天，张晚忆上门来找路栩。因为不在学校，张晚忆穿了平时的衣服，宽松的韩版短袖搭配牛仔 A 字裙，扎了个俏皮的丸子头。

一开门，赵斯然就愣住了。

这个搭配穿在别人身上可能很普通，可张晚忆长得本就漂亮，个子也有一米七几，这裙子穿在她身上，拉得腿部线条更加修长。这个漂亮大姐姐的气质，跟赵斯然身边的小学女生完全不一样，赵斯然仰着头，脑子里只冒出两个字——天仙。

张晚忆用手拍了拍赵斯然的脑袋，说："看什么，没见过美女啊，叫你姐去。"

赵斯然语无伦次："噢……我姐……那个……"

"来我屋吧。"路栩穿着一身睡衣，靠在自己房间的门框上说。

张晚忆换了双拖鞋，一边说"你弟真好玩"，一边进了路栩房间。

赵斯然从冰箱取了盘水果跟上去，被路栩半路拦下："想干吗？"

赵斯然嘿嘿一笑："你们要聊啥，也带我一个呗。"

路栩接过果盘，露出个短暂的笑容，马上又收回："做梦。"

张晚忆熟门熟路地蹬掉拖鞋，倒在路栩床上，自顾自地开启姐妹聊天模式，好像她们并不是几天没见，而是几年没见。

她先是问了问路栩对重组家庭适应得如何，接着又聊她自己的事。

她行事干脆利落，决定了什么立刻就去做了。她报了编导培训班，韩硕陪她试听了几节课，觉得还不错。开学后每个周末上课培训，一直上到年底艺考前。

她给路栩讲培训班的见闻，讲老师看她外形条件不错，建议她去考播音主持云云。

"贵人，原来我总觉得活得浑浑噩噩的，听了几节课，我干什么都劲头十足，连假期作业都提前写完了，一点不像我自己了。"张晚忆话语间透着兴奋。

路栩为她感到高兴，找到方向的人，眼里是有光的。尽管不知道这条路对不对，但敢出发，已经是鼓起莫大的勇气了。

张晚忆说了很多，路栩一直静静地听着，"嗯嗯"地答应着，没做什么评价。张晚忆察觉到她的低气压，问她怎么了。

路栩抬头："没什么，就是提不起劲，英语作业也没写完。"

"高三要来了，大家都一样恐慌。不过作业的事你别太担心，我听韩硕说，这次的假期作业不收上去统一检查，老师上课直接讲，上课前写完就行。"她接着说，"对了，教室已经分好了，五班六班还挨在一起，都在一楼，估计晚点会群发短信通知。"

这个好消息来得有点突然。

路栩惊喜，情绪却不外露："你怎么知道的？"

"韩硕说的呀。休息室设在二楼了，可能觉得五班和六班拆开不方便吧。"

说完张晚忆起身，往嘴里塞了块西瓜，正好瞥到路栩桌上的那本《树上的男爵》。路栩书桌上所有的书都归类摆放，只有这本摆在桌面上。

"新买的？你去书店了？"张晚忆随手翻了翻。

路栩手上一直在转笔，听到这句话，笔脱手掉落在桌上。

"嗯，是个新开的书店，就在这附近。"她犹豫了片刻，还是讲了碰见曲修宁的事，"我在那儿还碰见曲修宁了。"

"啊？"张晚忆先是惊讶，然后"啧啧"一番，"曲大神心态还是稳啊，任晋萱夺命连环 call 叫他去吃饭都没把他请来，结果他在书店看书？厉害厉害。"

路栩想起在书店时，曲修宁手机来电显示的名字就是任晋萱。难道就是那天？

"任晋萱，这名字好熟……"她用尽全身演技"嗷嗷"叫了两声，"不就是高级中学那个校花吗？你让我八卦的那个？"

张晚忆点头，说："对啊，我们班 QQ 群里都在说，前几天任晋萱跟同学订了饭店包间，搞了那么大阵仗，其实就是为了跟曲修宁吃顿饭，听说等了好久他都没露面。没想到他真就一点都不领情，最后直接关机玩消失。"

路栩咽了口唾沫。没人知道，那天跟曲修宁在一起的人是她。

张晚忆感叹了句："也只有曲修宁这样的天之骄子，能让别人卑微成那样。"

路栩胸口疼了一下。

她问："他俩到底怎么回事？"

"不知道。"张晚忆虽摇头，但说得有板有眼，"大家都说他俩走得特别近，说得跟真的似的。"

路栩不服气："都是瞎说的吧，其他人又没亲眼看见。"

张晚忆反问道："不然他为什么逃避？大大方方地去跟老同学吃饭不好吗？"

路栩语塞。

这也是她心里的疑问。这两个人都是高级中学的传奇人物，众星捧月的存在，考完试那天，他跟任晋萱还像普通同学一般正常相处，怎么突然又不愿意见了？他跟任晋萱到底是怎么回事？

转念一想，她又觉得自己可笑。众人都是看热闹的心态，而她，到底是以什么立场在看待？

即便如此，她还是试图为曲修宁说话："他人还挺好的。我买了不少书，挺重的，他帮我把书拎到打车的路边了。"

张晚忆并不诧异，而是点点头："嗯，像他的做派。他挺绅士的，在班里也这样。"

原来他只是习惯性帮别人，并不是对她特殊照顾。

她心里反而宽慰了一些，在曲修宁心里，她说过的话也许并没有那么重要，很快就忘记了。

张晚忆合上书，说了句："曲修宁啊，不认识他的话，会觉得这个人很高冷，再一看他的成绩，简直是神一般的存在，但跟他相处久了，他其实还挺不一样的。"

路栩不动声色，期待她继续说下去："哦？"

"我觉得他有点小腹黑，说冷笑话一绝，不过蛮有意思的，你俩还挺像的。"

路栩眉头一动。

张晚忆讲了一件曲修宁在六班的趣事。

"你知道吗路栩，前段时间有女生跑来看帅哥，连人都没认准就跑来送礼物。她揪着曲修宁的衣服问：'同学，你们班曲修宁在吗？'你猜曲修宁说什么？他说在，然后把邹铭琦叫出来了。"

"后来呢？"

张晚忆笑得肩膀一直抖，上气不接下气："邹铭琦一头雾水收个小公仔，后来人家女生知道他不是曲修宁，还跑来把礼物要回去了。邹铭琦去找曲修宁算账，他还特无辜。"

路栩能想象出他开玩笑的样子，慢条斯理，不疾不徐，理直气壮。

她跟张晚忆每天一起放学回家，都在不停地聊各种趣事。现在她明白了，六班每时每刻都会发生很多事，但是还有更多的事她不知道。

她以为已经离曲修宁够近了，却还是在重重围墙之外，无法参与他的人生。

"说到邹铭琦……"提起这个话题时，张晚忆一直观察着路栩的脸色，估摸着要不要继续下去。

路栩知道张晚忆想说什么，抢先一步说："韩硕已经跟我说过了。"

"采访一下，你想跟他认识吗？"

路栩望着天花板，摇了摇头："我们互相不了解，认识了也不知道说什么。"

"好吧。"

路栩试探："不会是邹铭琦让你来问我的吧？"

"不是不是，你千万别误会。"张晚忆赶紧解释，"虽然他确实跟我要你的手机号来着，不过我有原则呀，得先问问你什么想法。你既然不愿意，那我就不给了。"

路栩想了一会儿，坦言说道："我不知道，还像以前那样吧，当作陌生人。"

她是庆幸的，庆幸还没来得及跟邹铭琦认识，不然再见面她会不知所措。

"可你东西还在人家家里放着呢，你忘啦？明天还得去他家取呢。"

路栩一怔："你能帮我去拿吗？"

"我的东西特别多，两个人拿都费劲，估计没法帮你。要不这样吧，你明天跟我一起去，就当什么都不知道。"

路栩耸了耸肩："只能这样了。"

伤一个人的心最容易，那就是不在意。

一周假期结束，高三正式开始。报到那天，正好赶上高一军训会演，学校里人山人海。

学校的大喇叭一直循环播放《团结就是力量》《打靶归来》这些军训歌曲，一踏进来就让人心振奋。

学校里到处都挤满了新生和家长，很多家庭不止来了父母，爷爷奶奶也在送孩子的队列中。很多家长举着相机，跟穿着迷彩服的孩子合照。

宿舍区更是热闹。

安城一中的高一是强制住校的，到了高二就可以申请走读。很多家长拎着大包小包，孩子在操场接受检阅，家长们则一趟趟往宿舍里搬东西。

高三的教学楼挤满了人，路栩也跟着同学跑出来凑热闹。一群高三学生趴在栏杆上，远远望着喧闹的景象，脸上都是说不清的情绪。

"青春洋溢，活力四射啊。"韩硕看着新生们，感叹道，"我们呢？铁窗泪。"

高一高二早上报完到就可以走了，第二天正式上课。高三早上报到，下午自习。

老师们陆续过来，学生们如同退潮般回到各自教室。路栩进教室之前，看到了曲修宁。

他剪了头发，整个人更利落了，虽然穿着校服，但在人群中依旧挺拔耀眼。

安城一中的校服是蓝白配色，最普通的样式，甚至有点土，码数还偏大，很多人穿出了嘻哈的感觉。可就是这样的衣服，在曲修宁身上却不显得臃肿。所以说，土一定不是衣服的问题。

他把外套袖子挽到胳膊肘，露出好看的小臂，左腕上戴着一块黑色手表。他没有看见路栩，径直进了旁边的教室。

路栩在五班门外怔怔地盯着。

"看什么呢，进教室了。"

一个戴着金丝框眼镜的老师走过来，点了点路栩的肩膀，路栩失神地跟着走进五班。

那位老师走上讲台，在黑板上写下"周晴"两个大字，班里突然安静下来。

"我叫周晴，接替范老师带五班和六班物理，同时呢，还是咱们五班班主任。我这个人不喜欢说废话，第一，我希望你们认识到高三的重要性，打起精神来；第二，物理在理综里有多重要，我相信你们心里都有数，所以在我的课上，我希望你们能全神贯注；第三，座位我就不换了，原来的班委继续当，就不浪费时间竞选班委了，我们之间呢，也不用互相介绍了，我认识你们中间的一些人，其他人上几节课也就都认识了。最后嘱咐一点，上了高三就做高三该做的事，不要搞其他跟学习没关系的小动作。"

说完，她用黑板擦把自己的名字擦掉。

韩硕小声跟路栩说："还说没有废话，这话也够多的……"

"班长！"

韩硕条件反射地弹起来，带得椅子跟地面摩擦，发出刺耳的声音。

周晴说："你带几个人去年级组长办公室领新课本。其他人，把学费和假期作业交上来，生活委员跟我一起。"

韩硕一愣："周老师，放假前说这次假期作业不用交呀。"

周晴抬头，眼神凌厉："谁说的？"

韩硕往后退了一步："其、其他老师都是这么说的。"

"其他老师是其他老师，我是我。物理作业今天中午之前必须都交上来，我得看看你们的完成情况。"周晴扶了一下眼镜框，"下午第一节课讲考试卷子，第二节课，没交作业的，没写完的，咱们留一整节课的时间好好聊聊。"

下面爆发出一阵抱怨声，有人说没带考试卷子，有人说下午明明是自习，为什么要用来讲卷子。

"你们高三了，知道是什么意思吗？还以为跟高二似的，下午能放半天假呢？还想着自习课偷着听歌、聊天？高三学生上学，跟我说没带卷子，你们还觉得自己很有理，是吗？"

　　周晴一连串的反问过后，没人再说话了。韩硕赶紧叫了几个男生，溜出教室。

　　交完作业和学费，班里的氛围暂时轻松起来。后排吴清睿拍了拍路栩的肩膀："你听说了吗，就在你问完我的第二天，任晋萱找曲修宁吃饭，被曲修宁放鸽子了。"

　　"是吗？"

　　"你在 QQ 上问了那么多问题，我还以为你很感兴趣呢。"

　　路栩转过身去，装作第一次听到的样子："是吗，为什么啊？"

　　"初中的时候，我跟他俩在一个班，一个校草一个校花，一个班长一个学习委员，大家就总是开他们的玩笑，你懂的。不过这都是瞎起哄，他俩的关系啊，有点复杂。"

　　"怎么个复杂法？"韩硕的声音突然插进来。

　　路栩跟吴清睿抬头，韩硕已经回来了。两个女生异口同声："你怎么那么八卦啊？"

　　他一脸焦急："快说啊，怎么个复杂法？"

　　任晋萱的出挑在十二三岁的时候就显露无遗，大家穿同样的校服，留同样的发型，她就是比别人更引人注目。

　　吴清睿在说这些的时候很坦然。任晋萱的漂亮是一眼就能确定的，路栩早就亲自鉴定过了。

　　"任晋萱这么漂亮，自然在学校里很出挑，大家都很关注她，不过都是默默关注，或者用很特别的方式。班上的男生有时候会起个哄，逗她什么的。"吴清睿说，"当然人无完人，任晋萱什么都好，就是有点无趣，没什么幽默感。我们说'吓得我差点失去生命'，她就会很严肃地说'怎么能拿自己的生命当儿戏'，不过……还挺可爱的。"

　　长得漂亮，就连无趣都能被称作可爱，这个世界对长相普通的人太残忍。

　　"那些男生也没什么新把戏，要么就是不好好交作业，要么就是把她写在黑板上的家庭作业擦掉。其他女生遇到这种情况，骂一句就过去了，她不行，她讲不出口，总是被气得脸通红。"

　　韩硕问："偶像包袱太重？"

　　吴清睿摇头，说任晋萱就是听不出哪些话是真的在开玩笑，哪些是有恶意的。后来她总是收不齐作业，被老师批评了。那天开始，曲修宁站出来，代替她负责通知和收作业。班里没人敢跟曲修宁作对，便都乖乖地交作业，风波也渐渐平息下来。

　　故事到这里就结束了，然后就直接跳到了前几天任晋萱约曲修宁吃饭。

听上去也没什么特别的，但足够让一个青春期的少女悸动。

韩硕"啧啧"了两声："时间跨度有点大啊，再说，也没细节啊。"

吴清睿耸了耸肩，然后摊手。初中毕业之后她就来了安城一中，后来高中两年发生了什么，她也不清楚。

他们之间到底有没有发生过什么，曲修宁为什么不愿意赴约，给任晋萱一个台阶，还是没有答案。

但路栩已经明白任晋萱的感受。

当一个人孤立无援时，伸出手的那个人就是盖世英雄。也许曲修宁只是举手之劳，却被任晋萱当成了救命稻草。

吴清睿一拍桌子："曲大神啊曲大神，也不知道他那天在忙什么。"

路栩心虚地缩了缩脖子。

/ 第四章 /
缘分就这么闯到眼前

十月是安城一中的百年校庆。

往年的校庆都跟迎新晚会一起办,但这次不一样,百年是个重要节点,据说这次要大办。学校正在筹备大型演出,还会请很多知名校友回来。

安城一中还是有很多知名校友的,什么著名导演啦,知名企业家啦,随手一抓就是一大把。这些平日里只在电视里出现的人物,突然要来到他们面前,多少有点不真实。

可这一切都与高三无关。毕竟高三真的来了,这不是演习。

高三要面对的变化太多了。

先是在校时间延长。高一高二早上七点半到校,高三早上七点;高一高二晚上九点下晚自习,高三晚上十点。

再是取消一切活动。除了体育课,其他所有副课一律取消,要不是体测成绩要录入参考分数,恐怕体育课也没有了。学校的大型活动也基本跟高三生不沾边,校庆、运动会这些,连凑热闹都别想。

五班最近水深火热。自从周晴带五班之后,班里的气氛一直很紧绷,她的出现无疑是给五班下了一剂猛药。

周晴老师经验丰富,有她独特的教学方法,带班讲课没有任何问题。但就是,哪里不太对。

她会做很多范旻婷从来不做的事。范旻婷带班的时候总是绷着脸,跟范老师不一样的是,周晴的笑总是挂在脸上,但那双笑眼背后,鬼知道藏着什么。

上课第一天,班里就有两个人在她面前痛哭流涕——都是男生。

不好好听课、不写作业，她有无数种方法可以治你。

除了她自己的物理课，其他课她也会像幽灵一样突然出现，杀得人措手不及。作业没写完，就要跟着她去六班教室，站在六班教室里写，当课堂人型背景板。

总之，周晴很残酷，人生很灰暗。

原来大家总说范老师是冷面美人，对比下来，才懂得姜还是老的辣。

天下苦五班同学久矣，体育课是他们唯一可以喘息的时间。体育老师也懂得这一点，热身之后就放大家自由活动。

操场上很热闹，舞蹈队在排练校庆节目，无人机社团在试飞，充斥着一片庆典到来之前紧张又欢快的气氛。

张晚忆肚子疼，跑去卫生间。路栩跟韩硕坐在操场边，等着体育委员抬器材过来。

韩硕不知从哪个老师那里得到消息，校庆会演还请了歌手 Allen。Allen 刚参加完一档选秀节目，人气正高。

"他居然是咱们学校校友，我真没想到。"韩硕啧啧道。

路栩很淡定："你激动什么呀，你又不喜欢他。"

"晚忆喜欢呀，比赛时她还逼我给他投票了呢，他第三名的成绩也有我一份功劳的。"

路栩斜着眼看他："也不知道是谁说 Allen 长得像猴子，给他投票还不如把钱充到游戏里。"

"这话可千万别让晚忆听见，她会杀了我。哎，你说校庆那天，我有可能拦住他，要个签名吗？"

过了这个村就没这个店了，这机会还真就百年一遇。

路栩想了想，然后摇头："校庆演出都没有高三的位置，你到哪儿拦他去？"

"这你别管，我自有妙招。"韩硕看见远处曲修宁和邹铭琦抱着篮球走来，顺口说，"我刚路过教导主任办公室，看见曲修宁在里面。"

路栩心里一紧："他犯事儿了？"

"没有，我看主任态度挺好的。我就听见乐团啊演奏啊什么的，曲修宁还会乐器呢？"

路栩说："他妈妈不是音乐学院的教授吗？估计学校想邀请来参加校庆吧。"

韩硕表情诧异："你怎么对他家了解这么清楚？"

路栩翻了个白眼："还是你告诉我的呢。也不知道谁当初把曲修宁当假想敌，转眼就忘了。"

"谁把他当假想敌了？"韩硕咬死不承认，从地上弹起来，"不说了，我打球去。"

男生都聚在篮球场，分成五班和六班两个阵营对决。女生们三两结伴，顺着跑道散步，或者找个有树荫的角落聊天八卦。

路栩往篮球场看了一眼。男生们的比赛还没开始，曲修宁正站在球场正中央，跟身边人不知道在聊些什么。说笑间，他顺手投了个篮，动作轻盈流畅。球进了。

曲修宁拥有让人忍不住想看他的魔力。

操场上人很多，没人在意站在角落的路栩。她可以光明正大地看她想看的人。

邹铭琦突然毫无预兆地转过来，对上路栩的目光。

她一阵心慌。

报到那天，她跟张晚忆去邹铭琦家拿书，她全程没怎么说话，就是为了避免跟邹铭琦有什么交流。

邹铭琦似乎也感受到了她的躲避，没有主动搭讪，也没帮忙。

邹铭琦朝路栩挥了挥手，惹得两个班的男生都看过来，之后就是一片起哄的声音。

路栩落荒而逃，跑到其他女生聚集的地方。两个班的女生围成一个圈，在猜周晴老师到底多大。

"我上次见过她儿子，跟我们差不多大，她起码四十多。"

"四十多，是不是更年期？"

"她虽然没范老师那么漂亮，但确实还挺显年轻的，不知道是不是注射了……"

这是张晚忆一定会参与讨论的话题，但她还没回来。

路栩的手机突然响起来，显示是张晚忆打来的。

接起电话，张晚忆着急忙慌的声音传过来："路栩，你在哪儿呢？"

路栩站起来四处看了看，没有发现她的身影："操场啊，还能在哪儿。你是不是掉厕所里了……"

"你帮我回教室拿下姨妈巾，我日子提前了。"

"我没带，我帮你去问问别人。"

张晚忆说："我带了，你去我抽屉里找，找到赶紧给我送过来，十万火急！"

路栩赶紧往教室跑去。

"路栩，你干吗去？"有人喊住路栩。

她停下脚步，回头，是周及。

周及从一堆女生中间抽身出来，问路栩："你要回教室吗？"

路栩愣愣地点了下头。她们俩好像很长时间没单独说过话了，她一时有点蒙。

周及快走两步："我跟你一起，我回去看书。"

周及上次丢掉了年级第二的名次，退到年级五十多名，而曲修宁依旧稳坐年级第一，不知周及心里是什么滋味。

"你上次考试进步挺大的嘛，都进前一百了。"周及说话的语气有些生硬。

路栩耸耸肩："题简单捡了个便宜，下次估计又回去了。"

周及侧过脸看她："你也觉得体育课没什么必要，是吧？"

路栩摇了摇头："没有啊，我很喜欢体育课。学习压力这么大，还是需要适当放松一下。"

"那你回去干吗？"

"我帮张晚忆拿东西啊。"

"这样啊……"周及停在原地，犹豫了片刻，"那你快去吧，我再待一会儿。"

路栩无奈，还是做了个"OK"的手势。她回想刚才的对话，不确定周及是否把她当成了竞争对手。

五班教室里一个人也没有，六班教室里倒是有个假期摔骨折的男生在玩游戏机。他打了石膏的那条腿搭在旁边椅子上，正在低头酣战。

那男生察觉到有人进来，以为是老师，条件反射性地把游戏机往桌洞里塞。他一使劲，桌上垒的书"哗啦"一下全掉地上，打石膏的那条腿也扯疼了，抱着腿"嗷嗷"叫。

"你进来怎么没个声，吓死我了！"那男生扯着嗓子说。

"对不起，对不起。"路栩双手合十表示抱歉，"同学你忍忍，我有急事，一会儿再帮你捡。"

她来到张晚忆座位上，老章头突然出现在教室门口。

看到路栩在六班教室，老章头小声嘟囔了句"走错了吗"，退出去看了眼班牌。

路栩在抽屉里摸到了包装袋，迅速抽了一片塞进口袋里，站起来说："章老师，你没走错，我过来帮张晚忆取个东西，马上就走。"

"噢。"老章头走进来，"那什么，人都哪儿去了？"

"上体育课。"路栩回答道。

路栩正要溜，老章头叫住她："正好你俩在，就你俩吧。路栩，你跟张扬以后每周三晚自习过来办公室帮我批英语卷子，我忙不过来。"

那个叫张扬的男生指了指腿上的石膏："章老师，我现在是'残疾人'。"

"那算了。"老章头想了片刻，一扬手，"路栩，你去操场，把两个班的英语课代表叫上来。"

路栩不情愿地答应了一声，其实她心里想的是，如果在教室的是曲修宁就好了。

然后下一秒，曲修宁就进来了。他额上满是汗，带着一阵风进了教室。

如同被什么神秘力量召唤来的一样。

路栩惊喜地睁大了眼。九月的风拂过脸颊，阳光和温度恰到好处，少年就这么闯进她的视线。

曲修宁径直走到自己座位上，拧开一瓶水往嘴里送。喝到一半，他才发现老章头，点头示意："章老师，你在啊。"

"正好，路栩你不用下去了，就你跟曲修宁吧。"老章头把手上的书夹到腋下，大步走出教室，"具体的你跟他说。"

曲修宁停下手里的动作，偏过头看向她，眼里带着疑问。

如果张扬没骨折就更好了，不然他就不会在现场。

路栩左手在校服口袋里紧握着那片救急的姨妈巾，傻站在原地。她望着一脸不知发生了什么的曲修宁，脸红得可疑。

这不是巧合吧？这是缘分吧？一定是的。

那天，路栩看着老章头走出教室的样子，第一次发现他是有些帅气在身上的。

她跟曲修宁复述了老章头吩咐的事。其实就是批个卷子，却被她说得郑重其事，她甚至有点担心曲修宁会拒绝。

"如果你觉得太麻烦，不想占用晚自习时间的话，我可以去找老章头……"

没等她说完，曲修宁就点头说"行"。他拍了拍路栩的肩膀："小事儿，不麻烦。"

说完曲修宁就又出去了。

肩上被他触碰过的地方，暖暖的。

然后，当她终于想起来厕所里还有个苦苦等待的人时，张晚忆已经半死不活了。

她慌张地跑进女厕所，大声喊着张晚忆的名字负荆请罪，演技浮夸，苍天可鉴。

最里面的隔间下面伸出一只手，语气不耐烦："快给老娘拿来！"

半分钟后，张晚忆颤颤巍巍地推开隔间的门："你快过来，我不会走路了，扶我一下……"

从厕所出来，路栩一路赔礼道歉。她像个丫鬟在老佛爷身边一般，小心翼翼地搀扶着。

张晚忆瞪了她一眼："大姐，你干吗去了，这都能忘？！"

该怎么解释呢？

要不是周及在她回教室之前喊住了她，要不是张扬在教室里打游戏还瞎抱怨，要不是老章头突然出现在六班教室，要不是她在曲修宁面前犯了会儿花痴……可能就不会来这么晚了。

这一路阻碍重重，全是意外。

其实总结下来就是"重色轻友"四个大字，但她不想承认。

她拍胸脯保证："你放心，如果这腿真不能要了，我管你下半辈子。"

回教室的路她们走得很慢，基本是一小步一小步挪过去的。路栩把刚才发生的事如实说了，除了她脸红的那一段。

"这种事不是应该让课代表去吗，干吗甩给你？"

路栩点头附和："对啊，我当时特别不愿意。老章头那人你也知道，我跟曲修宁刚好在教室，就让我俩去，一点反驳余地都没有……"

她也不知道自己在掩饰些什么，好在张晚忆没再揪着这个发表意见。

刚回到六班教室，张晚忆就看见张扬的石膏，顿感同病相怜，赶紧上去交流病情。张扬一听她只是腿麻了，温和地说了一句："哥（g）——温（ǔn）——滚。"

体育课结束，大家都回到班里。几十个少年的"青春气息"瞬间在教室里混合出一股难以名状的味道。

路栩用本子在面前扇了扇："哎呀，你们就不能洗把脸再进来？满教室都是汗味。"

"这叫行走的荷尔蒙，不懂别乱说。"韩硕从路栩桌上的抽纸盒里猛抽了几张，"借几张纸。"

"你那叫借吗？你还过吗？"路栩把抽纸塞进抽屉。

"你看你，同桌一场，怎么这么斤斤计较。"韩硕抹了抹脖子上的汗，倒打一耙，"对了，刚碰见老章头，他说以后周三晚自习你都不在班里，让我别记你缺勤。你要干吗去？"

路栩把下节课要用的书本拿出来："我为什么要跟你说。"

"那好办，记你缺勤呗。"

路栩威胁他："你记一个试试？"

路栩什么都没说，韩硕还是很快就知道了，从张晚忆那儿得到的情报。

他拍了拍路栩的肩，安慰道："还好是跟曲修宁，如果是邹铭琦，那得有多尴尬！"

路栩望着他，心想，你这个不明真相的大傻帽。

周三，路栩用午休时间和下午自习赶完了所有作业。下课后，她没去食堂吃饭，早早就在老章头办公室门口候着。

办公室里一直没人，七点晚自习开始，老章头才踩着点从外面回来。

路栩在他背后出现，喊了句"章老师好"。

老章头被吓得一激灵，扶了扶眼镜："来这么早啊？就你一个人？曲修宁呢？"

路栩往楼梯口看了一眼，没有人。

她说："应该一会儿就来了吧。"

"进来吧。"老章头进到办公室里，打开灯和饮水机，"今天作业做完了吗？别让这事耽误你自己的作业哈。"

路栩跟着进去："下午自习做完了。"

她坐在一张没人的办公桌前，老章头在自己桌上拿了一沓卷子给她，顺手把桌上什么东西装进口袋。

路栩眼尖，看见那是两张电影票。

"这是咱们班昨天小测验的卷子，答案在……"老章头皱着眉在抽屉里翻找了半天，最后从一个文件夹里抽出薄薄的一张纸，"在这儿呢。"

路栩接过那张纸，老章头又嘱咐了一下算分数时的注意事项。

"等会儿曲修宁来了，让他改六班的。改完如果还没到下课时间，你就在这儿复习或者写作业。我还有事要忙，下了晚自习就不过来了。"老章头凑在电脑前，点了关机键。

老章头明显是要跑路，但路栩不打算戳穿他。不知道他要跟谁一起看电影，毕竟大家对老章头的感情状况一无所知，没人知道他到底是单身还是已婚人士。

路栩觉得，那些靠炒作博出位的明星就该学学老章头，把个人生活藏得严严实实。

她露出赵斯然最擅长的那种灿烂假笑，说："章老师再见。"

那语气更像是"慢走不送"。

小测验的卷子没有作文，全都是单选题，改起来不费力，进度很快。

过了半个小时，曲修宁还没来。

路栩有些心神不宁，不知他是不是忘了。

路栩打开手机QQ，斟酌着要不要发一条消息时，有人推开了办公室的门。

"不好意思迟到了。"曲修宁扬了扬下巴，算是打过招呼。

他随手拉开一把椅子坐下。

办公位都是格子间，他坐下后，路栩只能看到他的头顶，碎发随着他有些急促的呼吸声上下起伏。

路栩站起来，递给他一沓卷子："你跑过来的？"

"嗯。刚才有点事，忘记看时间了。"

路栩说没关系，工作量不大，很快就能搞定。

她一拍脑袋，难为情道："啊，我才想起来，答案只有一份。"

环顾办公室，这里两台打印机都没有复印功能。

"没事，我坐过来吧。"曲修宁把椅子推了过来，路栩往里挪了挪。

有那么一瞬间，路栩特别感谢老章头"费尽心思"给他们创造了独处的机会，好让他们靠近一点，再靠近一点。

答案放在他们俩中间，曲修宁改了两三张卷子后，就把正确答案的顺序记住了，不用再看答案。

但路栩需要。她需要在答案的掩饰之下，不时地偷看一眼身边的少年。

曲修宁很专注，路栩偷看他的那几次，他都没发现。

过了一会儿，他冷不丁说了句："其实没必要每道题都批改。"

路栩茫然地抬头，他不是很专注吗，怎么还能分神关注她这边的进度？

他补了句："只要把错题标出来就行，还方便算分。"

曲修宁的建议很实用，但显得她很蠢，独处的欣喜还没散去，挫败感又突然袭来。

曲修宁在说的时候并没有看她，也许他只是单纯提醒，并不在乎她是否丢人。

她垂头丧气地说："噢。"

或许是这个回应带了些情绪，曲修宁偏过头，看了她一眼。

他很平静，说了句："我没别的意思。"

"你别误会，我只是觉得自己有点蠢，你这个方法效率很高。"

曲修宁宽慰她："每个人习惯不同，还是按照你的习惯来吧。"

路栩不再每道题都批改，换了曲修宁的方法，她改卷子的速度也提起来了。

改完卷子还不到九点，进度比预想的快了很多。

路栩伸了个懒腰，在窗户边看操场。校庆表演的团队还在排练，操场上最大的灯亮着，宛如白昼。

曲修宁接了个电话，就在办公室里说的，没有回避路栩。

路栩猜电话那头应该不是任晋萱。

"你们聊完了？"

电话那头说了一会儿，曲修宁低头听着，然后说："你不用考虑我，这是两回事。我们各自的事，各自做决定行吗？你先回吧不用等我，下了晚自习我自己回家。嗯，就这样。"

挂了电话，曲修宁靠在椅背上，盯着手机出神。

路栩回头问了句："你家人啊？"

"嗯，我妈。"曲修宁调整了个舒服的坐姿，"学校想邀请她们交响乐团校庆的时候来演奏。"

"咱们学校不是有自己的交响乐团吗？"

曲修宁挑起一边眉毛："你认真的？"

路栩摆手："开个玩笑。"

安城一中的交响乐团，人员倒是不少，乐团该有的乐器都凑齐了，就是合奏的时候犹如民间组织，吹的拉的不太受控制，每个人都沉浸在自己的演奏中。

韩硕小时候学过半年小号，不过个半吊子，竟然也混迹其中，张晚忆评价"听得人想了断自己"。

校领导大概也知道学校的交响乐团拿不出手，才想到请外援。

"教导主任找了我几次，今天副校长又把我妈请来了。"

路栩忍不住感叹了句："你妈妈也是咱们学校的校友？"

"不是,他们乐团里有两个人。但他们乐团还有自己的演出要准备，我妈平时还要代课，很辛苦的。"曲修宁摇了摇头，无奈道，"可她又怕拒绝了，学校会对我怎么样。"

曲修宁把椅子推回对面的办公位上，他们有一搭没一搭地聊着，大多是路栩挑起的话题。

"对了，《树上的男爵》我看完了。"

"很不错的一本书，对吧？"

路栩重重地点头。

曲修宁像是有些话无从说起，最后感叹了句："但在现实中不顾一切做自己，完全追求个体自由，其实很难。"

书里说，想要看清世界，就要跟它保持距离。可是现实中有太多羁绊，谁也不能轻松地放下。

此刻，路栩很想看清眼前的少年，想离他更近一些。

她问："那你呢？你也想像他一样吗？"

曲修宁没有给她答案，但他愣了半晌。

晚自习的下课铃声不合时宜地响起，声音很尖锐。

"十八岁之前，我们没有太多选择。"曲修宁把两摞卷子整理好，放回老章头的办公桌，"走吧。"

第二天一大早，韩硕就凑上来八卦："喂喂喂，昨晚跟校草共处一室，感觉如何？"

路栩不想理他那副嘴脸，反问道："他不是级草吗，什么时候成校草了。"

"高一高二开学了呀，被迷倒的女生多了，他就光荣晋升了。"韩硕用胳膊肘戳路栩，"问你话呢，他昨天没什么异常吧？"

干吗抓着这个问题不放？

路栩回想了一下，除了迟到了一会儿，似乎也没什么。她不解："他能有什么异常？"

"你不知道啊？曲修宁要放弃物理竞赛，校领导把他家长都叫到学校了。"韩硕分析道，"学校当初千方百计让他转过来，估计就是两手准备。竞赛得奖了呢，能争个P大的保送名额；没得奖呢，还能冲一冲理科状元，反正都是稳赚不赔。只是没想到……他还挺有个性的。"

物理竞赛？保送？路栩觉得这两个词离自己很遥远。

韩硕看了她一眼，哈哈一笑："你物理那么差，竞赛当然不会通知你。"

路栩脸沉下来，她不再理会韩硕，自顾自地想前一晚的事。原来曲修宁是因为这个才迟到的。

可他永远那么风轻云淡，什么都不在乎的样子，好像什么都没发生一样。

他妈妈的乐团被学校邀请，他要参加物理竞赛……或许学校叫他家长来，是同时说这两件事的。

而他选择跟她说了最无关紧要的那一件。

她无法真正靠近他。

她想到他喜欢的《树上的男爵》，想到他说过的"我们没有太多选择"。

人们把他捧上神坛，要他伸手触碰最高处的天空。而他是否真的想去那片天空，是否真的毫不费力，没人在意。

他是不是也想住在属于自己的树上？

第二个周三来得特别慢。

路栩有几次路过六班教室，都看到曲修宁用手扶着额头看书。听说他最后还是被学校劝回去，要参加物理竞赛。

这些天学校里有很多关于曲修宁的传言。有人说他高一时就拿到了高级中学和新加坡某个名校合作的升学名额，可以拿全额奖学金，在新加坡从高中念到硕士毕业，但他当时也放弃了。

大家都在说他的家世，什么都不缺的公子哥，自然比其他人要多一些选择，也可以轻易放弃别人拼命想得到的东西。

周三下午，路栩有种曲修宁不会来的预感。

她去食堂吃完晚饭，慢悠悠晃到老章头办公室，没想到曲修宁已经在里面坐着了。这次曲修宁没有迟到，他手搭在椅背上，依旧是慵懒的样子，没什么异常。

老章头依旧嘱咐几句就直接离开。

曲修宁周末要参加竞赛的事已经不是秘密，路栩想让他回去休息，被他拒绝了。

"难得放松，我不想浪费。"

是这个时间段让他觉得放松，还是跟她相处觉得放松，路栩不愿意去细想，宁愿这是个甜蜜的误会。

这次要改的卷子跟上次差不多，曲修宁依旧改得飞快。

路栩几次想问他，却欲言又止。他不曾在她面前提起过竞赛的事，她主动问的话多少有些突兀。

曲修宁抬头："你有话要说？"

"没、没有。"

他嘴角动了动，说："我让我妈把校庆演出拒绝了，交换条件是我参加竞赛。"

"你是不是很为难？"

"不为难，只是不想被别人推着走。"他依旧专注又飞快地批卷，像在跟别人说话，"不过，竞赛对我来说也不是什么难事。"

最后一句话，透着曲修宁才有的自信。他又变回了那个天之骄子，路栩终于如释重负。

卷子快改完的时候，办公室突然来了一位不速之客。

听到敲门声时，路栩警惕地往门口看去。如果是老师，会直接进来，如果是学生，会喊报告。

会不会是学生家长……她心里猜测着，走过去打开门。

一张毫无瑕疵的脸出现在路栩面前，是任晋萱。

不愧是远近闻名的校花级人物，远看是人群中的焦点，面对面，她依旧无懈可击。

任晋萱似乎对这种眼神习惯了，她礼貌而疏离地问："请问曲修宁在吗？"

还没等路栩回答，任晋萱已经自顾自走进来了。迫于任晋萱强大的气场，路栩不自觉侧身给她让路。

路栩不知道任晋萱是怎么通过保安进来的，但转念一想，这又不是一件多难的事，只要想做，总能找到办法。

任晋萱走到曲修宁面前，开门见山："我刚去你们教室找你，他们说你在这儿。你是不是在躲我？"

曲修宁的声音听不出任何情绪变化："没有。"

"那为什么不接我电话，也不来同学聚会？"

曲修宁沉默着，办公室里一片死寂。

过了一会儿，他放下笔，抬起头，望着任晋萱，平静地说："你来，只是为问这个吗？"

任晋萱心虚道："对啊。"

"现在高三了，你知不知道？高级中学对你期望有多高，你知不知道？"

路栩心想，知道啊，一个冲文科状元，一个冲理科状元嘛。

她都没意识到自己已经酸出水了。

任晋萱的语气软下来："我知道。可是自从你转学之后，大家对我又跟从前一样，没有人真心想跟我做朋友……我只是想你跟我说说话而已。"

路栩听着任晋萱的话，默默咽了下口水。

她人就在办公室里，却被视作空气，这种感觉很不爽。

曲修宁眼底闪过一丝无奈："你总要学会一个人面对一些事。"

任晋萱抬头盯着曲修宁："可你是我唯一的朋友。"

曲修宁看了她一眼，说："你等我一会儿。"

任晋萱眼里闪过一丝喜悦。

任晋萱就坐在曲修宁旁边等着。她一会儿看看路栩，一会儿看看曲修宁，似乎为他们身上同样的校服而愤慨。

"她是你同学吗？"

曲修宁随口答："嗯，她是五班的。"

为什么要加个"五班的"？是想强调他们不是一个班的吗？

路栩如坐针毡，他说的每一句话都让她多想。

十几分钟后，曲修宁改完手上的卷子。

他起身冲路栩说："路栩，我先走了，你如果不想一个人待在这里的话，就接着回班上自习吧。"

路栩挤出一个难看的笑："来回跑太麻烦，我就在这儿接着看书。"

一个人待在办公室里，确实够无聊的。路栩最终还是坐不住回了教室。

教室里很安静，她拿书的动作都带着气，惹得班里好几个人都看过来。

韩硕写了一张字条递过来：你错过了看校花的机会，任晋萱大美女刚来过。

看他那嗫嗫劲，路栩没理他。过了一会儿，韩硕又把字条拿回去，在背面重新写了一行字：不对，她是来找曲修宁的，你有没有在办公室见到？

路栩把字条撕了个粉碎。她最终没把那些碎纸屑随手扬出去，不然她无法解释现在的奇怪行为。

她从牙缝里吐出一句话："我就坐在你旁边，递什么字条啊。"

好在韩硕是个直男，他把这归结于路栩看到美女之后，压力过大的无意识行为。

他压低声音说："嫉妒，你这是嫉妒。"

老天似乎也感应到了路栩的心情，第二节晚自习课间，突然间狂风大作。最后一节课的时候，外面雨声越来越大。

雨来得很突然，班里很多人都没带伞，大家都跑到窗户边往下看，议论着一会儿要怎么回家。

韩硕站起来维持秩序。他大手一挥，让同学们安心自习，说这种雨是阵雨，下一会儿就停了。

结果中雨变成了暴雨。全班人展开了对韩硕的"人身攻击"。

"韩硕你个乌鸦嘴，你要是不说话没准雨还能小点！"

"班长报销打车费！"

路栩游离于这一切之外。她托着下巴，望着外面被浇得东倒西歪的树发呆。想到曲修宁和任晋萱离开的背影，她眼角泛出来一丝酸涩。

晚自习结束，路栩才回过神来。她收拾东西时，手机里面有三条未读短信。

一条是爸爸发来的：小栩，赵斯然发高烧了，我跟赵阿姨在医院，你打个车回家，早点睡。

另一条是张晚忆发的：刚才曲修宁找我要你的手机号，说是有正事，我就给他了，别打我！

最后一条，是个陌生号码：我是曲修宁，你还在办公室吗？有没有带伞？

路栩盯着那一串数字，有点想哭。

"你带伞了吗？"身边人突然问了一句，才把路栩从手机短信里拉了出来。

她茫然地看着韩硕："啊？"

"问你带伞了没，雨挺大的，赶紧回家。"

"你呢？你带伞没？"

韩硕把书包顶在头上："没带，跑出去打个车就好了。"

路栩从桌洞里抽出一把雨伞："你拿去吧，记得明天给我带来。"

根据平时的相处经验，韩硕不相信路栩能对他这么好。他不敢接，抱住自己："你不会想让我送你回家吧？"

"狗咬吕洞宾，不识好人心。"路栩翻了个白眼，打算把伞放回去，

"我爸一会儿来接我，你爱要不要。"

韩硕嬉皮笑脸地抢走雨伞，走之前扔下一句"谢谢女菩萨"。

路栩走出教室，往办公楼跑去，身上淋了些雨，但心情很雀跃。

最近的天气已经带了些秋天的凉爽，这场雨一下，温度骤降。虽然穿着校服外套，但雨打湿了袖子，贴在胳膊上，冰凉冰凉的。她抬起小臂，上面密密麻麻布满了鸡皮疙瘩。

路栩回到老章头办公室门口，给曲修宁回了条信息：

我刚从办公室里出来，才发现下雨，没带伞。

一切都正好。

正好暴雨，正好家人没法来接，"正好"她没带雨伞，好像全世界都在帮她。

她总算理解偶像剧女主角为什么总是那么惨，因为只有男主角看到了，才会加倍怜惜。

在意一个人的时候，总会不自觉地去做一些蠢事。她握着手机，等待着仿佛决定命运的短信，或者，等待命运中的那个人出现。

但是众所周知，命运喜欢跟人开玩笑。

等了四十分钟后，路栩终于等来了曲修宁的短信：我抽屉里有一把伞，你可以去我们班教室拿。我才发现这条消息发送失败，你是不是已经到家了？

没有盖世英雄来救她，而她现在连自救都困难。

路栩绝望地回头看。教学楼早已一片漆黑，而雨丝毫没有变小的迹象。

她把书包顶在头上，冒雨跑到校门口。已经快十一点，路上行人和车都很少。门口保安实在看不下去，给了她一把旧伞。确切地说，是一把破伞。

撑开那把破伞，雨水顺着伞骨架的一角灌进路栩的脖子里，浇灭了她的所有希望。

偶像剧，终究只是偶像剧。

偶像剧里的男主角会抛下漂亮的女二号，不顾一切地奔向平凡甚至有点惨的女主。而现实，万人瞩目的女二号才是主角。

她不知道任晋萱是否淋了雨，片刻后她又觉得自己可笑。明明此刻自己像只落汤鸡，她却还有心思去想任晋萱。

曲修宁对所有人都很好，她只能在这些"一视同仁"里，找到一点点只属于她的好，紧紧抓住。这一点点，就足够温暖她了。

她给曲修宁回了消息：谢谢关心。

谢谢他还能在这雨夜想起她。

谢谢他分出来的一点点关心。

路栩回到家倒头就睡。

这一觉睡得很沉，似乎睡了很久，也没有做梦。再醒来时，她躺在一个陌生的环境里，周围都是消毒水和药的味道，手背上还埋着留置针。

赵欢正在打盹，看到路栩动了动，一下子惊醒。

"小栩你醒了？"

赵欢赶紧冲外面喊了几声"老路"。几秒之后，路晓明小跑着进来。

两个大人脸上都写着疲惫。他们刚安顿好高烧不退的赵斯然，回到家就看到了昏睡在沙发上的路栩。

"你们这两个孩子，没一个省心的，吓死我了。"路晓明轻抚着路栩的头发，"我俩回到家就见你趴沙发上一动不动，正准备把你抱回房间，才发现你浑身滚烫，就又载着你回医院了。"

路栩问："现在几点了？"

声音不大，也没用力气，却扯得嗓子生疼。

"下午三点。"路晓明回答，"你的烧已经退了，还有两瓶吊瓶，打完就能回家了。"

"你们一夜没睡？"

路晓明点点头。

赵欢推了路晓明一下，说："我们睡不睡都无所谓，你跟斯然没事就好。你爸已经跟你们班主任请了假，这周你都别去了。"

路栩听话地点点头，爸爸说什么她都照做。

爸爸甚至有些自责没有去学校接她。如果爸爸知道她是为什么发烧的，估计就没这么好的态度了。

路栩拿出手机。张晚忆和韩硕各发了一条消息，都是问她为什么没来学校。

她没有回复。

她盯着她和曲修宁的短信记录发呆，目光停在"谢谢关心"四个字上。

最让她难过的是，她没有立场去质问他什么。

因为他从来都不在意。

因为他什么都不知道。

他不知道她的百爪挠心，不知道她的心动慌神，不知道她的辗转难眠。

她以为他们已经熟悉了一些，走近了一些，那又怎样？他们只是认识的同学而已，连朋友都算不上。

赵欢专门请了两天假，在家照顾两个病号。

赵斯然还有些咳嗽，但一点都不影响他玩。他把那些手办都摆出来，一人饰多角，在客厅演起真人版动漫。小孩子的记忆力真好，动漫里的台词，他竟然能一字不落地背下来。

路栩躺在沙发上，用脚尖戳了戳赵斯然："哎，你生病了，你的小女朋友有没有关心你？"

"什么小女朋友，我们是纯洁的好朋友关系。"

"好吧好吧，你的好朋友赵斯然有没有关心你？"

"没有……不过她挺烦的，在 QQ 上说下课把作业给我送过来。"

雪花飘飘，北风萧萧，路栩的心一下子如坠冰窟。还不如不问，一对比，显得她更惨了。

就在她懊恼之时，手机振动了两下。是短信提示。

依旧是那个陌生号码，她还没来得及把它存进通讯录。

他问：生病了？

路栩张大了嘴巴，她把脸埋在靠垫里，在沙发上扭成了一条虫。又因为动作太大，惹得一阵咳嗽。

赵斯然担心望着她："姐你是不是又发烧了？"

别扭了一会儿，她回复了句：你怎么知道？

回信带着他特有的漫不经心：你就说我说得对不对吧。

/ 第五章 /

心情就像坐过山车

收到曲修宁的短信后，路栩在沙发上扭了半天，又在家踱来踱去，仿佛患了多动症一般停不下来，感冒发烧的病症似乎全好了。

赵斯然正一手拿着乔巴一手握着路飞自导自演，可余光里总有个晃来晃去的人影。

他抬头望着路栩："姐姐，你是不是尿急？"

路栩心情好，没跟他一般见识。

你就说我说得对不对吧。

路栩穷尽十七年以来的所有智慧，钻研这句话的意思，又绞尽脑汁思考要怎么回复。

她也不知道自己到底有没有多想。短短的一行字，打了删，删了再打。

她终于明白那些爱情剧为什么动不动就五六十集。人和人之间有太多的纠葛和羁绊，短短几十集怎么讲得清楚？

一条短信，就足以牵动她的喜怒哀乐。光是想要怎么回消息，她就花了一个多小时的时间。

路栩先给张晚忆回了消息，说自己发烧了。

张晚忆直接打了电话过来。

电话刚接通，张晚忆就连珠炮似的甩了一串问题："发烧了？严重吗？现在怎么样了？去医院了吗？"

路栩平静地说："去过医院了。我应该是睡着的时候烧起来的，醒来时已经在医院了。"

张晚忆吃惊道："这么严重！"

"已经退烧了，不用担心。"

"怎么会突然发烧呢？昨晚又没淋雨。"

路栩心虚："昨晚降温，可能着凉了吧。"

张晚忆嘱咐她千万要注意身体，现在已经开始第一轮复习，老师们讲课都讲得飞快。自从开始在校外上艺考提高班，张晚忆就对学习上心了很多。

"我知道，下周一就去学校了。"路栩让张晚忆放心，"现在不是自习吗，你在哪儿打电话呢，不怕老师抓到你？"

"在楼顶天台呢，今天老师都开会去了，逃半节自习没人发现。"

路栩哭笑不得，是谁刚刚说要好好复习的？

张晚忆突然压低声音："邹铭琦一大早来找过我，问你是不是生病了。"

"他怎么知道的？"路栩很诧异。

"不清楚。我说我也没联系上你，他就走了。"张晚忆啧啧道，"你最近人气很火嘛，两个大帅哥围着你转。"

她知道张晚忆说的是曲修宁要她手机号的事。

她解释道："别瞎说啊，曲修宁联系我说的是改卷子的事。"

"开个玩笑，看你急的。"张晚忆的声音变得兴奋起来，"你昨天是没见到，任晋萱直接闯进我们班，问曲修宁在哪儿，我们都惊呆了。"

说完，张晚忆又羡慕了一番校花的美貌。漂亮自信如她，依然觉得自己在任晋萱面前略显逊色。

路栩说："嗯，我知道。她后来去办公室了。"

张晚忆很兴奋，一副拿好瓜子准备听故事的架势，满满的期待感。

路栩没讲实话："他们直接走了，我也不知道发生了什么。"

很显然，张晚忆有点失望。她对路栩是百分之百信任的，她只是不理解，这么劲爆的八卦，路栩竟然没什么热情。

对于这两个人，路栩好奇，却不想自己提起。她本想劝张晚忆回去上自习，却不由自主地聊了下去。

因为张晚忆开始根据她知道的一些细节，分析任晋萱到底来学校干什么。

任晋萱落落大方，能自如地讲出"我有话跟你说"，她明明知道自己有多引人注目，却不在乎别人的审视。

她是那么漂亮，又这么磊落，让人嫉妒不起来。

路栩想起吴清睿说过的话。她说任晋萱是个无趣的美人。可无趣根本不是缺点，就像有趣根本不算优点一样。

她开得起玩笑，偶尔还会蹦出冷笑话，大多数时间，还算是个乐观的人。可曲修宁不会因为她有趣就注意到她。

曲修宁就曾经冷漠拒绝了任晋萱的邀请，可她一来找他，他还是跟着走了。

这就是区别。

"昨晚那么大的雨，曲修宁肯定送她回家了。"张晚忆分析道。

电话这头的路栩神色黯然。

曲修宁和任晋萱前脚一走，后脚她就病倒了，还好张晚忆没有联想到这两件事之间的因果关系。

"喂？你在听吗？"

"你赶紧上自习吧，我要吃饭了。"路栩匆匆结束了对话。

挂断电话，路栩又翻出手机上的那条消息。想到自己淋雨的惨状，刚才各种解读短信的心思也没了，情绪瞬间沉到谷底，回复什么，好像也不重要了。

可是……

还是要回复的吧？不然多不礼貌。

路栩回头，看到赵斯然还在摆弄他那一堆手办和玩具。

路栩坐到他身边，问："姐姐问你个问题，你的好朋友赵斯然说要来给你送作业，你是怎么回复她的呀？"

童言无忌，赵斯然没准能给她点灵感。

这家伙头都没抬："我说，不告诉你我家地址，哈哈哈哈哈。"

他在这儿没心没肺地"哈哈哈"，不知道那个小姑娘知道了会是怎样的心情。路栩沉沉地拍了拍他的肩膀，小伙子啊，未来堪忧。

青春期的女孩永远比男孩成熟，不知他会不会为自己的这个回复而后悔。

赵斯然叹了口气："可是她还是跟别人要到了地址，坚持要过来。"

"她是担心你功课落下，想早点在学校见到你。"

赵斯然不理解，他在家躺得心安理得，就算生病也比学习好受。

他大言不惭地说："她就是想太多了，现在离考试还早着呢。再说了，去学校有什么好的，我还想再烧到 40℃，这样不上学的时间就可以再长一点。"

赵欢从厨房探出半个身子，眼神凌厉。

"赵斯然，把你的乌鸦嘴闭上！有玩的时间也不知道把落下的作业写一写。"说完，她换上笑脸，对路栩说，"小栩，你好好休息，饭马上就好。"

路栩也朝赵欢笑了笑。

她高三了，这个房间里更应该学习的好像是她。赵欢对她的态度从来都很好，却从来不抱有期待。

比如，不会问她为什么会淋雨发烧，也不会催她趁空闲时间学习。

不抱有期待，就可以平和地面对。

路栩自顾自愣了一会儿，给曲修宁回了消息。

嗯，发烧了。

她没有再追问他是怎么知道的。

课间，六班教室里一片嘈杂。

曲修宁正盯着手里的雨伞发呆。早上来教室的时候，他摸到雨伞完好地躺在抽屉里。

也不知路栩前一晚是怎么回家的。

正好邹铭琦从外面进来，脸上一副担心焦虑的样子。他在周老师办公室听到路晓明给周晴打电话请假，说路栩今天生病来不了学校，不知她到底怎么了。

曲修宁眉心一动，想到昨晚的暴雨，又想到他那条发送失败的短信。

他摸出手机，看了眼短信记录。犹豫了片刻，他又把手机放了回去。

下午路栩依旧没来。

中午在食堂，只有张晚忆跟韩硕面对面坐着，没有路栩。看到这一幕，邹铭琦又提起路栩。

"你们昨晚不是在老章头办公室吗，那时候她还好吧？"问完，邹铭琦又自顾自地小声说，"不对，昨晚任晋萱来找你了，路栩应该是自己走的。"

曲修宁又想起那把没被拿走的伞。他闷头吃着饭，没应声。

快吃完的时候，他冷不丁冒出一句："要不，我问问？"

他清了清嗓子，又补充道："我是说，我可以帮你问问。"

邹铭琦自然求之不得，立刻来了精神，凑近想要看曲修宁发了什么。

曲修宁却直接锁了屏幕，把手机放进口袋。

"我吃完了。"他端着餐盘站起来，面无表情道，"等她回消息了我告诉你。"

晚自习的时候，邹铭琦转过来，用食指敲了敲桌面："回消息了没？"

曲修宁把伞塞回去，双手环在胸前："这么关心人家，你自己怎么不去问。"

这人怎么变脸变得这么快，明明是他主动提出来的。

"这不没机会嘛，你最近跟她一起改卷子，应该聊了很多吧。"

曲修宁抬眼："张晚忆跟她关系更好。"

"你以为我没问过？早上一来就问了，她没回张晚忆消息。"邹铭琦叹了口气。

过了一会儿，他试探道："哎，你觉得，路栩怎么样？"

邹铭琦做好了被人戳穿心事的准备。

可曲修宁看了邹铭琦一眼，什么也没问。

也是，他对这些事向来不关心。

片刻沉默后，邹铭琦转过身去。

这时，身后传来曲修宁慵懒的声音："她，挺有趣一人。"

"啊？你还是不够了解她。"邹铭琦转过来一笑，"你倒是看看手机啊，她回消息了没？"

"回了，她说她发烧了。"

"不早点说。"邹铭琦推了他一把，"你打算怎么回？"

"你这么积极干吗？"

邹铭琦心虚："我关心同学不行啊？"

曲修宁反问道："咱们班今天谁没来，你知道吗？"

邹铭琦的表情很复杂。

大家心知肚明，就差一句话点破了。

曲修宁无奈，飞快地打了"帮邹铭琦问的，他有些担心你"几个字，亮出手机屏幕。

"这样回总行了吧？"

"这也太直白了……"邹铭琦忸怩作态。

没等他说完，曲修宁点了发送键："满意了吗？"

邹铭琦摸着下巴："我是不是可以顺势联系她，表示一下关心？"

曲修宁收起手机，塞回口袋："这我帮不了，手机号你自己去要。"

说完，他翻开一本物理题集，不再理会邹铭琦。

他也不知道自己在别扭什么。

路栩在家休息了两天，本来已经痊愈，后面不知怎的又烧起来，甚至浑身起了密密麻麻的荨麻疹，反复了几次。

路晓明和赵欢不明原因，只能又带她去医院。她没有乱吃东西，也没有过敏史，医生说可能是因为精神紧张或者情绪波动，大人们理所当然地归结为学习压力太大。

折腾几天下来，她手背都扎肿了，不得不又请了两天假。

赵斯然已经活蹦乱跳，一点症状都没了，但他很羡慕路栩，甚至向路栩讨教。

没人知道路栩病情反复是为什么，只有她自己知道。是因为一条短信。

——帮邹铭琦问的，他有些担心你。

这是击垮她的最后一根稻草。

妈妈像是有心灵感应似的，打电话问她最近怎么样，听到她魍魉的声音，立刻抽了一天时间过来陪她。

爸爸送她到小区楼下，妈妈的车已经候着了。

路栩穿得很厚，仍觉得冷，小跑着钻进了车里。

她看到妈妈和爸爸在一起说着什么。爸爸大概是在说她的情况，又把前几天的病历和就诊卡给妈妈。妈妈板着脸，表情有些凝重，满脸写着"才结婚几天女儿就病成这样子"。

在医院输液时，妈妈带了很多东西，好像路栩不是输液而是住院。妈妈熬了粥，洗了水果，在饭盒里码成自制果盘，还贴心地放了几根牙签，方便她插着吃。

诊室挂了一台电视，播放着本地新闻，屏幕下方滑过一条有关物理竞赛的滚动新闻，路栩才想起今天是竞赛的日子。

她盯着屏幕出神，没扎针的那只手在口袋里摩挲着手机，考虑要不要给曲修宁发一条竞赛加油。

自从曲修宁发来那条消息后，她一直没回复。

"想什么呢，喝热水，吃水果。"妈妈把保温杯端到她面前。

她本以为妈妈会唠叨个不停，怪她不看天气预报，怪她不知道多穿点，结果妈妈什么都没说。

"妈，你怎么不说我啊？"

妈妈没反应过来："哈？"

"我以为你会怪我生病生得不是时候，耽误上学。"

"身体是革命的本钱。学习再重要，也要先把身体搞好再说。"说完，妈妈问了句，"这几天都是赵阿姨做饭，接送你到医院吗？"

听妈妈的语气，大概是把路栩病情反复的锅扣在了赵阿姨头上。

路栩点头，又担心妈妈关注错了重点，赶紧替赵阿姨找补："赵阿姨挺上心的，她专门请了两天假呢。"

"请假专门照顾你？"

"也不是，赵斯然也发烧了……"

"他病好了吗？"

路栩点点头。

妈妈护犊子心切，轻飘飘讽刺了一句："她儿子倒是好了，你怎么就加重了呢？"

路栩就怕听到这句话。

"妈，跟赵阿姨真没关系，是我自己压力太大了。"

"你就是太懂事了。"妈妈本来想用"窝囊"，临时换了个词，"我如果不给你打这个电话，你是不是都没打算跟我说？还不知道你什么时候能退烧呢。"

路栩跟只鹌鹑似的缩在椅子上。妈妈似乎也觉得自己话说得有点重，便没有再继续冷嘲热讽，低头在手机上回工作消息。

路栩原来觉得妈妈是挺冷静一人，看来在自己孩子的事上，没有人能冷静。

她从侧面观察着妈妈。

妈妈出身名校，现在又是律所合伙人，家庭虽然没有很美满，但事业上无可挑剔。所以她身上总散发出一种气场，一种让人只能对她说"您说得对"的气场。

妈妈留的是很干练的短发，她脸很小，这样的发型在她脸上一点也不显得违和。妈妈皮肤紧致，光彩照人，化妆之后更是气场强大，看起来并不像四十多岁。

不知她到四十多岁能不能有妈妈这样的好状态。

她抬起头，呆呆地望着妈妈："妈，我将来好想跟你一样。"

妈妈很欣慰，摸了摸她的脸："是吗？"

"如果我到你这个年纪，能有你这样的皮肤就好了。"

妈妈还以为从她嘴里能说出什么有志气的话来。

妈妈的表情变了变，但鉴于女儿是个病号，很快调整过来，把情绪压下去说："你现在还不是关注外貌的时候，等上了大学，你想怎么打扮就怎么打扮。"

可青春期不就是关注外貌的时候吗？路栩没敢说出来。

她拿出随身携带的小镜子，用手拨弄了一下刘海儿。

她默默地把自己的五官跟任晋萱比较，当然是输得很彻底。

她眼睛不算小，鼻子也很挺，皮肤在女孩里面算白的，身材也说得过去，体重从来没上过一百……可跟任晋萱比起来，每个部位好像又都差了一点点。

"妈，你觉得我……算美女吗？"

妈妈眼睛都不眨地回答："当然算了。"

"有多好看？"

妈妈开始列举路栩的双眼皮大眼睛、白皮肤，还有那颗恰到好处的泪痣。

可是，"算美女"和"是美女"还是有点差别的。她算美女，而任晋萱就是美女。

"妈，你还记得上次你来接我的时候，我看的那个美女吗？"

"忘了，我记这个干吗？"

"她就是高级中学的校花，特别漂亮。"

"你们学校的学生怎么也搞这一套？不好好上课，成天评什么校花校草，评上了高考能加分？"

"我们哪有成天评，就评了一次。"

"你没有评上校花吧？"

路栩觉得这个问题有些好笑："你觉得我能评上吗？我们学校还有张晚忆呢。"

"那就行，别瞎想那些有的没的。"

路栩往嘴里猛塞了几片猕猴桃，不再说话。

一场秋雨一场凉，自从上次大雨之后，又下了场短暂的雨。秋天是真的来了。

路栩彻底痊愈回到学校，已经是新一周的周三。

学校一切如常，高一高二仍在为校庆忙碌筹备，高三照常上课。

这天一大早，曲修宁出现在五班教室后门口。

韩硕回头看到，走到教室后面："曲大神，稀客啊，你怎么来了？"

曲修宁侧身，邹铭琦出现了，手里还拿着一袋吐司和一盒牛奶。

曲修宁懒洋洋地靠着五班教室最后一排的空桌子，朝邹铭琦扬了扬下巴，表示自己是被硬拉来的。

韩硕奇怪，明明是他先踏进来的，怎么也不像是被硬拉来的。

但下一秒，韩硕的视线就被邹铭琦手上的东西吸引去了，他嬉皮笑脸地伸手去拿。

"你来就来吧，还带什么东西——"

邹铭琦缩回手，韩硕扑了个空。

邹铭琦小声问："哎，她还没来？"

路栩经常踩着点进教室。韩硕拍着胸脯打包票，说放心吧应该已经在路上了，他的消息绝对真实。

他根本没要任何"贿赂"，就把路栩今天来学校的消息卖给了邹铭琦。

路栩出现在教室门口的时候，眼尖的韩硕最先看见，特别夸张地大声喊了句每年春晚才能听到的台词。

"路栩，我可想死你了！"

他这是给邹铭琦报信，本来想怂恿邹铭琦自己去送爱心早餐的，再回头，发现两个大个子已经从教室后门逃了。

教室里其他人不明所以，开始配合着鼓掌，营造出一种"夹道欢迎"的气氛。

路栩瞥见周及猛地抬起头来，一直到她坐下，还回头看了好几次。

物理竞赛已经结束，全年级只有金字塔尖的几个人参加，因此也没人讨论。五班只有周及一个人参加了，但看她板着个脸，也不知是不是没考好。

韩硕给路栩递上牛奶和吐司："来吃点儿有营养的爱心早餐，你看看你，都饿瘦了。"

吐司是附近一家手工烘焙店做的，包装精致，而且很难买到，不算便宜。

对于韩硕这种早饭啃包子和鸡蛋灌饼的人来说，今天的早餐确实是过于豪华了，而他竟然舍得拱手让给她？

路栩狐疑地看了他一眼："你是不是有什么事求我？"

韩硕不满地嚷嚷："没什么事求你你就不能对你好了？我这叫体恤同桌，关心病号。"

无事献殷勤，她才不信。

韩硕扯出一片吐司，大口嚼着，仿佛是吃给路栩看。

"没毒，吃吧。"

"好吧好吧。"

路栩打开牛奶，喝了两口，韩硕这才满意。他偷偷掏出手机，发送消息：任务完成。

早读时间，韩硕给路栩划这几天上课的重点，周及走过来，在路栩桌子上重重地敲了几下："今天是英语早读，别看其他的。"

英语早读时间，老章头一般都待在六班，只要老师不在，五班教室里吃早饭的、看数理化的、补作业的，干什么的都有。

以前周及从没管过早读，只有老师主动要求，她才会去讲台上站着。

路栩被吓了一跳，抬起头时，周及已经走开了。

韩硕低声说："她竞赛好像没考好，这几天见谁都跟吃了火药一样。"

周及又退回来："不要交头接耳。"

"路栩几天没来，我给她说下重点。"

周及提高声音，语气不置可否："我再说一遍，现在是英语早读，其他科目的书请收起来。"

班里的各种声音戛然而止，大家都朝这边看过来。

"别看了。"周及跟其他人说，然后转向路栩，"路栩你跟我来一下。"

班长颜面受损，韩硕有点不爽。他平时虽然总是嘻嘻哈哈的，但此刻还是皱了皱眉头。路栩摁住他的胳膊，跟着周及出了教室。

走到教室门外，周及停下来，递给路栩一张卷子："这是你改的吗？"

路栩接过来一看，是她上周三批改的随堂小测验卷子，满分100，周及得了98分。

"怎么，分数算错了？"

"没有。"周及回答，"章老师让你改的？"

"嗯。"路栩点点头。

"这本来应该是英语课代表的工作。"

路栩猜，周及大概已经知道了是谁跟她在一起改卷子。

"以后改卷子的事我来吧，就不占用你的晚自习时间了。"

路栩说："这要章老师同意吧。"

周及指了指六班教室，说："章老师就在六班，我现在去找他。你要一起吗？"

明知故问，路栩摇了摇头。

周及从路栩手中抽回自己的卷子，语气愉悦："那我去咯。"

周及走到六班门口，老章头正在讲台上跟曲修宁讨论什么问题。曲修宁靠着讲桌，身形挺拔修长，校服领口露出里面浅蓝色的衬衣。

她喜出望外，走到他们身边，脚步轻快。

"章老师。"

老章头正说得投入，没注意到周及，曲修宁的提醒后才转过头来。

周及朝曲修宁感激地笑了笑。

"周及啊，什么事？"

"章老师，我刚跟路栩商量了一下，以后周三晚自习改卷子就让我去吧。"

曲修宁蹙起眉头。

老章头愣了一下，直起身："路栩来了？她好点了吗？"

周及一怔，大概是没想到老章头的关注点在路栩身上，而不是她说的话上。

"路栩怎么说？"

周及迟疑了一番，毕竟她也没得到路栩的肯定回答。她低头看着脚尖："她应该没有意见吧。"

老章头挠了挠头："路栩回来了，你们谁改不是一样嘛，这点儿小事，就别换来换去的了。"

"章老师，我是英语课代表，这个事不应该麻烦别的同学。"

当了两年多英语课代表，周及很少这么积极主动揽活，老章头有些诧异。

她又接着说："章老师，路栩生病这么多天，她的功课应该也落下了一些，需要补一补。她物理和化学成绩一直提不上来，总靠语数英也不是办法……"

曲修宁略带玩味地看着眼前的女生。他当然知道她是出于什么目的，才费尽心思在老章头面前想要换掉路栩。

还没等老章头开口，曲修宁便抢着说："我觉得她说得没错，这种事还是课代表做比较合适。章老师，我不是六班英语课代表，那我从今晚开始也没必要去了吧。"

周及急着想说点什么。

"你小子，少在这儿耍贫嘴。"老章头先是笑着训斥了曲修宁，然后转向周及，"周及啊，是这样，英语组才开过会，说是各班要统一进度，统一复习资料，以后这种随堂测试的卷子也有可能就不用改了，这事呢，我觉得还是不换人，你觉得呢？"

少女嘴角划过一丝苦涩的笑。

晚自习之前，路栩一直在教室发呆，晚自习的预备铃响过之后，她才慢吞吞地往办公室走去。

早上周及从六班回来之后，就语气古怪地让她继续改卷子。

在六班教室里发生了什么，她不得而知，自然也就不清楚这是老章头自己的决定，还是曲修宁也做了什么。

在进老章头办公室前，路栩深呼吸了几次，才踏进去。

曲修宁又比她先到。他的校服在椅子上搭着，身上是件浅蓝色的衬衫，很适合他。

"你来了。"曲修宁先朝她打招呼，"老章头有事先走了。"

路栩点头笑笑，表示知道了。

曲修宁起身关上办公室的门窗，问道："烧退了吗？"

语气随意。

路栩避开他的视线，回答道："退了。"

她放下书包，坐到往常的位置上开始改卷子。

除了打招呼说的两句话之外，两个人一直没说话，整个办公室里只有笔尖触碰纸张的声音。

过了一会儿，曲修宁站起来活动筋骨。

路栩余光看到他站起来，盘算着说点什么。

"物理竞赛……"

"那天晚上……"

两个人不约而同地开口，又同时止住。

曲修宁做了个"请"的手势："你先说。"

"没什么，就想问问你物理竞赛怎么样，能有成绩吗？"

曲修宁嘴角划过一抹笑，说："人人都问我能不能保送，你是第一个问我能不能有成绩的。"

路棚是想着，他之前有要放弃物理竞赛的念头，谁知道他会不会干出交白卷这样的"壮举"。

曲修宁似乎猜到了路棚要说什么，答道："后面还有两轮，之后才有结果。不过这次考得不错。"

"恭喜啊。"路棚垂下眼眸。

曲修宁没接她的话，反问了一句："你呢？"

"我……怎么了？"

"你是因为淋雨才发烧的吗？"曲修宁放下笔，"那个……我那天没及时看手机，如果早点发现消息没发出去的话，你也许就能拿到伞，也不用生病了。"

他注视着路棚的眼睛，说得很真诚。

"没关系。"她慌乱地说。

她从来都没有怪过他。

"对了，这几天发的卷子都在这儿，还有一些专项训练的题。"曲修宁从书包里抽出几张卷子。

路棚微微一怔，不是因为卷子，而是她分明看到曲修宁书包旁边的网兜里，放了一把伞。

"听说你物理有些薄弱，你先做，有不会的可以问我。"

不知道是从谁那里听说的，张晚忆？还是另有其人？

应该不会是从邹铭琦那里听说的，不然他会说"不会的可以去问邹铭琦"。

其实那些卷子大部分她都有，她不在的这几天，发的作业韩硕都帮她收在抽屉里了，也不知道曲修宁给的这些是从哪儿多出来的。

路棚还是说了声"谢谢"，细心把那些卷子都收好。

韩硕帮她收的那堆卷子，她早上塞书包进抽屉的时候，不小心压成了一堆皱巴巴的纸团。而现在，她把每张卷子角对齐之后才折，细心得跟绣花似的。

"你别多想，我就是……觉得抱歉。"

有些话，不讲出来，也许还留有让人多想的空间。

路棚心里像被人拿掉了一块，空空的。

10月中旬是校庆，中间跨了个国庆假期。

高三的七天长假缩水到三天，剩下的四天里，两天上课两天考试。

韩硕去了趟老师办公室，最先知道了这个消息，回来就分享给了路棚。路棚在做曲修宁给她的卷子，情绪没什么波动，只说了声"哦"，接着做她的物理题。

"你怎么一点反应都没有？"韩硕觉得不可思议，毕竟平时路栩都是跟他一起瞎嚷嚷的。

路栩其实能猜到大家的反应。照旧不满抱怨，然后照旧来上课。改变不了的事，就学会接受和面对，这是她从父母那里学到的。

韩硕撇着嘴："往年的高三虽然寒暑假都补课，可国庆的假还是正常放的。"

路栩蹙眉："放假还不是在家做卷子，有区别吗？"

"放假可以跟晚忆一起去图书馆复习，这就是区别。"韩硕顶着一张苦哈哈的脸，"同样是做卷子，我宁愿换个地方。"

路栩长长地"噢"了一声："我懂了，在学校，你旁边坐的是我，放假的话，你旁边坐的是张晚忆。"

韩硕贱贱一笑："我就喜欢你这么有自知之明。"

路栩拿书扔他，他一闪身，书掉落到脚下。

韩硕帮她捡起书，顺便看了眼她手中的卷子，语气诧异："你最近魔怔了，怎么都在做物理化学？"

自从上次跟曲修宁在办公室改完卷子后，老章头就通知她，以后周三先不用去了。

说这些的时候，老章头眼神有些暗淡。路栩当时想到他藏起来的电影票，不知那两张电影票背后，有没有藏着一段无疾而终的恋情。

跟曲修宁请教物理的事自然也没有下文了。

但路栩还是把曲修宁给的那些卷子认真做完，算是不辜负他的一片苦心——她固执地认为那是曲修宁的一片苦心。

尽管也许只是他的举手之劳。因为他自己说了，别多想。

路栩没好气地甩了句："我觉醒了，不行吗？"

"你这些卷子都是从哪儿弄的？好像不是咱们发的吧。"韩硕从她桌上垒着的卷子里抽了一张。

"你别乱动我的卷子。"

"怎么，这卷子是你亲戚啊？"韩硕嬉皮笑脸，突然怔住，"这卷子很难弄到的，我之前跑了好几家书店都没买到这个资料，你从哪儿弄来的……"

路栩一怔，心底变得柔软。

周晴在这时候走进教室，打断了他们。

周老师清了清嗓子："给大家通知个事，国庆放假时间定下来了，1号到3号放假，4号5号正常上课，6号7号月考。具体的考试安排，明天会跟大家说。"

消息一出，班里炸了锅。

周晴跟五班磨合了一段时间，也算是摸准了这些学生的脾性，喊完闹完，该来还得来。

她破天荒没发脾气："知道你们辛苦，还有个好消息。放假前最后一天不用上晚自习，当天下午放学后组织篮球友谊赛，这事班长和体育委员操心一下，大家积极参加啊。"

又是一阵抱怨，这算什么好消息。

路栩瞅了一眼身边的韩硕，他似乎在想些什么。

篮球赛是兄弟班之间的对决，学校原本只是想让高三学生在学习之余放松放松，没想到韩硕认真了。毕竟他减肥初有成效，还是想在球场上一展球技的。

他先是带着五班的男生在体育课上"集训"，又在网上定制了队服，每天课间在教室后面刻苦练运球，被教导主任抓到过两次，班长的头衔差点保不住。

男生就是这样，总是在很多事上有奇怪的胜负欲。

相较而言，女生们就没那么高的兴致了。每节体育课两个班的男生都要一起打球，女生们实在不懂为什么还要专门再办一场友谊赛。

除了不理解，五班女生讨论最多的竟然是曲修宁和邹铭琦谁打球更帅，这让韩硕气得不轻。

不过这些他都不在意，他再三嘱咐路栩，比赛的时候一定要拉张晚忆到球场来。

这些天，他们很少跟张晚忆碰面。

自从张晚忆决定报考编导之后，每天都忙忙碌碌的，家、学校和培训班三点一线，有时候晚自习也要去上课，课间也没时间插科打诨了。每次课间路过六班，都只能看到她趴在桌子上补觉。

比赛当天，五班六班比赛的球场四周挤满了人，大多数是女生，他们自己班的人差点占不到最佳观赛位置。仅是邹铭琦和曲修宁两个人，便已经是许多人在场的理由。

路栩拉张晚忆到操场，结果张晚忆对篮球赛没有任何兴趣，她只想回家睡觉。

"好不容易没有晚自习又不用上培训课，我们走吧。"张晚忆背着书包，哈欠连连，"咱俩好久没有放学一起走了。"

路栩记得韩硕的嘱咐，拖住张晚忆："就看一会儿吧，你不想看看韩硕打球吗？"

张晚忆向来很听她的，虽然觉得韩硕打球不是什么新鲜事，但还是留下来。

"那我们不过去挤了，在那儿也能看到。"张晚忆指着操场边的双杠。

她们俩并排坐在双杠上，一人一只耳机听着歌，腿在半空中一晃一晃。

天光悠长，秋风微凉。

路栩注视着球场。五班是黄色队服，六班是紫色。她一眼就看到了曲修宁，白色 T 恤外面套着紫色的队服，正在场上热身。

他起跳投了个篮，轻盈流畅，球进得精准而利落，还没开始比赛，就引得场边一阵阵惊呼。

落日下，少年在球场上奋力奔跑，路栩很想用相机记录下这一刻，只可惜太远拍不到。

比赛正式开始了，路栩的目光随着曲修宁移动。

曲修宁打球时干净利落，没有多余的动作。今天他一改体育课的慵懒状态，路栩看不清他的表情，只能看到他跳动的身影，充满了少年感。

或许是球场那边的加油声太大，张晚忆也被吸引了去。比赛开始没多久，她就跳下双杠，说是去球场边看看。

"你不是没兴趣吗？"

张晚忆已经跑了几步，回过头来说："平时体育课又没观众，看比赛嘛，重要的是氛围。"

张晚忆跑到场边，很快被热烈的气氛感染，为自己班加油。

邹铭琦体育生的优势很明显，虽然他的强项不是篮球。他和曲修宁配合默契，冲劲十足，多次突破五班的防守。

韩硕压力很大，更没想到的是，听到张晚忆的声音，韩硕的注意力全被她引了去，跳起来的时候没留神，脚崴了。

队友们都围过去确认他的伤势，然后扶着他下场，换人。

韩硕穿过人群，一瘸一拐地朝路栩走过来，垂头丧气。

路栩拍了拍双杠："要上来吗？"

韩硕瞪了她一眼，坐在旁边的地上。

路栩理解他现在的心情，本来想要帅，结果负伤了。

远处，张晚忆仍旧在人群中背对着他们，为六班加油。

韩硕看着球场的方向，眼中闪过什么东西。

这一瞬正好被路栩捕捉到："不是吧，真伤心了？"

"别看我！"韩硕低吼了一声。

他们陷入了沉默。

路栩听见韩硕叹了口气。

路栩鼓励他："同桌，其实你打得不错。"

"我当然打得不错。"

路栩想不出别的词了，毕竟她不懂篮球，也不懂安慰人。

过了会儿，韩硕的声音才再次响起："路栩。"

路栩看他："嗯？"

韩硕笑笑，摆了摆手："算了，跟你说了你也不懂。"

路栩知道他想说什么，但没有接话。他们望向同一个方向，此时的心情大概也一样。

她和曲修宁之间的距离就像现在，他万众瞩目，她远远看着。

喜欢曲修宁的人那么多，他没有接受过任何人。想来，她也不会是例外。

也许未来会有机会吧，她想。

最终六班获得了篮球赛的胜利。

其实没什么悬念，六班有邹铭琦和曲修宁，五班又没了韩硕这员大将，基本是一边倒的局势。

友谊赛什么奖品也没有，六班没有大肆庆祝，五班也没有懊恼，这场比赛以双方汗涔涔地互相拥抱作为结束。

比赛结束后，那些来看男神的观众们也满意离场。

人群三三两两地散去。

天色渐暗，路栩一时没看到张晚忆，便在原地等着。

过了一会儿，张晚忆不知从哪儿冒出来，像是跑了很远的路，喘得厉害。

韩硕故意转向另一边，没有看她。

张晚忆凑近看了看韩硕的脚踝，已经肿得跟面包一样了。她眨了眨眼睛："这么严重啊？"

韩硕赌气没应声。

张晚忆从背后拿出个冰袋，蹲在韩硕身边，敷在他脚踝处。

这一连串的动作，就连路栩也觉得惊奇，不知她是从哪儿弄来的冰袋。

韩硕脸上的表情一下子变得复杂，欣喜、抱歉、后悔……掺杂在一起，刚才伤春悲秋的情绪已经消失得无影无踪。

路栩坐在双杠上，把韩硕的小表情尽收眼底。

张晚忆朝她招招手："路栩，下来吧，咱还得送伤员回家呢。"

曲修宁脱下球衣，套上校服外套。他远远地看见路栩从双杠上跳下来，把耳机线收进口袋。少女的身影在夜色下轻盈灵动。

队员们的衣服和书包都堆在一起，邹铭琦取自己书包的时候，顺便帮曲修宁也拿了。

他在曲修宁面前打了个响指："嘿，看什么呢。"

"没什么。"

看到曲修宁书包侧面插着一把黑色雨伞，便问道："又不下雨，你带伞干吗？"

"太平洋警察啊你，管得真宽。"

邹铭琦打趣道："我记得以前你的雨伞都是放在教室里的，现在怎么随身背着？怎么，防晒啊？"

"我怕用的时候不在身边，不行吗？"

邹铭琦擦了擦汗，不明白曲修宁为什么为了随口一个玩笑这么固执回应，甩甩头走了。

路栩帮韩硕拎着书包，张晚忆搀扶着他，慢慢往校门口挪。韩硕从来没享受过这种待遇，他有点飘飘然了。

"两位美女护送我回家，真是太麻烦你们了，小弟荣幸至极，荣幸至极。"

张晚忆翻了个白眼："你要是自己小心点，我俩也不至于受这个罪。"

韩硕嘴硬："你要是不给你们班加油，我也不至于分神崴脚。"

这两个人又切换回了平时的相处模式，韩硕嘴贫几句，张晚忆喊一句"你有病吧韩硕"，顺带捶他几拳。

也不知道韩硕包里都装了些什么，重得要死。路栩跟在他们后面慢慢晃荡着，思绪乱飞。

可翻来覆去，想的还是那些。

她想到那个雨夜，想到曲修宁跟任晋萱一起离开的背影……

或许是太过专注，她走着走着，才发现身边多了一个人，跟她步调一致，并排走着。

不知曲修宁是什么时候跟上来的。

她被吓了一跳，其中有心虚的成分。万一曲修宁知道她脑子里在演一出他主演的大戏，该有多尴尬。

自从不去老章头办公室后，他们有段时间没有单独讲过话了。

"嗨。"少年简短轻松地打了个招呼，没有看她。

"是你啊，嗨。"路栩偏过头。

他手中握着一瓶矿泉水，已经见底。

他一改球场上的风姿，又变回那个慵懒少年。不变的是，无论在什么场合，他都是焦点。

一路上，有不少女生故意走到他们前面，回过头来看曲修宁。而路栩，差点被她们的眼神灼伤。

为什么别的男生打完球都是一身臭汗味，而曲修宁身上还是清清爽爽？

唯一在球场挥洒过汗水的佐证，是他半干半湿的头发。

"想什么呢？"

路栩回过神来："没想什么，发呆。"

看路栩走得慢，曲修宁看了一眼，她一只手上正挂着韩硕的书包，手腕处已经被勒出一条红色的印子。

曲修宁仰头喝完剩下的矿泉水，绕到她另一侧，右手把空瓶投进垃圾桶，左手从路栩手中接过书包，甩到背后单肩背着，动作一气呵成。

书包带被抽走的瞬间，曲修宁的手碰上了她的指尖。他的手很热，而她的指尖很凉。

她挺直了身体，后背僵硬，精神紧绷。身边来来往往的嘈杂人声，一时间仿佛都被抽了真空。

还好天色已暗，曲修宁看不到她脸颊的绯红。

曲修宁有一种魔力。只要他释放一点点善意，就足以让路栩抛开所有思绪，瞬间开心起来。

她心里默念，别多想别多想别多想。

"刚去看比赛了吗？"

路栩摇了摇头，说人太多，没挤进去。

她补充道："不过我知道你们班赢了，恭喜啊。"

"友谊赛，都是打着玩的。"曲修宁笑了一声，"再说我也不是打得最好的那个。"

可路栩觉得曲修宁打得最好，可能因为她眼里只看得到他。

路栩偷偷看了一眼曲修宁，正好对上他锁骨到胸口的位置。他没有拉校服拉链，里面的白色T恤紧贴着胸脯，随着呼吸起伏。

下一秒，曲修宁就发现了她的视线。她毫无防备，眼神一时无处安放。

"又要月考了。"路栩假装淡定，没话找话。

路栩记得老章头曾经在课堂上说过，英国人见面总会谈及天气，因为不涉及个人隐私，聊天气可以填补尴尬的空白，转移让人不自在的话题。

而她现在，只能通过这种方式来掩饰她的慌张。

曲修宁其实没发觉她的心思，接过她的话题，问："给你的题，都做了吗？"

路栩点头："做了。"

"刚开始第一轮复习，月考的题大概率会围绕必修一和二出题，运动和力考得会比较多。我给你的卷子上这类题都掌握的话，应该就不会有什么大问题。"

路栩真诚道谢："谢谢你啊。"

"别这么说，我到现在心里都有点过意不去。"

她急切地想知道答案："过意不去？"

"我是说，你生病的事是因我而起，又落了几天课。"

原来他给她拿卷子，只是希望自己心里能好受些。

明明是自己急功近利，想用没带伞的借口让他送自己，却让对方觉得愧疚。

她有些后悔。曲修宁对她没有什么特别之处，这些好，是她费尽心思得来的。

韩硕和张晚忆发现路栩没跟上来，停下来等她，才看见她和曲修宁在后面。

韩硕一看见曲修宁便说："今天有点小失误，等月考完再打一场，下回绝对不让着你。"

张晚忆跟路栩对视了一眼，表示无奈，死鸭子还嘴硬。

曲修宁耸了耸肩，表示自己可以应战："你是打算坐着轮椅打还是拄着拐打？"

张晚忆哈哈大笑，韩硕气得咬牙切齿。

曲修宁拍拍他的肩膀："你呀，好好养伤吧，看着挺严重的。"

走到学校门口，曲修宁在路边帮韩硕拦了辆出租车，让韩硕和张晚忆先走。

张晚忆攒了一堆话等着跟路栩说，现在只能不舍地挥挥手："小栩栩，我送伤员，不能跟你聊天，陪你回家了。"

腻歪了半天，在司机的催促下，他们两人才关上车门离开。

只剩下路栩和曲修宁。不过他们之间，似乎也没什么话可以聊。

路栩抬起手："那，再见？"

"对了，我给你的卷子，有什么问题吗？"

卷子上是有一些题不会，但她还没找到机会问。

她欲言又止，觉得现在说有问题就太无耻了。

曲修宁没接着问她，直接往不远处看了看："找个地方坐下说吧。"

还是那家烧烤店。

他们随便点了些吃的，然后摊开试卷开始讲题。

曲修宁的思路很清晰，那些难点在他的讲解下都变得通俗易懂，让她豁然开朗。就是……字写得不太好看，这也许是她发现的曲修宁的唯一弱点。

也不知过去了多久，他们讲完题，才发现店里已经人满为患。

他们前后左右的桌子都坐满了吃消夜的客人，边喝酒边侃天说地。好像在这样的夜晚，这样的城市角落，才会流露最真实的情感。

而曲修宁就坐在她对面。

后来她无数次想起那天的场景，都觉得那一刻那么不真实。

周围的世界那么喧嚣，而他们之间，却那么安静。安静到她听不见除了曲修宁以外任何人的声音。

"听君一席话，胜读十年书。今天我才在物理上找到豁然开朗的感觉。"

"是你本来就厉害。"曲修宁盖好笔盖，"上次老章头在课堂上表扬过你，语数英三门成绩可以排进年级前十，只要理综分数提上来，总成绩进年级前五十都不是问题。"

路栩在心里感谢老章头。

她拿起面前的汽水做干杯的动作，认真道："谢谢大佬，考试加油。"

对年级第一名说这句话，其实很多余。

曲修宁也拿起他手边的汽水："你也一样。"

玻璃瓶碰撞出清脆声响，她在心里默默地说，我不会给你丢脸的。

国庆假期过得跟打仗似的。

前三天，路栩拒绝了爸爸和赵欢去周边山里野营的邀请，一个人在家刷题，基本没踏出家门。

后两天上课的时候，趁着课间和自习，她又把曲修宁讲过的题温习了一遍。

韩硕瞧着她的阵仗，又咋嘴又摇头，说她是"不疯魔不成活"。

"你说你这段时间都这样了，万一考砸了，岂不是很没面子。"

狗嘴里吐不出象牙来。

"你盼我点儿好行不行啊？"路栩用脚尖碰了碰他的脚踝，疼得他龇牙咧嘴。

语文和英语没有考试范围，基本靠平时的积累，她这段时间一直主要把精力放在理综上，虽然有点临时抱佛脚，但希望佛能保佑她一次。

月考题果然如曲修宁所说，出题范围不大，他给的那几张卷子很有用。

路栩想跟他道谢，却又觉得多余，便作罢。

考完最后一门，所有人都要回到自己班里，把桌子摆回去。没有喘息的时间，第二天继续上课。

路栩随着人群回班里，半路碰上张晚忆。

张晚忆拽着她到角落里："栩栩，你家是不是有个单反相机？"

路栩点点头。那个相机是爸爸的，爸爸是户外运动爱好者，也爱摄影，平时出去总会扛着他那个相机记录风景。

"下周你能不能带来呀？"

"我得问问我爸，而且我也不太会用。"路栩说，"要那个干吗，你要拍什么？"

"下周不是校庆嘛，Allen也要来表演，我想拍几张他的照片。"张晚忆语气恳切，"他的演唱会和签售会我没时间去，这次他送上门来，我总不能错过吧。"

Allen是张晚忆最近特别迷的歌手，而且他们不久前才得知，Allen也是安城一中的校友。

可学校已经通知了，校庆演出只有高一高二能观看，高三照常上课。

张晚忆似乎预判到她要说什么，语气有些着急："这可是百年校庆，一百年才一次，高考每年都有一次，当然不能错过校庆了，逃节课算什么。"

路栩差点被她的强盗逻辑骗过去。高考每年都有，可对于他们来说，高考只有一次，谁也不想来第二次。

张晚忆兴冲冲地说："地方我都看好了，教学楼顶层的门没上锁，到了Allen表演的时间，我们假装肚子疼，出来二十分钟就够了。"

上次体育课的时候，韩硕就盘算着怎么拦住Allen要签名，现在张晚忆又要跑去楼顶拍照。

这两个人，谁知道校庆当天会做出什么惊天动地的事来。

张晚忆从口袋里摸出一个卡片相机："我家只有这种普通相机，拍不到舞台那么远。"

这时候，邹铭琦跟曲修宁一起走过来。

"你俩干吗呢？"

张晚忆把相机塞进校服口袋，装作没事。偷拍计划是绝密级别的，她不打算透露给除了路栩和韩硕之外的第三人，知道的人越多，越不稳妥。

想是这么想，结果张晚忆下一秒就跟他们摊牌了。

曲修宁看了看她的相机："你那个相机拍近景还行，想偷拍舞台，估计难。"

"对啊，路栩家有单反，我正在求她带来呢。"

"单反普通镜头不行，还得有长焦镜头。"

张晚忆不懂："那是什么玩意儿？"

路栩想了想，似乎见爸爸用过："专门拍远景的，我爸好像有。"

张晚忆激动："这么说你答应了是不是！"

路栩瞟了一眼曲修宁，鬼使神差地点了点头。

/第六章/
一百年很长吗？

当天晚上路栩回到家，就跟爸爸去借相机。

路晓明对路栩一向信任，没有多问。之后他还耐心教她怎么设置快门和光圈，又拿了专门装相机的包给她，方便斜挎。

"这也太重了吧。"路栩刚开机，举到眼前还没五分钟，便觉得肩膀酸痛。

"这个拍的时候需要三脚架，我落在后备厢了，现在给你下楼取。"路晓明站起来找外套。

路栩一把拉住爸爸，说不用了。

她是要逃课出去的，这么大个相机她还没想好要怎么带出教室呢，拿个三脚架岂不更明目张胆？

"你这样扛着，稳定性不行啊。"

"我就拍着玩玩，又不是多专业。"

路晓明转身在柜子里找出一个短点的镜头，说："那你用这个就可以了呀。"

路栩对比了一下两个镜头的长度，离那么远，短的肯定照不到舞台。

她一本正经地说："不行，那个显示不出我的专业。"

路晓明哭笑不得，开机之后连参数都不会设置，光看着专业有什么用啊。

"爸，到时候我肯定原模原样给你还回来，其他的你就别担心了。"路栩没多解释，拿着相机钻回了房间。

她给张晚忆发了条短信：计划通。

校庆的那一周，学校的氛围轻松欢快。

校门口的一大块空地全用鲜花造型装饰，不同颜色的花拼出了一句：

1912-2012 热烈庆祝安城第一中学建校一百周年

往里走几步，全是往届校友的祝福语，学校都做成了横幅挂在校园里。

校庆前几天是各种校史展览和社团集市，文艺会演集中在一天。

这些都与高三学生无关。唯一欣慰的是，校庆期间老师们又要上课，又要应付学校的各项活动，高三这次的月考成绩要等一周后才能出来。

高一高二的那栋楼简直跟过年一样，热闹非凡。现场作画的、cos-play的、算塔罗牌的，仿佛身处闹市街区。

高三学生只能借着课间和中午吃饭的间隙，跑过去看一眼。

中午从食堂出来，张晚忆拉着路栩去高一高二的教学楼下，体验校庆周的氛围。

张晚忆凑在一个漫画摊位前，让学妹给她画个Q版的头像。她只有一个诉求，眼睛要大，身材要火辣。

路栩四处张望，眼里都是羡慕："咱们那时候怎么就没遇上这种好事呢。"

张晚忆答："一百年才有一次，当然要办得红红火火。"

"一百年"这三个字，本身就有让人恍若隔世的感觉。

他们身后就是学校发展史的展览内容。

上面印有安城一中初建时的黑白照片，来自一百年前，就在如今脚下这个地方。因为战乱，学校校舍几经搬迁，颠沛流离命运多舛。如今学校终于搬回了老地方，安于城市一隅，风雨不倒，兜兜转转，一百年了。

文艺会演是一系列校庆活动中的重头戏，演出当天来了不少校友，商界、政界、文艺界的都有。

操场上搭了舞台，那个阵仗规格，不亚于一场大型演唱会。

高一和高二的学生应要求，早早就搬着凳子到操场集合，就连每个人坐的点位都是提前画好的。

早上是荣誉校友演讲分享，下午才开始正式文艺会演。

那些知名校友，高三的学生一个都没见到，但在课堂上，隐隐约约能听到操场广播传来的声音。

某个著名导演怀念老街路口的电影院，他七几年上学的时候就在了；某个互联网总裁贪吃校门口的米线，仍旧是那个味道；某个当红演员讲起他和喜欢的女生当年在煤渣铺的操场上走了一圈又一圈……

他们都在说，很多东西变了，很多又没变。

“认真听课！”讲台上的老师重重地敲了敲讲台，“现在好好努力一把，将来被请回来的校友说不定就有你们。”

韩硕嬉皮笑脸：“老师，那得等二百年校庆了吧，我们也活不到那时候啊。”

全班人一起大笑。

对他们所有人来说，在安城一中的时间只有三年。可这样的日子很难得，就是伴随着很多个三年，学校就这样走过了一百年。

可对路栩而言，她跟曲修宁的缘分，连三年都不到，只有一百年中的百分之一。

“咱们学校出的人物还真不少。”韩硕小声说。

路栩托腮望着窗外：“你说，一百年很长吗？

“不知道我们毕业之后会不会跟他们一样怀念这里。”

她想，她肯定会的。

下午两点，演出正式开始。

班里很早就开始传阅节目单，Allen 大概是在三点半到四点之间出场。

路栩和张晚忆算好时间，准备在第三节课上课十分钟后跑出去。

巧的是，周老师和老章头带过的学生几乎整班都来了学校，下午第三节课他们要去见面，五班六班临时改成了自习课。

韩硕学着电影里的硬汉，用大拇指抹了抹鼻子：“天助我也。”

“你不会真打算去要签名吧？”路栩看了一眼他的脚。

“不试试怎么知道呢？”他挑了挑眉，“等着我胜利的好消息。”

第三节课刚开始，班里就开始骚动起来。大家都知道 Allen 的节目快到了，纷纷趴到窗户口，往操场方向看。

路栩趁乱背着相机溜出教室，其他班也是同样的氛围。

路过六班门口，她跟张晚忆对视了一眼，快速走开。过了楼梯拐角，她在那里等张晚忆，随后两个人一起往楼顶狂奔。

“真专业。”张晚忆盯着相机包说。

路栩看了一眼张晚忆的身后，眼神不免失望：“就你一个人？”

“还有谁？”张晚忆不解，随后又想起来，“你说曲修宁和邹铭琦啊，他俩又不喜欢 Allen。”

路栩心往下一沉，但表面风轻云淡：“哦，我还以为他俩也想来。”

“这种事当然是人越少越好啊。”

她们跑到顶楼，通往天台的玻璃门用一根铁丝拴着。

“估计没人知道，这根铁丝就是个摆设。”张晚忆很轻松就把铁丝拆了下来，在路栩面前晃了晃。

大概是太久没人去过天台，那扇玻璃门只能打开一半。她们俩侧身走进去，路栩小心翼翼，生怕相机包沾上灰尘。

外面有阳光，但不刺眼，照得身上暖洋洋的。

她们站的地方正好能俯瞰大半个校园。这个角度的学校很美，平时只顾着穿梭在校园里，却从没这么完整地看过它。

操场上密密麻麻地坐满了人，前面是西装革履的校友们，后面是身穿统一校服的在校学生。

路栩感叹："百年一遇的校庆，我们居然不能参与，只有偷看的份儿。"

张晚忆紧盯着舞台："偷看跟光明正大地看，结果不是一样的嘛。赶紧把相机拿出来，下一个就是 Allen 的节目了。"

路栩拿出相机，手忙脚乱地装好镜头，然后煞有介事地调试各种参数。

张晚忆"哇"了一声，一脸期待。

其实有些参数怎么设置，路栩已经忘了，主要是专业的范儿要在。

她们俩选了个最佳位置，路栩眼睛贴着取景器，把相机横着竖着换了几次方向，试拍了一张台上的舞蹈演员。

拍完看显示屏，一片漆黑。

路栩低头捣鼓着，自我安慰道："可能哪个参数没调对吧，我记得就是这样的……"

"镜头盖没开。"张晚忆绕到她面前，把镜头盖取下来，"大姐，你行不行啊？"

路栩尴尬地笑了笑："忘了。"

这时候，身后的门"吱呀"响了一声。

她们俩如同惊弓之鸟，警觉地躲在一个水泥墩子后面。张晚忆蹙眉，这会儿领导和老师们应该都在操场上啊，谁会上这儿来？

"别躲啦，是我们。"

是邹铭琦的声音。

她们俩站起来，看到邹铭琦身后还跟了两个人，曲修宁和六班另一个男生。曲修宁懒懒地跟在后面，朝她们走过来。

张晚忆压低声音，问他们："你们来的时候没人看见吧？"

"我们是偷偷上来的。"几个男生摇头。

邹铭琦说："看把你吓的，这点儿声跟舞台大喇叭比起来根本听不见。"

这时，舞蹈节目结束，主持人串场，开始介绍 Allen，操场上尖叫声四起。

张晚忆赶紧让路栩摆好相机。

路栩把镜头对准主持人的脸。可镜头有点重，没有三脚架，角度又是向下的，她手上没力气，镜头晃动得很厉害，拍出来的画面很模糊。

不知道背后有没有眼睛在注视着她，她只觉得脸上滚烫。

张晚忆回头向三个男生求助："你们谁懂相机啊，为什么拍出来有点糊？"

"快门没设置对吧？"曲修宁走到路栩身边，"我试试。"

路栩低着头，把相机递过去。

Allen 唱的是《落叶归根》。

前奏响起，曲修宁在低头摆弄相机。

张晚忆整个人快要着火了。

"快门设置 250 试试……"曲修宁自言自语道。

路栩只听见"250"，她开始后悔路晓明教她的时候怎么没好好听。

曲修宁做什么都很专注，他很快调好参数，对着舞台拍了几张。

他把相机伸到张晚忆面前："这几张 OK 吗？"

Allen 的脸清晰地出现在显示屏上，张晚忆满意地点点头。

曲修宁把相机还给路栩："离这么远，快门最好设置在 200 以上，不然拍出来会很糊。"

"谢谢。"路栩接过相机，"我之前没用过单反，不太懂这个。"

"我也不懂，表哥玩摄影的，我跟着看了几眼，也就会这一点。"曲修宁看了眼路栩手边的相机包，"相机不错。"

张晚忆催着多拍几张，路栩朝曲修宁笑了笑，拿着相机面对操场的方向。

之后曲修宁他们几个去到天台另一边，靠在栏杆聊天。

操场上的歌声和几个男生的聊天声混合着入耳，路栩一心二用。

"你疯了？都走到决赛了，就差一步保送了。"六班那个男生说。

过了一会儿，曲修宁说："决赛的难度上了一个台阶，是要专门挪出大量时间复习训练的，你还真当什么书都不看就能保送？我又不是神仙。"

"可对你来说又不算很难的事，保送 P 大，我们想都不敢想。"

只听曲修宁自嘲似的笑了一声："我又没说不去参加，只是不把全部精力投在竞赛上罢了。保送 P 大、冲击状元，自从上了高中，听到最多的就是这两句话。世界上又不是只有这两条路。"

别人是不敢想，而他是根本不想。

邹铭琦跟那个男生异口同声问："那你想去哪里？"

路栩屏住呼吸，也想听到那个答案。

"出国呗，我挺想去欧洲的。"少年语气轻松。

路栩一怔。

邹铭琦说："你小子够叛逆的，青春期才来啊？"

"我家那种情况，你们懂的，我还是跑远一点吧。"

他家什么情况啊？展开说说啊！

"你想什么呢？"张晚忆伸手在她面前晃了晃。

路栩的思绪被打断，Allen唱歌的声音钻进耳中。

第二首歌已经开始了，几个男生跑到天台的另一头，他们的声音也渐渐远去。

路栩赶紧转过去，对着曲修宁抓拍了一张。

他离得很远，还好镜头还能清楚地捕捉到他的脸。他的鼻梁挺拔，轮廓清晰而锋利，眼睛望着远方。

路栩想起那张她偷藏的照片，少年坐在北极圈标线旁，释放出自信而灿烂的笑。她只能靠近他漫长岁月中的一年，往后的日子，他将属于更广阔的世界。

后来，校庆那天变得很闹腾。

不知是谁发现了天台的门开着，高三好几个班的学生都涌了上来，大家一起趴在栏杆上看下面的演出，教导主任也没有上来怒吼。

天台不再是他们的秘密基地。路栩回头，身穿校服的人群层层叠叠，已经没有曲修宁的身影。

她对着学校和人群拍了几张，想抓住百年一遇的这一天，青春美好的一刻。

Allen第二首歌唱了什么，她已经不记得了。

她只记得回到教室里，韩硕把Allen的签名拍在她面前，表情骄傲，满脸写着"夸我"。那是一张从练习本上随便撕下来的纸，边缘被撕得惨不忍睹。

路栩拿着那张纸端详了一会儿，质疑道："这不会是你自己签的吧？"

吴清睿听到，探了半个身子过来惊呼："后台戒备那么森严，你怎么要到的？"

"后台我怎么可能混得进去，这一身高三的校服，还没走到操场入口就暴露了。"

原来校庆的时候，Allen的粉丝团收到消息，一百多号人等在校门口，举着灯牌和气球高喊他的名字。

"这种情况，Allen一出现肯定会引起混乱，他应该不会蠢到走学校正门离开。"

韩硕说他灵机一动，跑去学校一个偏僻的小铁门等着。那里是食堂采购的送菜通道，平时锁着不通行，知道的人也不多。

他在那个门边蹲守了一会儿，果然看见两个人架着一个戴着墨镜和口罩的人走过来。

"那架势，跟警察抓犯人似的。"韩硕语气像说书般夸张，"我上前要签名，他的保镖和经纪人本来要赶我走，结果 Allen 叫我回来，说周围没人，还是给我签了。"

吴清睿啧啧道："还是你厉害，好多人连 Allen 的背影都没看到。"

"你们知道吗？周老师居然是 Allen 以前的班主任！他说他去澳洲留学就是周老师建议的，没想到我们还是明星的师弟师妹呢。"韩硕开始攀关系，大言不惭地说，"我宣布，以后不叫他猴子了，他人还挺好的。"

听到"留学"两个字，路栩注意力集中了起来。只可惜韩硕没再提起。

"你就要了一个签名吗？还有没？"吴清睿表示羡慕，"能给我一张吗？"

韩硕拉开校服拉链，露出里面的卫衣，胸前赫然是用签字笔写的"Allen"。

"这个签名有我的味道，你要吗？"韩硕张开双臂问。

吴清睿大喊着恶心，让他赶紧转过去。

这一天在热闹中结束了。

傍晚，人潮退去，工人在操场上拆舞台。文艺会演结束，意味着校庆周就这么过去了。

那些横幅和鲜花仍旧在，学校里却安静了许多。很多人还沉浸在欢乐的氛围中，却被"晚自习照旧"拉回现实。

更让人绝望的是，晚自习要把白天的课补回来。

"这节晚自习上物理。"

周晴带着课本出现在教室门口，全班一片哀号。

大概是心情不错，周晴并没有生气，反而乐呵呵道："号什么，下午还没闹腾够？书拿出来。"

课堂上，路栩偷偷打开相机，低头看白天拍的照片。

很多张 Allen 的，十几张学校的，还有一张曲修宁的。

翻到曲修宁的那张时，她没有按下一张。

曲修宁的声音似乎还停留在耳边——"出国呗，我挺想去欧洲的。"

少年说得风轻云淡，却不知道在另一个人心里已经泛起波澜。

下课后，周晴抱着书离开教室，路栩赶紧追上去："周老师！"

周晴转过来，看到是路栩，微笑了一下："有事吗？"

"我想跟您咨询一下有关大学的事……"

周晴想了想，示意去她办公室说。

路上周晴提起路栩上课走神的事："以后相机手机之类的，上课别拿出来。你们在底下干什么，我在讲台上都看得一清二楚。"

路栩赶紧保证再也不敢了。

周晴打一巴掌又给块糖吃，接着夸路栩现在就来咨询有关大学的问题，很有前瞻性。

路栩讪讪地笑了笑。

办公室里没人，周晴接了杯水，靠在椅子上："一会儿还有人要来我办公室，我时间可能不多。你先说说吧，想问什么？"

路栩问："周老师，如果大学想出国的话，要什么样的条件，需要准备些什么？"

周晴显然没想到是这样的问题，她喝水的动作顿了顿，问道："你想出国？"

"就是想了解了解。"

"想去哪个国家，有意向吗？"

"欧、欧洲哪个国家都行。"

周老师盯着她，问："怎么突然想到要出国呢？出去读书也不是件容易的事。"

可能从没这样跟周老师对视过，路栩有点心慌，回答也冠冕堂皇起来："就是……想体验一下国外的教育和生活。"

"如果只是想体验国外的教育环境和生活，可以考虑本科在国内，研究生再出国深造。"周老师认真建议道。

路栩不死心地问："那有没有本科就出国的呢？"

周晴点头："当然有。我说得比较直接，你心理压力别太大。你成绩好，但在全校不算拔尖，而且没有提前准备语言考试，直接申请国外的学校还是有一定困难。你出去肯定还是想上个好学校的，有些家庭条件好但成绩一般的学生，上个叫不上名的大学，回来可能连口语都没练好，你肯定不希望这样。"

周晴的话很有说服力，路栩只能点头。

她这趟来得很唐突，只不过是心血来潮，企图踮起脚够一够，寻找离曲修宁近一点的可能性。

她没有说话。

周晴接着问："你的这些想法，父母知道吗？"

路栩赶紧解释："他们还不知道。周老师，我就是想了解一下，不是非要出国。"

周晴"嗯"了一声，随后给她打气："以我的经验，你可以留意一些国外院校的自主招生信息，申请降分优惠，这样也多一些保证。"

路栩点点头。

"其实本科出国有很多种方式。"周晴话锋一转，接着说，"我之前带过一个学生，考上了咱们市的 J 大，专业是材料工程，学校跟德国的大学有合作，大三去德国公费交换了一年，这种也很不错。"

周晴絮絮叨叨说了很多，路栩竟然第一次觉得她很温柔。

"留学这个事牵扯很多因素的，还有一个很现实的问题，欧洲留学费用高，家里要有一定经济基础。

"虽然你们眼看着就要成年了，可在我们眼里都还是孩子呢，出国就意味着独立生活，会相对辛苦。"

办公室有人敲门，周老师朝门口看去，脸色一变。

路栩转过身，顺着周老师的眼神方向看过去。曲修宁正站在门口，依旧是那副懒懒的样子。

她突然有点紧张，生怕跟周老师的对话被他听到。

还好周晴该嘱咐的已经说完了。

"我刚说的话都只是建议，你回去好好想想，我当然希望你们都能有好未来。"周老师叫住她，"对了，今天我以前的学生回来，给我带了点东西，听说你们小姑娘很喜欢他。"

周老师拉开抽屉，从里面掏出一沓 Allen 的签名照，她从中拿了五六张递给路栩。

得来全不费工夫。韩硕如果看到这些，可能会崩溃。

路栩说了句"谢谢周老师"便转身，准备离开。

周晴这时候才有时间理会曲修宁。她的语气突然由温柔变冷，对曲修宁说："好了，你过来解释一下。"

跟曲修宁擦身而过时，曲修宁对她挑了挑眉毛，算是打招呼。

路栩假模假样地走出办公室，又退回来，贴着门听了一会儿。

隔着门，周老师的声音依旧能听得很清楚。

"你长本事了是吗？竞赛是彻底不想参加了？"

曲修宁解释了几句，大概意思是他有自己的目标，不想把精力全放在竞赛上。他声音不大，后来说了什么，路栩听得不真切。

过了一会儿，只听周老师叹了口气："你们都太年轻了，世界上没有万无一失的事。你不能只给自己留一条路，我希望你们能抓住的机会都不要放弃。"

他只给自己留一条路，是不是留学这条路呢？

路栩开始思绪乱飞。她有个表姐在英国留学，每逢假期，表姐都会和中国同学在欧洲各个国家旅行，因为欧盟国家之间通行很方便。

她天真地想，如果她和曲修宁都在欧洲，是不是就有一定概率能见到？毕竟同在国外，大家可能会更惺惺相惜一些。

如果运气好，他们在同一个国家，那更容易接近。她脑中的剧情甚至都演到了他们在全是外国人的街道上喝茶的场景。

她明白，这样的概率实在太小，可即使是这渺小的概率，她也想去搏一搏。

曲修宁在办公室没待太久，很快就结束了谈话。

路栩担心被发现，赶紧一路小跑。回到教室，她跟丢了魂似的。

韩硕看她回来，拿出那张如同被狗啃过的签名纸："你的照片什么时候能洗出来？到时候我把签名和照片一起给晚忆。"

路栩没心思跟他聊，直接面无表情地拿出几张 Allen 的签名照。

韩硕差点当场吐血。

晚上回到家，路栩在抽屉里找出那张妈妈给她的银行卡，卡面上的 Hello Kitty 对着她微笑。她躺在床上，举着那张银行卡发呆。

里面的五十万对她来说，已经是天文数字。

她又打开电脑，在搜索栏输入"英国留学费用"。

搜索结果出来，她才发觉自己的想法是多么荒唐可笑。

路栩把校庆会演拍的照片冲印出来，除去没有 Allen 的，其他都给张晚忆拿了过去。

曲修宁那张侧颜照也被她挑了出来，她那毫无技术可言的拍摄手法，拍出来竟然也很好看。

少年望着远方，眸子如水般深邃，整个人被温柔的阳光包裹着，睫毛在眼底投下一片错落的阴影。

长焦镜头有远景拉大的效果，城市里的高楼大厦聚集在一个镜头里，重叠在少年背后，有种充满诗情画意的青春感。

她终于相信镜头是能传达出摄影师感情的了。

路栩去找张晚忆的时候，六班正在发月考卷子，很多人同时在教室里来回穿梭，乱哄哄的。

每个人桌子上都被雪片一般的试卷覆盖，几家欢喜几家愁。

路栩站在六班门口，一眼就看到了曲修宁。

教室里很吵，曲修宁在靠近门口的位置，俯身撑着桌面，和同学在讨论着什么题。他总是很专注，是一片喧嚣中清冷而特别的存在。

张晚忆发现路栩，从座位上跳起来。

她们来到教室外，张晚忆拿着一沓照片，满意地一张张翻着，眼睛亮亮的。

"谢啦，太爱你了。"

"你们班卷子都发啦？"路栩指了指六班教室，"不知道周老师为什么一点都不着急，名次也不给公布。"

"这次我们班里退步的人特别多，老章头说早点发卷子可以早点反思。"说话间，张晚忆亮出一张照片，"哇，你这张拍得好神哦，离得那么远，居然拍出了 Allen 看镜头的感觉。"

路栩扫了一眼照片，说："这张好像是曲修宁拍的。"

"说到他哦……"张晚忆往背后看了一眼，尽管没有人，她还是压低声音，"曲修宁这次语文考砸了，掉到年级第四了，老章头气得不轻。"

路栩一怔："啊？"

"其实是年级并列第三，只不过另外一个人首字母在他前面，他就排到第四去了。"张晚忆说，"曲大神最近不在状态，各科老师轮流找他谈话。"

路栩嘴里苦涩："他压力应该挺大的吧。"

张晚忆耸耸肩，无所谓的样子："可能吧，他要承受的事太多了，什么继承家产啊……"

路栩一脸疑问。

张晚忆开始科普："听说他家里想让他大学毕业之后接手自家公司，毕竟他父母就他一个儿子，但是他本人好像不感兴趣。"

"什么什么？他家有公司？"

"你不知道？他爸经营好几家商场呢，本市的邻市的都有。"张晚忆缩着脖子做白日梦，"也不知道他家还缺不缺女儿，我愿意报名。"

路栩想起那天在天台上，曲修宁说过的"我家那种情况"。

韩硕曾经说过曲修宁父亲是商界大佬，可"商界"这个词显然已经超出她的认知。她怎么都没想到会是这种情况。

不努力就要回家继承家产，原来不是段子。

"原来是因为这个，他才想出国……"

"出国？他好像是有这个打算。"张晚忆颓然地靠在栏杆上，"算了算了，我自己都还一团糟呢，就不替人家公子哥操那个闲心了。"

张晚忆这次的月考成绩依旧不理想，因为她挪出了很多时间到艺考培训班那边。

"我现在都没精力去想万一两头都没捞着怎么办。"

后来，张晚忆滔滔不绝，跟路栩说了很多，讲她学会了怎么画分镜脚本，讲背题的时候体会到了文科生的痛苦，讲学播音主持的美女数不胜数……但她已经没有那么焦虑了。

路栩望着张晚忆，觉得有目标真好。

张晚忆在朝着自己的目标拼命努力，而被张晚忆视作贵人的她，看着别人越来越远的背影，还犹犹豫豫的，没决定要朝哪个方向奋进。

上晚自习前，五班才公布月考成绩。大家从食堂回来，各科卷子已经放在桌子上。

用韩硕的话说就是，周老师还是很贴心的，这么晚发成绩，是为了避免大家看了成绩吃不下饭。

路栩在班里的排名没变，还是第五，年级名次也波动不大，一百零几名。

这次的题不算简单，她还能考进前二百名，已经算很大的进步。尤其是理综破天荒上了 220 分，这让她很欣喜。

她正在翻看卷子，突然接到了妈妈的电话。

看到来电显示，她有点奇怪，以往爸妈是不会在她在校期间打电话的。

"喂，妈？"

妈妈劈头盖脸地问她是不是有出国的打算。

路栩嘴硬："谁跟你说的啊？"

"还能有谁，当然是你们周老师。你是不是跑去咨询留学的事了？"

没想到周晴会跟妈妈"告密"。

路栩辩解道："我就是问问，又不是真的要去。"

"是不是你哪个同学要出国了，你也着急忙慌地想凑热闹？"

果然是妈妈，一开口就猜对了一半。准确来说是隔壁班的某同学疑似要出国，而这个同学她特别在意。

"你有什么想法，为什么不先跟我和你爸说，要跑去问老师呢？"

"你们又没老师懂。"路栩小声反驳了一句，没什么底气。

在路栩看来，她只是去找老师问了个问题，又不是什么大事。决定权还在她手上。

妈妈被路栩说得愣了一下，但很快又恢复了战斗力："这事关你的前途！"

妈妈把重音落在了"你的"，而不是"前途"上。

路栩终于被吼醒了。前途很重要，但因为她是妈妈的女儿，是"她的前途"让妈妈如此着急上火。

"出国要准备多少事你知道吗？你没有提前学语言，没有准备考试，就别想那些有的没的。再说你想高三毕业就出国？你要等到过完年才过十八岁生日，我怎么放心你一个人——"

她从来没袒露过留学的想法，难怪妈妈会着急。

路栩打断妈妈："妈，我知道，我不会这么冲动的。"

妈妈没想到她的态度这么平静，准备的一长串劝阻的话也没了用武之地，语气也软下来："妈妈也不是反对你出国，本科好好在国内念完，如果想继续深造的话，再出国也不迟。那时候大概率可以申请比本科学校档次更高的海外名校。"

她也不知道为什么，突然就想起一出是一出。

曲修宁现在就在身边，她都只是把喜欢放在心里，到了国外，她难道还能比现在更有魄力不成？

只不过是想想罢了。

挂了电话，路栩心里很乱，想去天台吹吹风。

上到顶楼，通往天台的门紧闭着，她凑近一看，门上已经换了货真价实的锁。大概是校庆时跑到天台的学生太多，学校才这么干的吧。

"这么巧。"她身后响起一个熟悉的声音。

她回头，曲修宁双手插口袋，靠在灯光昏暗的楼梯拐角处，略玩味地仰头看着她。

"你也在啊。"路栩露出一个标准的微笑，"来吹风吗？"

"是啊，想四十五度望天装忧郁都没地方了。"曲修宁点点头，转而又问她，"月考考得怎么样？"

路栩被他逗笑，回答："理综考出了我自己目前为止的最高分，还要多谢你。"

曲修宁甩了甩头："客气什么。"

路栩问他："你来这儿干吗？"

少年语气轻松："老章头正到处找我呢，能躲一会儿是一会儿。"

他指的应该是名次掉出年级前三的事。

路栩宽慰他："是他们要求太苛刻了。"

"前几天周老师找我聊的时候，说没有万无一失的事情，我当时还有些不屑，没想到这么快就应验了。"曲修宁说完，自嘲似的嗤笑了一声。

"你别听那些打击你的话，谁都不是神仙，只不过一次小失误而已，不要因为这一次考试就没了信心，你这么厉害，下次肯定还是第一……"

她乱七八糟地说了一大堆，急于安慰眼前的少年。

可说来说去，不过是车轱辘话来回倒，同样的话他大概也听了不少。

最后，她耳边飘来一句："谢谢。"

他们尴尬地面对面站着，没有什么新的话题可聊。楼道的灯光本来就暗，还是声控的，没人说话，灯也灭了。

曲修宁像在思考着什么。

路栩也琢磨着要不要开口告别。

"那我……"

"那个……"

两个人不约而同开口，又默契地打住。

路栩笑道："你先说。"

只见曲修宁挠了挠鼻尖："要不，坐下聊会儿？"

灯重新亮起来。

曲修宁先坐在台阶上，他个子高，腿也长，跨了两级台阶。

路栩走过去，坐在他身边。

既然都坐下聊了，总得有点收获才行。路栩绞尽脑汁，处心积虑想套出曲修宁留学的事，或者试探一下跟任晋萱有关的话题。

她期待着曲修宁能对她掏心掏肺，但最终他什么都没说。

"那你呢？"曲修宁反问她。

"我啊，还没想好。"路栩抱住小腿，下巴抵在膝盖上，"大概会报个金融类的专业，然后去国外念个硕士吧。"

这次她没有瞎想，说得很现实。

毕竟她对数理化、土木工程、计算机什么的，都不感兴趣。

"你也想出国？"少年挑了挑眉。

"嗯。"路栩的心"怦怦"乱跳，但表面上不动声色，"为什么要说'也'啊，你要出国吗？"

"在准备，但还没定。"曲修宁风轻云淡，没有深入，又把问题抛回给她，"有想去的城市吗？"

"哪个城市都可以，出去见见世面也挺不错。但我毕业后应该会回来，我很喜欢安城。"

曲修宁看向别的地方："你想去外地啊，还以为你要上 J 大。"

J 大是安城本市的一所 985 大学，每年的录取分数线在 650 左右。如果路栩的理综成绩能再提高一点的话，应该可以上。

路栩诧异，她自己都不知道他是从哪儿听来的消息。

"啊？谁说的啊？"

曲修宁赶紧表示不是从别人那里听说的："因为邹铭琦准备考 J 大的体育特招生，我以为你也要报 J 大。"

秋天的风微凉，路栩一哆嗦。

大家都在议论曲修宁和任晋萱的同时，也有一批人在偷偷议论她和邹铭琦。而她作为当事人，居然什么都不知道。

"这、这、这都哪儿来的谣言？"她急了。

她每天满脑子想的不是学习就是曲修宁，哪还有容量想别的？

谁都可以误会，唯独曲修宁不可以。

"我不喜欢他。"她说得有些急，语气就像头倔强的小兽。

曲修宁说："哦，是我理解错了。抱歉。"

两个人再没有说话。

过了一会儿，曲修宁站起来，拍了拍手："该回教室了。"

路栩也跟着站起来，才想起来，自己还有好多问题没问。

怎么有种被曲修宁拿捏了的感觉？明明是她要打探消息，怎么变成她自己掏心掏肺了。

她偏过头。昏暗的环境下，少年脸上的表情似乎并没有什么变化。

也许是她感觉错了。

安城是典型的北方城市，秋天很短，温度下降之快，似乎根本不给人留反应时间。从穿短袖到穿羽绒服，只不过一个多月的时间，让人措手不及，不知该怎么穿衣服。

不过安城一中的学生们没有这个担忧，就算天塌下来，他们也得穿校服。

进入 12 月，学生们开始换上冬季校服。冬季校服依然按颜色区分年级，高三是蓝色的冲锋外套。

保暖是保暖，就是有些老气。

"还有没有点人权？我们已经这么累了，为什么还要穿丑丑的校服？就不能给人一点自由，穿点自己想穿的衣服？"韩硕在座位上瞎嘟囔，"我今天在路上被小屁孩叫叔叔！"

路栩懒得搭理他日常嘴碎，用无辜的眼神看着他："人家小孩也没叫错啊。"

韩硕气得要死："这种衣服，我就不信有谁穿着能好看。"

路栩觉得还是分人的，比如曲修宁穿就很好看。

曲修宁个子高，身材挺拔，撑得起那件冲锋衣，又不显得臃肿。他只要站在那里，就是标准的衣服架子。

冬装校服上衣很长，大多数人穿在身上，上衣都会遮住屁股，显得腿短如柯基，而曲修宁在一众灰头土脸的"柯基"中，仿佛男模走错了片场。

不过路栩能理解韩硕的抱怨。

高三学生的生活依旧没什么波澜，第一轮复习接近尾声，各科老师都急着抢进度。月考仿佛卡卡西脸上的面罩，一次月考后面，还是一次月考。

暗无天日。

到最近，一周只有一节的体育课和活动课也被占掉，周六还要补一天课。

一周只有周日一天假期，补眠用掉半天，剩下半天赶作业，接着新的一周循环往复。他们已经很久没有喘息的时间。

某天下午最后一节课还没打铃，路栩猛然发现，天居然已经黑了，在晚霞下，跷着腿在双杠上看篮球赛的日子，恍若隔世。

高一和高二的学生们过得快乐又充实。高一的刚入学没多久，高二的还没太感受到准高三的危机，什么校园歌手大赛、英语演讲比赛，各种活动一个接一个。

路栩都快忘了，一年前，他们也是这样无忧无虑。

在韩硕的争取下，周晴终于还了一节活动课给五班。

活动课是下午最后一节课，尽管活动课的原则是想去哪儿就去哪儿，还是有很多人自愿留在教室里。

韩硕看着教室里同学们趴倒一片，心痛道："喂，我好不容易争取来的活动课，你们倒是动一动啊。"

有人嘟囔了一句："天都黑了，现在能干啥啊？"

像是受到了什么启发一般，韩硕突然从座位上蹦起来。他跑到讲台上摩拳擦掌："要不……我们看个电影吧！"

教室里的人都来了精神。

有人提议："圣诞节快到了，我们看《真爱至上》吧。"

这个提议很快被韩硕否决了："兵荒马乱的，你还有心思想这些有的没的。"

大家哄笑成一团。

又有人说："圣诞节之前是 12 月 21 号，还是看《2012》吧，末日要真来了，没准还能学点逃生技巧。"

韩硕眼睛一亮。这次，教室里大多数人都表示同意。

说看就看，韩硕打开投影仪，大家关了灯，一起看电影。

尽管这部片子三年前就上映过了，但不妨碍他们全情投入再看一遍。

没过多久，教室后面就站满人。六班不少人也被吸引，跑过来跟他们一起看。

张晚忆不知什么时候搬了凳子，坐在他俩旁边。

黑暗中，不知谁问了句："你们说，这电影是真的吗？过几天就世界末日了，那我们还学什么习，准备什么高考啊？"

过了一会儿，教室另一个角落有人搭腔："玛雅人和美国人都这么说，还能有假？赶紧把书卖了，拿钱去学开车、开飞机，比坐在这儿复习强多了。"

韩硕冷不丁接了句："那万一世界末日没来呢？多得不偿失。"

大家笑作一团。虽然处于高压之下，大家还是有点阿 Q 精神的。

大家你一言我一语，路栩也跟着笑。不经意地一转头，她看到了曲修宁。

不知他是什么时候进来的。路栩最近一个月很少见到他，见面打招呼的次数都有限，更没说过话。

据说他要挤出时间准备竞赛，还要申请国外的学校。即使在这样分身乏术的情况下，他上次月考依旧能够重回年级第一。

竞赛决赛前两天刚结束，他终于现身了。

他靠着教室后门，双手盘在胸前，静静地注视着大屏幕，眼底透着疲惫。

黑暗的环境里，大家都七扭八歪地坐着，路栩的目光不会被谁注意到。

她心不在焉，每隔一会儿就回头看一眼曲修宁，电影里的一家人如何劫后余生，她完全没看进去。

电影结束，大家还沉浸其中。有人兴起，跑去讲台上放了周杰伦的《世界末日》，大家都默契地跟着哼起来。

路栩再回头时，曲修宁正好跟她对上视线，但他很快移开了眼神。

天灰灰，会不会，让我忘了你是谁。

夜越黑，梦违背，难追难回味。

晚自习前，六班大多数人都已经回教室去了，包括曲修宁。

只有张晚忆还趴在路栩的座位上，手里反复摁着自动铅笔。

路栩推了推她："醒醒，该去食堂吃饭了。"

张晚忆脸贴着桌面，噘着嘴："吃不下。"

艺考联考要来了，她要请一周多的假，去各个大学参加考试。有本地的，也有外省的，这段时间的培训成果如何，马上要见分晓。

"我最后一场考试正好是 12 月 21 日，这是不是预示我的考试完蛋了？"

艺考的学生成千上万，大家为了考好学校都使出了浑身解数，面对严峻的艺考形势，张晚忆没法乐观起来。

韩硕穷尽十七年所有的口才来夸她鼓励她。

什么光你的气质就已经打败百分之九十的人啦，什么你已经学了四个月好多人培训半个月就敢去考啦，什么你如果考不过就没有能过的人啦……

没一会儿，韩硕口干舌燥，张晚忆也没那么焦虑了。她就是这样，好哄，情绪来得快去得也快。

她拉着路栩的袖子说："路栩，我考完试那天，你晚上到我家来吧，睡我房间。如果考得好，可以一起分享好消息，如果没考好，你还能安慰安慰我。"

韩硕不要脸地凑过来："我能去不？"

张晚忆表情扭曲，仿佛被臭豆腐熏到一样。

12 月 21 日，传说中的世界末日，安城下了雪。

雪是傍晚时分慢慢开始下的，学生们在教室里上晚自习，课间休息时才发现。那时雪已经变大了。

即使雪并没有在地面铺上厚厚一层，大家依旧兴奋地大喊。毕竟对这群高三生来说，学习以外的任何事都能让他们放松。更何况，这是今年冬天的第一场雪。

晚自习课间，教室里几乎没有人，大家全跑到室外赏雪。路栩跟韩硕也不例外。

路栩仰着脖子，叹了口气："都到这个点了，世界末日还没来，看来我们得艰难地活下去了。"

韩硕冷不丁地偏头："看过韩剧吗？"

路栩愣了一下，不知道韩硕想说什么。

韩硕接着说："韩剧里说，初雪的时候，所有谎言都会被原谅。"

"是吗？"

韩硕贴过来，用肩头撞了撞路栩，问："所以……你有没有什么想说的谎话？"

路栩嘴唇动了动，无力地摇了摇头。

韩硕笑笑："没劲，都世界末日了，说谎话有什么难的。"

路栩用激将法："你说一个试试。"

"我讨厌张晚忆。"

路栩勾了勾嘴角。这句话说出来，韩硕的秘密就不再是秘密了。

"我说完了，到你了。"

路栩正要开口，发现身侧投下一道阴影。

曲修宁不知什么时候站到他们旁边，问："聊什么呢？"

韩硕把他们俩的话题复述了一遍。

路栩的视线正好跟曲修宁对上。他目光灼灼，动了动嘴唇，投来疑问的目光。

路栩摇头："我从来不说谎。"

可她为什么耳朵发烫、脸变红了呢？她心里默默告诉自己，初雪说的谎话，都会被原谅。

下了晚自习，地上已经积了薄薄一层雪。

路栩要去张晚忆家，已经提前跟路晓明打过招呼，下课的时候，她便没急着走。

她背起书包的时候，教室里已经没有人了。她走出教学楼，在路灯下往天上看，雪落下来的样子，真的很美。

已经晚上十点多了，还有一个多小时，这一天就会过去。

城市的一切都正常运转，传说中的世界末日终究是没有来。

如果曲修宁这个时候在的话，也许她会忍不住说点什么。

"路栩。"有人在身后叫她。

她转过身，邹铭琦站在她身后。

世界末日没有来，她想的那个人，也没有来。

她略显失望，但很快调整好表情。

"有什么事吗？"她明知故问。

她有点讨厌这个虚伪的自己，可也不知道除了这个还能说些什么。

邹铭琦挠了挠头，手紧紧地抓着书包带："好像每次都是跟大家一起，我们还没有单独说过话。"

路栩礼貌地点头。

"路栩，你讨厌我吗？"

路栩茫然地摇了摇头。

"那你为什么总是躲着我，见了我连招呼都不愿意打？"

忽然吹起一阵风，雪花开始乱舞。

路栩静静听邹铭琦讲述着。

高二某节体育课后，他在收体育器材，其他人早就跑得没了踪影，而她帮忙把其他人扔在运动场的羽毛球拍送了回去。在那之后，他便注意到了她，但始终没有说起过。

说完他笑了笑，他觉得那个瞬间很普通，但足够动人。

捡球拍的事她早就忘了，可能只是当时随手的举动。

看来每个人都一样，不需要什么宏大的场面，悸动只在一瞬间。

可每个人又不一样，所以才有那么多的失落。

"那天在你们班看电影，有人说今天是传说中的世界末日，我突然想，不如就在今天跟你说清楚。"邹铭琦顿了顿，"我知道有些唐突，我也不是想听你说什么，只是我总觉得，我们之间明明可以更熟悉。错过了今天，可能以后就找不到机会说了。"

是啊，天公作美。多么美的初雪天，多适合说出自己的心里话。

但她只能说对不起。

邹铭琦似乎早有预料，在她尾音还没断的时候就抢着说："不要说对不起，你没有什么对不起的地方。"

路栩沉默着，没有说话。

男生也没有继续追问，只是笑了笑。

"我们以后还是好同学，是吗？"

路栩使劲点头："当然。"

"以后在学校里碰见，能不能互相打招呼呢？我一直很想这么做，可我们都还没有正式认识过。"

路栩微笑着说："很高兴认识你，邹铭琦同学。"

说出憋在心中许久的话，邹铭琦似乎松了口气。

他说："我也很高兴认识你，路栩同学。"

他们两个并肩走到校门口，邹铭琦家就在学校对面，两人就要分开。

"再见，路栩。"

"再见。"

邹铭琦站在原地，想看着路栩先离开。

路栩走了几步，总觉得该跟邹铭琦说点什么。她转过身对邹铭琦说："邹铭琦，祝你以后一切都顺利。"

邹铭琦冲她挥了挥手："借你吉言。"

邹铭琦真的很好。只可惜，他不是曲修宁。

路栩坐上去张晚忆家的公交车。

雪夜的公交车窗上有一层薄薄的雾，从车里往外看，城市夜景朦胧，满满都是喜庆的氛围。街边的商家放着圣诞和新年的歌曲，她的眼泪却止不住地流。

她不知道自己在哭什么。

也许是因为伤害了一个无辜的人，也许是因为曲修宁没有出现，也许是因为别人都比自己更有勇气。

原来最热闹的季节，最悲伤。

路栩离开后，邹铭琦在原地站了很久。不远处的阴影里，有个人也站了很久。

意料之中的结果，但邹铭琦心里还是空落落的。

他踢了一脚脚下的雪，在雪地上蹭出一长串印子。

这时，曲修宁不知从什么地方冒出来，若无其事地走到邹铭琦身边。

邹铭琦警觉，立刻收起情绪："你、你、你、你从哪儿出来的？"

曲修宁语气慵懒："你紧张什么，做亏心事了？"

"你怎么还没走？"

曲修宁："嗯，做了会儿作业，回家就直接睡。"

邹铭琦下意识回头看了眼教学楼，早就全黑了。

他反问："不对，我记得你早就走了啊。"

"你记错了吧。"曲修宁挠了挠鼻子，"你在这儿干吗？"

"赏雪。"

"挺有情调。"曲修宁拍了一下他的肩膀，"你接着赏，我先走了。"

"喂。"邹铭琦叫住曲修宁，"你刚看到什么了吗？"

曲修宁表情无辜："没有啊。"

"哦，那没事了。"

曲修宁做了个"OK"的手势，脚下轻松，踏步离去。

临近年底，张晚忆的艺考也告一段落，进入等成绩的阶段。考完那天晚上，路栩到她家里，看她精神状态不错，又听她絮絮叨叨讲了很多考试时的见闻，便断定她的成绩应该不会太差。

没了艺考的压力，张晚忆课间时不时地跑来五班找路栩聊天。

这天她带来一个坏消息：跨年后，体育课要取消，课表上只剩下考试科目。

她们俩一起叹了口气。

张晚忆拍拍路栩的肩膀："但还有一个好消息，元旦放假一天，前一晚也不用上晚自习。"

韩硕掐着时间横在她俩面前，笑得不怀好意，问："跨年夜你们有什么计划？"

路栩警觉："你想干吗？"

"我们去看烟火呗。"韩硕兴奋地搓搓手，"不知两位美女愿不愿意赏脸？"

安城中心广场每年都有新年倒计时跨年活动，还会放各种各样的烟火。

张晚忆扬着下巴："你来晚了，我当天有高雅的活动，正准备拉路栩入伙呢。"

韩硕皱着脸，委屈道："看烟花也不低俗啊。"

张晚忆掏出几张票，在手掌心拍了拍："我要去听新年音乐会。"

"哪儿来的？"韩硕伸手去抢，张晚忆往回收手，他一个趔趄，差点脸着地扑倒。

"曲修宁给的，他妈妈不是在什么交响乐团嘛。"张晚忆看了一眼票面上的字，"应该是内部赠票，反正都没去过，我们一起听听吧。"

路栩诧异："他为什么要给这个啊？这票价可不便宜。"

张晚忆摇摇头，递给路栩一张："不知道，他说多出好多张票，担心坐不满会不好看，让我们去撑场面的。"

"可是烟火十二点准时放，还能跟大家一起倒计时呢。"

"你有点品位行不行？我现在怎么说也是艺考生，总要接受一下高雅音乐的熏陶。"张晚忆准备把票装回口袋，"不想去算了，我找别人。"

"别别别，我去，我去。"

韩硕赶紧给自己抢了一张，但还是说服了她们两个人音乐会结束去看烟火。

2012年的最后一天，依旧是在学校度过。

放学前，同学之间都互相说"明年见"。这是每年都要开的一个玩笑，却没人意识到，这是高中时代的最后一个新年。

入场时，路栩特意四处张望了一番，没看到想看的人，最终失望地坐下。明明是曲修宁给的门票，他本人却不来，还真是多出来的票，随便送人的。

坐下后，韩硕问这里面这么大的场地怎么连音响也不装，被前排几个中年大叔用眼神集体鄙视了。其中一个大叔说，票这么紧俏，怎么让这种不懂的人抢到了。

韩硕咬牙切齿，准备站起来吵架。

张晚忆赶紧装作不认识他，面对面给他发了条短信：音乐厅不用音响，你个土鳖。

韩硕立刻缩成一团，老老实实坐下。

音乐会结束，韩硕抹了一把眼泪："太感动了。"

演技很拙劣。

张晚忆鄙夷地看着他："刚唱的是什么歌剧，用的什么语言，说得出来吗你？"

"音乐，重要的是精神上的沟通，你懂什么。"

他催着两位美女赶紧走，所有人都在往外涌，他怕打不上车。

路栩想到中心广场的卫生间只有两个隔间，怕到时候人太多，便说要去卫生间。

韩硕不敢发脾气，只好阴阳怪气道："快去快去，懒驴上磨屎尿多。"

"你再说一遍？"路栩转过身翻了个白眼，韩硕只好噤声。

他们俩在音乐厅外的空地上等路栩，曲修宁顺着人潮走过来。

韩硕诧异："你也在啊，刚才怎么没看见你？"

"我坐在前面。"他接着问，"你们这是在等谁？"

"路栩呀，我还能等谁呢。我们一会儿要去中心广场看烟花，你去吗？"张晚忆客气地寒暄，心想曲修宁应该不会去。

曲修宁长长地"哦"了一声，一副没想到的样子，然后说："去。"

还真是没想到。

三个人站定等路栩，韩硕没眼色地问道："曲修宁，你的竞赛成绩是不是快出来了，你有信心保送P大吗？"

张晚忆尴尬地笑着，用手肘用力戳了韩硕一下："别哪壶不开提哪壶行不行。"

韩硕不明白："成绩还没出来呢，为啥不能提？"

无非是曲修宁家里和学校都想让他直接保送P大，但他有自己的想法，所以在参加竞赛的同时又申请了国外的学校。

天知道这位公子哥在想什么。

张晚忆转向曲修宁，岔开话题："你怎么说票多发愁坐不满呢？周围听众都说票特别难抢。我旁边坐的阿姨只抢到一张票，她老公只能在外面等她。"

曲修宁一愣，而后耸耸肩："可能后来又卖得好了。门票这东西，说不准。"

还好张晚忆没追着问，因为她看到路栩过来了。

"路栩快来，我们现在打车。"张晚忆挥挥手，"曲大神也跟我们一起去。"

路栩看到曲修宁，惊讶中带着惊喜，毕竟她一开始以为他没有来。她控制自己的表情，尽量表现得平静。

出租车上，曲修宁坐在副驾驶座，他们三个人在后排。

韩硕依旧和张晚忆叽叽喳喳，车上另外两人都没说话。路栩扶着下巴，偷偷观察着曲修宁的侧脸。

他的轮廓随着路灯的明暗而变化，而她的眼神始终不愿移开。她甚至希望这辆车能载着她的悸动，一直开下去。

他们到达时，中心广场已经人满为患，但丝毫不影响大家迎接新年的激动心情，他们也加入其中。

接近十二点，人群骚动，大家开始喊倒计时口号。

三，二，一。

2013年零点，烟花准时绽放。

很多人大喊着"新年快乐"，大家跟着尖叫吹口哨。

无论这一年过得如何，它终究是要过去了。

路栩的肩膀正顶着曲修宁的胸口，身边的人不断把她推向他。

她朝他做了个抱歉的表情，他点头表示不介意。

她想感谢所有陌生人，因为有他们，她剧烈的心跳声才能隐藏得如此完美。

身边有人在接吻，有人在拥抱，他们几个穿着校服的青春期少男少女面面相觑。

"我们也抱一个吧，为了我们三个认识的这几年。"韩硕朝两个女生张开双臂。

路栩跟张晚忆没有拒绝，三个人拥抱在一起，傻乎乎地大笑。

韩硕喊了句："友谊万岁！"

新年夜的默契就是，无论你喊了什么，都会有不认识的人回应。

"友谊万岁"在人群中此起彼伏，传递向远处。

路栩忽然转过头来，对曲修宁说："新年快乐。"

这个独特的时间点，在烟火的映照下，少年望向天空，眼眸明亮。

人潮汹涌，他仍然是最耀眼的那个存在。

她喜欢他，而他不知道。

他在想什么，她也不知道。

但这并不妨碍这一刻的美好。

环境嘈杂，她的声音被淹没了。

但少年看到了，嘴角挂起一抹浅笑："你也是。"

她在心里默念，希望你能够幸福快乐，得偿所愿。

一群人疯到半夜。

妈妈开车来接路栩，元旦她们说好了要一起过。

看到她一脸兴奋，妈妈不明白，又不是农历新年，干吗还要守岁。

路栩说："妈，新的一年了，你怎么都不激动？"

"也就你们小孩子喜欢凑这些热闹。新的一年还不是要接着工作，接着吃饭睡觉，有什么改变吗？"

人长大之后，是不是会消化痛苦？

她不懂大人的世界。是不是真的长大之后就可以什么都不在乎，然后日复一日地生活？

妈妈话锋一转："我今年生活中只有一个改变，就是你要成大学生了。"

"噢。"提到这个，路栩心里就乱乱的。

"对了，前几天风水师傅过来，我顺便问了问关于你的事。"

路栩猛地转过头盯着妈妈："你还信这个呢？"

"信不信看个人。不过这个师傅挺准的。"妈妈皱着眉，冲前面慢吞吞的车子闪了闪灯，"我们有笔大额回款一直被拖着，他来看了之后，在我们办公室选了个方位布了水景，水景布好，第二天款就回来了，是不是很神奇？我就顺便让他看了看。"

"他怎么说？"路栩虽然不怎么信，但有点好奇了。

"他说你今年能心想事成。"

"什么事？"

"当然是高考了，你还有什么事？"

"没有没有。"路栩心虚，赶紧否认，"大师除了这个，还说别的了吗？比如以后什么的……"

她想问大师有没有顺嘴说一句她的姻缘。

妈妈没听懂她的意思："当然是问要紧的事啊，其他的没问。"

路栩靠在椅背上，望着窗外一晃而过的景色，眼神里藏着失望。

妈妈却放在了心上，接着问："你想知道以后的什么事？大学专业，还是以后的工作？"

她也有点迷茫："我其实挺羡慕你跟我爸的，你们的工作都是自己喜欢的。你是工作狂，律所也是自己拼出来的，我爸喜欢露营徒步，他就开了户外装备的店。"

两个人在事业上高度一致，但在生活节奏上严重不同步，所以他们离婚了。

她以前从来没深想过父母为什么离婚，现在似乎才开始理解他们。

妈妈静静地听她说完，问："这是你自己的人生，你想跟我们一样吗？"

"我不知道。"路栩摇了摇头。

她曾经想盲目地追随曲修宁，却也清楚要对自己的人生负责。

她又想到曲修宁，在所有人的目光之下，顶着压力也要做自己的选择。

她望着天："妈，你说人生怎么就这么难啊？"

殊不知，妈妈最讨厌她伤春悲秋。

"你把想这些闲事的时间用在复习上，说不定都能上P大了。分数高，才能把选择权最大限度地握在自己手里！"

/第七章/
她的青春被他牵着走了

元旦之后，进入新一年。

早起晚睡，上课下课，新的月考接踵而来。

果然跟妈妈说的一样，除了跨年夜当晚的兴奋劲，生活没有任何改变。

安城冬天的天空灰蒙蒙的，总见不到太阳，更让人觉得日子阴郁。

但，喜欢能让人扛过难挨的日子。

赶作业到深夜时，路栩总会频繁地回想那天夜里，空中灿烂的烟火，映照着身边男孩的脸。

那晚的欣喜，成了她枯燥生活的调味剂。

也不知是不是受到了鼓舞，她在学习时也攒足了劲，最近一次月考，她居然冲进了年级前一百，破天荒地拿了全班第三。

有那么几次，她觉得自己离那个耀眼的少年很近，尽管只是一瞬间而已。

农历新年一天天临近，路栩本来想春节陪妈妈过，结果妈妈大手一挥，给她转了压岁钱，就自己飞到泰国度假去了。

赵欢和路晓明严格遵循春节前的那些传统顺口溜，每天要做什么，安排得明明白白。

二十三糖瓜粘，二十四扫房子，二十五磨豆腐……

他们两个忙上忙下，大扫除、炸丸子、买对联福字，过年的劲头很足。路栩每天回到家，家里都有一点小改变。

赵斯然早就放了寒假，全家人都在的时候，赵欢偶尔会喊他帮忙干点活。而路栩则是家里的重点保护动物，任何家务都不让她沾手。

高三的寒假只有七天，要除夕当天才放假，但现在已经没人抱怨假期太短，也没人抱怨卷子太多了。

毕竟只剩不到四个月就高考了。

再贪玩的人也开始懂得轻重缓急，大家都觉得时间不够用。

放假前最后一天下课，跟往常没什么区别。大家已经没有了放假的兴奋感，都默默地揣好一大堆假期作业。

周老师发完假期作业，又叮嘱了一些假期的注意事项，就直接宣布放假。

这次放假，周老师没有要求所有人把东西带回家去，教室里依旧保持原样。

课桌上，窗台上，复习资料都堆得跟小山似的，仿佛只是过个周末。

路栩跟张晚忆说好了放学一起走。

整个校园几乎已经空了，老章头还在六班喋喋不休，教室里的人脸上都写着不耐烦，路栩在六班教室外哈欠连连。

张晚忆隔着窗户看到了路栩，她指了指老章头，又指了指手表，接着两手一摊表示无语。

然后她就被老章头罚了打扫卫生。

"老章头心眼真小。"张晚忆边擦黑板边骂，"已经大年二十九了，我居然在这儿打扫卫生！"

路栩在手边摸了本杂志，悠闲地翻起来。她心里可一点也不记恨老章头，因为曲修宁也没走。

曲修宁在自己座位上，翻着一本不知是什么的书，一副与世隔绝的样子。

"对了，你今年生日怎么过啊？"张晚忆回过头来问。

路栩的生日在 2 月，往年都在正月里，今年正好赶上大年初一。

她却在想另一件事情。她往曲修宁的方向溜了一眼，耸了耸肩："正好撞上大年初一，随便过吧。"

教室里只有三四个人，她祈祷曲修宁会听见，没准还会记住。

"那怎么行，十八岁，多重要的生日！"张晚忆停下手里的活，"大过年的，我去找你也不方便，到时候我给你快递一个蛋糕过去吧。"

路栩翻看着杂志，并没有把张晚忆的话当真："你也知道大过年的，哪儿还有开门的蛋糕店啊。"

"现在过年商家都不休息，总能找到的。"张晚忆转向曲修宁，"是吧，曲大神？"

曲修宁缓缓抬起头："你们在说什么？刚在看书，没听到。"

路栩在心里叹了口气，听都没听见，更别说放在心上了。

张晚忆拍了拍手上的粉笔灰："算了算了，你们男生八成也不知道。"

他们几个离开学校的时候，校园里真的完全没人了，所有楼都黑着，冷冷清清。走在通往校门口的路上时，他们的说话声甚至有回音。

路栩和曲修宁走在张晚忆的两边，曲修宁单肩背着书包，一晃一晃。

张晚忆问："你怎么这个时间才走？感觉你好像不愿意回家似的。"

"是啊。"曲修宁调整了一下书包的位置，没否认。

"别逗了，我可听说你家有四百平方米。"张晚忆说，"我跟路栩家加起来都没你家大。"

四百平方米，接近她家面积的三倍。

曲修宁顺着她的话问："可别损我了，你们俩在哪儿住啊？"

"我家在臻苑，路栩家在离我家不远的鑫苑。我们那一片都是以前单位分的房，跟你家的豪宅没法比。"

路栩分心，默默地计算四百平方米到底有多大。

曲修宁"噢"了一声，解释道："房子大没什么好的，我家亲戚多，从现在能走动到十五，每天家里都有一堆人，回去还得应付他们。"

"有钱，还是大家族。"张晚忆啧啧道，"了不得。"

"你小说看多了吧。"曲修宁无奈笑道。

张晚忆叹了口气，接着说："也不知道将来什么样的人能嫁给你，肯定又是门当户对又是商业联姻。"

曲修宁换个位置，站到路栩身边，说："我还是离你远点，省得你编排我。"

路栩屏住呼吸，盯着自己的脚尖。

"开个玩笑嘛。"张晚忆笑嘻嘻地说，"那祝你以后能不被束缚，娶到真爱。"

"这还差不多。"曲修宁语气轻松。

路栩回到家，正好在楼下碰到爸爸。爸爸刚从负一楼的杂物间上来，手里拎着大包小包的年货。

路栩家的小区，每家每户在负一层都有一间杂物间，一到冬天就成了天然的冷库，家里放不下的年货都在那里面堆着。

爸爸跟路栩招了招手，如数家珍："这个里面是你爱吃的腊肠，那个里面是带鱼，明晚年夜饭都做。"

路栩要帮爸爸拎东西，爸爸没让她帮忙，说："你那书包起码有二十斤重，就别帮我了。"

大年三十，路晓明跟赵欢在厨房里进进出出忙活了一整天，餐桌上满满当当。

最兴奋地要数赵斯然，他自告奋勇当传菜员，因为他打记事起就没吃过这么丰盛的年夜饭。

赵欢不好意思地在围裙上抹抹手，让路栩别笑话。

路栩笑了笑，其实她也一样。

往年春节只有她和爸爸两个人，两个人不热闹，菜也少。

晚上，电视上放着春晚当背景音，他们一家四口吃了新家庭组建以来的第一顿年夜饭，路栩突然觉得，这样也很好。

临近十二点时，赵斯然想放鞭炮，路晓明便套上羽绒服跟他一起下了楼。

家里只剩下路栩和赵欢，她们面对面坐着，外面烟火鞭炮声四起，室内却有些尴尬。

赵欢几次想挑起话题，但都作罢，最后她从桌子下面拿出一个红包，递给路栩。

路栩接过红包，说了声谢谢。

她举起杯子里的橙汁，跟赵欢说："赵阿姨，新年快乐。"

赵欢也端起杯子跟她碰杯："新年快乐小栩，祝你高考考个好成绩。"

很温馨，很融洽，但之后又恢复了没话说的状态。

还好张晚忆打来电话，路栩像抓住救命稻草一般，回房间接电话。

"过年好，路栩！你猜猜我在哪儿？"

张晚忆似乎在室外，周围的鞭炮声几乎要把她的声音淹没，她说的每个字都是用力喊出来的。

没等路栩回答，她就自己回答："我在乡下奶奶家，特别有意思！"

路栩笑笑，也大声对她说："春节快乐！"

"还有生日快乐！家里人临时决定回奶奶家过年的，生日礼物开学我补给你哦！"

有她的祝福就够了。

"我就是想亲口跟我最好的朋友说一声祝福，没别的事了，挂了啊，还要给韩硕打电话呢。"

好朋友之间不需要多余的话语，挂掉电话之后，路栩发现自己嘴角还带着笑。

望着窗外的烟火，她突然想起一个人，也想跟他说春节快乐。

握着手机纠结了半天，她打开手机开始打字。

如果直接发春节祝福，会不会太唐突？毕竟他们俩的上一条短信还是曲修宁发来的"帮邹铭琦问的，他有点担心你"。

看了就来气。

他不在意，她发什么都是刻意。

纠结半天之后，她决定伪装成群发短信：新春佳节之际，路栩祝大家春节快乐，万事如意！

短信发出去，她没有等回复，而是把手机随手扔在床上，也跑到楼下去看烟花。

好像这样才显得她不是太在乎。

不知道曲修宁会回什么。是谢谢，还是别的？也许他会发生日快乐，那她可以什么礼物都不要。

院子里有不少小孩，窜天猴、小蜜蜂齐上阵。赵斯然胆子最小，两只手各拿一根仙女棒，傻呵呵地原地转圈圈。

过了一会儿，路栩手里也多了两根仙女棒。

赵斯然学习的时候那么能睡，这会儿却精神得不得了。姐弟俩看别人放各种烟花炮仗，看到两点多才回去。

她拿起手机，有好多条未读消息，她急切地点开短信列表。

基本都来自五班同学，大家发的内容大同小异。曲修宁的短信也夹在其中。

情理之中，意料之中——也是一条群发短信：

祝各位新春大吉，万事如意。曲修宁敬上。

路栩丧气地扔掉手机，扑倒在床上。

大年初一，他们全家人都睡过了头。

外面有人在放鞭炮，路栩猛地惊醒，发现天光大亮。再一看时间，已经中午了。

昨晚睡着时是趴着的，此时她浑身酸痛。她从卧室跑出来，爸爸正穿着保暖秋衣在门口贴对联，手忙脚乱的。

路晓明一手拿着剪刀，一手握着横批的红纸，胳膊上还粘了几条透明胶带。

看到她出来，路晓明像是被人撞破了什么秘密一般，有些不好意思。

他精心筹备的春节，竟然在最重要的环节栽了跟头。

"我跟你赵阿姨都忘了定闹钟，才想起来春联没贴。小栩你等等啊，赵阿姨正在给你煮长寿面。"

十八岁，在潦草中来了。

想起昨晚的群发短信，她叹了口气，顶着乱糟糟的头发朝门口走过去："爸，我帮你吧。"

父女俩齐上阵，贴好了春联。

正要关门，楼下突然有人在喊："请问，哪家是路栩家？"

路晓明疑惑："是在叫你吗？"

路桖跑到楼道，趴在栏杆处，看到楼下有一个快递小哥，手里正捧着一个四四方方的蛋糕盒子。

"谁啊？"路晓明从门口探出头来。

路桖没多想，开心地跟他说："张晚忆给我送的蛋糕。"

路晓明不解："张晚忆不知道咱家门牌号吗？"

大过年的，可能忙忘了，没写具体门牌号吧。

路桖没多想，套了件外套，下楼把蛋糕拿上来。

不过两三分钟的工夫，她返回家里，赵阿姨已经把长寿面端了出来。赵阿姨很有心，碗里卧了两个荷包蛋，还有用胡萝卜刻成的"18"数字字样。

桌子上摆满了提前准备好的各种菜，全都是路桖爱吃的，丰盛程度堪比前一天的年夜饭。

大人的意识还停留在"大年初一商家关门"，他们仍旧遵循多年的习惯，只顾着让餐桌看起来更丰盛，并没想到去买一个生日蛋糕，更不知道蛋糕还能配送。

"十八岁了，大姑娘了。"路晓明乐呵呵地说。

"生日快乐，小桖。"赵阿姨搓着手，有些不好意思，接着又转向路晓明，"咱们光想着煮长寿面了，也没给孩子买个蛋糕。"

但路桖没在意，她晃了晃手里的蛋糕："这不有了嘛。"

许愿的环节必不可少。

吃完饭后，一家人围着蛋糕，点着蜡烛，路桖闭上眼睛，双手合拢抵着下巴。

闭眼的瞬间，她脑子里又浮现出那条群发短信。

于是她做了件傻乎乎的事。

她没许关于高考的愿望，也没许任何关于前程和未来的。

她希望……曲修宁那条短信跟她一样，不是群发的，只是发给特定的人的。

十八岁这么重要的生日，她就许了这么一个朴实的愿望，不过分吧？

如果这都不足以感动神明，还有什么可以呢？

她睁开眼睛，赵斯然的大脸出现在面前，离她只有一个指尖的距离，她被吓得往后一缩。

赵斯然歪着脑袋问："姐姐，你许的什么愿啊？"

路桖心虚，害怕被这个鬼精的小孩看穿。

赵欢及时把他拖走："生日愿望不能说，一说就不灵了。"

但愿吧，路桖一口气吹灭了蜡烛。

十八岁的第六天，路栩迎来高中时代的最后一个学期。

校园里很冷清，校门口挂着四个灯笼，每个灯笼上都印着一个字，共同组成"欢度春节"。树枝上还有残留的积雪，保安穿着大衣在岗亭里打盹。

周围的一切仿佛都在提醒着众人，年还没过完呢。

高三生的新学期，没有新课本，没有开学典礼，更没有什么仪式感。

路栩到教室时，已经有很多人开始自觉早读了。

教室和放假之前没什么两样，照样乱七八糟。各种复习资料堆得到处都是，放假前黑板没擦干净，现在又写上了新的通知和课表，值日的同学懒洋洋地拎着垃圾桶往外走。

好像真的只是过了个周末。

学校给高三开了个简短的晨会，甚至不需要学生们去操场上集合，坐在各班教室里听广播就好。

教导主任、年级组长轮番上阵，说了些加油打气的话：

"遇难心不慌，遇易心更细。"

"会当凌绝顶，一览众山小。"

那些老生常谈，在现在看来，却是金玉良言。

晨会结束后，张晚忆来五班找路栩，顺便递给她一个盒子："喏，迟到的生日礼物，我跟韩硕一起买的。"

"怎么还有礼物啊？"路栩不解。

"我就没给你礼物啊，你是不是学傻了？"张晚忆用手背探了探路栩额头的温度，"过年回奶奶家没法找蛋糕店，现在补上，算是赔罪。"

可是她明明收到了蛋糕。

她疑惑道："蛋糕不是你送的？"

"我在老家，怎么给你订蛋糕。"

路栩脑子里闪过一种可能性，但随即又被自己掐灭。

想什么呢，曲修宁不知道她生日，也不知道她家地址。即使知道，人家凭什么给她买蛋糕？

听路栩讲完，张晚忆用手指摩挲着下巴，问："蛋糕里面就没留卡片什么的？"

路栩摇摇头。

张晚忆替她分析："我觉得，没准是你后妈送的。"

路栩扶额，还不如不分析。

"她送蛋糕，为什么不直接说呢？这又不是什么见不得人的事。"

"想讨好你呗，自我感动呗，这有什么难理解的。或者……"张晚忆瞥见邹铭琦在不远处，便朝他努努嘴，"会不会是他？"

路栩坚决地说不可能。

她没有把雪夜遇见邹铭琦的事告诉任何人，包括张晚忆。

自从那个雪夜后，他们两人再也没有说过话。虽然说了还能做朋友，可两个人之间，只要有一个有别的心思，怎么可能只做朋友。

张晚忆却对自己的推断胸有成竹："很多事啊，你越是觉得离谱，反而越有可能。"

"你别乱说。"

身后一阵风吹过。

出于某种感应，路栩回头，曲修宁正好从她们身后经过。

曲修宁背着书包大踏步走着，风尘仆仆，像是刚赶来学校。他没穿校服，里面是浅色休闲衬衫，外面套了件灰色短款羽绒服，显得腿更修长，在人群中很是打眼。

张晚忆上下打量着他，指着他的衣服："曲大神，你这是怎么回事？"

曲修宁在她俩面前停下脚步，带着自嘲的语气："我以为明天开学，校服洗了还没干。"

路栩盯着他发呆。这个人外表看起来这么男神，怎么总是犯迷糊？以前记错英语考试时间，现在又记错开学日期，万一高考也记错了时间……

打住打住，她操的心有点太多了。

"你们聊什么呢？"曲修宁问。

张晚忆笑嘻嘻地说："在破案。"

"破案？"

张晚忆清了清嗓子："在路栩同学十八岁生日那天，有人送了个生日蛋糕，但没留名。"张晚忆搭了一条胳膊在路栩肩上，"我们正在猜是谁做的好人好事。"

路栩盯着曲修宁，心头突然蹿起一簇希望的小火苗。

她开始回想美剧《Lie to me》里总结的，人说谎时下意识的表情和动作有哪些。

会是他吗？会是他吗？

她恨不得趴在他面前观察他的微表情，可这个人根本就没有表情。

他低头整理袖口的扣子，一副事不关己的样子："还有这种好事？"

路栩心里的那簇小火苗暗了下去，看来不是他。

他风轻云淡地转向路栩，说了句："补个迟来的生日快乐。"

路栩的脸倏地就红了。

他又接着问："那你们破案了吗？"

张晚忆摇头，没精打采："猜了几个人，路栩都说不可能，我是猜不出了。"

曲修宁挠了挠下巴："可能，是喜欢她的人送的吧。"

张晚忆脱口而出："对啊，我就说……"

小火苗被一盆冰水强行浇灭。路栩赶紧捂住她的嘴。

曲修宁似乎没有再聊下去的打算："我先回教室了。"

正要走进教室的邹铭琦看到曲修宁，走过来环住他的肩膀："好久不见，甚是想念。"

曲修宁面无表情，回了邹铭琦一句："矫情。"

"你小子假期到底在忙些什么，怎么玩失联。"邹铭琦对他说，"我好歹还给你发了条拜年短信，你连——"

邹铭琦还没说完，曲修宁突然发力，揪住他的衣服，把邹铭琦扛进了六班教室。

"你干吗？！"邹铭琦没反应过来就被扯得衣衫不整，话里带着怒气，"不就说了句你不回短信嘛。"

曲修宁若无其事道："没什么，就是跟你说，过年手机欠费，没看到短信。"

"那你这是发什么神经？"邹铭琦指着自己的衣服。

曲修宁帮他整理好衣领，拍了拍他的肩膀："外面冷，有话到教室里说不行吗？"

邹铭琦不知他到底怎么了，撂下一句"莫名其妙"，转身回到自己位置上。

还在正月里，家家户户的鸡鸭鱼肉根本吃不完。中午，路栩带了赵阿姨做的带鱼，张晚忆带了奶奶做的狮子头，两人在食堂互相分享。

没一会儿，从食堂门口冲进来一个人。

韩硕四下搜索了一圈，朝路栩和张晚忆这边走来。

他屁股还没挨凳子，便跟她俩说："物理竞赛成绩出来了！"

这是个跟曲修宁有关的重磅消息。路栩悄无声息地停下筷子。

张晚忆则淡定多了，毕竟她连物理竞赛什么时候考的都不知道，得奖的消息更与她无关。

"竞赛成绩？你参加了？"张晚忆龇牙咧嘴地啃着带鱼。

韩硕被她问蒙了，回答："没有啊。"

"你又没参加，激动个什么劲，那些打分的人不过年吗？"

韩硕没理会，接着播报新闻："曲修宁和高二一个男生得了一等奖，没什么问题的话，直接保送 P 大。周及拿了三等奖，正在教室里哭呢。"

张晚忆依旧在啃带鱼。

韩硕最害怕他带来独家新闻的时候，听众没有反应，他一拍桌子："你们知道这意味着什么吗？"

两个女生没说话，等着他自问自答。

"意味着他不用高考了啊！而且他的留学申请好像也下来了，反正接下来的日子，他来不来学校都无所谓了。"

路栩一愣，嘴也不利索了："来不来学校都无所谓？就、就、就是可以直接回家了？"

"对啊，都保送了，傻子才接着受苦。"韩硕叹了口气，"真羡慕他。"

路栩却有些失神，接着便觉得生活真的像一个玩笑。

早上她还在担心曲修宁会不会记错高考时间，中午人家就不用参加高考了。

很快，曲修宁获得一等奖的消息传遍了高三，各科老师上课前都要提一嘴，提前为安城一中锁定一个P大名额，当然值得炫耀。

大家都说，神就是神，战无不胜。他的唯一"败绩"，是月考年级第四。

放学前，路栩去办公室帮老师拿作业，正好迎面碰上曲修宁。

早晨的尴尬还在，路栩不知该说什么，憋了半天，蹦出一句："恭喜你啊。"

"谢谢。"少年礼貌微笑，"你都听说了。"

"嗯，你是一等奖保送，全校应该都知道了吧。"路栩顿了顿，"你以后是不是可以不用来学校了？"

明知故问。她不过是想听他亲口说。

曲修宁点点头："嗯，不过我还要等一阵子才离校。"

他的未来已经很明朗，是她难以触及的远方。

在他的未来面前，她那些小心思是那么的微不足道。

这一刻，她突然很想哭。

学校广播不合时宜地响起一首《爱的初体验》："是不是我的十八岁，注定要为爱掉眼泪？"

到底是哪个浑蛋在校广播站工作？

"听说你留学申请也挺顺利的？"路栩问曲修宁。

"嗯。"曲修宁点点头，"消息传得还挺快的。"

"因为……大家都很关注你。"

说这句话的时候，路栩心跳开始加速。这个"大家"里，也包括她。

她努力掩饰住自己内心的慌乱，为刚才的话找补："我也都是听同学说的，毕竟你成绩那么好。"

"是吗？"曲修宁的语气不咸不淡。

她偏过头，发现曲修宁并没有看她。

"你决定了吗？是去 P 大，还是去留学？"路栩试图继续这个话题。

"说实话，还没想好。"曲修宁没有给出确切的答案。

他是真的没有想好。

路栩识趣地没有追问。毕竟她以为，他的真实想法不会向她透露。

"你呢？"曲修宁看了她一眼。

她望着眼前的少年，突然很想吐露心声。

"你知道吗？曾经有一个瞬间，我还痴心妄想过，我是不是也能上 P 大，是不是也能留学。"她轻轻一笑，"后来想通了，我不可能走跟你一样的路，我没有你这么优秀。"

她把自己那些与他有关的荒唐想法当笑话来讲。

她也不知道自己提起这个做什么，也许是想从曲修宁那里得到一点回应。

只可惜，她隐藏得太好，这背后的真心，曲修宁并没有领会。

"你也很优秀。"少年认真地对她说，"这是你自己的人生，应该由你自己来决定。"

气氛又冷了下来，可她还有很多话想跟这个少年说。

她想问，除夕夜的短信，真的是群发吗？

她还想问，那个匿名的生日蛋糕，是他送的吗？

可她问不出口。

她怕自作多情，怕答案是否定。

他们两人就在老师办公室外的走廊里并排站着，看着远处。

天气有了转暖的迹象，白昼的时长逐渐长过黑夜，下午这个点，天边仍旧带一丝光亮。少年的睫毛很长，在微弱天光的映照下，眼底有些许暗淡。

路栩忽然觉得这个场景有些熟悉，仿佛又回到了半年前，他们帮老章头批卷子，一起在办公室门口等着。

"站在这儿有点恍惚。"曲修宁突然开口，"总感觉高考还很遥远，我们还得帮老章头改晚自习的作业。"

这是不是就叫心有灵犀？

路栩无声笑着，想起他们单独相处的短暂时光，想起他们在办公室里的交谈，想起为了等他而淋过的大雨。

只可惜时间奔腾而去，那样的日子不会再有了。

这时周晴从隔壁办公室出来，看到他俩在走廊上，便说："你们俩在这儿干吗呢？"

两人转过身，各自说了声老师好。

"我在祝贺他保送呢，顺便取取经。"

周晴欣慰地点点头："路栩是个潜力股，这几次月考成绩很稳定。你语数英比曲修宁都高，就算放在全省都有绝对优势，就是理综得再下点功夫。"

"周老师，她的成绩上P大，怎么样呢？"曲修宁问。

"理综提高二三十分，我觉得她完全可以冲冲P大。"说完，周晴又转向曲修宁，"既然你保送了，就把学习方法什么的多跟同学们分享分享。还有，在学校的时间，还是穿好校服，别搞特殊。"

曲修宁礼貌点头："我会注意的。"

"周老师，他是校服洗了没干。"路栩为他辩解道。

"你倒什么都知道。"周晴瞟了曲修宁一眼，又瞟了路栩一眼，"赶紧回教室吧。"

进入3月，早春开始有萌动的迹象。

高三上了两周课后，高一高二终于开学。

全体开学后的一个下午，全校举行了开学典礼，正好遇上距离高考一百天，同时也举行了高三的百日誓师大会。

每个班按男生女生，分站两列。路栩左手边是韩硕。

开学典礼的流程走完后，曲修宁作为高三学生代表，在全校师生面前演讲。

"校领导一直扣着曲修宁，不让他提前走，就是想等这种全校大会的时候露个脸做个表率，也起个激励作用。"韩硕压着嗓子说。

路栩终于知道为什么他说要过段时间再离校了。他刚登上主席台，底下便一阵骚动。

"各位老师，各位同学，大家好。我是高三（6）班的曲修宁……"

早春阳光正好，温暖又不刺眼，为他镀上一层浅浅的金色轮廓。

路栩和身边的几千人一样，仰头望着主席台。

韩硕又把头伸了过来："听说他今天就走了。"

这也许是她最后一次光明正大地看着他。一切都回到了原点。他灿烂而耀眼，而她，注定只能仰望和远远注视。

想到这里，她心里有点难过。

典礼结束，学生们如同海水退潮一般四下散开，往各自教学楼涌去。

邹铭琦在主席台下等着曲修宁，看到他从主席台的楼梯上下来，便朝他招了招手："这儿呢。"

曲修宁快赶了两步，两人一起往教室走。

"今儿就走了？"邹铭琦问。

"嗯。"

"唉。"邹铭琦感叹了句，"真羡慕你。"

"要不，你替我去上？"

"你这人怎么这么喜欢杠呢。"邹铭琦搭着他的肩膀，"你是真不想去P大？"

曲修宁低头："没想好呢。"

"反正你选哪个都不亏，毕竟我们长十个脑袋也考不出你的分数。"

"我只是想要自由，想要透透气。"曲修宁仰头看着天。

邹铭琦拍拍他的肩："咱们这些同学家里，最多算小康家庭，实在是离你家那种条件太遥远，没什么可继承的，没法感同身受啊。"

上一辈的打拼给了他优渥的生活条件，也让他有了更高的起点。

他从小到大，看着父亲一步步走到现在，太多钩心斗角，太多关系周旋，太多酒局饭局，没有一日安宁。

父母把全部希望寄托在他身上，在别人眼中，他是不需要努力的公子哥，可他不想过那样的生活。

邹铭琦不知他心里的复杂想法，接着问自己想问的："你在一中只待了不到一年，现在一走，又缩短三个月，你对这儿有留恋吗？还是对高级中学感情更深？"

"这儿吧，毕竟高一高二过得浑浑噩噩，都不知道在干吗。"

"你以前可是高级中学的风云人物，大家都知道。"邹铭琦甩了一个眼神给他，意思是"我都懂"。

曲修宁就知道避不开任晋萱的名字。他沉默了片刻，然后很认真地说："我跟任晋萱只是普通同学。"

"是啊，普通同学——"邹铭琦故意把尾音拉得很长。

"这么会做阅读理解，怎么没见你语文考满分。"曲修宁及时转移了话题，"今天晚自习我就不上了，最后一节课之后，去校门口的餐馆吃个饭吧，我请大家。"

"都叫谁啊？"

曲修宁说了几个班里关系比较好的人。

邹铭琦试探着问："叫五班的人吗？"

曲修宁想了想："五班的就不叫了吧。"

"你已经叫了张晚忆，就肯定得叫韩硕，叫了韩硕，就肯定得叫路栩。"邹铭琦掰着指头数。

曲修宁定定地看着邹铭琦。他当然知道邹铭琦真正期待的人是谁，可他突然不想让邹铭琦得逞。

"还是不叫了吧，只叫些关系近的就好。"

五班教室里，韩硕和文艺委员在教室后面忙活，在板报一角加上高考倒计时：

距离高考还有 100 天!

路栩盯着那个数字发呆。未来的一百天，会看不到曲修宁。

"曲修宁已经在收拾东西了。"韩硕没精打采地坐下，"小晚忆发短信说，下午他要请大家吃饭。"

"是吗……"

韩硕顺口说："也叫你了吧。"

路栩看了一眼手机，没有新的短信提示。

"都叫我了，肯定也有你呀。"韩硕的语气理所当然，"咱去六班看看，顺便问问去。"

路栩鬼使神差地点了头。

六班窗户外趴了很多人，他们俩根本占不到第一排。

所有人的目光里无不散发着羡慕。

曲修宁带了个行李箱，在座位上整理东西。

"你们俩怎么也跑来观摩了？"张晚忆看到他俩，从教室里出来，"我们班都变成动物园了。"

"我们也来沾沾学神的喜气。"韩硕嘿嘿一笑，"对了，我还过来问问，曲修宁下午请大家吃饭，也有路栩吧？"

张晚忆的表情瞬间僵住，眼球不受控制地晃动。

她的眼神在短短几秒钟，传达了至少四五种情绪，惊讶、恐慌、生气，还有无奈。

她瞪了韩硕一眼，视线又往下挪了挪，锁定韩硕的上衣口袋。

韩硕领会到了意思，立刻闭了嘴，没有继续问。

他从口袋里掏出手机，发现那条短信后面还有一条：曲修宁没叫路栩，你先别告诉她，我还没想好怎么跟她说。

空气凝固，路栩明白这是什么意思。

"是不是没叫我？"她强忍着失落说，"没关系，你们去吧，他跟我……本来就不熟。"

张晚忆过去攥住她的手："对不起我的小栩栩，他可能是觉得我跟韩硕关系好，不叫韩硕说不过去。"张晚忆舍生取义，拼命往回找补，"他叫的其他人都是我们班的，五班的都没叫，你别多想。"

你别多想。又是这句话。

路栩有些失落，但毕竟是一厢情愿，也怪不得别人。

这次她是真的不会多想了。

下午最后一节课后，为曲修宁饯行的队伍出发了。

高三第二学期开始，学校不再严抓晚自习，想回家复习的放学可以直接走。

正值晚饭和晚自习的间隙，教室里空荡荡的，没几个人。

跟曲修宁一起吃饭的人只有五六个，但凑热闹的人很多。

一群人在外面嬉笑喧哗，路栩趴在桌子上，赌气一般地把头埋在臂弯里。

一顿饭而已，少吃了又不会死。

路过五班教室时，曲修宁默默地往里看了一眼，教室里的女生始终没有起身往这边看过来。

良久，曲修宁轻声对众人说："走吧。"

曲修宁保送的新闻只激起了一时的浪花。他离校后，一切又恢复如常。

毕竟已经到了火烧眉毛的时候，大家都清楚，自己的前程更重要。

三月迈着慌张的步伐离去，四月和春天紧跟着凑到眼前。

学校取消了月考，变成两周一次的模拟考，完全按照高考的考试范围和规格来。

每次进考场前，考场的图片和文字都会用白纸遮住，监考老师还要拿金属探测仪检测一番，为的就是让他们提前适应高考的氛围。

整整两个月，路栩都在刷理综习题。她突然发了狠，对周晴和化学老师展开了围追堵截，课间、晚自习，随时都在跟老师讨论解题方法，直到自己完全理解为止。

就连周晴都小心翼翼地对她说："路栩，适当休息休息，劳逸结合。"

这样做的成果很显著。

路栩的理综成绩突飞猛进。有了理综分数助力，她在第二次模拟考从年级一百名冲进了前二十。

张晚忆也有好消息传来。

她的艺考分数在安城本市的某个 211 大学排第二，只要文化课达到分数线，就能被录取。

一天晚自习，张晚忆突然像一颗子弹一般冲进五班教室大喊："我真是走了狗屎运了，大家恭喜我吧！"

五班同学迷茫地抬头看着她，在韩硕的带领下，送上了稀稀拉拉的掌声。

兵荒马乱，混杂着青春的自负，成了四月的唯一波澜。

最后一次模拟考，路栩考出了 695 的总分，甚至超过了周及 15 分。

五班人都说路栩已经朝着学神迈开步伐了。

只有她知道，全身心地投入，是为了让自己不去多想些什么。

因为上一个被大家称作神的人，已经不在学校了。

高考的脚步越来越近，高三的毕业典礼，安排在儿童节那天。

由于安城一中有一些人的户口并不在本地，高考要回到生源地，学校便决定，毕业典礼之后直接放假，剩下的几天，所有考生在家备考。

6月1日当天的安排是，早上在操场举行毕业典礼后，高三在行政楼前统一拍毕业照，之后就是自由合照时间。

这是所有人高考前最后一次见面。

6月的气温已让人坐立难安，尽管是早晨，在操场上站一会儿也会出汗。

张晚忆给自己夹了鬈发，说希望留在毕业照上的样子能漂亮一点。

依旧是每个班男女生各站一列。

路栩站在队伍中，突然想起三个月前，也是同样的位置，那时她仰望着主席台，阳光包裹下的少年，就站在几千人面前。

记忆犹新。

而今短短三个月，物是人非。

她回头冲六班的队伍看了一眼，没有想要看到的人。

毕业典礼第一项，升国旗，奏国歌。

护旗手从队伍前方走过。一个熟悉的身影等在旗杆下。

韩硕在路栩斜后方站着，他眯着眼睛盯着旗杆处，惊呼了一声，接着拍打路栩的胳膊："你看，升旗那人是不是曲修宁啊？"

那人笔直地站在旗杆下，身穿校服，好像从没离开过。

路栩抻长了脖子，确认升旗手就是曲修宁之后，一种久违的欣喜席卷了她。

虽然看不清他脸上的表情，但路栩还是看出他新剪了头发，两鬓很短。他身材挺拔，即使是远看，整个人也精神利落。

升旗结束后，曲修宁回到队伍中，在六班的队伍里引起一阵骚动。

每个班男生队伍在左，女生在右，路栩左手边是五班男生，右手边是六班男生。曲修宁回队伍，她身边是必经之路。

这么长时间过去，她以为自己已经不会紧张，直到他跟她擦肩而过。

曲修宁路过她身旁的瞬间，她屏住了呼吸。

曲修宁没有看她，也未做停留，径直走到六班队伍最后。站在后排的人没看到升旗手是谁，他的突然出现成了惊喜。

几秒钟后，队尾爆发出小范围的欢呼声。

阳光照得路栩后背发烫，但她没有回头去看。

主席台上，从校长到教导主任再到年级组长，突然都感性了起来，他们都默契地没有把高考当作讲话的重点，只是说起过去三年的点滴小事。

谁经常迟到被教导主任起外号叫"踩铃"，谁用自己画的假条骗过了门卫，谁又在大冬天把连廊地板拖得锃光瓦亮让校长摔了个大跟头……曾经那些"惊心动魄"的日常，此刻他们回想着，都化作会心一笑。

操场上的仪式结束后，各班回教室统一发准考证。

全班人在教室里坐好，周晴却一直没露面。

过了十几分钟，其他班的人已经陆续前往行政楼拍照，周晴才姗姗来迟。

她和韩硕一起进教室，韩硕抱了个大纸箱跟在她身后。

"今天除了发准考证，我还给你们每人准备了点东西。"

周晴在讲台上一个个叫名字，大家上去领准考证，韩硕顺手给每个人发一个透明袋子。

很快叫到路梿的名字。她走到讲台上，接过准考证和透明文件袋。

那里面是一整套的考试用品，黑色水笔、2B铅笔、橡皮，还有透明尺子。

周晴依旧是平时的说话风格："你们这些人啊，太让人操心，模拟考居然还有人忘记写自己的考号和名字，到了高考，还指不定丢三落四忘什么。我实在放心不下，跟你们小范老师合计了一下，给每人准备了考试文具袋，到时候可别忘了拿。"

小范老师？已经很久没有听到这个名字了，大家骚动起来。

没让大家失望，曾经的五班班主任范旻婷及时出现在五班门口。

范旻婷没有化妆，头发很简单地绾在脑后，但仍然遮挡不住她的美貌。她的肚子已经很大了，穿着平底鞋，走路有些费劲。

教室里爆发出一阵欢呼和掌声，经久不息。

"行了行了，别再惊着你们范老师。"周晴摆手示意大家安静。

范旻婷还没走到讲台上，就已经泣不成声。

韩硕赶紧搬了把椅子，扶她坐下。

"我预产期就在你们高考那天，就想着今天提前过来看看你们。"范老师微笑着问，"你们还好吗？"

大家稀稀拉拉地回答"挺好的"，底下响起窸窸窣窣的抽泣声。

"我看了你们最后一次模拟考的成绩，都考得挺好的。这一年，我几乎每天都会想起你们，有时候也发愁，不知道你们现在怎么样。那天周老师联系我，说想给大家准备点礼物，我立刻就答应了，还好能在当妈妈之前来看看你们。"

接着，周晴和范旻婷一人一句地叮嘱考试注意事项，从提前看考场，带好文具用品，事无巨细地讲到答题卡别涂错行，条形码一定要贴对。

周晴闭眼回想，查漏补缺，之后她深吸一口气："能叮嘱的都说到了。"

"考场上加油，同学们。"范旻婷站起来，"我们相信你们。"

五班同学赶到拍毕业照场地时，全都红着眼。

张晚忆好奇，专门跑过来问路栩发生什么事了。

路栩声音瓮瓮的："范老师回来跟大家说考试注意事项，说得大家都有点难受。"

"唉，我们班刚才也挺悲伤的，老章头说他一直知道大家叫他老章头，他觉得亲切才没有戳破我们，听得我都想哭。"张晚忆摇了摇头，随即立刻转换话题，"对了，你带相机了吗？我们一会儿多拍点照片。"

不是正动情嘛，怎么突然就不悲伤了？

路栩拍了拍鼓鼓囊囊的斜挎包："带了。"

依旧是那个单反。爸爸已经把这个相机送给了她，还给她配了合适的镜头。

毕业照一共拍两张，这是安城一中的传统。一张是全年级的千人合影，另一张是各个班级的合影。

行政楼前早就搭好了拍毕业照的架子，是个类似于斗兽场的半圆，大家都站上去，最终拍成一张能容纳二十多个班的、长卷轴的全景照片。

教导主任开始协调每个班在架子上的站位。光是让二十多个班的人站上去就花了一个小时的时间。之后确保每个人都露出脸，又花了半个小时。

最后是所有老师在第一排落座。

摄影师娴熟地调动所有人的情绪，全景相机缓缓转动，把一千多人定格在一张照片中。

大合影照完，所有人都汗流浃背。

每个班的合影，从一班开始，没轮到自己班时，大家可以自由活动，但不能走太远。

张晚忆拉着路栩躲到阴凉处，掏出粉饼给自己补妆。

今天她五点多就起来化妆，为的就是要上镜美美的。

"别抹啦，你已经够漂亮了。"韩硕过来，递给她们一人一瓶冰水。

"你懂什么。"她的粉扑在脸上打得"啪啪"响，"相机特别'吃妆'。"

韩硕天真又认真地说："我看是你的脸'吃妆'，不然为啥要一直补？"

"你有病吧韩硕。"张晚忆翻了个白眼，随即合上粉饼盒，"路栩，你给我拍一张，看看拍出来好看不好看。"

张晚忆做作地撑住下巴看远方，路栩打开相机，对着她拍了几张。

她俩正凑在一起看照片，曲修宁走过来，坐在路栩身边。

"嗨。"熟悉的慵懒声线，少年打招呼的方式依旧简单明了。

路栩回头，对上少年明亮眸子的瞬间，她只觉得浑身上下都是僵硬的。

上次他离开的时候，他们甚至没有说再见。

时隔三个月他又出现，她花了好久才平复的心情，又掀起了波澜。

"好久不见。"

"你俩看什么呢？"曲修宁指了指路栩的相机，"能给我看看吗？"

路栩想到相机里有一张他的照片，担心被当事人看到，便说："还没拍呢，只是试了下镜头。"

曲修宁"噢"了一声，没有再追问。

她有点讨厌现在的自己。她不知道自己是为那顿没有吃上的饭而耿耿于怀，还是别的什么。

这段时间，没有人知道曲修宁的消息。

邹铭琦跟他关系最好，但也忙着自主招生的事，很少询问他的近况。

此刻，这个少年就坐在她身旁。

"听说你最近模拟考成绩不错，恭喜啊。"

"谢谢。"

可"你呢"一句简单的话，却是那么难问出口。

今天过后就要各奔东西，问什么都是徒增烦恼。

谁也没有再说话。在初夏闷热的空气中，他们默契地沉默着。

过了一会儿，有文科班的女生过来，想跟曲修宁一起拍照。

曲修宁无声地看了路栩一眼，说："你先帮我们几个拍张合影吧。"

路栩把相机交到女生手里，帮她看好距离，教她怎么摁快门。路栩转过身时，发现邹铭琦还有其他几个六班的人看到要拍照，已经自觉围了过来，曲修宁被众人环绕在中间。

"同桌快来。"韩硕冲她招手。

路栩小跑了几步，站在一群人的最外侧。

曲修宁探出头："这是路栩的相机，不能让人家站最边上吧。"

与此同时，远处周晴在喊："五班的同学过来集合，下一个到我们班了。"

韩硕是班长，要帮周晴整理队形，维持纪律，便催促道："先拍一张吧，一会儿还有机会接着拍。"

"来，看镜头，我说一二三你们喊毕业快乐。一，二，三——"

众人冲着镜头："毕业快乐！"

摁下快门的瞬间，路栩不自觉地将头转向左边，看了一眼曲修宁。

他的侧颜她已经特别熟悉，时隔这么久，仍然能让她心动。

那个女生没有确认照片拍得如何就把相机交还给了路栩。

路栩边走边低头检查。

相片里，所有人都看向镜头搞怪，只有路栩，眼里自始至终只装着一个人。

五班拍班级毕业照的时候，六班同学就在一旁的集合地点等着。

拍了一张正经的全班照片后，摄影师调动大家放松情绪，要拍一张没那么正式，甚至搞怪一些的照片。

五班六班的人本来就熟，五班在摆各种姿势，六班的人就在旁边故意起哄揶揄。

"韩硕你的姿势也太老土了吧！"

"你们笑得跟嘴里放了个衣架一样假。"

众人你一言我一语中，老章头冷不丁冒出一句："路栩，你怎么有点放不开啊。"

路栩腹诽，平时怎么没见你话这么多。

她心虚地瞟了眼曲修宁。他双手环在胸前，正往这边看过来。

后面再拍照，她一直都处于六神无主的状态。

五班拍完轮到六班，六班拍完，路栩又被张晚忆拽着找各科老师合影。

本来全年级的人都集中在行政楼前，渐渐地，大家分散在学校各个角落。路栩在校园里来回穿梭，却一直没再找到曲修宁的身影。

时间已经是中午两点，烈日当头。虽是初夏，阳光也够毒辣。路栩鼻尖上全都是细密的汗珠，白皙的肌肤微微泛红。

所有班级的毕业照都已经拍摄完毕，大家陆续离开。

"我想去天台看看。"路栩抹了一把汗。

既然整个学校都找不到他，她猜，他会不会去了他们曾聊天的"秘密基地"。

虽然只聊了"两块钱"的天。

张晚忆披着发，头发混着汗，已经有不少黏在脖子上。

她不知从哪儿找来一张广告页，一边灌水一边扇风："天台？不是早就锁了吗？"

"最后一次了，我想去看看。"

"那我陪你去。"

经过大半天的折腾，她们的体力严重告急，两个女孩气喘吁吁地爬到教学楼顶层。

张晚忆俯身撑着膝盖："估计白跑一趟，我刚看到有人从对面楼梯下去了。"

路栩不死心，要亲自去看一眼。

神奇的是，通往天台的那扇门，竟然是大开着的。

路栩内心雀跃，以为有人先她一步到达。

她祈祷心有灵犀，可惜扑了个空。

踏入天台后，她才发现是修补天台栏杆的工人在作业，虽然难掩失落，但仍被天台上的风景吸引。

上次在这里拍了校园的秋天，现在记录一下夏天也未尝不可。

打开相机，她不小心碰到了红色的录像按钮。

她突然觉得，在校园里留下一段录像也不错。

"现在是 2013 年 6 月 1 日，今天我们毕业了，我现在在安城一中高三教学楼的天台上……"

路栩举着相机，将学校的美景收进镜头。

"这边是食堂，我们以前总是提前十分钟翘课，就为提前吃上红烧狮子头……那栋楼是行政楼，老师的办公室都在里面……"

镜头变成两双脚走路的画面。

"我们已经从天台出来了，正在下楼……旁边这位，是我的好姐妹张晚忆，她是我们这一届的级花……"

路栩端起相机，张晚忆妆容花掉、眼线晕开的脸进入镜头，她不满的表情也随之入镜。

"拍视频呢，你就不能美化我一点，比如提升一下头衔什么的……"

"好吧，我重新说，我的这位姐妹，是我们安城一中的校花……"

"这还差不多。"

两个女孩笑闹着从楼上下来。

她们刚站定，路栩的眼神便捕捉到了曲修宁的身影。

他离她很远，跟几个男生在校门口，似乎准备离开。

他的身边永远都有人簇拥着，环绕着，一直都是这样。

张晚忆钻进一楼的洗手间，此刻正好，她身边一个人也没有。

相机上的红点还在闪烁，代表着录像仍在继续。

路栩缓缓将镜头转向自己，镜头里映出她那张轻微泛油、白里透红的脸庞。

她努力将自己和远处的曲修宁共同框在镜头里。

"这是我喜欢的男孩……"

镜头开始轻轻晃动。

"我没有对他说过，也没有对其他人说过……"

镜头晃得越来越厉害。

她努力压住哭腔，用尽量平静的语气讲述着这场暗恋。

他们因为发错卷子而认识，她一见钟情，她为了他和任晋萱的关系挖空心思八卦真相，她在雨天假装没带伞寄希望于他能来送她，结果自己淋雨到发烧。

还有，还有除夕夜充满小心机的群发短信，和她那个荒唐的十八岁生日愿望……

还有很多很多。

少年始终背对着镜头，他并不知道身后有人正对着镜头，正在做漫长的独白。

他跟身边人告别，路栩的说话声戛然而止。

镜头里，少年回头看了一眼学校大门，像是在思考什么，然后越走越远。

一段长时间的沉默之后，路栩缓缓开口，声音中满是酸涩。

"他走了。"

一阵翻天覆地后，镜头重新转回来。路栩的脸消失在镜头中。

没有告别，没有单独合影……不过，就这样吧。

"就这样吧。"

初夏闷热的风中，她的青春也被他牵着走了。

/第八章/
少年时代重回眼前

窗外路过几个穿蓝色校服的学生。

安城一中的校服这么多年就没换过。

"路小姐。"对面戴眼镜的斯文男子叫了一声,"路小姐?"

路栩回过神来,露出得体的笑:"不好意思,您刚说什么?"

"跟我就别说您了,多生分。"男子摩挲着杯子边缘,"听介绍人说你今年二十五岁,父母离异,是重组家庭,对吗?"

"嗯。"

"其实一开始,我家人对离异又重组的家庭还是有些看法的……"

路栩的眼神又被那几个学生吸引了去。

尽管已是傍晚,但室外温度仍不低,可他们却丝毫不在意闷热的天气,自顾自地嬉笑打闹。

"今天是几号来着……"她自言自语道,接着低头翻找手机。

"6月1号,儿童节。"男人抢先看了眼腕表,笑意盈盈,"怎么,你也想过小朋友的节?"

她突然想起,这个时间,正好是她那届高三的毕业典礼。

路栩喃喃自语了一句。

"快高考了。"

她已经记不清,那一天已经过去了多久。

男人皱眉:"什么?"

路栩收回目光:"没什么,您继续。"

路栩记得,毕业典礼之后,她就一直在家复习。

· 151 ·

高考那两天，全市温度达到了新的巅峰。

那段时间全家人都以路栩为中心，一切都为高考让路。

原来路晓明是不让她晚上睡觉开一夜空调的，怕着凉。但那几天又怕她中暑，专门去买了挡风板，给她房间的空调装上。

平时不声不响的赵欢也跑去投诉在楼下跳广场舞的老头儿老太太，不让他们打扰高考生休息。

路栩的考点离家很近，走路十分钟就能到，没有堵车的风险，但6月7日那天早上，她还是不到五点就醒来了。

她走出房间，早餐早就备好了，路晓明和赵欢都小心翼翼，没人提考试的事。

"爸，你不用这么紧张。"路栩缓解气氛，安慰路晓明。

路晓明机械地点了点头。

从家里出发前，路栩抬头，在楼下的树上看到了一只喜鹊。

路晓明高兴地说，这是好兆头。

路栩的考点是个很老牌的中学，教室里没有空调，只有几个大吊扇，即使它们在卖力旋转，照样吹的是热风。

考场里的所有人都汗流浃背，头昏脑涨。

最后一科是英语，交完卷后，路栩后排的男生喊了一句："得嘞，再来一年！"

教室里其他人默默地收拾东西，毫不关心。

黏腻的、混着汗味的环境中，高中三年，在那一刻尘埃落定。

考完试当天晚上，路栩拒绝了路晓明和赵欢的晚饭庆祝提议，跑去跟张晚忆压马路。

她们两个走在空旷的街道上，一前一后。

夏夜的晚风温柔，路灯散发着暧昧的暖橘色。

张晚忆突然停下脚步，转过来倒着走。

"韩硕今天跟我表白了。"她顿了顿，"考完试，他打车到我的考点门口说的。"

是韩硕的作风。

"你答应了吗？"

张晚忆摇了摇头："我说考虑考虑。本小姐这么容易就被他追上，岂不是太便宜他了。"

"但你最终还是会答应的吧。"路栩问道。

张晚忆想都没想，便说："不然呢？除了我还有谁愿意要他啊。"

路栩看了一眼身边的女孩，她眸子明亮，看着远方。

韩硕喜欢张晚忆，明眼人都看得出来，而这一次，是他的正式表白。

说完了自己的事，张晚忆犹豫了片刻，对路栩说："路栩，我有个问题想问你，你要跟我说实话。"

"嗯，问吧。"

"你有没有喜欢的人啊？大家都是花季少女，咱们学校帅哥也不算少，高中整整三年，总有动心的时候吧——"

还没等张晚忆说完，路栩便回答："有。"

试探一问，没想到真的有收获。

张晚忆用力眨了眨眼："谁啊？"

曲修宁离开的样子又浮现在眼前，路栩心里泛起一阵酸涩。

既然已经不可能，也没有再说出来的必要。

见路栩没有回答，张晚忆又问："那你告诉过那个人吗？"

路栩摇了摇头，最终什么都没有说："没有，他一直都不知道。"

第二天一早，路栩去学校领答案。到了学校，满眼的花花绿绿。

高三学生终于可以不用穿校服，不少人专门挑了学校不让穿的短裙、破洞牛仔裤招摇过市。

领答案的时间段是早上八点到下午六点，因为学生都是陆陆续续来的，老章头和周老师便让五班六班的学生都集中在五班教室里。

路栩和张晚忆一起对完了所有答案。

语文和英语作文按比较保守的分数来估，她的总分应该在670左右。

虽然跟最后一次模拟考的超高分有差距，但也算是考出她的真实水平了。

一切都在意料之中，没有考砸，也没有超常发挥。当然，这样的分数跟P大也无缘了。

路栩分别给爸爸和妈妈打了电话，说了预估分数。

给爸爸报完"670"的数字，听筒那头许久没有声音，路栩忍不住问了一句："爸，你是不是哭了？"

而妈妈这边，人设万年屹立不倒。她没表现出太大情绪起伏，而是冷静地给出了几条建议："报志愿以前，别撒丫子就知道玩，这段时间思考思考你将来想从事什么行业，再决定报什么专业。"

路栩刚挂断电话，邹铭琦就闯进教室来。

他穿着篮球背心，汗涔涔的，肩上背了个书包，从书包的轮廓能看出里面装了个篮球。

邹铭琦在老章头那里领了答案，往路栩和张晚忆这边走来。

邹铭琦自然地坐在路栩前面，转过来跟她搭话："你考得怎么样？"

"还行。"

张晚忆看出他们之间的尴尬，试图挑开话题："我们就别自取其辱了，学霸的还行跟我们的还行能一样吗？对了，你怎么也来对答案啊？"

"我参加高考了，为什么不来对答案？"邹铭琦自然地坐在她们俩前排。

"你不是走 J 大的自主招生吗？"

邹铭琦无奈笑道："自主招生也要参加高考啊，只是有降分优惠，我又不像曲修宁一样直接保送。"

又一次听到了曲修宁的名字，路栩心里一紧。

张晚忆接着问："曲大神是上 P 大还是出国，你到底知不知道？"

"不知道，那小子自从离校之后就神秘得很，问什么都不说，还总找我要每次模拟考的年级排名表，也不知道他关注这个干吗。"邹铭琦耸了耸肩，"我一会儿要跟他打球，到时候可以问问他。"

路栩在旁边一言不发，默默听着关于曲修宁的消息。

听到曲修宁的名字，教室里另一个人也坐不住了。

待邹铭琦离开之后，周及主动跟路栩搭话，说自己估了 685 分。

周及很严谨，她估分应该不会差太多。

路栩也如实报上自己估的分数。

"恭喜你啊，考得不错。"

"你也是。"路栩回应她。

一笑泯恩仇。

"总算是没输给你。"

路栩忍不住开玩笑道："哇，你这么计较啊。"

"喂，你好烦，我是认真的。"周及袒露心声，"我把你当对手，后面几次模拟考你总分上了 690，我还真有点被你吓到了。"

"现在结果出来啦，还是你略胜一筹。"

她们俩并肩站在教室外的走廊上，看着远处。

路栩忽然觉得这场景好熟悉，她和曲修宁也有过这样的时刻。

可是那个时刻一去不复返了。

周及低头笑着说："你应该早就知道了吧，我喜欢过六班的曲修宁。"

路栩摇摇头："不知道啊。"

"别装！"周及笑着打了她一下，"我就告诉过你一个人。"

"你不是让我别说嘛，我只好装不知道。"

"你怎么这么烦人啊。"周及差点被气死，努力正经道，"知道吗，我有段时间特别嫉妒你，你跟他认识，还老跟他说话，老章头还让你们一起批卷子。可后来我知道你们只是普通同学之后，心里好受多了。我也特别努力过，想让他看见我，结果还是无疾而终。"

可能所有的暗恋，都无疾而终。

路栩本应该庆幸的，可她现在只有难过。

离开学校前，她们路过篮球场，看见邹铭琦一个人在球场投篮，曲修宁大概还没来。

张晚忆不解道："这种天气还打球，也不嫌热。"

大概是天意吧，毕业典礼那天，也许就是跟他见的最后一面。

回到家后，路栩开始收拾高中的东西。

高一到高三的课本和练习册，摆了满满一屋子。

"课本都留下，卷子什么的可以处理掉。"路晓明靠在她房间门口，建议道。

她从书堆里挑出课本往纸箱里放，卷子堆在一旁。分类到最后，桌子上剩下一本《树上的男爵》。

没记错的话，书里还夹着两张照片。

一张偷的，一张偷拍的。

但她没有翻开，把这本书也放进了纸箱。

就此，和过去告别。

吃完饭，天已擦黑。

男人要送路栩，被她拒绝了。

跟相亲对象告别后，路栩在附近随便走了走，不自觉便晃到了安城一中所在的那条老街，一种熟悉的亲切感扑面而来。

她终于能体会到那些荣誉校友描绘过的感觉。

老街口的电影院依旧，麻辣米线门头多少年了还没换，那家烧烤店，就连桌子摆放的方式好像还跟以前一样。

就连这初夏的热风，都和当初如出一辙。

学校的大门重新修整过，看起来比以前更新。

这一切近在眼前，回想起来，却仿佛是上辈子的事了。

校门紧闭，透过栅栏门，她看到行政楼前工人正在拆卸如同斗兽场一般的架子。

她走到保安室门口："师傅，我是一中 2013 届的校友，现在能进去吗？"

保安摆了摆手："马上高考了，里面在布置考场，不能随便进。"

意料之中，但心中难免失落。

她接着跟保安搭话："这是今天刚拍完毕业照吗？"

"是啊，这些年每年都是 6 月 1 号举行典礼，拍毕业照，然后就放假等高考。"

毕业的流程也没有变。

她趴在栅栏门外看了一会儿才离开。

她走出几米远后，听到背后一个男人的声音响起："师傅，我是一中的校友，能进去看看吗？"

保安给出了同样的回答。

路栩心想，还有跟我一样的傻子呢。

二十好几的人了，跑到高中校门口来忆往昔，真够害臊的。

她没有回头，往相反方向走去。

路栩到家已经是晚上八点多。

自从工作后，她就在外面租了个一室一厅，只有周末偶尔回来。

路晓明、赵欢还有赵斯然刚吃完晚饭，路晓明正在和赵欢一起收拾厨房。

"姐，听说你去相亲了啊。"赵斯然嬉皮笑脸地凑上来，"怎么样，有结果吗？"

什么呀，才见一次面，哪来的结果。

走过青春期的赵斯然，个子猛蹿到了一米八，声音也变了，路栩在他旁边都显得娇小。

赵斯然今年读大一，学校就在安城本地。

高中时他成绩一般，愁坏了赵阿姨。可他这人命好，跟当年的张晚忆一样，平时吊儿郎当，大事绝不含糊。他高三奋起了一年，高考竟然刚好踩上了一本线。

赵斯然考上大学，算是了了赵阿姨一块心病。上大学之后，他算是正式放羊了。

六月应该是大学的考试月，也不知道赵斯然窝在家里干吗。

"一边去，你一个大学生不好好住校复习，成天跑回家干吗。"路栩给了赵斯然一脚。

"我这不是听说你铁树开花，专程赶回来迎接你的喜讯嘛。"赵斯然逃走，瘫倒在沙发上，"不识好人心。"

赵欢听见外面的说话声，说了句："斯然，是不是你姐回来了？"

赵斯然没好气地说："不知道不知道！"

"小栩，你回来了。"路晓明从厨房里探出半个身子，"怎么现在才回来？"

路栩当然不会把改变路线去一中门口忆往昔的事说出来，随便答了句含糊过去。

路晓明又接着问："今天跟沈明铮吃饭吃得怎么样啊？"

路栩脑子短路了一瞬间，正要问沈明铮是谁，突然想起来是那个相亲对象的名字。

路栩换上拖鞋，走进厨房："他这名字可够'小言'的。"

"什么？"路晓明没听懂。

"小言，就是言情小说男主角。"赵欢笑着说，"对吧，小栩？"

路栩点点头，转向爸爸："爸，你就是死爱面子活受罪，你以后能不能学会拒绝？以后别再让我见什么相亲对象，白费力气。"

这个沈明铮是楼下李叔缠着路晓明非要路栩去见的。路晓明想着楼上楼下的，不好得罪，便答应下来。

"怎么，没看上？"路晓明好像没怎么在意。

"我还没看不上人家，人家就先说对离异重组家庭的孩子有看法。"路栩靠在厨房门框上。

"他真这么说？"路晓明眉头一皱。

那还能有假。

一整顿饭下来，她就听进去这么一句。

不过估计那个沈明铮对她印象也不太好，正合她意。

赵斯然在一旁煽风点火："就是，什么玩意儿呀。姐你别在意，他嫌咱是重组家庭，咱还嫌他名字矫情呢。"

赵欢让他闭嘴。

路栩紧挨着他坐下，比了个大拇指："英雄所见略同。"

"你李叔叔催了几次，你去见了也算是给过面子了。"路晓明说，"既然觉得没眼缘呢，以后不联系就行了。"

路栩如释重负，鞠了个躬，说了句："恭敬不如从命。"

"还是咱爸敞亮，我姐才二十五，正是一枝花的年纪。"赵斯然下巴抵在沙发靠背上，突然话锋一转，"不过姐，你能不能往家里带个异性让我们瞧瞧啊，这么多年了，也不见你谈个恋爱。"

这次轮到路栩让他闭嘴。

路晓明从厨房出来，甩了甩手上的水："斯然说得没错，你看看你那闺密，是不是都要结婚了？"

路晓明说的是张晚忆。

路栩点点头。

"还是跟以前的男朋友吗？"路晓明从桌上抽了张纸，"我上次在超市碰见她，挽了个年轻男的，看起来挺瘦的。"

上次上次，都两年前的事了，还总拿出来说。

看来爸爸是真的老了。

"她就没换过男朋友。"路栩已经记不清是第几次跟爸爸这么说了。

"你看看，人家这就叫校服到婚纱。"路晓明不知从哪儿学了这些时髦词汇，"如果一直没换男朋友，那她男朋友不还是当初你的小胖子同桌吗？"

路栩回答："人家现在可不胖，还挺帅呢。"

路栩说的是实话。韩硕早就在张晚忆的督促下减肥健身，还改变了穿衣风格，乍一看，确实算帅，他们都打趣韩硕是养成系男友。

路晓明又蹦出一句："胖子都是潜力股。说起来，当初还是你近水楼台呢，怎么就让人家抢占先机了。"

且不说张晚忆和韩硕初中就认识，就路栩和韩硕称兄道弟的相处方式，他俩就没可能擦出什么火花。

路栩开玩笑道："得了吧，他还不如沈明铮呢。"

路晓明欲言又止。

张晚忆毕业后先是进了电视台做一档时尚节目，节目上经常会请时尚造型师搭配。因为她形象好个子高，模特不够时，就会被"薅"去当穿搭展示模特。

久而久之，就有零零散散的节目粉丝在微博上私信她表达喜爱。

她跟路栩提过此事，本来是闲聊，路栩却嗅到了先机。

那两年自媒体刚刚兴起，张晚忆从小到大爱美，化妆啊穿搭啊，她从初中就开始研究了，这些对于她来说都是易如反掌的事。

路栩建议她在社交平台上，用视频和照片分享美妆心得和服装搭配。

路栩说什么，张晚忆一直愿意听。

她人漂亮又有趣，在社交媒体上风格独树一帜，粉丝增长得很快，不到两年时间，就已经成为一个拥有百万粉丝的时尚博主。

之后张晚忆便辞掉电视台的工作，专心做起了全职博主。

张晚忆再次确信，路栩就是她生命中的贵人。

两个月前，张晚忆跟韩硕终于结束爱情长跑，见父母，订了婚。

婚礼定在年底。还有大半年，她就火急火燎地开始备婚。第一件事，就是敲定路栩当伴娘。

张晚忆絮絮叨叨地跟路栩讲，现在"四大金刚"都又贵又难约档期，好的团队都得提前一年订；还有婚礼场地布置，要有风格不落俗套；跟妆师要有水平，总不能还不如她自己化的；婚纱至少要穿 Vera Wang（王薇薇）……总之结婚的全套她都得选最好的，她还指着靠婚礼 Vlog（视频博客）再冲一次热门呢。

路栩听得脑袋像进了糨糊。结婚？离她还远着呢。

晚上，路栩躺在床上玩手机。

赵斯然在外面敲门，随后伸了个脑袋进来，腻歪地叫了一声"姐"，然后谄媚地问她最近工作忙不忙。

路栩警惕地坐起来，担心下一秒这小子就会从嘴里说出"我看上一双球鞋"之类的话来。

这个教训是花五千块人民币买来的，她不能蠢到再犯一次。

"没钱，不会网购。"她扬扬得意。

"我在你心里就这么不堪啊？"赵斯然进来，关上门，"找你说正事呢。"

赵斯然坐在椅子上，酝酿了半天。

"有屁快放。"

"我是说，你一直没谈恋爱，是不是有什么心结啊？"

这一听就不是赵斯然的口吻。

路栩脸一沉："是不是我爸让你来的？"

"我演技有那么差吗？"赵斯然站起来，企图在自言自语中退出路栩的房间。

路栩蹙眉，提高声音道："赵斯然，你们到底在搞什么？"

"就，就是，姐，你是不是忘不了什么人啊？"

路栩仍然不明白。

赵斯然一副凛然就义的样子，全招了。

赵斯然毕业的时候，也是堆了一屋子的书。路晓明让他跟路栩当年一样，把所有课本留下来，装进纸箱里。

"我的回忆可还都在呢……"路栩撩开床单，发现床底下空空如也。

她猛地抬头看赵斯然："我的书呢？"

"全都搬到杂物间了。"赵斯然赶紧撇清关系，"爸嫌家里旧东西太多才让我搬，跟我没关系啊。"

路栩叹了口气说算了，反正这么多年也没从床底下拿出来看过，课本什么时候换了地方，她也不知道。

"搬箱子的时候，我看你箱子都没封，就手贱打开，翻了一下最上面那本书，结果从里面掉出来两张照片……"

路栩终于想起点什么了，她只觉得血快要冲到头顶。

她突然不受控制地喊了一声："你们干吗随便动我东西啊？！"

赵斯然吓得腿一软，半跪在她面前："我也不知道那里面有你的秘密啊，爸说全都是你的课本，还是他看着你收拾的，我以为只是课本而已……"

一时间，路栩脑壳生疼。

七年前的少年的脸，突如其来地冲破时间，浮现在眼前。

她早就把照片封存起来了，为什么还是能一下子想起那两张照片的所有细节?

"照片呢?"路栩从牙缝里挤出几个字。

"我、我放回去了,还用胶带封上了。"

"你们都看过照片了吗?"

"也、也不是,那天就我跟爸在家,但不知道我妈知不知道这事。"赵斯然快把自己绕进去了。

路栩盯着赵斯然的眼睛:"照片上的人,你认识吗?"

赵斯然茫然地摇了摇头,这次不像是演的。

他真的忘记了路栩曾经胡编乱造过的"拜考神",也忘记了他们在书店有过一面之缘。

路栩长出了一口气,还好当年这个小屁孩只有十二岁。

"照片的事我们其实都快忘了,刚才爸才突然想起来。那本书是你高考后放进箱子里的,他猜你一直不谈恋爱,会不会是因为照片上那个人……"

路晓明上了五十岁,怎么跟个八卦记者似的。自己不来问,派了个演技差的赵斯然来。

"你怎么知道我没谈过恋爱?"路栩反问他。

赵斯然以为有什么可打探的消息,又来了精神。

"我才不告诉你呢。"

路栩说完,背对着赵斯然侧躺下。

她冷冰冰地说:"我谈不谈恋爱跟那照片一点关系都没有,出去别跟我爸瞎说。"

赵斯然灰溜溜地转身准备出去,只听见背后又扔来一句:"给我把灯关了,门带上。"

他敢怒不敢言,用怨气十足的眼神回看了一眼,气鼓鼓地按了下门口的开关。

周围安静下来,路栩有点失神。

一片黑暗之中,七年前的记忆如洪水一般,突然击中了毫无防备的她。

这些年,路栩也不是完全没有曲修宁的消息,毕竟他是众人皆知的风云人物,完全屏蔽他是不可能的。

路栩的高考分数跟她估的相差不大,672分。报志愿之前,她忍不住去学校找了一趟周晴。

问了几个关于报志愿的问题后,她终于问了最想问的:"周老师,六班的曲修宁去了哪个学校啊?"

"他啊,他去P大了,没去留学。"周晴并没有多想,直接告诉了她,

"怎么想起问他了？"

路栩露出一个标准而虚假的笑容，掩盖她的真实目的："这不是对P大有点不甘心嘛。"

周晴安慰她："不用只盯着P大，你的分数完全可以随便挑学校。"

后来，她知道了那一年的文科状元是任晋萱。

再后来，她听说曲修宁放弃留学选择P大，是因为任晋萱也报了P大。

是真的还是捕风捉影，都已经不重要了。

他们一家三口重新凑在一起，跑了无数个招生会，问了很多朋友，为她的未来出谋划策。

她想起之前一个晚上，她曾隐晦地跟曲修宁提起，想跟他走同样的路。

那时她的头脑和心都是热的，只想靠近他。

而那个少年认真地对她说："这是你自己的人生，应该由你自己来决定。"

他们终究不会走在同一条路上。

于是她决定不再任性。最终，路栩被F大的工商管理专业录取，去了上海。

她在去上海的飞机上想，相距天南海北，她大概就不会每天都想起他。

后来，听说曲修宁用高考和大一的成绩又申请了英国的学校，大一暑假就出了国。

大四的时候，她获得了公费去美国交换一年的名额，接着又申请了美国学校的研究生。

这下，他们真的天南海北了。

高三的时候，每天满脑子都是曲修宁，她无法想象见不到他的生活会是什么样的。

可后来她亲身验证，时间真的会冲淡很多东西。

就比如，她真的很少再想起他。

有一年跨年，她跟朋友跑去时代广场，跟成千上万的陌生人挤在一起，整整七个多小时，连厕所都没法去，只为等最后的庆祝时刻。

各色写着新年愿望的彩纸从天而降，盛大的烟火升空时，周围响起震耳欲聋的欢呼声，周围的情侣拥抱亲吻，所有人都在喊"Happy New Year（新年快乐）"。

她望着天空中震撼的场景，一时间忘了快要失去知觉的膀胱。时代广场跨年的氛围，要比那年在安城中心广场浓一万倍。

可一刹那，她突然想起2012年的那个跨年夜，她和那个少年紧挨着，烟火映照着他明亮的眼眸。

而那是她那一整年中，第一次想起他。

十七岁的时候，眼中看到的世界很小，爱情很大。

后来她才明白，这句话反过来，才是现实。

在美国的时候，有个男孩追求过她。

很巧的是，他们年纪一样大，也都是安城人。

起初是路栩在留学生群问有关宿舍的事，为了不打扰群里其他人，两人加了好友，他很详细地给出了解答。

而后在闲聊中，他又在路栩打字的某些方言习惯中猜出了她是安城人。

在异国老乡见老乡，两眼直冒光。

因为老乡的关系，也为了感谢他，他们见了一次面。

之后男孩一次又一次地约她。她察觉到，男孩对她似乎很上心。

后来，他们一起在电影院看《变形金刚5》的时候，男孩在黑暗中握住了她的手。那部电影的剧情她记得很清楚，但男孩在她耳边说了什么，却有些淡忘了。

她从来都不知道被曲修宁攥着是什么感觉，但她知道，一定不是这种感觉。

可她没有把手抽走。

她在想，是不是忘掉过去重新开始，也可以拥有美好的爱情。

这段被她寄予厚望的爱情，只存在了两个月就消亡了。

他们有很多不一样的地方，爱好、性格、成长环境，相处起来是有些费力的。而她对待很多事无所谓的态度，也让男孩恼火。

可她印象中，自己并不是这么难相处的人。

她冥冥中意识到，这段感情可能只能到这里了。

后来，那个男孩要她从学校搬出来一起租房的时候，她拒绝了。

那个男孩说她是幼稚的高中生思维，她则执拗地反问"就是，怎么了"。

高中时代是她最珍贵的记忆。她在意的，是怅然若失中心底那份纯白的牵绊。

毕业后，路栩立刻回国，没有一丝留恋。

她回到安城，进入一家做化妆护肤产品的外企做市场战略企划，开始了她的职场生涯。

而曲修宁的近况，已经很久没有听到过了。

头疼了一夜，路栩早上踩着高跟鞋冲进办公楼时，还是昏昏沉沉的。路栩实在太疲惫，特意买了杯美式。

成年人的世界就是这样，不管你前一夜多么多愁善感，第二天还是得为打卡冲刺。

跟迟到要扣的几百块来比，那点青春往事算什么！

在时尚美妆公司工作，压力真的很大。

周围同事每天都盛装出勤，办公室里的每个人都跟在《穿 Prada 的女魔头》片场一样，把专业和精致演绎到极致。

第一，不能迟到；第二，还得漂亮。

"哇，你总能精准地踩着最后一分钟进办公室，佩服佩服。"同事杰西卡朝她竖了大拇指。

杰西卡是个特别漂亮的姑娘。说实话，叫得久了，路栩一时也想不起她的真名。虽然没有明文规定，但在公司里，几乎人人都有英文名，只有路栩是个例外。

"早啊。"路栩疲惫地瘫倒在工位上。

"准备战斗了姐们儿，下午有会，可能半天还开不完。"

路栩绝望道："什么事？又有会？"

"谈判。"

路栩大脑跟宕机了一般："谈判？跟谁？"

"跟胜华招商部啊。"

胜华是本地的一个商业品牌，这几年势头很猛，版图已经扩展到了全国。

她们的一条全新产品线即将上市，首批线下商场里，就有胜华。

路栩打开电脑，开始搜索会议记录。

上一场会议路栩没有参加，但会议记录是共享的，浏览了几分钟，她终于找回状态。

"上周不是敲定要进场了吗，怎么又谈判啊？"她问。

"还不是胜华的太子爷找事，嫌咱们在他们商场里不是首店，店的风格也要跟他们商场相匹配，所以要再谈。"杰西卡很不开心，"这本来就是一个互相选择的过程，他们姿态也太高了，我们品牌定位可是很高端的，哪能由得他们呼来喝去。"

另一个同事朱迪安抚她："别气啦，拿出专业的水平，降服太子爷。"

路栩挑起一边眉毛："太子爷？"

朱迪在她电脑上方露出两只眼睛："对啊，太子爷好像才二十来岁吧，是从国外留学回来的，一回来就负责招商这一大块业务。估计就是有钱人家的小孩扔去国外的野鸡学校镀个金，回来摇身一变成老总，真是命好。"

说完，她翻了个白眼，"喊"了一声。

她们品牌会办一些高端人群的社交活动，形形色色的人接触过不少，这点心态她还是能平衡的。

"谁让人家会投胎呢。"路栩继续盯着电脑，没在意这个，"这个会我不用参与吧。"

"领导说了，全员参加，逃不掉的。"朱迪耸了耸肩。

路栩绝望地靠在椅子上："好吧。"

杰西卡扶着下巴，说："不过听说太子爷超级超级帅，帅到惨绝人寰的那种。"

朱迪给她泼了盆冷水："再帅也轮不到你，还是多想想怎么渡劫吧。这个阶段都这么艰难，到时候递交施工图和效果图，还不知道怎么刁难我们呢。"

杰西卡接了个电话。

即使对着手机，她也习惯性点头微笑："曲总下午两点到是吧？好的好的，我这就去跟行政说，一定做好接待，领导放心！"

听到"曲总"两个字，路栩突然间抬起头，一瞬间感觉有点蒙。

杰西卡其实念的是一声，她却理所当然地联想到了曲修宁的曲。

"啥？曲总？哪个曲？"她连问了三句。

"屈？曲？瞿？好像是曲吧，我也不确定。之前开会也没他，一直是跟那个姓马的总监敲定事项。"杰西卡用手机抵着下巴，语气不确定，"他一个人管品牌规划和招商那么大一摊子事，倒有这闲时间跟我们这一个品牌磨，真有意思。"

路栩漫不经心地回了句："你刚不是还说我们也算是高端品牌，由不得人家呼来喝去，人家现在主动上门来开会，你又嫌人家闲。"

她也不知道自己为什么要为那个曲总还是屈总说话。她劝自己，她不是心态不稳，只是在打抱不平。

朱迪为路栩帮腔道："就是，咱们赚月薪的，还是别替人家继承家产的富二代操心了。"

几分钟后，她们所有人都收到了会议通知邮件。

路栩在合作方参会人员名单中，看到了那个久违的名字。

曲修宁。

她的心忽然一空。盯着那个名字，看的时间久了，都快不认识那三个字了。

"就一个会议通知，你也不用看这么久吧。"杰西卡不知什么时候出现在路栩背后。

路栩吓了一跳，点了窗口最小化："你怎么还不去准备接待的事？"

杰西卡在办公室里磨磨蹭蹭，就是不想去行政部。

她上次因为内部流程问题跟行政部主管吵了一架，从那之后只要是市场战略企划部的事，行政部就卡得很厉害。

"行政部那个菲奥娜以为自己是谁啊，我刚在 OA（办公系统）上预约了大会议室，还不到两秒钟她就给驳回了，说事项写得不清楚，我怀疑她都没看！"杰西卡在办公室来回走着，大声嚷嚷道，"你们说，我们也都是名校毕业的，你俩还留过学，学历不差，长相也不差，凭什么对内要被行政部拿捏，对外要被什么都不懂的富二代拿捏。"

杰西卡也就敢在她们自己的办公区域窝里横。

朱迪耸了耸肩："名校毕业怎么了，我们要承认自己是普通人。"

朱迪是个清醒的姑娘。路栩自愧不如，但她认命。

学生时代，所有人都自命不凡。

高一的一次班会上，范老师让大家对未来畅所欲言，这个想当物理学家，那个想当画家。路栩记得，韩硕把脑袋伸过来小声说："我就想当个老人家。"

当时他们俩笑成一团，还被范老师点名批评。

现在才知道，那不是个笑话。

当学生的时候，以为迎接他们的都是美好光明的未来，长大后才发现，成年人的世界是如此单调无趣，大多数工作，无论体面与否，都逃不过日复一日。

名校毕业如何，留过学又如何，站在高处不容易，接受自己的普通更不容易。

以前复习累了的时候，路栩曾经在脑子里演过一出甜蜜爱情剧：她和曲修宁一起去国外念书，然后变成一对很厉害的情侣，回来一起掌管大企业，将股市玩弄于股掌之中的那种。他们这对金童玉女，呼风唤雨，每天经手几百万……很扯，但她当时畅想得很开心。

现在，曲修宁就和她瞎想的一样，一跃成为"太子爷"。而她，只是个出入写字楼的普通白领。

云泥之别。

还不如高中时呢，至少五班和六班没什么高低之分。

但她已经接受了自己的普通。

杰西卡没精打采地抱怨："要是有世界末日，或者有个高富帅来娶我就好了，我到底什么时候能不面对这些啊！"

路栩打趣道："你没听过那句话吗？靠男人是附属品，靠自己是打工妹。支棱起来吧，打工妹！"

朱迪接着补刀："世界末日八年前大家就叫嚣过了，还不是活到现在了。接受现实吧，打工妹！"

路栩又想起了 2012 年，五班教室里，大家起着哄看完了《2012》，周杰伦《世界末日》的熟悉旋律又在耳边响起。

天灰灰，会不会，让我忘了你是谁。

夜越黑，梦违背，难追难回味。

突然间，朱迪的声音响起来："你与其在这里痴心妄想，还不如赶紧工作去。"

朱迪这句话是对杰西卡说的，却意外敲醒了路栩。

停。

路栩强行把自己的思绪拉回工作界面。

这两天她频繁地想起高中时代的事，这可不是什么好事。

"好吧，我这就跟菲奥娜斗智斗勇去。"

杰西卡说完，便拖着不情愿的脚步，跑去和行政部门一起准备接待事宜。

接近中午时分，部门老大安妮风尘仆仆地赶来，手中还拖着行李箱。

"她刚从上海出差回来，连家都没来得及回，又来公司了。"朱迪摇了摇头，小声对路栩说，"太子爷害人不浅啊，安妮肯定恨死他了。"

安妮做了个手势，所有人立刻领会，自觉拿起笔记本往会议室的方向走。安妮放下她的名牌包，在办公室里手忙脚乱地整理了一通资料，最后一个进入会议室。

"行政那边都准备好了吗？"安妮气还没喘匀，就先问杰西卡。

杰西卡跑到安妮身边，替她拉开椅子："放心吧领导，楼上大会议室已经预约过了，设备也都调试了，行政部的人去采购水果甜点，一点前肯定能布置好。"

天知道她对菲奥娜做了什么。

安妮面无表情地点点头，然后开门见山。

"我们内部提前开这个会，原因大家应该已经知道了。"安妮揉着太阳穴，叹了口气，"胜华的曲总对我们上次提交的材料和方案还有些异议，租金和水电我已经跟马总确认过了，这些都没有问题，下午要谈判的内容是品牌经营情况、营业额、毛利，还有不是首店的问题。朱迪，路栩，你俩说说想法。"

朱迪先抛出观点："全新产品线的产品主要是贵妇级别的，市场反应很好，这些都有相应的数据印证，即使不是首店，也能为商场吸引高端购买人群，而且香奈儿和阿玛尼也不是首店，他们应该不会对这两个品牌提出同样的质疑吧。"

安妮眉头紧锁，像是在思考什么。

路栩补充道："这样的话，他们肯定会说我们跟香奈儿、阿玛尼的品牌影响力还是有一定差距。我认为我们可以从打造概念旗舰店的方向入手，和其他专柜区别出来，让他们意识到虽然不是首店，但在胜华的这家店是独一无二的。"

安妮点点头，顺着路栩的观点延伸出了新的想法："这个方向可以考虑。因为首店这个真的没办法实现，我们跟另一家已经谈好了，不过我们可以通过凸显独特性，淡化非首店的影响，比如用内部资源，请我们的品牌大使加持声量……"

讨论片刻后，她立刻拍板："你们俩的想法整合一下，配合数据出个报告，一点前发给我。"

接下来，安妮又具体安排了一下每个人需要做的事。她合上电脑，说："下午的会议全员参加，不得缺席，大家还有什么不清楚的，直接来办公室问我。杰西卡，一点半再去检查一次设备。没事了，散吧。"

整场会议用时不到二十分钟。安妮做事雷厉风行，一向如此。

路栩搬电脑和朱迪坐在一起，开始赶报告。

十二点多，安妮过来敲了敲她们办公位的隔板。

"不用太详细，一条一条列出来就行，开会的时候我会看情况变通的。你们赶紧去食堂，别饿着肚子工作。"

路栩笑了笑，她不是不吃，而是吃不下。

距离开会还有半个小时，路栩跑进洗手间，对着镜子，她开始审视今天的妆容和穿着。

她今天穿了件浅蓝色衬衫，搭配一条垂感很好的浅咖色西裤，浅色衣服衬得她皮肤越发白。

她对着镜子左右转了转，很职业，但很普通。

妆容和发型没什么，只是鼻尖有点冒油，她拿出粉饼补妆，又用口红补了补唇色。

朱迪从身后隔间里走出来，在路栩身旁打开水龙头。

"真羡慕你们冷白皮。"她看了路栩一眼。

"你补妆吗？"路栩递过粉饼盒，是公司的试用新品。

"不了，色号不符。"朱迪开玩笑道，"我们这种黄皮，不光要给脸上粉底，还得涂脖子。"

这时候，杰西卡突然冲了进来，特别兴奋："到处找你俩找不到，怎么在这儿啊？"

路栩和朱迪同时转头："怎么了？"

"我看到太子爷了，他们已经到了，就在楼下大厅。他又高又年轻，关键是真的帅，特别特别帅。"杰西卡把"特别帅"这三个字咬得很重，"我可是咱们部门第一个看到他的。"

朱迪没什么情绪起伏："就这事？"

"对啊。"

朱迪面无表情地讲冷笑话："又不是谁先看到谁就有资格当太子妃，你这么激动干吗？不知道的还以为你抢到太子妃名额了。"

"嘁，你待会儿看到他就知道了。"杰西卡抓了抓自己的头发，哼着歌，"既然他这么帅，就原谅他是个中看不中用的绣花枕头吧。我倒要看看这个绣花枕头能翻出什么花来。"

路栩盯着她的背影，心里轻哼了一声，什么绣花枕头，那是我少女时代的男神。

要走出洗手间时，她却有点迈不开步了。她一会儿就要见到曲修宁了。

高中刚毕业的时候，她总是在想，如果有一天偶遇曲修宁，她会是什么反应？她曾经幻想过很多她和曲修宁重逢的场景。

在同学聚会上，在街头，或者在异国他乡。

当然这些都没有成真。整整七年，他们消失在彼此的世界里。

生活就是这么爱开玩笑，他们再次重逢，竟然是在工作场合，而且身份悬殊。

这是她不曾设想过的。

一会儿曲修宁看到她，会是什么反应呢？呆住？惊喜地叫她的名字？还是假装认不出？

她已经不是从前那个被曲修宁一举一动牵动所有情绪的少女了，可这一刻，她还是有些忐忑。

"发什么愣呢？"朱迪撞了撞她的肩，"走，开会去。"

路栩和朱迪进入会议室。这个会议室很大，会议桌是长条形的，两个公司的人分别坐在会议桌的两边。

几分钟后，曲修宁进来了，身后跟了六七个人。

曲修宁的样子没变。他头发还是短短的，有不少碎发，少年感仍在。他穿着浅蓝色衬衣和深色西裤，整个人干练精神，在人群中挺拔显眼。

胜华的一群人进来后，路栩才发现自己想多了。

她去得晚，只能坐在长条桌的尾端，而曲修宁的位置在另一头，跟安妮面对面。

他大踏步走向安妮对面的椅子，甚至都没看见路栩。路栩也只看清楚了他的侧颜。

而杰西卡鸡贼地占了安妮旁边的座位。

安妮跟曲修宁和马总寒暄了几句，会议就开始了。没有什么别的插曲。

曲修宁的脸自始至终都朝向投影屏幕，他认真听安妮讲，也不时跟安妮讨论几句。

曲修宁先表明态度，说二次谈判并不是他故意刁难，然后讲了国外的一些新的商业合作模式，又提出了他的想法，和大家共同讨论。

听了一会儿，朱迪凑过来小声说："这个曲总还挺专业的，不是什么绣花枕头。"

当然，她还能不了解他是什么样的人吗？

谈判进行得很顺利，大的事项一一敲定，剩下细节会后再沟通，之后的工作曲修宁也不会再亲自参与。

曲修宁一行人离开时，安妮起身送他们，路栩和朱迪也跟着站起来。

但曲修宁还是没看到她。他被一群人围着，径直离开。

就这么结束了？路栩有点意外，她想象中的场景，全都没发生。

路栩为自己多余的情绪而感到可笑，人家连看都没看见她，她不安个什么劲啊。

不过，这样也好。她反倒没什么负担了。

回到办公室，杰西卡坐着椅子滑到路栩旁边，问："怎么样，很绝吧？"

路栩开始整理自己的办公桌面，想让自己分分心："没看清。"

"谁让你待在厕所不出来，不然还能占个好位置欣赏帅哥。"杰西卡心满意足，"我可近距离鉴赏过了。"

这时，前台妹子跑过来："路栩，楼下好像有你的快递。"

平时快递都是直接送到楼上的，还没等路栩开口，杰西卡先露了头："让他送上来呗。"

"路栩，你还是自己去楼下看看吧。"

路栩走出公司，发现保安大叔正在电梯口等她。

"你得跟我到楼下一趟。"保安大叔热情地说，"要你本人亲自签收。"

路栩第一反应是，该不会是有人送了鲜花，怕送到楼上太招摇，才让她下楼取？

可想来想去，她身边也没有什么异性。

出了电梯，保安大叔一路领着她，走到大楼外。

"这儿呢。"

路栩听到声音转头，看见曲修宁靠在大楼外的柱子上，正笑着看着她。

他站姿慵懒，眸色明亮。除了衣服，仿佛一切都没有变，他还是七年前那个少年。

路栩看了看保安大叔，又看了眼曲修宁。

"刚才人多，直接跟你打招呼怕太高调了。想了想，还是单独叫你出来比较好。"曲修宁不再靠着柱子，站直身体。

这是什么情况？刚才没看见是装的？

可要是看见了，他又是啥时候看她的，她怎么一点都没察觉？

路栩仰头，开玩笑道："哟，曲总。"

"得了吧你，别埋汰我。"曲修宁不好意思地挠了挠鼻子。

时隔七年，他们之间的第一次对话，竟然这么……不正经。

不过也正常，难道还指望他深情地说一句"好久不见"？

得了吧，她早就看清了生活。

路栩说："还以为你刚才没看到我呢。"

"怎么可能没看到，你那么好认。"曲修宁说，语气理所当然。

"你那么好认"，一句话，又让她浮想联翩，她有那么好认吗？

路栩看着他："你好像没怎么变。"

"你变化很大。"

她成熟了，漂亮了，自信了。

她的思绪又忍不住拐回去，变化这么大，他还能认出她来？

不过她识趣地没有问。

"是啊，变老了。"路栩自嘲道。

"我不是这个意思，我是说——"

路栩打断他："我当然知道，开玩笑的。"

两个人面对面，陷入一阵沉默。

那么久不见，他们不知道彼此生活都发生了什么，确实没什么话好说。也没人提到高三，毕竟都二十五六岁的人了，穿校服的生活实在很遥远。

"你现在在负责胜华的品牌规划和招商吗？"她竟然问起了工作。

曲修宁点点头："对。"

"那很厉害啊。"

"我新上任没多久，底下人还都不服呢。"曲修宁搓了搓脸。

"你这么专业又厉害，肯定没问题的。"

"谢谢，借你吉言。"

她又不知道该说些什么了。

这时正好有人过来低声对曲修宁说了几句话，路栩认出那个人刚才也在会议室里。

大概是在催他。毕竟曲修宁负责那么多事，自然要比她忙得多。

曲修宁抱歉地说："我得走了。"

"你快去忙吧，不用管我。"

"行，我也不耽误你时间了，你快进去吧，外面挺热的。有时间一起吃个饭。"曲修宁对她说。

路栩点点头，转身进了楼里。没有留联系方式，还吃什么饭啊。叫她下来也只是出于礼貌，寒暄一下。

这是成年人的默契，有时间，就是没时间，有机会，就是永远没机会。

人们总是在"有机会"和"有时间"中消磨掉了一切机会和时间。

她都懂的。

可为什么还是有点怅然若失？

路栩回到办公室，仍心不在焉。

她在通讯录里翻了翻，里面没有曲修宁的号码。

她才想起来，当年用的老式手机，通讯录都是存在手机里的。手机换了好几个，以前存的那些旧号码都没了。

那些细小的回忆，都被她慢慢丢掉了，而她竟然没察觉到。

旧手机上的短信，不知还在不在。

下班后，她鬼使神差地没有回自己的出租屋，而是回了趟家。家里只有赵欢在。

"小栩，怎么突然回来啦？"赵欢有些诧异，"你爸去楼下遛弯了，你吃过饭了吗？"

这两天她确实回来得有点频繁。

"我吃过了，赵阿姨，我不找他，就是回来找个东西。"

路栩匆忙换鞋，回到房间里，打开各个抽屉翻来翻去。

"找什么呢？"赵欢站在她房间门口。

她想了想，跟赵欢说说也无妨。

"我高中时候的那手机，您后来还见过吗？"

赵阿姨立马答："见过见过。有次你爸手机坏了，想用你那个旧手机撑一两天，可充上电怎么都开不了机，可能是放太久了。"

"手机现在在哪儿呢？"

门口响起门锁转动的声音，路晓明回来了。

"我也记不清了。"赵欢听见声响，跟路栩说，"这不，你爸回来了，你问问他。"

路栩快步走到玄关，问："爸，你有没有见过我的旧手机？高中用过的那个？"

路晓明低头把脱了一半的鞋又穿上，手重新搭上门把手："那个……好像还有个快递没拿，我去看看……"

路栩被爸爸躲闪的小孩做派气笑了，她拉住他的胳膊："你跑什么呀，是不是弄丢了？"

路晓明说："没有。"

她的语气有点儿急："那在哪儿呢？"

路晓明支支吾吾半天，才说："楼下杂物间。"

赵阿姨也看不下去了，质问他："那你就跟孩子直说呗，有什么见不得人的。"

"我这不是怕她吼我动她东西了嘛。"

路栩气笑了："爸，我有那么凶吗？"

"你昨天晚上吼斯然我可都听见了。"路晓明委屈道，接着又解释，"你那手机充不上电也开不了机，正好那天收旧电器的来，一股脑把好多东西都给他了，不记得那手机还留着没。"

"算了，没事。"

还好开不了机，不然天知道他还能发现多少秘密。

也许这就是天意。

晚上躺在床上，路栩又睡不着了。

如果说曲修宁直接没看到她，那她还可以骗自己往事只能回味，可现在曲修宁看见她了，还单独找她聊天，那她可没法什么都不想。

可他又没主动要联系方式。

想着想着，心里乱糟糟的。

当年背得滚瓜烂熟的曲修宁的手机号码，现在也记不起来了。

她一直没换手机号，即使在国外那几年也一直缴着费。也不知道曲修宁用的还是不是当年那个号码。

她在手机屏幕上漫无目的地划着，突然发现微信里好友申请那一栏，多了个红色的"1"。

微信"新的朋友"那一栏有好友申请。

路栩随手点开，微信名只有一个字母，N。

下面紧跟了一句话：我是曲修宁。

开门见山，根本不需要她猜。

他怎么会知道她的微信？路栩犹豫了片刻，点了通过验证。

对话界面看着有点空，路栩发了个打招呼的表情，而曲修宁没回。

她又点进曲修宁的朋友圈，发现"仅展示最近三天的朋友圈"。什么有效信息都没获取到，正如同她所了解的他的过去七年。

她觉得微信在一定程度上降低了人的期待。

从前的短信时代，捧着手机等待回信的感觉，要比现在惊心魄得多。

而现在，有太多可以分散精力的东西。上一秒为了对方没回短信抓心挠肝，下一秒就对着短视频哈哈傻笑。

还有另一种说法可以解释，就是成年人都没有少年人的那股认真劲了，成年人懂得放过自己。

比如路栩，现在就是一个合格的成年人。

等回消息的过程中，路栩把手机抵在下巴上，思考该用什么备注。

无论是书本还是通讯录里的人，都要分门别类，这是她从学生时代保留下来的习惯。

直接备注曲修宁总觉得有些放肆，她想了想，最终把备注改成"胜华 - 曲总"。

曲修宁仍旧没有回复。

人家好歹是个总，这会儿正是应酬的时候，哪能像她一样可以早早躺下。

她干脆把手机扔在一边，沉沉睡去。

手机随手扔的结果就是忘记上闹钟。

第二天早上，路栩睁开眼睛就已经八点四十分。完了，又是一场冲刺。

她租的地方离公司不远，可这个时间点，黄金地段的房子都救不了她。

从床上弹起来、洗漱到换衣服出门，她只用了不到十分钟。她把口红、粉饼一股脑扫进包里，打算到公司后再化妆。

匆忙的清晨，让路栩把昨晚曲修宁加她好友这件事彻底抛在脑后。

又是踩着点进大楼，路栩跟安妮同一班电梯。

安妮在工作之外话很少，路栩打过招呼后便紧盯着电梯上升的数字，祈祷赶快到达。

"对了路栩，昨天会上说过的调整方案，下周要去胜华那边汇报。"安妮突然开口，"你跟朱迪去吧。"

路栩乱麻一般的大脑精准地捕捉到了"胜华"两个字。

"啊？"路栩下意识往后退了一步，"就我们俩？"

到了她们的楼层，安妮率先走出去。

"只是对一些细节。"安妮拿出手机飞速划着，点开一张图片，上面是她密密麻麻的工作安排，"我下周有四天都在出差，你们直接去就可以。"

万一碰到曲修宁怎么办？

她小心翼翼地问："我们过去是要跟曲总汇报吗？"

安妮停下来看了她一眼，那眼神像是在说"你是不是想得有点多"。

"跟他们马总监对就行，跟曲总开会我肯定要在场的。"安妮说完便快步走向自己的办公室。

"好的。"

安妮的话点醒了她。

确实是她想多了，他们级别不对等，如果跟曲修宁汇报，安妮肯定要在场，她在想什么呢。

路栩灰溜溜地走到自己座位上。她猫在办公位上化妆的时候，手机上弹出一条消息。

她瞥了一眼，是曲修宁发来的。

胜华-曲总：抱歉，昨晚出差在飞机上，落地已经半夜了，怕打扰到你就没回消息。

路栩特意等到化完妆才回消息，这样显得她没那么闲。

路栩：没关系，知道你忙。

胜华-曲总：原来你没换手机号。

他没要联系方式，原来是因为记得她的联系方式，是她以小人之心度君子之腹了。

路栩：嗯，没换。

胜华-曲总：我也没换。

路栩看着那四个字，不自觉啃起手指。

他发过来的每句话，都让她忍不住琢磨，到底有没有更深层次的意思。

一时间，智商仿佛倒退了七年。

这时，朱迪过来拍了拍她的椅背。

"路栩，我们去会议室聊一下下周开会的报告要怎么分工。"

她下意识地锁上屏幕。

"好。"

路栩和朱迪抱着电脑进了会议室。

会议室的投影好像出了点问题，电脑画面怎么都投不上去。

"我去叫杰西卡，她平时经常弄这些。"朱迪站在会议室门口喊杰西卡的名字，"帮我们看看投影。"

"你们离了我可怎么办呀？"杰西卡的声音由远及近，飘进会议室。

杰西卡经常帮领导预约会议室、调试设备，对这些设备很熟悉。她在投影仪众多按键上飞快按着，很快，幕布上出现了画面。

"这不好了嘛。"

路栩的电脑桌面投影在会议室幕布的同时，屏幕上方弹出一条提示：胜华-曲总发来一条消息。

她的电脑桌面在会议室的幕布上被放大了N倍。

这个小空间的空气都凝固了。

杰西卡和朱迪灼热的眼神快要把她烫熟。

路栩面无表情地把电脑端微信退出，然后打开工作文档。

杰西卡急得差点咬到舌头："你你你——你不解释一下？"

"解释什么呀？"路栩装傻，试图把这个话题含混过去。

"昨天才开过会，你们就加上微信了？"杰西卡一脸不可思议，"你怎么做到的？"

看来躲不过去了。

"哦，我们认识。"

"你跟曲总认识？"杰西卡的语调又高了八度。

路栩点头："我们是高中同学。"

"你为什么不早说啊？！"杰西卡委屈地大喊，"明明有联系方式还装作不知道，偷偷摸摸的……"

谁偷偷摸摸了？

路栩语气很平静："高中毕业后就没见过，我也是昨天开会才知道曲总就是他。"

"好吧。"杰西卡环住她的肩膀，"你们以前熟吗？"

路栩摇头："不是一个班的。"

"那就是出于礼貌才加的你。"杰西卡开始进行自我欺骗式分析，"昔日同窗，人家摇身一变成总裁，你在兢兢业业搬着砖，落差感有没有很大？"

还没等路栩回答，朱迪已经把杰西卡推出会议室："行了行了，我们还要工作呢。"

路栩抬头对她笑了笑："谢谢。"

"她就是爱咋呼。"朱迪关上会议室的门，盯着路栩的眼色探听，"不过路栩，我能问你个问题吗？"

路栩抬头望着她。

"你昨天开会前补妆，是不是因为要见他了？"

"不是。"路栩假笑。

"哦。"

可能觉得单纯的否认没什么说服力，过了一会儿，她又补充了句："我是想让自己看起来更精神点，毕竟你们都这么精致，我可不想给咱们公司丢脸。"

只有她自己知道，这是此地无银三百两。

还好朱迪没有深究，她接着问："他以前在学校，应该也是校草级别的吧？"

路栩点了点头："没错，而且每次考试都是第一，竞赛保送了P大，还提前拿到英国学校的录取通知。"

她一直盯着电脑，手上在打字处理工作，可能都没意识到自己说得如此流畅。

朱迪摇了摇头，轻笑道："还说对他不了解。"

"他是风云人物，有点风吹草动，全校都知道。"

"那你们俩以前……"

路枢打断她，赶紧解释："我俩真没什么。"

朱迪没说话。

路枢抬眼，发现朱迪已经在整理工作文档了，或许她也是随口一问，这个话题已经过去了。

过了一会儿，朱迪没头没脑地冒出来一句："不过我觉得你俩还挺配的。"

"哈？"

"你们俩昨天那装束，跟情侣装似的。"朱迪转着笔回忆，"长相也挺搭的。"

"得了吧，你恐怕是没见过美女。"路枢自嘲道，"没准人家已经有女朋友了。"

朱迪想了片刻，点头表示认同："也是，他这样的，不大可能是单身。"

多么伤人又现实的一句话，但路枢已经免疫了。

高中时的她暗恋曲修宁，可一切都在毕业典礼那天画上了句号。

现在曲修宁单不单身，跟她没有任何关系。他们两个就是七年没见的老同学，仅此而已。

她愣了一会儿，才想起没看曲修宁发来的消息。

一共有三条，全都来自一个人。

胜华 - 曲总：我周六才出差回安城，周日一起吃个饭？

胜华 - 曲总：叫上同学也行，确实好久没聚了。

胜华 - 曲总：我已经问过张晚忆和韩硕了，他们时间 OK。

路枢摩挲着手机，回了个"好"。

她没有提下周要去胜华开会的事，说了显得太刻意，她又不是上赶着去见他的。

周六一大早，路枢被张晚忆拉去陪她看婚礼场地。

张晚忆开着一辆崭新的 MINI COOPER 停在路枢楼下。

"美女，走吗？"张晚忆降下车窗，夸张地问。

路枢快走了两步，打开车门坐上副驾："嚯，鸟枪换炮了啊，你的 POLO 呢？"

从工作起，张晚忆一直开着家里的旧 POLO。

"卖了。"张晚忆抚摸着方向盘，爱不释手，"这是本小姐的嫁妆。"

她最近所有改变都绕不开"结婚"二字。

"不错不错。"路枢系上安全带，"走吧师傅。"

"曲修宁明天叫吃饭，说是太久没见想叙叙旧，别忘了哈。"张晚忆娴熟地打左转向灯，起步。

路栩问道："你们平时还有联系吗？"

"我跟他没联系过，他经常跟韩硕一起打游戏什么的，我还奇怪呢，他俩以前关系挺一般啊，怎么毕业之后反而关系变好了。"张晚忆摇摇头，表示自己并不关心，"不过我对臭男生喜欢的东西一概不感兴趣，没怎么问过。你呢？"

"没有。"路栩低头玩着手指，"不过前几天在工作场合遇到了。"

相比同事们的大吃一惊，张晚忆的反应很正常："这样啊，怪不得他要叫大家吃饭。他现在肯定人模狗样的吧？"

"跟以前变化不大，就是穿着上成熟了点。"

曲修宁靠在柱子旁等待的样子又浮现在她眼前。那天很热，可曲修宁看起来格外清爽。他浅笑着，好像笃定她会来。

他开会时专注投入，一如当年，可只剩他们两人时，他又散发着松散的少年感。如果不是那身衣服，她都要恍惚了。

时间仿佛没在他身上留下痕迹。

张晚忆打断她的思绪："可是你不觉得奇怪吗？"

她心不在焉地搭腔："是啊。"

"你也觉得奇怪对吧，他居然没叫邹铭琦。"

路栩一下子清醒了。她突然想起来，她和邹铭琦在雪夜的对话，她一直没告诉过张晚忆。

"可能没联系上吧。"

"怎么可能没联系上，他俩以前关系最好了。"张晚忆的车载系统连着手机，她对着空气说道，"嘿Siri，打电话给曲大神。"

张晚忆美滋滋地展示她的车载互联系统，路栩就这么眼睁睁地看着电话拨了出去。

两声提示音后，曲修宁接起了电话。

"喂。"路栩再熟悉不过的声音在车里响起。

他嗓音慵懒，又有点飂飂的，像是刚睡醒。

"曲总，惊扰您的好梦了？"张晚忆坏笑道。

"好不容易睡一回懒觉，还被你发现了。"电话那头的曲修宁打了个哈欠，"明天就要见面了，韩夫人现在打电话干吗？"

他们之间说话的感觉很亲密。不是那种亲密，而是同班同学插科打诨的不拘束。

她就做不到。

"听说你前几天开会碰见路栩了？"

"嗯。"曲修宁语气上扬，"她跟你说的？"

张晚忆示意路栩别出声。

"对呀，她提了一嘴。这么久没见，你觉得她现在怎么样呀？"

"她现在很漂亮。"曲修宁的声音很认真。

"噢，我懂了。"张晚忆嘿嘿一笑，"你意思是她以前不好看咯？"

电话那头的人语气有点急："我以前也觉得她好看啊。"

路栩身子一僵，她劝自己，情急之下说出的话不可信。

张晚忆哈哈大笑，只觉得双方都在开玩笑："算了，不逗你了，我和路栩一致觉得很奇怪，你为什么没叫邹铭琦？"

被当众卖掉，她的心情直转急下。

"你和谁？路栩？"曲修宁的声音突然精神了起来。

"对啊，她现在就在我旁边呢。"

车里安静了片刻，只听曲修宁幽幽地说："那她应该知道我为什么不叫邹铭琦。"

曲修宁这话是什么意思？

路栩感觉有些不妙，脑子开始飞速转动。

"他可能就是觉得你俩同时出现会尴尬吧，毕竟邹铭琦曾经对你……"张晚忆在红灯前停下来，"其实我觉得没什么，都是高中时候的事了，谁还揪着不放啊。"

路栩转头看了张晚忆一眼。张晚忆并没有把曲修宁的话放在心上。

是啊，高中时候的事了，谁还揪着不放啊。

她没有接话。

张晚忆不会知道她内心的起伏。

张晚忆就不会因为曲修宁的一句话思来想去，可她不一样。

她们要看的第一个酒店，是一个郊区的度假庄园，庄园里有草坪，还有湖。张晚忆看上了这里的室外场地。

酒店经理贴心地为她俩打着伞。

路栩放眼望去，一大片绿色。草坪一边连着湖，另一边是一小片树林，浪漫而隐秘。

她说："美是挺美的，可你结婚不是在年底吗？到时候哪有草啊，而且那么冷，穿婚纱会冻坏的。"

安城每年到11月中旬气温就下降到零摄氏度以下，年底肯定更冷。

"可就算没有绿色，雪地婚礼也很美啊。"张晚忆执着地回答。

"有很多人冬天在这个场地办雪地婚礼，很出片，不比春夏的效果差。但是也要看老天爷赏不赏脸，而且在场宾客也会相对少一些。"酒店经理顺着张晚忆的话往下说，"您的婚期是12月，我建议您还是看看我们的室内场地。"

婚期是不可能改了，两边家长专门找人算的良辰吉日。张晚忆叹了口气，对这片草坪恋恋不舍。

她又回头看了几眼，拍了拍路梄的肩膀说："你到时候结婚，一定别选冬天。"

路梄笑着，却走了神。

这家庄园的室外景色让人眼前一亮，室内场地却一般，欧式复古的装修风格，张晚忆说两家家长肯定不会喜欢。他们两家的宾客加起来大概有五十桌，需要很大的厅才行。

之后她们又跑了几家酒店，装潢都很气派。

因为是周末，这几家酒店都有婚礼，宾客陆续签到入场，新人在门口迎宾合影。

张晚忆跟酒店经理在一旁讨论场地费和酒席餐标，路梄则望着巨大的新人迎宾牌发呆。

爱情是奔着一个目的地去的，而这个目的地，现在就在她们看过的一个个婚礼礼堂里。

她在暗恋曲修宁的那些岁月里，恐怕并没有想到这么远。

也许是因为这个目的地太遥远，而他们在不同的路上，方向不同，永远都到不了一个地方。

一整天下来，她们马不停蹄也只看了四家酒店。再加上天气热，最后她们俩看得晕头转向。

每家的酒店经理都笑眯眯地对张晚忆说，婚礼是大日子，现在很多人都是提前一年订，再不交定金就被人抢了，弄得张晚忆很焦虑。

傍晚，她们精疲力竭，又一天没吃饭，两人一起钻进路边一家肯德基。

"这真是个体力活，为什么结个婚都这么争先恐后的。"张晚忆猛吸了一口可乐，"你可不许临阵脱逃，过段时间还要陪我去试婚纱呢。"

路梄也浑身无力，她靠在快餐店硬邦邦的椅背上，问道："你老公呢？"

"我不相信他的审美。"张晚忆摇头道，"剩下两家我都不想去看了，就四选一吧。你觉得今天看的这几个里面，哪个最好？"

张晚忆挑的这几家都价格不菲，档次相当。

"第二家和第三家吧，都在市区，交通方便。"

"看了这么多，我也倾向于在这两个里二选一，可我实在放不下那个庄园的草坪。"张晚忆突然抓住路梄的手，"梄梄你答应我，你结婚一定要办室外婚礼，到时候我也帮你选场地，怎么样？"

"我？"路梄笑道，"我这八字还没一撇呢。"

"这种事说不准的，可能明天就遇到了。"张晚忆自顾自取了块鸡米花，没注意路梄被呛到，"不对，明天不行，明天我们要跟曲总吃饭。"

晚上到家后，路栩双手叉腰，在衣柜前站了半个小时。

她正在纠结明天吃饭穿什么，手机突然弹出一条消息提示。是曲修宁发来的餐厅定位。

胜华 - 曲总：明天中午十一点，这里见？

路栩扫了眼，是一家淮扬菜馆。她回了个"OK"的表情。

她盯了一会儿手机，突然琢磨起他在电话里说的那句话。

那她应该知道我为什么不叫邹铭琦。

问还是不问呢？她磨磨蹭蹭，在手机键盘上打了删，删了又打。

几分钟后。

胜华 - 曲总：你在写作文吗，怎么一直都是正在输入？

路栩吓得差点把手机扔到一边，这人怎么一直盯着手机界面啊？

她做贼心虚，赶紧否认。

路栩：没有，可能是你微信卡了吧。

胜华 - 曲总：好吧。记得明天吃饭时间。

路栩心想，这句话应该她提醒他吧。

路栩：以前记错考试时间和开学时间的人好像不是我。

胜华 - 曲总：放心吧，这次不会记错。

路栩没有再回复，也没有继续解读曲修宁这句话里的意思。

上学的时候，大家都过得浑浑噩噩的，犯几次无伤大雅的小错也没什么。现在人家时间多金贵，眨眼工夫几百万上下，说不定还有秘书提醒，哪还轮得到她操心。

路栩觉得自己有点酸。

第二天出发前，路栩还是没想好穿什么，她站在镜子前心烦意乱。

普通的一顿饭而已，又不是什么约会，搞得这么重视干吗？

她最终找了条简单但有点设计感的连衣裙穿上，为了搭这条裙子，她又用鬈发棒烫了头发。

她没有故意打扮的嫌疑，绝对没有。

十一点，路栩准时到达。

曲修宁安排得很妥当，饭店从外面看不大，里面很幽静，大堂有几桌来吃午饭的，靠窗是一排半围合式的包间，需要提前预订。

服务员领着她来到最里面靠窗位置的包间，曲修宁已经在里面了。

见路栩来，曲修宁起身。他穿了件简单的白色T恤和深蓝色短裤，露出好看的小腿，脚上是一双白色运动鞋。

他眉眼俊朗，清爽慵懒，全然不是前几天穿着职业装的样子，与那天被众人环绕的曲总判若两人。

路栩庆幸自己没有穿得很隆重。

"你等很久了吗？"她坐在曲修宁正对面的位置上。

"我也刚到。他们俩堵车，可能还得一会儿。"曲修宁示意服务员等人齐了再上菜，"我自作主张点了几个菜，你要不要再加？"

"不用了，我都可以的。"路栩摆了摆手。

说完，话题便短暂地中断，她开始环顾四周，为了避免尴尬。

曲修宁的眼神却一直在她身上。

他语气轻松，问她："这些年，你怎么样啊？"

她笑了笑："念书、毕业、工作，跟所有人一样。"

回答了，又好像没回答。简简单单六个字，就概括了这七年。

他提起上次在工作场合的见面："那天开会碰见你，还真挺意外的。"

路栩点点头："我也是。"

"前两年听说你从美国回来了，但不知道你就在那儿上班。"

路栩想问他是从谁那儿听说的，又觉得有点傻。她的经历没有对谁隐瞒过，从韩硕，从张晚忆，从任何一个五班或六班同学那里都能探听到。

"只是念书，没想留在国外。"她把话题又抛给曲修宁，"你不也一样。"

曲修宁低头笑了笑，似乎有些无奈："生活由不得人任性啊。"

她不太明白是什么意思。

"大四的时候，我妈生病了，甲状腺癌。"

"啊？严重吗？"路栩猛然抬起头。

"发现得早，做了手术，现在已经没事了。"曲修宁解释道。

路栩松了一口气："那就好，痊愈了就好。"

曲修宁接着说："在英国读研的时候，我爸坐商务车去外地谈生意，在高速上出了车祸，身上有两处骨折，司机和秘书也都受了轻伤。"

这……事情发生在谁身上，外人是不能承担分毫。路栩觉得自己现在说什么都苍白无力。

"我妈做手术的时候，全家人都瞒着我没说，出了手术室才说的。我爸住院那段时间公司有高管离职，紧接着我爸又出事，很快就有谣言说我爸不行了，公司内部很动荡。"曲修宁望着窗外，"这些我都是最后才知道的，都没能第一时间赶回来，想起来其实挺后怕的，所以毕业后我就直接回国了。"

原来是这么一回事。路栩有些坐立难安，这些年他竟然经历了这么多她无法想象的时刻。

她一时间不知怎么安慰他。

路栩小心翼翼地问："叔叔阿姨现在都挺好吧？"

"都健康着呢。"曲修宁把视线移回来，"就是公司需要有人接手，我全盘接下来不可能，就在各个部门轮岗了一年多时间，再从分管业务的副总做起。"

她只能干巴巴地安慰："你回来能帮到家里，自己家的公司，当然是你来当家比较好。"

"你还记得我给你推荐过的那本书吗？"曲修宁突然问她。

她怎么会忘。

"《树上的男爵》？"

"对。高中的时候，我总觉得我就应该像柯西莫一样，建立一个与家人和众人疏离的世界，想得多，以为外面的世界更好，活得也拧巴。经历了很多之后再读，又有了新的理解，真正的理想主义者可能并不是建立一个世界，而是在身处的世界里建立自己的秩序。也就是我现在的处境。"曲修宁用手抚摸着杯子，若有所思，"以前想逃出去，后来发现，那只是书而已。人活在世上是有羁绊的，我不能那么任性，所以我不再拧巴了。"

不知他有没有把这些讲给别人听过。

"人在每个阶段都有不同的想法，你不能以一个成年人的心态要求那时候的你。"路栩说得很诚恳，"更何况那时候你已经很优秀了。"

曲修宁抬眼："谢谢。"

这句话真的有安慰到他。

"只是这副总不好当。"他揉了揉太阳穴，"要学的东西太多了，要处理的事也太多了，每天睁眼就有无数人在等着找你，还有过连着一个多月不着家的时候。"

说着说着，他自己都忍不住笑起来。

他依旧是天之骄子，在外人眼中，他坐拥很多普通人一辈子都得不到的东西。

路栩望着他，忽然间觉得眼前的这个男人，变了很多。

他很健谈，不像以前那般少言。少年感的外表之下，已经逐渐显现成熟的轮廓。

时间怎么可能没有在他身上留下痕迹，只不过是她一厢情愿地沉浸在高中时代的暗恋中罢了。

可她为什么会心疼他？

"不过还好，现在一切都在慢慢回到正轨。"

她安慰道："你这么厉害，肯定都会好起来的。"

他倏地抬头，似笑非笑道："你怎么知道我厉害？"

她想说，因为我一直都觉得你很厉害。但她没有。

从她坐下开始，就有很多个机会提起当年的事。但她不想把这些变成成年人将说不说的暧昧。

七年前那些少女的情愫早就离她远去，从前不能说的秘密，还是不说为好。

她笑着说："我开会的时候也认真听了好吧。"

提到开会，曲修宁像是想起了什么："对了，你们下周是不是要来我们公司总部开会？周几来？有你吗？"

路栩不由得紧张起来。

她回答："有，应该是周三吧。"

"不巧，周三我出差。"曲修宁眉头一蹙，"这样吧，我让老马好好招待你们，开完会请你们吃顿饭。"

路栩扯出一串话来拒绝："别别别，我是跟同事一起去，就是去汇报个工作，让别人看见不好，还是不要搞特殊了。"

曲修宁要被她紧张的样子逗笑，问道："我让底下人请你吃顿饭就是搞特殊了？那我今天亲自跟你吃饭，成什么了？"

"我不是这个意思。"路栩有点不知所措，"你别多想。"

这算不算风水轮流转，"你别多想"这句话，竟然轮到她来说。

曲修宁的眼中划过一丝暗淡。

看曲修宁的表情不对劲，路栩赶紧把他们俩微信聊天被同事看到的事招了。

"我同事光是知道我认识你，就已经围追堵截问东问西了，我不想给她们留下太多话柄。"

曲修宁盯着她，表情耐人寻味："你怎么说的？"

路栩低头："高中同学。"

"那就由着她们说去呗。"

"也是，我身正不怕影子斜。"她大大咧咧地说。

曲修宁哭笑不得："你现在怎么这么急于跟我撇清关系啊？"

他们好像从前也不太熟，哪里存在什么撇清关系。

一句无力的"没有吧"从她口中飘出，这时候，张晚忆和韩硕姗姗来迟。

"对不起对不起，我俩来晚了。"张晚忆人还没到，声音就先飘了进来。

她一来，打断了路栩和曲修宁之间说不清道不明的对话。

韩硕的样子几乎让曲修宁认不出来了。

从前那个亦步亦趋、跟在张晚忆身后的胖子摇身一变，在张晚忆的调教和改造之下，看起来竟然有几分英俊。

自从路栩回国，张晚忆和韩硕为她接风之后，她也有好长一段时间没见过韩硕了。或许是终于抱得美人归，他现在比那时还要精神。

"来来来，我跟大家隆重介绍一下，这是我的准老公韩硕。"他俩笑嘻嘻的，一起亮出订婚戒指。

"恭喜恭喜。"曲修宁笑着对他俩说。

两个男生互相捶了对方的肩膀，算是打过招呼了。

张晚忆放下包，正准备坐在路栩旁边，曲修宁突然站起来，推着张晚忆坐到路栩对面。

"你们两口子挨着坐吧。"他若无其事地在路栩旁边坐下，坐下的瞬间，手肘还碰到了路栩的胳膊。

他安排好座位之后又叫服务员来，说可以上菜了。全程没有看路栩。

可路栩的脸好像有点儿烫。

张晚忆发现了对面并排坐着的两个人的拘束，打趣道："曲总，你要不还是坐过来吧，你俩怎么跟不认识一样。"

"不用了，坐这儿挺好。"

老朋友坐在一起的好处就是，一开口仿佛又回到了那个吵闹的教室里。

张晚忆看了看四周的环境："为什么选这家，我们不是四个北方硬汉吗，应该来一场碳水盛宴啊。"

"专门为你们三个挑的。"曲修宁认真道，"这家红烧狮子头很正宗。"

剩下三个人一脸蒙。

"你们以前不是总逃课去食堂吃狮子头吗？我那时候跟你们还不熟，看你们上课时互相打配合跑去食堂，觉得这三个人挺有意思的。"

路栩转头看着他。

挺有意思的，不知这是不是她高中时给他留下的印象。

"你不提我都快忘了。"张晚忆撑着下巴，"那时候真好啊。"

他们开始回忆起以前在学校时的趣事，聊了半天，韩硕问张晚忆："那时候好，你愿意回去吗？"

"不愿意。现在可以自己赚钱自己花，而且那时候你胖得要死，还整天追着我，我干吗要回去。"张晚忆耸了耸肩，"过去虽然好，但还是留在记忆里最好。你们觉得呢？"

路栩跟着点了点头。

曲修宁忽然转头看她，眼神灼热："你也这么想？"

路栩沉默了片刻，说是。

那些小心翼翼，那些患得患失，她不想再来一遍。还是做个没心没肺的成年人比较好。

过了一会儿，她左耳边飘来一句话："我也觉得现在好，可以做很多以前做不到的事。"

吃完饭，张晚忆要拍一张四人合影。

"我们四个人的颜值也太高了吧，不留个影天理难容。"她打开手机前置摄像头，转了半个身子，"看这里。"

路栩感觉到曲修宁往她这边靠了靠。

张晚忆连拍了几张。

"你们介不介意我把照片发到朋友圈呀？"张晚忆翻看刚才拍的照片，"这个问题主要是针对曲总，您方不方便。"

"方便啊，有什么不方便的。"

路栩悄无声息地瞥了身边人一眼。

吃完饭之后，四个人分成三拨。

张晚忆跟路栩说："我们没法送你了，我俩一会儿得去酒店交定金。"

路栩问："定了哪个酒店？"

"咱们昨天看的第二个。照片发给公婆和我爸妈看了，全家人都选的这家。"

昨天她们一起看酒店时，路栩对张晚忆要结婚这件事还没有实感，可刚刚从张晚忆嘴里听到"公婆"二字时，她感觉有点恍惚。

仿佛她们昨天还是两个不谙世事的高中生，转眼间，其中一个已经要嫁为人妻。

"我送你。"曲修宁开口，语气不容置喙，"走吧，车在旁边公园的停车场。"

路栩回过神来，愣愣地说了声"好"。

张晚忆看着这两个人的背影，摸了摸下巴："不太对劲。"

"我也觉得这两人不太对劲。"韩硕妇唱夫随道。

"这两个人是不是以前在一起过，今天看着怎么这么别扭呢？"

"应该没有吧。"韩硕挠头，"以前上学的时候，也没见他俩有多熟。"

张晚忆想起高考后的那个晚上，她和路栩在昏黄的路灯下压马路，路栩曾经说过她有喜欢的人，但一直没说过那个人是谁。

她愣了会儿神，说："回头我找机会问问路栩。"

路栩跟着曲修宁去停车场，路上穿过一片植物连廊，阳光透过浓密的树叶洒在地上，光影斑驳，犹如童话。

曲修宁好像是收到了有关工作的消息，一直在低头回消息，还分别给不同的人发了几条语音。

路枛下意识避开没有听，跟在他身后。他专注工作的样子跟这一身休闲的大男孩装扮有点反差。

回完消息，他们已经在停车场内了。

他不好意思地朝路枛笑了笑："有点工作上的事。"

他们来到一辆SUV面前。路枛只认识沃尔沃，不太熟悉车的型号。

曲修宁问："你还住鑫苑吗？"

路枛诧异，反问道："你怎么知道我家在鑫苑？"

"好像以前听谁说过，我记错了吗？"曲修宁避重就轻，走到车引擎盖前拂去一片树叶。

路枛看着他，总觉得有哪里不太对劲，可又说不上来。

她回答："没有。"

他拉开车门："上车。"

车子在正午烈日下暴晒了一两个小时，里面热得能把人烫熟。

曲修宁发动车子，打开冷气。

"我现在搬出来了，自己租房子住，在公司附近。"路枛报出自己的地址。

"还挺远的。"曲修宁在导航输入路枛说的地址，"你刚打车过来的？"

"嗯。"路枛反问他，"你住得远吗，送我麻不麻烦？"

"不远，只是早知道选个离你近的地方吃饭了。"曲修宁摸了下方向盘，还是烫的，"我们等车里凉下来再出发吧。"

路枛耸了耸肩："没关系，反正周末也没什么事。"

曲修宁随口问道："他们俩什么时候结婚？"

"12月20号左右，具体哪一天我也不记得了。"路枛一时想不起来那个日期，"韩硕没告诉你吗？"

"我们最近没怎么联系，我实在太忙了。"

路枛"哦"了一声。

"我是晚忆的伴娘。"路枛转头看了她一眼，"你到时候去吗？"

这两句话本身没什么因果关系，但组合在一起有点怪怪的，这不是她本意。

"去。"曲修宁点点头，语气肯定，"只是不知道我是韩硕那边的还是张晚忆娘家人。"

他跟新娘是同班同学，毕业后却跟新郎更熟。

一半一半吧，比较难抉择。

路枛开玩笑："你应该算韩硕那边的，这样堵门的时候我们就可以跟你们多要点红包。"

"你们三个都这么熟了，还打算折磨新郎啊。"

"就是因为熟，才要好好折磨他。"路栩笑着说，"我已经想了好几个游戏来堵他了。"

第一关，就是要让韩硕在高三一千多人的那张合影里面十秒内找到张晚忆。

曲修宁顺着她的话问："所以将来也要这么对你的新郎吗？"

路栩一愣，这时候，她的手机响了。

时机很合适，路栩赶紧低头认真看手机。

张晚忆发来三张照片，每张都用心P过了。

时尚博主的专业素养就是高，随便拍一拍修一修就这么好看。

她低头翻看照片太专注，没意识到冷落了曲修宁。

"在看什么？"

路栩扬了扬手机："我们四个的合影。"

"为什么没给我发？"曲修宁掏出自己的手机，没有一点动静。

"她就是先让我确认一下修图修得怎么样，再发朋友圈。"这是所有女生发朋友圈的默认流程，男生大概无法理解，"你要吗，我发你？"

"要。"他不动声色。

路栩顺手把几张照片转发给他。

曲修宁不经意瞥了眼路栩的屏幕，只见他们两人的对话框上，赫然显示着路栩给他的备注"胜华－曲总"。

妥妥的工作关系。

他哭笑不得，但没有挑破。

"出发了啊。"

路栩捧着手机，不知跟谁在打字，脸上还带着笑意。她猛地抬头，回应了句："好。"

曲修宁冷不丁地开口："我们好像只有这一张合影。"

"其实还有一张……"路栩犹豫要不要说，还是说了出来，"毕业典礼那天照的。"

"有吗？我怎么没印象。"

"不是我们单独合影，好多人一起的。"

路栩还原了一下当时的场景，一群人摆好了姿势，曲修宁被所有人围在中间，她在最边上。

"当时你还说，用的是我的相机，不应该让我站最边上。"

曲修宁修长的手指落在方向盘上，小臂弯出好看的弧度，这一幕他记得，只是他一直没有见过那张照片。

"有点印象。"他眼睛直视前方，"不过我没见过那张照片。"

毕业典礼那天只有路栩带了单反，那天她一共拍了几百张照片。后来有很多同学都找她要当天的照片。她干脆全都上传到QQ空间，让大家自己去下载。

上传之后，她自己也没有再去看，自然也没有主动发给曲修宁。

那一天她并不是很想记得。

后来微信普及，她逐渐也不再用QQ，现在的手机里甚至都没有下载。

"当时要照片的人太多，我全上传到QQ空间了。"路栩拿起手机，"要不我现在找出来发你？"

"不用了，我就是随便说说。"

之后很长一段，两人没有再说话，车里一直很安静。

曲修宁在等红灯时偏头，发现路栩已经在副驾驶座上睡过去。

她的睫毛很长，随着均匀的呼吸起伏微微颤抖着。阳光透过车窗洒在她手臂上，白皙的肌肤反射出亮眼的光。

像个安静的小孩。

他忍不住多看了一眼。

结果她突然醒来，像是做梦被吓到一样，她吸了口凉气。

曲修宁问："做噩梦了？"

语气关切而自然。

"没有。"路栩蒙蒙的，"感觉像是一脚踩空了。"

曲修宁打趣道："那是在长个子呢。"

说话的语气，仿佛把她当小孩子。

正好行程也快结束，已经到了她家附近。

几分钟后，车子停在她小区楼下，她解开安全带，语气俏皮："走了，谢谢曲总。"

"哎——"身边的人叫住她。

路栩回头认真看着他。

"这顿饭我没叫邹铭琦，是因为——"

路栩打断他："怕我们俩尴尬，我知道。"

堵得他哑口无言。

曲修宁有套自己的房子，他平时上班就住在那边，跟路栩的住处正好是相反方向。送完路栩，他又开了将近一个小时才到家。

只剩他一个人在车上时，他总是忍不住看向已经空了的副驾驶座，少年时代的回忆又重回眼前。

那时的他心高气傲，他受够了活在众人的期待之中，只想远远逃离。

从前他对路栩确实有一些好感，可那个年纪的感情，没有说出口，就注定无疾而终。

而七年后她又重新出现，无异于意外的惊喜。

自从那天在工作场合遇到她后，他这几天心情忍不住有些浮躁。

他也不知道自己到底想做些什么，总是控制不住地想对她倾诉心里话。重逢的喜悦似乎冲昏了头脑，让他急切地想要抓住些什么。

曲修宁回到家，第一件事就是重新下载 QQ。

好友列表上大多数头像都是黑白的，他们基本上已经不再用 QQ，还在联系的都加了微信，不再联系的，就变成彼此 QQ 好友列表里的"死人"。

他找到路梄的头像，点进她的空间。

她的空间里有个叫"高三"的相册，里面有几百张毕业典礼当天的照片。

看样子她应该是完全没有经过挑选，一股脑全部上传。

有很多照片都是同一场景连拍了很多张，快速翻看，每张动作都有细微的变动，有点像在看动态图。

昔日同窗的样貌以这样的方式生动跃入眼中。

曲修宁一张一张地翻找过去，终于在熟悉的行政楼背景之下，找到了那张他们两个的"合影"。

那张照片里有至少十个人，跟前面的照片一样，那个场景也被记录了七八张。

所有人都在对着镜头摆出夸张的表情和动作。每点一次"下一张"，其他人的动作都有小幅度的变化。只有一个人没有动过，她没看镜头，眼睛里自始至终只装着他。

从那之后，路梄再也没有更新过 QQ 空间的任何内容。

他返回到路梄个人资料界面，她的签名映入眼帘。

天知地知，我知而已。

她的签名好像多年一直没有变过，只是他以前从没注意到。

而现在，这句话如同路梄离线头像的颜色一样，仿佛蒙着一层厚重的灰尘。

他好像意识到了什么，但他不太确定。

/第九章/
我有话要问你

他们四个吃饭的合影，当天晚上就出现在了张晚忆的朋友圈。

路栩刷到那条朋友圈时，已经有几个老同学点赞了，大家都惊叹于韩硕巨大的变化，讨论得热火朝天。

张晚忆每条评论都回复，评论区被拉了好长。

路栩也点了个赞，留了句评论：我们可真好看。

这条评论淹没在众多评论中。人多，才能隐藏她的刻意。

她点完赞就去洗澡了，回来后发现有好几条提示，曲修宁跟在她后面也点了赞，也留了条评论：改天再聚。

跟其他人不一样的是，这条评论是曲修宁单独回复她的。

张晚忆在下面跟了一条，看起来多少有点阴阳怪气：改天我可没时间。

路栩重新点开那张照片，指尖将照片放大到只有她和曲修宁。他们两人在照片里还是保持了一定距离，但曲修宁的身体是偏向她这边的。

她的思绪又回到毕业典礼那一天。她握着相机，可找不到和他合影的机会。

多年前求而不得的事，而今突然变得这么稀松平常。

她有点不适应。

过了一会儿，张晚忆的视频电话打了过来。

她正在做面膜，看路栩头发还是湿的，顺口问道：“刚洗完澡啊？”

路栩点点头：“这么晚了，有事吗？”

张晚忆噘嘴：“我想你了不行吗？没事就不能跟你视频了吗？”

“当然行啊。”路栩无奈笑道，“可咱俩周末两天都见面了啊。”

"是哦。"张晚忆愣了一下，"哎呀，这不重要，我有事跟你说。"

路栩以为又要帮忙参谋备婚相关的事，便让她继续。

"你跟曲修宁有没有在一起过？"

路栩一怔，不知话题为什么会跨度这么大，甚至扯到曲修宁身上，便说："没有。你怎么会有这种想法？"

"今天吃饭你们俩看起来不太自然。"

"我们本来就不熟啊。"路栩说谎说得坦荡荡。

路栩的说辞和韩硕的相同，好像没什么问题。

可张晚忆总觉得哪里不对。

她接着问："你还记得高考之后，你曾经说过你有个喜欢的人吗？"

路栩迟疑，本想装失忆，但最终还是点了头："嗯。"

张晚忆认真说："我问你，你要诚实回答我。"

路栩内心隐隐不安。

"那个人是不是曲修宁？"

她喜欢曲修宁，这段无疾而终的感情终止于遥远的七年前。

这份感情一直被她埋在心底，本来只是她一个人的事，她从来没有跟任何人说过，也没人问过这个问题。

她想点头，可承认这件事实在太难。

真的太久了。

看到她复杂的表情，张晚忆在屏幕那头惊讶地捂住了嘴。

"天哪，是真的！"

路栩说不出话，点了点头。

张晚忆眉头紧蹙："栩栩，有多久了？"

路栩想掩饰自己内心的不安，便笑着说："都高中时候的事了，过去很久了。"

张晚忆仍是一副心疼她的表情。

"暗恋很辛苦吧。"张晚忆眼圈有些红了，"你怎么都没告诉过我啊？"

"告诉你还叫暗恋吗？"路栩反过来安慰她，"再说了，我只是高中时喜欢他。你要以为我现在还放不下他，那就太荒唐了。"

张晚忆用力拍了一下自己的脑门。

她猛地想起来，自己昨天还当着路栩的面打电话给曲修宁，公然调侃曲修宁吃饭没有叫邹铭琦，那时路栩的心情该多五味杂陈。

"对不起，栩栩。"

路栩笑着说："干吗道歉，我真没事。"

"你现在还喜欢他吗？"

路栩想了片刻，然后摇头。

"那你现在怎么办啊？你们工作还要见面。"

"他又不知道我喜欢过他，而且我们一个项目也就忙一段时间，过了这段时间，应该就不会跟他再见面了。"说完，她自嘲似的说了句，"再说了，我的级别也不可能总能见到他啊。"

"你别这么想，不管怎么说你们也是同学。"

不是她妄自菲薄，现实的差距就摆在那里。

她跟张晚忆家境相似，成长环境基本相同，所以她们一直是好朋友。

她从小家境也算优渥，什么都没缺过，在学校学习名列前茅，工作也能拿一份外人羡慕的薪水。好像一切都很顺利。

可她们的"家境优渥"，跟曲总的"继承家业"，根本就是两码事。

"我很清楚，曲修宁跟我们不一样。不是我们曾经是同学，就能是同一条路上的人。"

这是事实，也是现实。

十七岁的她不懂这些尚能理解，二十五岁的她，也该明白了。

这次张晚忆也不知该如何安慰她了。

再睁开眼，又是新的一周。

前一晚的那些沮丧被早高峰冲散。

路栩跟一大群面无表情的人挤在电梯里时，突然觉得这样真好。只有小孩才会把快乐和悲伤都放大，而成年人不管周末经历了怎样的沮丧，周一都要收起感情，投入工作。什么爱情不爱情的，赚钱最重要。

周一中午，路栩在公司食堂吃饭时刷了一下朋友圈，发现曲修宁在三个小时前发了一张机场照片，定位在太原。

一大早就飞，够辛苦的。

她的目光停留在那张照片上，直到手机屏幕暗下去。

反正是老同学，点个赞也没什么。鬼使神差地，她在那张照片下面点了个赞。

点完赞之后不到十秒，她便收到了曲修宁的消息。

她心里一紧。

胜华-曲总：我周五回来，到时候见个面吧，我有话要问你。

这话好像并没有征求她意见的意思。

路栩心生疑惑，思考他要问什么。

她开始回想昨天吃饭时自己的表现，回想他们说的每一句话。

是跟工作有关的，还是私人问题呢？是有关邹铭琦的话题，还是别的？

她准备回复，正好这时朱迪端着餐盘过来，她便赶紧锁了屏幕。

朱迪打了个招呼，自然地坐在她对面。

朱迪先是看了一会儿手机，然后面无表情地说："完了，我们可能周二就得去胜华。"

路桠心思还在曲修宁发的那条消息上，随口"嗯"了一声。

朱迪敲了敲路桠面前的桌面，强调了一句："周二，就是明天。"

路桠这才抬起头来，诧异道："啊？不是说周三吗？"

"群里安妮刚发了，说周三他们那个马总不在，临时调整了时间。"

路桠想了想，点点头："今天得加班了。"

接下来一整天都很忙，路桠几次想起那条没回复的消息，几次都被工作打断。他们之间没有新的聊天记录，曲修宁的头像很快被众多工作群压了下去。

周二下午，路桠和朱迪一起去胜华总部。

胜华总部距离路桠公司有差不多一个小时的车程。

汇报时间定在下午三点，但担心堵车迟到，她们俩吃完午饭就出发了。

在路上，路桠一直望着车窗外，心事重重的样子。

朱迪看了她一眼，问道："紧张啊？"

路桠点头："有点。"

她不是发愁工作的事。

周六一起吃饭的时候，曲修宁曾说过让下属好好招待她。她不知会有什么样的"特殊"安排，隐隐担心。

"那个马总监应该还挺好说话的，我们只管汇报工作就好。"朱迪安慰她。

"嗯。"

胜华总部在他们自己的写字楼里，她们到的时候，一个年轻女孩已经在大厅等着了。

女孩自我介绍道："我是马总监的助理，他现在在开会，我先领你们上去。"

外来访客需要办临时出入证，那个女孩让她们在大厅的沙发稍坐片刻，很贴心地帮她们办理。

朱迪凑到路桠耳边，小声说："我以前跟安妮来过一次，出入证都是自己办的，也没人来接。"

路桠有些心虚，回答道："可能是怕我们俩找不到吧。"

办完临时出入证，路桠和朱迪跟着那个女孩穿过大厅，进入电梯。

电梯里有胜华集团的简介，路桠跟朱迪小声说："原来胜华集团

1997年就成立了，就是不知道这个名字是怎么来的。"

女孩转过来回答："我们曲总名字叫胜华。"

她口中的"曲总"不是曲修宁，那应该是曲修宁的爸爸了。

路栩赶紧闭嘴。

电梯里没有人再说话。经历了漫长的几分钟，她们到达一间小会议室。

等了大概四十分钟，马总监才匆匆赶来。

马总监三十多岁，戴了副眼镜，眉眼之间透露着精明。

路栩和朱迪正要做自我介绍，马总监就热情地请她俩坐下："我认识两位，路栩和朱迪，对吧？"

热情，但又有些公事公办的态度在里面。路栩和朱迪对视一眼，机械地点点头。

马总监吩咐助理沏茶："千万别拘束，叫我老马就行。"

老马工作经验丰富，也很周到，路栩跟朱迪有忽略的地方，他都会以讨论的口吻替她们补上。

汇报很顺利，路栩和朱迪悬着的心终于放下来。

朱迪给安妮发微信汇报进展的时候，老马对路栩说："我请你们吃个饭吧。"

路栩赶紧摆手："不用了，太麻烦您了，我们还得回公司呢。"

老马看了看手表："快到下班时间了，你们大老远过来，就这么让你们回去说不过去。"

路栩看了看朱迪，她也不知道该怎么办。朱迪小声说："上次我们来，也没留我们吃饭啊。"

路栩心想，也许这是曲修宁特意吩咐过的，不好拂他面子，便答应下来。

他们一行三人走到楼下，这时，他们身后响起一个男人的声音。

"路小姐？"

路栩没听出是在叫她，还在继续往前走。

老马回头看了一眼，看那男人盯着路栩，便问道："路栩，那人是不是你朋友？"

她回头，发现那个声音她不熟，那张脸也有点陌生。

噢……是"小言男主"，"沈明铮"这三个字终于在她脑子里蹦出来。

她挤出一点笑："您好，沈先生。"

"你这是……"

"我跟同事吃个饭。"

沈明铮看了眼老马，又看了眼路栩："我记得你不在这边工作啊。"

"我过来开会。"

"哦，那要不要一起？"

路栩从牙缝里挤出几个字："我刚说过了，要跟同事吃。"

朱迪和老马不知是什么情况，只能不说话，站在一旁。

沈明铮笑眯眯地说："同事嘛，天天都能见。"

只是偶遇，路栩本以为打个招呼就好，不知沈明铮为什么突然较起劲。她拉着他到一边，小声问他到底想干吗。

沈明铮无辜道："上次我们吃完饭后，李叔叔还问我们为什么没有再见面。"

这顿饭是曲修宁嘱咐的，老马本来就想推掉，毕竟面对的是两个小丫头片子，级别不怎么高，话说到就行，没必要真的去浪费这个时间。正好机会来了，他试探着问："路栩，要不你跟你朋友去吃，下次我们再补上？"

朱迪斜了他一眼。

路栩被夹在中间，只得顺着他的话说："那你们先去吃吧。"

朱迪面无表情地对老马说："不了，我也不吃了。"

夜幕降临，曲修宁在酒店里来回踱步。

他周一发微信给路栩，一直到周三都没收到回信。

到了晚上，他终于忍不住，打电话给老马。

没想到，老马说周二他们就已经见过面了。

"什么？昨天就见了？"曲修宁没意识到自己的声音有些大。

他倒吸了一口气。这意味着，他为了打这个电话，白白多等了一天。

"为什么不跟我说？"

"今天战略企划部的老杨让我跟他去跑项目，我就让她们昨天来汇报了。"老马没觉得自己的安排有什么问题，"早一天汇报，也早一天定下来。"

曲修宁烦躁地对着空气摆了摆手："行了行了，昨天招待好没？"

"本来是按你说的，请路栩和朱迪吃饭的，可走到一半，路栩碰到一个朋友，他们就一起走了。"

"朋友？"

"是啊，一个男的。"

"咱们公司的？"

"不是，不认识。"老马回忆道，"我听见那男的说，李叔叔问他们为什么没再见面，我猜应该是她的相亲对象吧，那小伙子跟她一般大，还挺精神的。"

曲修宁只觉得一股无名火就要冲上脑门。

他做了个深呼吸，问："为什么在我们公司能遇见她的相亲对象？"

老马委屈地说，本想请她们去外面的餐厅吃饭，结果就碰到了路小姐的朋友，他们就一起走了。

"谁？你说清楚。他们三个一块儿走的？"

"路栩和她朋友一起走的，朱迪自己打车走的。"

曲修宁用手捂着脸，使劲搓了搓，他觉得有点晕。

"为什么不在我们员工食堂请她们吃，非要去外面吃？"

老马不懂，平时从不过问这些的曲修宁，怎么突然在请合作方吃饭这件小事上这么咄咄逼人。

"你不是说要好好招待嘛，我就想着食堂肯定档次不够，起码得吃个差不多的吧。"老马反过来安慰曲修宁，"你放心吧，她们俩职位不高，回去又不会乱说，应该没什么问题。"

曲修宁气得挂了电话。

碰见沈明铮的那天晚上，路栩到家已经是晚上八点。

为了摆脱沈明铮，她推说自己有事，可沈明铮一直纠缠，无奈之下她直接跳上一辆出租车。

晚高峰期间，安城的各条道路都堵得水泄不通，路栩用了差不多两个小时才到家。

她脑袋靠在车窗上，已经顾不得朱迪和老马会怎么想。她只是很沮丧，不知道老马会不会把这件事告诉曲修宁。

如果曲修宁知道了，会有怎样的反应？

都怪沈明铮。

可转念一想，上次见面她匆匆离去，忘记明确地跟沈明铮说彼此不合适。也许正是如此，沈明铮觉得他们之间还有继续了解的可能性。

更何况，曲修宁知道了又如何？他们两人没有任何关系，他又不会跑来阻止她相亲。

她掏出手机，打算跟沈明铮说清楚。

在聊天列表里找沈明铮时，她看到了曲修宁的头像，这时才猛然想起，还有一条她没回的消息。

他说：我周五回来，到时候见个面吧，我有话要问你。

她无暇多想，匆匆划过，给沈明铮发了一大段话。但沈明铮似乎并不在意，只说感情是培养出来的云云，任她怎么解释都没用。

一路上走走停停，再加上看手机，路栩整个人晕乎乎的。她索性没再理会沈明铮。

她饥肠辘辘地从出租车里爬出来，正要在小区楼下寻觅点吃的，就看到一个熟悉的身影笔挺地站在小区门口。

赵斯然最近迷恋上了某种穿衣风格，腿上穿着紧身运动长裤，外面再套一条短裤。

路栩大老远就看到人群中惹眼的他，走近了便问："你穿这个不热吗？"

他们姐弟之间，已经不需要打招呼寒暄。

"你懂什么呀，这是导汗的。"赵斯然低头看了一眼自己的装扮，表示这是潮流。

路栩嗤笑一声："你要是只穿短裤就不会出汗，哪还需要导汗啊。"

赵斯然不知该怎么反驳，干脆不再继续这个话题。

他不情愿地晃了晃手上的饭袋，说："我妈弄了些小黄鱼，让我给你带过来。"

"熟的？"路栩打开，里面是两个玻璃饭盒，整整齐齐地码着小黄鱼。

"生的，要你自己炸。"赵斯然叮嘱了一句，"放冷冻。"

路栩一个人不怎么做饭，但她还是说有时间亲自谢谢赵欢。

"你吃饭了吗？"

"我刚从家里过来，我妈怎么可能让我饿着肚子出门。"

路栩蹙眉："你怎么又回家了？"

"周末回的，昨天和今天没课，就多待了两天。"赵斯然瞥了她一眼，"姐，你现在怎么跟我妈似的，问这问那。"

路栩嫌他嘴贫，用手掌在他后背拍了一下，声音清脆响亮。

赵斯然嘿嘿一笑，说"舒坦"："我还要回学校，先走了。"

路栩叫住他："你不上去坐坐？完了别回家乱说我连一口水都不给你喝。"

"我有那么无聊吗？"赵斯然往楼上望了一眼，"家里没藏人吧？"

路栩无奈道："废话怎么那么多。"

"开玩笑的，我不上去了。"赵斯然在路边花坛边跳上跳下，跟有多动症似的，"对了，你今天是不是碰见上次那个相亲对象了？"

"你怎么知道？"路栩蹙眉。

"我走的时候爸跟李叔叔在院子里聊天，我听见的。"赵斯然嘴角上扬，"他们还说你太矜持了，在外人面前怎么也不肯答应跟他吃饭。"

她不明白怎么会被传成这样子，更不明白这个沈明铮跟李叔叔到底是什么关系，怎么连这种小事要实时汇报。

她没控制好表情，被赵斯然看出来。

他问："怎么，不太愉快？"

何止是不太愉快，还让她在同事面前下不来台。

"李叔叔还问我你们俩的进展。我记得你对那人的印象不好，就没直接说。"

路栩不解："为什么要问你啊？"

"他可能觉得咱俩是同龄人，有些话跟父母不好说，会对我说吧。"赵斯然挠了挠头，"可是你比我大五岁，算什么同龄人。"

路栩又给了他一巴掌。

沈明铮长相周正，工作体面，是家长眼中的男朋友上好人选。

可她不明白，从什么时候开始，爱情也可以明码标价。

两个陌生人面对面坐在一起，把家庭情况、财务状况、个人资产互相亮出来。旗鼓相当，就有了同床共枕的资格，差距太大，那就换下一个人。

她不愿意过这样的生活。

赵斯然像煞有介事："姐我支持你，我也瞧不上那人。"

路栩笑出来："你又没见过。"

"你不跟他吃饭这么个小事都要打报告，这男的没有格局。"赵斯然分析得头头是道，愣了片刻，口无遮拦道，"李叔叔不会是他亲爹吧，不然干吗这么上心。"

路栩被他逗笑，顺手打了他胳膊一下。

"别瞎说。"

"我说认真的。姐，你以后领回来的姐夫，一定得一表人才。万一是个歪瓜裂枣，我可不叫姐夫。"

"放心吧，你姐眼光没那么差。"

末了，他补了句："你照片里那个就不错。"

路栩一怔，想给这小子来一脚，没想到他灵活躲开，做了个鬼脸，直接跑走了。

因为沈明铮的突然出现，路栩的心情一直不太好。

第二天上班，朱迪识趣地没有问什么，她也没有解释。

下班前，安妮在群里发了紧急通知，高层开会，全体留下待命，需要等到会议结束后才能离开。

大家手头没有具体的工作，便三三两两聚在一起聊天。

朱迪默默滑到路栩身边，小声问："你还好吧？"

路栩本来趴在桌子上休息，听到朱迪的声音，坐起来对她笑了笑。

朱迪欲言又止："昨天那个人……"

路栩坦荡道："相亲对象。"

"相亲对象？"朱迪虽惊讶，但还是控制住了音量，"你不需要相亲吧。"

"邻居大叔介绍的，抹不开面子跟他吃了顿饭。本来以为不会再见，没想到在那儿碰到了。"

朱迪点点头："这样啊。"

过了一会儿，路栩回头，看她还没走，便问道："还有事？"

朱迪狡黠一笑："曲总没有说什么吗？"

"没有。"路栩摇摇头，"怎么会扯到他身上？"

"我还以为他会问你开会的情况。"朱迪小声说，"我总觉得你们俩会发生点什么。"

"我俩才不会发生什么。"

很不巧，她在这时收到曲修宁的语音电话。

有点打脸。

朱迪一副"我懂"的表情，用手推了桌子一把，靠反作用力让自己滑回了办公位。

办公区虽大，可都是开放式的，即便是正常音量讲话也会被其他人听到。

路栩四下看了看，直接按了拒绝。

微信上，曲修宁沉下去的头像又出现在最上面。

几秒后，曲修宁的消息蹦了出来。

胜华－曲总：怎么，不方便接电话？

路栩：嗯，在加班，同事都在。

其实不全是这个原因。

她从没跟曲修宁打过电话，有点不知该用什么语气。

胜华－曲总：要到很晚吗？

路栩：不知道。

胜华－曲总：回家注意安全。

路栩：嗯，谢谢。

胜华－曲总：昨天过来开会了？

路栩：嗯。

胜华－曲总：刚听老马说，你们没吃饭？

路栩：嗯，吃饭是你特意嘱咐的吗？谢谢了。

胜华－曲总：是有什么事吗？

路栩：遇到朋友了，就没吃。

胜华－曲总：什么朋友？

路栩：相亲对象。

或许是她太过坦诚，曲修宁没有再回复。

几分钟后，曲修宁又发了一条：还是接一下电话吧。

路栩摩挲着手机，思考了片刻，才回复：好。

她找了一块人少的区域，站在玻璃幕墙边上。外面夜幕降临，整座城市华灯初上。

曲修宁的语音电话又打了过来。

路栩接起来，尽量压着嗓音："喂。"

"还在办公室？"熟悉的声音飘入耳中。

路栩点头，发觉对方看不见，便回答："嗯。"

"还怕被同事听见啊？"曲修宁调侃道，"你不是身正不怕影子斜吗？"

"那也分不同情况。有什么事吗？"

"你能不能解释一下，为什么给我的备注是'胜华曲总'？"

路栩不知他是什么时候瞥到自己的手机界面的，嘴硬道："这样也没错吧？"

曲修宁大概没想到她会反问，愣了片刻，又说："没错是没错，就是有些冰冷，太有距离感。"

"你想让我备注什么？"

"同学一场，起码得叫得亲近点吧。"曲修宁笑道。

城市的繁华夜景突然变得暧昧起来。他们刚才是在干吗？打情骂俏吗？

她及时打住："你打电话来就为这事？"

"不是啊。"曲修宁说，"你不觉得你忘了什么事吗？"

电话里一阵沉默。

"我周一发你的微信，到现在都没收到回复。"

"啊，抱歉，我忙忘了。"路栩这才想起来，赶紧解释道，"周一接到开会时间提前的通知，临时加班就忘记了……"

"我又没有怪你。"曲修宁语气里似乎带着笑意，"开会时间提前这事，老马也没跟我说，是我们这边内部安排出了问题，说抱歉的应该是我。"

路栩一时间不知该说什么好。

曲修宁话锋一转："所以，你周末有空吗？"

"应该有。"路栩不解，"什么事啊？"

他很认真地说："得当面说。那我周末去接你？"

"周末我要回家里一趟，到时候再联系吧。"

"好。"

他的声音踏实而温柔，让她有种莫名的安全感。

她似乎有种预感，某个大胆的想法在脑海中跳跃。挂掉电话，沈明铮带来的那些烦躁，突然全部飞走不见。

她看见玻璃中的自己，嘴角分明是掩盖不住的笑意。她这是怎么了？

"路栩，发什么愣呢，过来开会了。"杰西卡在她背后喊道。

路栩回头，发现高层会议已经结束，办公室里乱哄哄的，大家都纷纷往会议室走。

她赶紧回工位上，随手拿了个笔记本，也跟着进了会议室。

安妮出差在外，她通过视频跟部门的人传达会议内容。

一个是市场战略企划部接下来的工作重点变更，他们需要加快推进新产品线与众商业品牌的谈判，开始监督和协助公司内部所有品牌制订下半年经营计划。

"胜华的合作，我已经跟曲总和马总监敲定过了，应该没有什么大问题，下一步就是移交别的部门继续推进。我们要聚焦下半年经营计划，给出调研报告和方案。工作量很大，大家提前做好准备。"

杰西卡小声抱怨："这就跟曲总说拜拜啦？我还想找机会也去胜华开会呢。"

接着，安妮宣布了另一件事。

曲总要请他们市场战略企划部和营销部聚餐，周五晚上，他包了朋友开的酒馆。

会议室里的众人开始拍桌子叫好。

"曲总说因为他拖慢了合作进度，也增加了大家的工作量，现在谈判成功开始合作，想请大家吃饭以表感谢。"安妮难得有这么温柔的时候，她说，"周五下班后去三点半酒馆，大家没什么安排的，尽量都去。"

路栩想起曲修宁的那些话，心里在想，曲修宁请大家聚餐，这算不算是醉翁之意不在酒？

等电梯时，杰西卡在跟其他同事讨论周五穿什么衣服，路栩在一旁独自瞎想，完全没加入他们的讨论。

周五临近下班，办公室里就开始乱哄哄的，大家在讨论聚餐的事。

自从曲修宁说要请他们吃饭后，曲总的口碑在办公室里急转直上，之前吐槽他太子爷和绣花枕头的人，全都变了口风。

因为他不仅年轻，还帅，还专业，还请大家吃饭。

要多肤浅有多肤浅。

杰西卡搞了好大的阵仗，镊子、胶水、刷子摆了一大堆，在给自己贴假睫毛，她一向是这类活动中最积极的。

"你们不许先走，我还要换战袍呢。"

她说的战袍是她最贵的一条裙子，花了她整整一个半月的工资，上次见她穿还是年会的时候。

路栩哭笑不得："不用这么隆重吧。"

"当然要这么隆重了，你们根本不懂这次聚餐的意义。"杰西卡一本正经道。

朱迪冷眼瞧她兴奋的劲头，问："你该不会是冲着人家曲总去的吧？"

杰西卡被看穿，心虚了片刻，但是很快换上了满不在乎的语气："不行吗？"

朱迪双手环抱在胸前："我劝你早点认清形势，放弃幻想。"

杰西卡索性不再理会朱迪，转向路栩："人总是要有梦想的，万一实现了呢。是吧，路栩？"

路栩讪讪地笑了笑。

杰西卡用粘了假睫毛的眼睛盯着她："你不会对你那老同学有什么非分之想吧？"

路栩愣了一下，很快摇头："没有。"

"你们是同学，他以前有没有喜欢过什么人？"

路栩摇了摇头，表示无可奉告。

有关曲修宁的过去，她可以跟朱迪聊，却不能告诉杰西卡，否则整个公司都会知道。

之后，她去洗手间，朱迪追上来。

"你看见杰西卡在干了吗了吗？"

"看见了啊。"

一向冷静的朱迪反问道："你就无动于衷？"

路栩打开水龙头："腿长在人家身上，我还能不让她追？"

能追得上算她赢。

"好吧。"朱迪拍了拍她的肩，"我还以为你跟曲总能发生些什么呢。"

路栩笑了笑，没说话。

她们几个到酒馆的时候，有一部分同事已经喝上了。这间酒馆店面不大，他们把小桌拼在一起，拼成了两张大桌子。

一张桌子快坐满了，另一张桌子还有不少空位。

杰西卡眼尖，还没站稳便溜了："那边还有两个空位，我去了姐妹们。"

没过多久，杰西卡灰溜溜地到路栩身边坐下。

"怎么又过来了？"

"他们说那两个位置是留给安妮和曲总的。"

整个局开始一个小时之后，曲修宁终于现身。他刚出差回来，一下飞机就赶过来了。

他穿着衬衫，眼里有些许疲惫。也许是因为热，衬衫的扣子被他解开了两颗，袖子被他撸到手肘处。

他一进来便吸引了所有人的目光。

大家情绪正高昂，见他推门进来，便开始振臂齐喊："曲总！曲总！曲总！"

杰西卡做了个深呼吸："他好帅，我好爱。"

曲修宁的视线在人群之中游走。灯光很暗，大家都紧挨着坐在一起，实在分辨不清人脸。

这时候，老马喊了一句："曲总，坐这儿吧，给你留了位置。"

安妮也朝他挥挥手。

不得已，他走到安妮和马总监中间的空位上。

刚坐下，一抬头便跟对面桌上熟悉的双眸对上。

在一片昏暗之中，在那么多人中，只有路栩的眼睛是亮晶晶的。

他盯着她，不自觉笑了出来。

人到齐了，喝嗨了，自然要搞点事情。

有人提议玩真心话大冒险。

胜华的员工都心照不宣地没有接话，等着曲修宁发话。

曲修宁不愿意扫兴："大家都这么高兴，肯定要玩啊。"

所有人蠢蠢欲动。叽叽喳喳讨论了一阵后，游戏形式确定为击鼓传花。大家不在乎这老土的形式，只在乎挖到他人隐私的快感。

与曲修宁的耀眼相比，路栩觉得自己的目光一定如同当下昏暗的环境一般，暗淡且无人在意。

于是她可以和其他人一样，光明正大地看着他。

一开始，大家铆着劲想开曲修宁的玩笑。微醺状态下，所有人打成一片，暂时模糊了身份。

传的"花"是在场某个人的帽子，帽子传到曲修宁手里的时候，音乐正好停下。

"选真心话还是大冒险？"

曲修宁迟疑片刻："真心话吧。"

大家开始怪叫，明目张胆地怂恿曲修宁回答问题。

人群中不知谁喊了句："曲总有没有喜欢的人？"

大家纷纷开始嘘那个人，第一个问题就这么被浪费了。

杰西卡带头抱怨："大家平时工作这么压抑，怎么净问这种小学生才会问的问题？"

其他人当然是想听点成年人的话题。

可曲修宁说："问题已经问了，不能换了哦。"

大家唉声叹气，只能等着他回答。

曲修宁笑了笑，答道："有。"

杰西卡气鼓鼓的，拿起面前的啤酒瓶，"咕咚咕咚"喝了大半瓶。

又有人问："那个人喜欢你吗？"

"我不知道。"

众人不相信，觉得他在糊弄大家："怎么可能有人拒绝曲总呢。"

曲修宁委屈道："这个游戏不是叫真心话吗？我说的都是真的啊。"

老马递给曲修宁一瓶啤酒："喝了吧，曲总，下一次可不能糊弄大家了。"

所有人又开始起哄让他喝酒，曲修宁无奈，只得干了。

游戏继续。

期间有轮到过路栩一次，因为路栩之前没有参加过会议，跟胜华的人不是很熟，大家很轻易就放过了她。

老马还贴心地为路栩说话："路栩有相亲对象，没什么可问的。路栩，你喝口酒就过了。"

他没注意到，旁边曲修宁的眼神几乎要烧了他。

酒局散场。

眨眼的工夫，酒馆便空荡荡的，只留下满桌的空酒瓶和被扫荡一空的碗碟，乱得如同被风暴席卷过一般。

杰西卡喝得晕晕乎乎，趴在桌子上半睡半醒。

路栩掏出手机，想先打车送杰西卡回家，却叫不醒也扯不动她。

曲修宁今晚被人灌了不少，尽管他酒量尚可，还是有点晕。

他望向路栩，见她正试图拉着杰西卡的胳膊，把杰西卡扛起来。真是逞能，自己没什么力气，还试图扛别人。

他朝路栩走过去，语气稀松平常："怎么走？"

"我得先打车送她回去。"路栩朝趴在桌上的杰西卡努了努嘴。

曲修宁看了杰西卡一眼："太晚了，你们两个女孩子不安全，我送你们吧。"

杰西卡明明醉了，却飞快直起身，点头说好。

等曲修宁结完账，又跟老板聊了一会儿，她又清醒了几分。

走出冷气很足的酒馆，几人回归闷热又喧闹的夜晚。

这一带酒吧和餐厅很多，路边都是排着队等客的出租车。

曲修宁的司机已经把车开到路边。

"走吧，上车。"

杰西卡挽着路栩的胳膊，兴奋地说："哇，曲总，你开迈巴赫啊。"

路栩坐过曲修宁的车，没看便随口接了一句："你怎么连沃尔沃都能认错。"

杰西卡像看傻子一样看着路栩："你以前说你不认识车,我现在是真信了。"

看着眼前的深色轿车,路栩后知后觉自己说漏嘴,便不再提起这一茬。

曲修宁低头暗笑,她慌张的样子,实在有些可爱。

路栩坐在后排左边,正好能看到曲修宁的侧脸。

路灯光影在他脸上明暗交替,时光仿佛飞速倒退。

很多年前的那个跨年夜,她也是在同样的位置,望着曲修宁的侧脸。

他手肘搭在车窗边上,撑着额头。他在想什么呢?她猜不到。

杰西卡主动挑起话题:"曲总,刚才真心话大冒险,你说的都是真的吗?"

曲修宁从沉思中回过神,摊手道:"我说是真的,没人信啊。"

"我相信你啊。"杰西卡笑意盈盈,"也不知道谁有这个荣幸。那曲总,你表白过吗?"

车里一阵沉默。

路栩扯了扯杰西卡的衣服,让她别太放肆。

曲修宁换了个姿势,说:"我还没开口问。"

路栩的胸口因为紧张而上下起伏。

"曲总这么优秀的人,也怕被拒绝吗?"杰西卡不知情地问道。

只见曲修宁换了个坐姿:"可能吧。"

某种感觉在她脑中肆意怂恿着。

那种感觉就像是,有好多人在场,但只有她知道,某人的某句话是对自己说的。

她的感觉对吗?也许她知道答案,但她不想主动承认。

反正答案明天就揭晓。

她脑子里有两个小人,一个冲着她大喊"你清醒一点",另一个为她打开高三记忆的大门,让她忍不住期待些什么。

现在,她只想在这自以为是的暧昧氛围里多待一会儿,就一会儿。

先到的是杰西卡家。

路栩送她到小区门口,杰西卡望着曲修宁等在路边的车,问:"你有没有觉得,我往前走了一步?"

"啊?"她可一点都没觉得。

"我觉得他根本就没有喜欢的人,都是用来搪塞别人的。"杰西卡狡黠一笑,一点也没有喝多的样子,"就算是真的,反正他也还没表白,就意味着我还有机会。"

路栩回到车里，情绪复杂。

司机问现在去哪儿，没等路栩开口，曲修宁便替她答了："鑫苑。"

下车前，她说了句："谢谢曲总，再见。"

曲修宁微笑点头。

几秒后，她收到一条微信。

曲修宁：明天见。

　

家里人都睡了，路栩蹑手蹑脚地开门，回房间躺下，然后在黑暗中睁着眼。

今晚她好像也喝了不少酒，可她却格外清醒。

说不出的感觉。

她掐了掐自己的手臂，有点疼。

他们之间将说未说的那些话，她不敢期待，却又忍不住想往前探一步。

第二天一早，路栩从卧室里出来时，把爸爸和赵阿姨吓了一跳。

"早上好，我昨晚回来的。"她喜滋滋地跟他们打招呼，又哼着歌去洗漱。

路栩钻进洗手间，洗漱完毕，又哼着歌坐在饭桌前。

她往赵斯然房间瞥了一眼："赵斯然呢，没回来？"

"说是到考试周了，这周末在学校复习呢。"

"他终于有点觉悟了。"路栩无奈笑道。

爸爸和赵阿姨欲言又止。

吃完饭，爸爸才找了个机会问她："你碰到什么好事了吗？"

"没有啊，怎么啦？"

"没什么，就是看你早上起来开始就在笑。"

路栩立刻收起表情，有这么明显吗？

她回房间化了个妆，出来后发现路晓明和赵欢在窃窃私语。

她装作没看见，朝爸爸摊开手："爸，杂物间的钥匙给我一下。"

"在门口鞋柜上放着呢。"路晓明问，"你要干吗？"

"找东西。"她拿着钥匙下了楼。

杂物间里码了很多陈年旧物，灰尘积了厚厚一层。赵斯然和她的箱子堆在一起，分不清哪个是谁的。

她一个个划开，终于在第四个纸箱里找到了那本《树上的男爵》，又在另一个堆放杂物的竹筐里，发现了高三时用过的那部手机。

书跟新的一样。

翻开书，两张少年的照片完好地夹在里面。

她暗笑，曲修宁也许从来都不知道，他有一张照片被她偷走了吧。

如果他看到了，会是什么反应呢？

她蹲在杂物间忆往昔的时候，楼道传来男人的说话声。杂物间的门大敞着，外面的声音格外清晰地传了进来。

"没提前说，会不会太突然了？"

这声音有些熟悉……沈明铮？

他怎么会来？

"有什么突然的，周末他们又没什么事，路栩一般也只有周末在家。你们俩最近有联系吗？"

是李叔叔的声音。

"有是有，可是……"

"她愿意联系你，就说明对你有点意思。"

听到这里，路栩蹙眉，只想冲出去大喊"我不是，我没有，别瞎说"。

但她不想跟沈明铮打照面，只好不发出声音，接着听下去。

沈明铮迟疑："那我见了她，说什么？"

李叔叔教他："上去你就说来家里看看，顺便约路栩吃个饭。我跟你说明铮，相亲没有百分百满意的，她的条件已经算不错的了，你多约她看看电影吃吃饭，互相了解了，不就有感情了……"

路栩翻了个白眼，她明明是发消息做了断，怎么就成了对他有意思？这个李叔，估计也没安什么好心。

她屏住呼吸，听脚步声上了楼，便从负一层上来，仰着头从楼梯间往上看，李叔叔和沈明铮正在敲门。

她靠着扶手，正在想沈明铮为什么会突然上门，突然感觉身后有异样。

她回头，曲修宁就在她身后。

他慵懒地站着，像个不管不顾的少年。只见他歪着头望着她，上下打量了一番，眼底有一丝不确定。

"你从哪儿出来的？"

路栩指着楼下："杂物间，刚才在找东西。"

他看向门洞里，不紧不慢地说："那就是你的相亲对象？"

路栩一怔，意识到他指的是沈明铮之后，轻飘飘地回答："可能是吧。"又觉得不太妥当，末了又补了句，"我也没看见。"

曲修宁低头哼笑一声："哦。"

"怎么了？"

"没怎么。"曲修宁低头踢了一脚石子，"你们还有联系？"

路栩不知怎么回答。

说没有，简直是在现场打脸，毕竟沈明铮都找上门来了；说有的话，又显得自己像神经病。

"我跟他其实……"

曲修宁打断她:"怎么这么着急。"

"邻居叔叔非要见,我就见了,对他没什么感觉。"

曲修宁"噢"了一声。

气压有点低。

路栩试图调节气氛:"你来之前怎么也不联系我?"

"给你发消息了,你没回。"

路栩一摸口袋,空的。手机落在家里了。

"忘拿了。"路栩说,"没事,不影响我们说事。"

曲修宁望着别处:"我找到你 QQ 空间的照片了。"

路栩突然屃了。她没有看过那张照片,也不知道曲修宁发现了什么。

她没接话,等着他继续说下去。

"你当时……为什么看着我?"

他们一起沉默了一分钟。

为什么看着他,当然是因为喜欢他。

昔日暗恋的男主角就站在面前,她的喉咙却异常干涩。

楼上突然传来开门的声音。

路栩敏锐地听出这是自己家的门。

接着,她便听到爸爸说:"她就在楼下杂物间呢,才出去的,我下楼叫她。"

路栩下意识地拽着曲修宁逃到单元门外,心虚地往回瞟了一眼。

曲修宁下巴往上扬了扬:"要不你先上去吧,你爸马上下来了。"

"我……"

曲修宁看着她:"你不承认没关系。"

反正他手握着证据,有的是时间等她承认。

爸爸的脚步声逐渐清晰。

曲修宁就站在原地向路栩摆了摆手,示意她先解决家里的事。

爸爸试探的声音传来:"小栩?"

路栩从门洞外探出头:"我在这儿。"

"怎么跑去外面了。"路晓明往负一层看了一眼,"东西找到了吗?"

路栩摇摇头。

"是李叔叔和沈明铮来家里了,先上去吧。"路晓明没有发现曲修宁。

"我不想见他。"路栩板着脸,"都说了没感觉,他那天在同事面前给我的难堪还不够吗?"

路晓明迟疑了片刻:"你要是不愿意,咱们一会儿就说开,免得他以后再来找你。"

路栩默默地把杂物间的门锁好，跟爸爸上了楼。

跟沈明铮的谈判是在赵斯然房间里进行的。进房间之前，李叔叔还笑呵呵地调侃两个人太过害羞。

在书房里，路栩严肃又果决地说自己还小，并不想相亲，对他也没有任何感觉。

同样的话，她已经在微信上说过一次，可面对沈明铮，也许要当面讲他才死心。

所有话放到明面上讲完，她一身轻松，可沈明铮重重叹了口气。

路栩笑道："叹什么气？"

"我的第一次恋爱，还没开始就结束了。"

沈明铮比她大两岁，模样周正，但是说话有些老派。他一叹气，脸皱巴巴的，更显老。

路栩被他逗笑："说实话，我们到今天才见第三次面，你真的喜欢我吗？"

对面的人茫然地看着她，一时不知怎么回答。

他的表情，就是他的答案。

"大概是因为我符合你对女朋友和妻子的设想吧。"路栩问他，"可谈恋爱结婚不是应该跟喜欢的人吗？"

"我没有谈过恋爱，也不知道应该怎样追女孩。"沈明铮自嘲道，"我舅舅说多处处就有感情了。"

路栩"噢"了一声："李叔叔是你舅舅啊？"

"我第一次见面就说过了。"沈明铮自嘲道，"看来你是真的没注意过我。"

难道她表现得还不够明显？

路栩安慰他："总有一天你会遇到合适的。"

"我们最终都会找跟自己各方面都比较匹配的人。"沈明铮笑着说，"当然，什么一见钟情啊，恋爱长跑啊，轰轰烈烈啊，都可以。但我觉得对于现在的我，尝试成本太高。不过，我还是祝你早日找到幸福。"

他说得很坦诚。

路栩发现，他并不是个十分讨厌的人。但他们注定什么故事也不会有。

她平静地说："谢谢，以后我们不要再见面了。"

送走沈明铮和李叔叔后，路栩趴在窗户上，看到了路边停着一辆车。

她一眼就认出那是曲修宁的车。还是上次那辆 SUV。

他还在。

路栩打开冰箱，随手拿了一瓶果汁，回头问爸爸："爸，一辆沃尔沃的 SUV 要多少钱啊？"

"要看什么型号，大概在四十万到八十万之间吧。"路晓明正在另一个房间拖地，随口答道，"你想要车？"

"那迈巴赫呢？"

路晓明大概没想到她会问这个，想了想："最便宜的接近两百万，贵的上千万。"

路栩倒吸了一口凉气。

她追过去："爸，如果只看家庭条件，沈明铮跟我……是不是还挺合适的？"

路晓明没有否认，说："嗯。但爸爸不希望你勉强自己，还是找你喜欢的吧。"

她跟在爸爸身后，接着问："那如果，只是如果，我交个开迈巴赫的男朋友，你觉得怎么样？"

路晓明直起身，敲了敲她的脑门。

"做什么梦呢？"路晓明哭笑不得，"脚抬一下。"

路栩被爸爸手上的拖把逼得连退几步。

不就两百万吗？她也是个有几十万存款的小富婆呢，虽然百分之九十都是爸妈给的。

"看问题不能太简单，消费水平背后，是有很多东西支撑的。人家开上百万的车，吃一顿饭没准就是普通人一个月工资，住的房子起码得上千万吧，也不可能是普通上班族。我们最多算小康家庭，物质上根本没法比……"

路栩无法反驳，她靠着门框，低头抠手指，心思乱飘。

路晓明一开始似乎并没当真，随口叨叨了几句后，发觉路栩在愣神，他觉得有些不对劲。

他停下手里的动作，问她："你是觉得，现在的生活不够好吗？"

路栩赶紧为自己解释："没有没有，我就随便问问，您别当真。"

她几乎从未认真听过沈明铮讲话，可他今天的最后一番话却一直在敲打她，爸爸的话更是提醒了她。

她看不出曲修宁那两辆车加起来到底是几百万，还是上千万。

如同她这些天被那些朦胧的暧昧蒙了眼一般，忘记了他们本不是同路人。

如果不是因为曾经是同学，她跟曲修宁恐怕连眼神交流都不会有。同事说"我觉得你跟他很配"，她就信以为真。

十七岁的时候，谁又会在乎有关现实的一切。他们胡思乱想，大胆做梦。

而在成年人的世界，这是一道难以跨越的鸿沟。

他是天之骄子，是众星捧月的存在，以前未曾注意过她。

那为什么现在就独独看到她一个人呢？天上掉馅饼的事，有可能落到她头上吗？

这些年洒脱地放下是真，尘封多年的心动即将被开启是真，此刻的迟疑也是真。

她凭什么就成了那个幸运儿呢？

路栩重新下楼。

她靠近车子，曲修宁就靠在驾驶位上，闭目养神。

她隔着车窗，看了一会儿。

他双手环抱在胸前，呼吸均匀，他的眉眼间透着英气，睫毛依旧很密，在眼底投下一片青色。

路栩敲了敲车窗。

曲修宁立刻醒来，降下车窗。

车里的冷气喷薄而出。

曲修宁揉了揉眼睛："结束了？"

路栩点点头。

"上车吧。"

"去哪儿？"路栩拉开车门，小心翼翼地坐上车。

"到了你就知道了。"

他们默契地都没有说话。

目的地很近，几分钟后，曲修宁把车子停在了安城一中那条老街上。

这一片他们都很熟悉，路栩不久前还回来过。

曲修宁指着一个小门面说："就这儿吧？"

这家店就是让知名校友们毕业多年还念念不忘的过桥米线。

路栩记得曾经她和张晚忆来吃米线，把水壶落在店里，第二天再去拿的时候，她的水壶还在桌子上，上面还贴了个大大的标签——醋。

"本来想去学校正对面那家烧烤店的。"曲修宁娴熟地点了套餐，"可是那家晚上才开。"

店里有几个学生，脸上虽然都汗涔涔的，却依然充满了胶原蛋白，青春的气息是挡不住的。

他们围着一张桌子，每人手边都放着一沓大学的介绍资料，看样子是刚高考完的毕业生，回学校参加高考咨询会。

年年岁岁花相似。

点完餐，两人面对面落座。

路栩看着那几个学生说："我当年也跟他们一样，和父母到处跑，参加咨询会。"

曲修宁没有这样的经历。他保送之后便离校，不用参加高考，不用估分填报志愿。

"你当年有想过去 P 大，是吗？"

"妄想过。"路栩笑了笑，"拿到答案估分之后就死心了。"

像极了她对曲修宁的感情。

曲修宁从相册里找到那张照片，把手机推到她面前。

一群人都在看镜头，而路栩却专注地看着他，眼神里好似装了很多很多话。

爱一个人的眼神是藏不住的。

路栩耷拉着眼睛："你今天就是为这张照片来的？"

曲修宁点点头。

承认了会怎样，不承认又怎样。

"如果只是通过一张照片就判断我喜欢你，从而让你对我有点不一样的话，是不是太草率了？"

曲修宁轻笑一声："所以呢，答案是什么？"

"我们七年没见了。如果真的能有什么，不会七年都不联系。"路栩觉得自己的声音好像有些冰冷，"一个眼神而已，我觉得……不用做过多解读吧。"

今时今日，她可以做到说谎脸不红心不跳。

她接着说："我们不再是高中生了，现在的身份也不一样了，反正都……过去了。"

路栩顾左右而言他，曲修宁欲言又止。

他们前段时间第一次见面的时候，他曾说过，她变化很大。

或许是他太心急，又或许是，他太相信年少时的悸动。

原来已经物是人非。

他记得他们相识是因为一张发错的试卷，记得她从前如同小鹿一般慌张的眼睛，记得他们在办公室里批改试卷，记得在一个初雪夜，他在暗处没勇气走出来，记得跨年夜的晚上，她的眸子比烟火还要迷人，她和朋友拥抱在一起，却对他说"新年快乐"……

他搜索那个记忆中穿着校服的女生，却拼不成一个完整的她。

是他没意识到，他们都变了。

所以她才会相亲，所以她才会把他的微信备注成"曲总"，所以她才会说，都过去了。

十七岁时，花了那么长时间积攒的情感，最终只变成了心底沉重的包袱。

他问路栩："你这些年，有没有跟谁在一起过？"

路栩迟疑了片刻，还是实话实说："在美国的时候谈过一个。"

他还保持着"请继续"的表情，可路栩没再说下去。

她觉得没有说下去的必要了。她为了忘掉过去，试图开启一段新的感情，却发现那段过去无法覆盖。

曲修宁心想，也许是她这段感情太过刻骨铭心，才不想提起。他心里瞬间升起一股难以名状的滋味。

路栩抬眼望着他："那你呢？"

他的答案自然是没有。家里这些年接二连三地出事，回国后又马不停蹄地接手公司，已经让他自顾不暇。

当他在面对父母生病的噩耗时，当他回到公司面对铺天盖地的质疑时，他偶尔会想起从前的某个晚上。在昏暗的天台楼梯上，有个女生语无伦次又真诚地安慰着他。

可不知怎的，也许是不想认输，他信口说道："两个。"

语气轻松，理所当然。

路栩微笑点头，也没有再问。他如此闪闪发亮，有过两段感情也不算稀奇。

两个成年人，学会了伪装，学会了有所保留。

他们分别在记忆中挑出一部分，包装好，说清楚，讲明白。

这顿没有结果的饭结束后，接下来的一个月时间，曲修宁过得浑浑噩噩。

胜华集团旗下的所有商业都叫胜华城，下半年开始，有两座城市的胜华城经营状况出了问题，品牌大量撤柜。

这些都属于他的负责范畴，自然要他出面解决。

每天一睁眼，他不是在飞机上就是在酒店，生活被密密麻麻的会议和行程充斥。

一个多月的时间里，他只回过安城一次。晚上十二点多的飞机落地，第二天一早回公司开会，下午又要赶去机场。

再回到安城，已经是七月底。

临近七夕，机场的商家都在借着节日热度促销。鬼使神差地，他在机场买了几个护肤品套盒。

刷卡的时候他想，一套送妈妈，剩下的，可以奖励员工。

这不是胜华的第一次危机，却是曲修宁上任以来的第一次。

停业整顿、竞品调研、重新调整经营策略、调整品牌规划……这一个月，他都在围着这些事情打转。

还好，最焦头烂额的阶段过去了，曲修宁终于松了一口气，迎来了他近期第一次休假。

尽管只是个普通周末，他还是很欣慰，一直紧绷着的心终于可以放下来一点了。

开车行在路上，他发现路两旁法国梧桐的叶子更茂盛了一些。他猛然想起那天跟路栩一起吃的饭。

他们坦白了一些话，也隐瞒了一些话。

他们有一段时间没联系了。再想起来，他只觉得有些恍惚。

车子路过大学城附近的路口，等红灯时，他看到人行道上一个人的身形有点熟悉。

是路栩。

她们部门同胜华的工作已经交接给了新的部门推动，没了交集，也不再联系。

她不是一个人，她挽着一个男生的胳膊。男生比她高很多，为她打着遮阳伞。男生背对着他，他没有看到男生的脸。

不同于对待相亲对象的态度，路栩跟那个男生之间举止亲昵，有说有笑。

后面的车子按喇叭催促，曲修宁还在发怔，抬头才看到信号灯已经变成绿色。

他还以为是自己花了眼。

/第十章/
彼时的细枝末节

大学城四处洋溢着青春的气息，来来往往的都是年轻男女，让人看了就有莫名的好心情。

路栩喜欢跟学生们擦肩而过的感觉，好像自己也回到了学生时代。

唯一的缺点就是太闷热。盛夏七月，尽管已经下午四点多，太阳还是挂得老高，室外依旧如同蒸笼一般。

"伞要对着太阳打，你这样我的脸都被晒到了，打伞还有什么用啊？"路栩对身边人抱怨道。

赵斯然无奈说："谁让你比我矮。"

"谁让你骗我来。"

赵斯然终于考完了最后一门，正式开始大学第一个暑假。回家前，他以请吃饭的名义骗路栩到学校帮他搬东西。

这些天路栩一直在忙工作，好不容易有个完整的周末，要不是赵斯然拉她来这儿，她还能舒舒服服地在家吹空调。

"这不是在骗你，我是在解救你。"赵斯然一本正经地说，"你不来这儿，就得跟爸去露营，你自己选吧。"

路晓明的几个老顾客成立了一个露营俱乐部，经常在周末组织进山露营活动。路晓明是资深户外爱好者，又经营店铺，大家邀请他当野外沙龙的嘉宾，分享徒步和露营的装备。

路晓明自然是积极参与，还试图拉两个孩子一起去。

路栩工作忙，近几周一直没时间，赵斯然只跟路晓明去了一次，就发誓再也不去了。

"露营有什么不好的。"路栩的语气很无所谓。

赵斯然摆出一副过来人的样子，苦口婆心地劝她："一张嘴能吃十只蚊子，还要徒步七八公里捡垃圾，同去的都是大龄叔叔阿姨，一个年轻漂亮的都没有……"

原来这小子别有用心。

"姐，商量个事呗。"赵斯然用手肘戳了戳她，"一会儿进到学校里面，你别挽着我胳膊了，有点热。"

路栩低头看了眼他的下半身，依旧是紧身运动裤外加短裤的神奇搭配。

她反问："你穿两条裤子就不嫌热了？"

赵斯然挠挠头："好吧，我怕同学误会，行了吧。"

"误会什么，有个美女在你旁边，你还不高兴？"

"我配你那是绰绰有——"

赵斯然话还没说完，就被路栩从后背打了一下。路栩的眼神好像要把他吞了。

"我问你个问题，你正经回答。"

赵斯然点点头。

"跟我差不多大的一个男的，如果他谈过两次恋爱，算正常吗？"

赵斯然瞥了她一眼，轻飘飘地问："你偷藏的照片上那男的？"

被他无意说中，路栩又给了他一巴掌。赵斯然早就习惯了路栩的"袭击"，他灵活躲开，转身的时候，被身后的什么东西吸引了目光。

路栩拍了拍他的头，问道："看什么呢？"

"刚过去一辆迈巴赫。"他"啧啧"两声，自言自语道，"想不到我们学校这种穷酸地方也能有迈巴赫经过。"

路栩一怔，曲修宁的名字还是闯入了脑中。

自从上次一起吃饭后，他们已经有一个多月没联系了。

两个人把什么都说清楚了，也没必要再见面了。多干净，多利落。

可她还是忍不住朝那个方向看过去。什么都没看到。

"哪有，我怎么没看到。"

赵斯然没在意，随口说道："你又不懂车，看到了有什么用啊。"

是啊，看到了又能怎样。

这城市这么多人，又不是只有曲修宁有迈巴赫。

行道树是法国梧桐，茂密的树叶把太阳遮了大半，阳光透过树叶，零碎地散落在马路和人行道上。

她突然想起很多年前，也是这样闷热的天气里，她带着十二岁的赵斯然从书店出来，一起走在被梧桐树覆盖的街道上。

彼时身旁还有曲修宁，而当时的她，局促得几乎要忘记怎么正常行走。

那样的日子终究如同那辆车一样，消失不见了。

这样的天气里，张晚忆是不出门的。

她怕晒黑，又怕热，在房间吹着冷气，照样也能拍出好看的片子。

接到曲修宁的电话时，她正在拍开箱视频，看到来电显示的名字，她略显诧异。

她以为曲修宁找不到韩硕打游戏，便直接说："韩硕今天加班。"

"我不找他，找你。"曲修宁说，"地址发我，我现在过去。"

张晚忆的工作室坐落在一个商业街区里。

她租了间 loft（阁楼），空间不大，装修风格简约时尚，平时在这里拍视频和穿搭照片。

一层是她的摄影棚，置物架上是上百支口红、睫毛膏，墙角放了几个三脚架和照相馆才有的打光灯。靠近窗户的地方有两排长衣架，上面挂了几十套衣服。

曲修宁进来时，满地都是快递纸箱，几乎无处下脚。

这杂乱的光景一如她以前在学校的时候。彼时张晚忆的抽屉如同哆啦A梦的口袋，大到杂志、卷发棒，小到口香糖、创可贴，什么都有。

他环视整个工作室："挺有模有样啊你。"

张晚忆笑道："跟曲总您比起来，我就是小打小闹的个体户。"

曲修宁递给她两个精致的盒子。

"曲总也太客气了，还带礼物。"张晚忆大方接过来。

打开其中一个盒子，里面是整套的大牌护肤品，价格不菲。

"送我的？"张晚忆啧啧两声，"还送两套？"

"另一套你送朋友吧。"曲修宁拐弯抹角地说，"不过这个不便宜，得送很好的朋友才行。"

"这是路栩她们公司的产品啊。"

"啊？"曲修宁心里滑过两个字，糟了。

他语无伦次道："不对吧，她们的产品不叫这个名字，我们之间有合作，我知道的。"

"大哥，一个品牌是有很多产品线的，她们公司那么大的跨国品牌，当然有高端的有平价的呀。"张晚忆端详着盒子，"你们男的都不懂这些。不过你买的这个是贵妇级别的，送女孩没错。"

"那只送你一套好了。"他慌张道，打算拿回另一个盒子。

张晚忆把他的手打掉："干吗，送了礼物哪有往回要的道理。"

曲修宁的表情很复杂。他怎么就没想到这一茬？他觉得自己有点蠢。

"你这么慌干吗？"张晚忆从小冰箱里取了瓶水递给曲修宁，"曲总今天来，有何贵干？"

他现在对"曲总"两个字过敏。

"看看老同学，不行啊？"曲修宁拧开瓶盖，喝了一口。

张晚忆一甩手："得了吧，有话快说。"

曲修宁拐弯抹角，问题落到张晚忆和韩硕的婚礼上："你的伴郎伴娘定了吗？"

"伴娘是我发小和路栩，伴郎一个是韩硕同事，另一个还没确定。"张晚忆挑眉，打量着曲修宁，"怎么，你想当？"

"也没人邀请我啊。"

张晚忆调侃道："我哪敢找你啊。"

她可不想结婚当天，新郎的风头都被这个帅气的伴郎抢走。

她没说，另一个伴郎的位置是留给邹铭琦的。

现在的邹铭琦是一名职业运动员，他长期在广东训练，经常在各地比赛，这些年很少回安城。

他们夫妇俩迟迟没确定伴郎人选，就是怕路栩和邹铭琦见面会尴尬。如今又杀出个曲修宁，情况就更复杂了。

"那我算韩硕那边的，还是你的娘家人？"

"你还是当婆家人吧，我能帮伴娘多讨点红包。"张晚忆嘿嘿一笑，"你今天来，就只是想毛遂自荐当伴郎？"

"还有个事，顺便问问。"曲修宁摸了摸鼻子，眼神飘向别的地方，"那个，路栩以前是不是喜欢过我？"

二十六岁的男人聊高中被人喜欢的事，他有点脸红。

张晚忆知道路栩曾经喜欢过曲修宁，可路栩明确说过，都是过去式了。

她便没有松口。

"我不知道，她那样的性格，不会跟我说的。"她摇了摇头，"如果你想知道答案的话，就自己去问吧。"

曲修宁笑着摇了摇头："我问过了。"

张晚忆盯了他片刻，从他的表情便看出了答案。

这种表情，在天之骄子曲修宁的脸上从未出现过。

她一时心软："不如……我给你讲讲路栩这个人吧。"

曲修宁点点头。

"我们初中就认识了，我到高二才知道她是单亲家庭，这些事她是放在心里的。她爸妈在她五岁的时候就离婚了，她跟爸爸生活。高二那年暑假，她爸爸再婚，她本来是不适应那个阿姨住进来的，但她还是接受了。因为她清楚爸爸除了她，还应该有自己的幸福。反正如果换了我，我肯定做不到。不过她后妈对她还挺不错的，算是种幸运吧。

"她虽然很乖，但她从来都不会随便评判别人。我染发、化妆、逃课，她也从来不觉得我就是坏学生。我妈以前找人给我算命，说我命里有个贵人，我一直觉得她就是那个贵人。她会鼓励我，会给我讲笑话，总是在我迷茫的时候当指路明灯。高中的时候我成绩不好，是她建议我参加艺考，我才有机会读了个不错的大学。后来工作了，也是她鼓励我创业，我才有了自己的事业。她帮了我那么多，我却好像从来没帮到过她，就只能她说什么都答应她。

"路栩这个人吧，从来都把别人的感受放在第一位，轮到自己的时候，就算有委屈，她也什么都不会讲。她是我最好的朋友，我比谁都希望她过得好，她是世界上唯一一比我过得好，我不会嫉妒的人。"

张晚忆零零碎碎的，说了很多。她说完，整个房间都很安静，他们两个很久都没有说话。

曲修宁才发觉，他从来就不了解路栩。

"所以她未来的男朋友，必须对她很好很好才行，起码得先过了我这关再说。"

曲修宁没有说话。

张晚忆的视线落到那两个精美的盒子上。鬼灵精如她，早就猜出了曲修宁的心思。

她故作惊讶："你该不会是……对她有想法吧？"

曲修宁抬眼，眼中满是遗憾，她真的很好，只可惜。

他叹了口气："她已经有男朋友了。"

张晚忆回想了半天，她怎么不知道这事？路栩最近忙得飞起，哪有时间谈恋爱。

她不大相信："你见着了？"

"嗯。"曲修宁轻描淡写地说了下他刚才看到的场景。

听曲修宁说出那人穿了两条裤子时，张晚忆就笃定，那个人不是路栩的傻帽弟弟还能是谁？

她双手环抱在胸前，狡黠一笑。

曲修宁不解："你笑什么？"

张晚忆觉得曲修宁吃瘪的样子可太有意思了，她决定多逗逗他。

从张晚忆的工作室出来，已经是下午六点多钟。

夏天的白天很长，气温仍高，但阳光已不刺眼。

曲修宁想起他跟路栩初见，似乎也是在这样一个夏天的傍晚，也有这样的夕阳。

午后的教室走廊，女生手握着卷子，在教室外等着他。

或许是命中注定，他在那一场考试中跟她坐了前后座，他的卷子才分错到她那里。

彼时不在意的细枝末节串连起来，此刻异常清晰。

只是这些记忆，来得有点迟。

路栩这段时间工作很忙。

张晚忆似乎总想跟她透露点什么八卦，神神秘秘的。可张晚忆工作时间灵活，路栩白天总是没空，两个人之间有时间差，一直没机会细聊。

又一个周末，路栩拖着疲惫的身子回到家，终于目睹了赵斯然的暑假生活。

他俨然过上了猪的生活，除了吃，就是睡。不对，白天醒着的时间，他还会开着电视打手机游戏。

一大早他就"长"在沙发上。

"你天天窝在家里干吗，哪怕谈个恋爱也成啊。"路栩推了推赵斯然，让他让出一点沙发空间。

赵斯然皱眉，看了她一眼，眼神里全都是"你好意思说我"。

赵欢从厨房里端了半个西瓜出来，放在他们姐弟面前。

"你姐说得没错，上了大学也不能这么不思进取。"赵欢递给他们俩一人一把勺子，"有玩游戏的时间，还不如多出去走走。"

路栩接过勺子，赵斯然眼皮都没抬一下。

他被家里两个女人围攻，委屈道："这种天气，走出去就是个死，放个假我容易嘛我。"

"别总把死挂在嘴边。"赵欢用另一只勺子敲了敲赵斯然的头。

她突然把记忆拉回多年前："我记得你小时候放暑假还让姐姐带你去书店，现在还不如那时候。"

"都哪年的事了，我怎么一点印象也没有。"赵斯然换了个姿势半躺着，用脚戳了戳路栩，"姐，你还记得吗？"

路栩默默挖西瓜，讪讪地笑："不记得了。"

赵斯然附和道："就是嘛，过去多久了还拿出来说，您跟我爸是越来越像了。"

"这叫夫妻相。"路晓明正好出来听到，"你们俩要是没什么事，一会儿跟我进山吧。"

赵斯然手机里传出游戏失败的音效。他长长地叹了口气，合上双眼。

"好呀。"路栩一口答应，"我挺想去山里感受夏天的。"

赵斯然不屑道："夏天又不是一定要去山里感受，在空调房里照样能感受。"

　　尽管赵斯然百般劝阻，路栩还是决定跟爸爸去山里露营。

　　为了报复，这次她硬拉上了赵斯然。

　　在高速上疾驰了一个多小时，下高速又走了一段省道，接着途经一段狭窄又坑洼的村道后，他们终于到了山脚下。

　　路栩本是不晕车的，但她下车后还是忍不住干呕了两声。

　　他们所在的地方是一个叫"仰望星空"的露营营地，他们到的时候，这里已经有两辆房车和一些帐篷了。

　　正值暑假，有几个家庭带着孩子过来，小孩子尖叫着跟一只金毛互相追逐。

　　现在的帐篷和天幕都做得精美，甚至还带了串灯，氛围十足。过去只是路晓明和赵欢经常来，路栩从没跟着来过，她觉得挺新鲜。

　　赵斯然听到小孩的声音就受不了，他捂着脑门："我的天哪。"

　　路晓明跟这里的人很熟，停好车后先过去打招呼。

　　路栩和赵斯然从后备厢取东西，帐篷、折叠桌椅、睡袋……光是把这些东西取出来，就已经累了。

　　赵斯然幽怨地看着她："我早就说过，来一次再也不想来了吧。"

　　路栩嘴硬："我乐意。"

　　搭完帐篷，路栩和赵斯然累到双双躺下。

　　路栩仰着脖子，看到后面的帐篷里是一对小情侣。

　　"哎，你跟你那个'藤井树'怎么样了？"她用脚踢了踢赵斯然，冷不丁地问。

　　"什么'藤井树'？"

　　"就那个跟你同名的女孩啊。"

　　"没怎么样。"赵斯然烦躁地说。

　　看他烦躁的样子，肯定有事。

　　"你俩不是还挺甜的嘛，怎么就没下文了？"

　　赵斯然没回答。

　　"跟我说说嘛，我替你保密。"

　　过了一会儿，赵斯然低落的声音传来："她高考没考好，复读了。也把我拉黑了。"

　　她接着追问套话，赵斯然怎么也不肯说了，站起来要走："你别问那么多行不行。"

　　路栩也站起来准备追过去，却险些跟旁边一个端着卡式炉的人撞上。

　　"抱歉抱歉。"路栩心不在焉地跟对方道歉。

　　"路栩？"

她回头，是老马。

她惊讶道："马总监？好巧啊。"

躲进山里也能碰见熟人。

老马干笑一声："你还是叫我老马吧。"

老马见她身边是个年轻男性，还带了些学生气，眼神有点意味深长。

上次是斯文的相亲男，这次是年轻大学生，这路栩，什么风格都通吃啊。

路栩本就因为上次沈明铮的事在老马面前挺难堪的，此时看他在打量赵斯然，便主动解释："这是我弟弟。"

老马赶紧收回目光，一副恍然大悟的样子。

为了缓解尴尬，他接着聊别的："这儿够偏僻的，你们居然能找到。"

"这个营地的老板是我爸的朋友，我们姐弟俩跟着来玩玩。"

老马回了句"这样啊"，再没有什么话可聊。

三个人尴尬地站了几秒钟，老马指了指自己帐篷的方向，跟路栩道了别。

"这谁啊？"赵斯然望着老马的背影，不屑道。

"合作方。"

"这人多大年纪？"

路栩语气里充满着不确定："三十来岁吧。"

"他头发都没剩几根了。"赵斯然说了句，没怎么走心，"怪不得你们'社畜'都喜欢来山里，看来工作压力真的不小。"

山里温度低，晚上要多披件外套。

傍晚时分，众人聚在一起，点上了灯，开始聊天、唱歌、烤肉。

有个年轻小伙子在弹吉他唱歌，他们姐弟俩过去凑了会儿热闹，顺便蹭到了一个阿姨的煲仔饭，还在一个大叔那里吃了烤羊排。

赵斯然来的时候不情愿，但他说既来之则安之，到处蹭吃蹭喝不亦乐乎。

大家嗨得正起劲，路栩跟老马对上了视线。老马手里夹着烟，正在炉子旁烤肉。

大概是觉得不好意思，他默默地从人群中走过来，给路栩递了几串烤肉。

虽然只接触过一次，但从其他同事口中路栩大概得知，老马有些看人下菜，对职位不同的人态度相差很大。

路栩接过来，笑了笑："谢谢。"

她心里暗想，要不是因为她和曲修宁认识，老马恐怕不会理会她。

或许是怕什么都不说太尴尬，老马在她身边坐下，主动问她："最近忙吗？"

不知不觉就聊起了工作。毕竟他们之间除了工作，没什么共同话题。

"在做下半年的经营战略，忙死了。"路栩点头，"你们呢？"

"也忙。"老马苦笑，"这几个月都不轻松。"

"我们工程部的同事跟你们对接得还顺利吗？"

"最近根本顾不上这个。"老马抽了口烟，摆摆手，"经营出了点问题。"

路栩认真盯着他，等着他继续。

老马接着说："我们外地的两个商场被竞争对手盯上了，短时间大批品牌撤柜，商场都快撑不住了，这一个多月一直在忙着解决这个事。"

"啊？"路栩惊讶道，"我一点都不知道。"

"外地的商场，你当然不会知道。"老马叹了口气，"我跟曲总扎在那边整整一个多月没回来过，累得够呛。"

听到那个名字，路栩的眉毛动了动。

她咬着嘴唇，不动声色地打探："很棘手吗？"

"嗯，挺严重的。你看我这头发，都快掉光了。"老马指着自己的头，自嘲道，"老曲总这几年身体比较弱，很多紧急的事都压在小曲总身上。他从来没这么高强度工作过，那段时间我们平均每天只睡四五个小时，中间有几天，小曲总两只眼睛都是充血的，开会的时候差点晕过去。"

那个曾经骄傲的少年，如今也要扛起重担，经历种种辛苦。

她挤出一个回应的笑，却忍不住心疼。

"现在好了吗？"

老马抬眼："嗯？"

"我是说……现在解决了吗？"

"最棘手的问题已经解决，暂时稳住了。"老马停顿几秒，"所以我才赶紧跑来放松一下。"

路栩放下心来："那就好。"

"但这不是短期内能完全解决的事，走一步看一步吧。"老马弹了弹烟灰，"后面还不知道会发生什么，搞不好还要打官司。"

路栩被他一会儿好一会儿不好的话搞得有点不安。

"这么严重？"

"你怎么比我还愁？"老马把烟叼进嘴里，手指在手机上飞快地操作着，"没事，不会影响跟你们的合作的。"

她哪里是在担心这个。

其他人一直疯到很晚。

山里的夜很黑，很凉。路栩裹着毯子，躺在人群之外，盯着天空，满天繁星落入她的眼中。

她望着灿烂的夜空，像是回到了小时候。

她记得小时候在奶奶家的小院里，仰着头就能清楚地看到银河。后来爷爷奶奶去世，爸爸妈妈离婚，她再没回到过那个小院。

城市的夜越来越繁华明亮，本该是夜晚主角的星辰，也渐渐淡出视线。

她呆呆地望着天，回想跟老马的对话。

她想象得出曲修宁双眼充血的样子。

这一个多月，也不知道他是怎么过来的。

深夜，曲修宁在无意识滑着手机。他并没有什么想看的，只是工作忙成了习惯，突然没那么忙了，反而睡不着了。

他突然发现，老马几个小时前发了条九宫格的朋友圈。照片里有很多帐篷，似乎是一个露营营地。

曲修宁随手点开，万万没想到，第一张照片里竟然有张熟悉的脸。

路栩怎么会出现在老马的朋友圈？

他放大照片，仔细端详。

路栩的脸有些虚化，但很容易辨认。她和一个男生勾肩搭背，笑得很开心。虽然他们俩不是那张照片的主角，但也相当抢镜。

曲修宁认出，这个男生就是上次和她在一起、给她打伞的那个人。

才发出十几分钟，那条朋友圈动态已经有很多赞了。

安妮留言说发现照片里有一个熟人，还有胜华的同事问这是在哪里。

老马统一回复，说是路栩爸爸的朋友开的营地，他们每周都来，风景不错，周末可以来玩云云。

曲修宁纠结了一会儿，在那条朋友圈下面留了条评论。

N：这是哪儿？

老马回复 N：清峪口仰望星空营地。

N 回复老马：下周团建就定这里。

老马回复 N：上次不是说团建去迪士尼吗？

N 回复老马：少废话。

他本来以为，那天很快就会来。

又是新的一周。

周末在山里露营积攒的那点好心情，瞬间就被早高峰的电梯挤没了。

路栩一进到公司里，就觉得氛围很微妙。

平时周一开早会前，大家都叽叽喳喳地讨论周末见闻，可这天，整个办公区都静悄悄的。

路栩不明就里，边打开电脑电源，边问杰西卡："办公室里怎么这么安静？"

杰西卡"嘘"了一声："出事了。"

"嗯？"

"你在路上没看新闻吗？"朱迪抬了抬眉毛，"胜华出事了，昨天半夜爆出来的。"

她一路上都没看手机，自然不知道发生了什么。

她想起昨天老马的话，心里隐隐不安。

"你自己搜搜吧，都上热搜了。"

她打开手机，搜了一下胜华，一连串耸人听闻的新闻标题映入眼帘：

风险提示：胜华资金链出现严重问题！

资金链危机一触即发，胜华股价全面下跌！

商业地产领头羊胜华濒临破产，商户和业主该怎么办？

这些新闻的配图，是几处胜华城大门紧闭的萧条景象。

"假的吧。"

"新闻不少，公众号的文章更是满天飞，我看到好几篇已经十万加了。"朱迪合并转发给路栩几条链接，"真不知道胜华是真的出问题了，还是得罪什么人了。"

路栩一一点开那些链接，有公众号文章，有短视频自媒体，还有微博热搜截图。

一大早就已经有人蹲守在胜华总部，等着胜华负责人出现。

安城虽然不是一线城市，胜华却是业内领先的商业地产企业，扎根安城，足迹遍布全国。

明明胜华只是有两家商业经营出了点问题，怎么就扩大到整个集团了？而且老马不是说已经解决了吗，怎么会突然冒出来铺天盖地的负面新闻？

一夜之间资金链就出问题，任谁也不会相信。

她回想跟老马的聊天，突然想到，老马说过被竞争对手盯上的事。可竞争对手是谁，之前做了什么，他都没有提及。

杰西卡想从路栩这儿套点什么出来："路栩，你的老同学曲总没有告诉你什么吗？"

路栩茫然地摇摇头，他们已经太久没联系过了。

杰西卡跑去会议室附近偷听了一会儿，又跑回来，小声跟大家汇报进度："领导们正在吵架。"

路栩问："吵什么？"

"吵要不要解约呀。"

路栩蹙眉:"都没核实真假,为什么要解约?"

"现在谁还管什么真假。"朱迪叹了口气。

"我们这次的产品这么重要,还跟胜华有这么深度的合作,领导们肯定要考虑口碑问题。"杰西卡回答。

朱迪耸了耸肩:"就算我们单方面解约,胜华也无暇应付吧,他们肯定在头疼要怎么公关。"

杰西卡点开一篇新的文章,接着八卦:"你们说,他们拍的这些照片,是实拍的还是P的啊?挺逼真的。"

"应该是真的。"朱迪放大其中一张照片,仔细研究,"可我周末才去胜华城逛了街,正常营业,没出什么问题呀。"

"肯定是外地的。"杰西卡分析道,"安城是胜华的大本营,就算外面的都倒了,安城的也要撑一撑。"

朱迪无奈笑道:"你就不能盼合作方一点好吗?"

路栩无暇听她们八卦,她抱着手机,考虑要不要问曲修宁究竟出了什么事。

他们太久没在微信上说过话,她在消息列表里划拉了很久都没找到他,最后干脆在搜索栏里搜索,才找到他们的聊天页面。

打了删,删了又打。她犹豫了。

就算她发了,能解决什么问题吗?也许只会让曲修宁多一丝烦躁。

最终她还是没发消息。

高层会议一直开到中午还没结束。

其他人事不关己高高挂起,大家争先恐后去排今天的红烧肉。

她们几个在食堂吃饭的时候,杰西卡还在不停地刷手机。

"又有新进展了。"杰西卡语气里不无兴奋。

"胜华出来公关了?"路栩问,没意识到自己的语气有些急。

杰西卡摇了摇头。

朱迪:"你这么开心干吗,胜华出事对我们有什么好处?"

杰西卡把手机伸到她俩面前:"胜华被竞争对手告了。"

"啊?"路栩看着眼前密密麻麻的小字,却一个字也读不进去。

朱迪快速看了几眼,奇怪道:"胜华被告商标侵权?"

路栩脑子"嗡嗡"作响。

她拿过杰西卡的手机,看了半天,才明白是怎么回事。

经营出问题的那两家胜华城,其中一家在宛城。宛城有一家商场叫胜华中心,是宛城本地的一家房地产企业的商业品牌,胜华中心以侵犯商标权及不正当竞争为由，将胜华集团告上法庭，要求胜华集团停止侵权，并赔偿三千万元。

朱迪反反复复看了几遍："我们去胜华总部开会的时候，带我们上去的那个助理说，他们曲总名字叫胜华，你还记得吗？"

路栩使劲点了点头。

"胜华是老牌企业了呀，咱们小学时候就有了。"朱迪百思不得其解，"怎么会侵权呢？"

路栩越来越心焦，还是拿起手机，给曲修宁发了条消息：我看到新闻了，你现在怎么样？

出乎她的意料，曲修宁回复得很快，说没想到会突然出来这么多负面消息，父亲看到媒体报道身体不适，他刚在医院安顿好老人家。母亲任职的音乐学院那边担心胜华真有不正当的商业行为会波及学校，已经委婉劝说母亲暂缓工作。

路栩不知该回些什么。

一切都会好的？这句话现在看起来多么讽刺。

这不是一句安慰就能解决的事。

胜华 - 曲总：公司还有些事需要处理，我去忙了。

路栩死死盯着手机，尽管她知道对方已经不可能再有回复。

杰西卡翻了几条新闻后，摇头道："胜华的律师团队和公关团队怎么回事，都大半天了，还没个官方回复。"

律师？

杰西卡总算说了句有用的话。

路栩立刻想到了妈妈。

她从座位上弹起来，找了个没人的角落，拨通了妈妈的电话。

妈妈很快接起来，语气干脆利落："喂，您好。"

"妈，你是不是没存我号啊？"路栩反问道。

"哦，我没看来电显示。"妈妈任何时候都很忙，催促着她，"有事？说。"

"妈，你知道胜华的事吗？"

"胜华城的那个胜华？朋友圈有人转发，我没点进去看。"妈妈答道，"怎么了？"

"你现在看看嘛。"路栩灵机一动，"或者，我给你转述。"

接着，她用最快的语速跟妈妈描述了整个事件。

妈妈的声音里听不出一点感情："你概括得太慢，我已经自己点开链接看完了。你让我看这个干吗？"

"妈，你说，胜华现在应该怎么办？"

"你大中午的打电话过来，就是跟我讨论这个？"妈妈不解。

路栩称胜华是她们公司的合作伙伴，这事会影响到两边的合作。

妈妈轻轻叹了口气："你现在的职位到考虑这些的时候了吗？这应该是你们领导层考虑的事吧。"

妈妈总是能一针见血地戳到她的痛处，不过她现在没空为自己解释。

听筒里传来一阵敲键盘的声音，妈妈应该是把电话放到一边，开着免提。

路栩问："妈，你能不能帮他们打官司啊？"

听筒那边一阵沉默。路栩猜到妈妈大概很无语。

"你在开玩笑还是认真的？"

她一字一句地说："我认真的。"

果不其然，妈妈提高音量，劈头盖脸甩过来几句反问："人家这么大一个企业，能没有自己的公关团队和律师顾问吗？你到底在想什么？我一天天的有多忙，你不知道吗？"

第一次尝试不了了之。

路栩丧气地在角落里站着，对着空气踢了一脚。她看了眼时间，直接下楼打了辆车。

出租车在盛夏的烈日下疾驰，路栩满脑子都是曲修宁双眼血红的样子。尽管都是她想象中勾勒的画面，仍让她心疼。

他不过是她的同龄人，他要如何面对这些？

转而又想，曲修宁的公司有那么多人，她又算什么，在这里操这份闲心。

想法翻来覆去地变。

半小时后，路栩出现在方诚律师事务所的前台。

这是她第一次进来。以前在这里等过妈妈，不过她从来没上来过。

前台的年轻姑娘冷若冰霜，跟她妈妈如出一辙："找哪位？有预约吗？"

"我找方晴。"

"有预约吗？"

"没有，我是她……"

前台姑娘打断她："没有预约不接待，抱歉。"

这语气，一点也没有抱歉的意思。

路栩心累，见自己妈一面怎么这么难。

她尽量控制自己不翻白眼："我是她女儿。"

前台姑娘抬眼看路栩，随后打了个电话。她捂着听筒，低声讲了几句之后，跟路栩说了句："跟我来。"

态度没有任何转变。

方晴的办公室装修跟她家一样"冷静"。她正在电脑前打字，见到路栩，没有惊讶，也没有生气。

"先坐，你后面的书架上有杂志报纸。"

路栩赌气似的说："我又不是来看书的。"

方晴没有停下手里的工作，抬眼看她，挑起另一个话题："怎么瘦成这样了。"

女儿的事自然要比胜华的事更重要。

路栩搪塞说自己吃不下东西。她担惊受怕，害怕妈妈说是赵阿姨的错。还好妈妈什么都没说。

"听说你相亲了？怎么样？"

现在又不是聊这些的时候。

路栩虽不情愿，但想着自己有段时间没见妈妈了，现在又自作主张跑来，便忍着性子，大概讲了讲经过，然后说没下文了。

"虽然我跟你爸的婚姻失败了，但你还是要相信爱情，不要太封闭自己。"方晴顿了顿，话锋一转，"不过相亲还为时尚早，我就不信你连个恋爱都没法自己谈，你爸也不知道是怎么想的。"

路栩做了个深呼吸："我知道。"

方晴的视线始终在电脑屏幕上，过了一会儿，她发觉没动静了，才看了一眼路栩："还是为胜华的事？"

"嗯。"

"可真够大动干戈的。"方晴轻声哼笑了一声，"不知道的还以为胜华是你家开的公司。"

不知是不是因为妈妈的办公室太过肃静，路栩觉得自己的一举一动都很局促。

"我是不是还得感谢胜华，因为它，我才能见上我女儿一面。"

路栩忍不了，说了句："妈！"

"宛城的胜华城最近不是在停业整顿，准备重新开业吗？开业之后自然少不了宣传。这个事就是宛城本地的那家公司趁机炒作舆论，顺便告胜华一把，应该是不敢和胜华正面竞争，只能想出这些招数。这个本地公司只有一个项目叫胜华中心，宣传上却一直打的胜华的名头，这么一看，到底谁侵权还不一定呢。"

路栩着急道："那胜华现在该怎么办？"

"公关呗，还能怎么办？"方晴摊开手，"你妈我又不是公关专家，你找错人了。"

路栩走到妈妈桌前，双手合拢，用撒娇的语气说："妈，求求你了。"

方晴的表情松动了一些，随后平静地说："刚有朋友找到我，问我愿不愿意接胜华的案子。"

路栩一怔。

"怎么，不相信？"方晴笑道。

路栩是真不信："你不是说，胜华有自己的律师团队吗？"

"我也没想到，他们聘请的律师团队只负责公司治理、投融资还有合同审核，其余什么都不管。"

路栩虽然听不懂，但脸上还是露出惊喜的表情。

她不知道妈妈是怎么沉得住气的，明明平时对她很暴躁。

"他们还说，这次走专项合同，他们的法律顾问团队马上合同到期了，后续我们可以谈，包揽他们所有法律业务。"方晴顿了顿，"太紧急了，我还在考虑。"

"你还考虑什么？"

方晴往后一靠，似笑非笑地盯着她："你是不是应该先告诉我，你为什么对这事这么上心？"

"我不是说了嘛，胜华是我们的合作方……"路栩话说到一半就没了底气，不敢直视妈妈。

方晴双手抱在胸前，眼神里带着些玩味。

"我也说了，这不是你这个职位该考虑的问题。"

她觉得妈妈肯定猜到了八成，只要她交代几个字，妈妈就能把整个故事补齐。

她不再期待她和曲修宁的故事能有什么结局，可她还是想尽自己所能帮他，尽管她自己的能量很小。

妈妈办公桌上有一摞报纸，路栩心思在别处，手上无意识地折着报纸的角。

方晴摁住她的手："你跑过来，就是为了跟我干耗？"

"你就当我来做法律咨询，把我当客户，可以吗？"

"我做咨询可不是免费的。"

路栩干笑一声，手又忍不住开始搓办公桌上面铺的那层透明桌垫："其实就是……"

这次方晴没留情面，直接打掉她的手。

"妈，我可以不说吗？"

她分明看见妈妈做了个深呼吸。

她猜妈妈肯定觉得自己精明能干，怎么生出这么个唯唯诺诺的窝囊废？转而又想，她从小跟爸爸一起生活，爸爸一直都是慢吞吞、乐呵呵的，没脾气。

所以他们才会离婚。

路栩看妈妈的注意力重新回到电脑屏幕上，把自己晾在一边，终于肯说话了。

"我一个朋友在胜华工作……"

方晴抬眼，一针见血："男朋友？"

她已经不是高中生了，却还是怕被妈妈抓住什么把柄。

她赶紧否认："不是不是不是。"

"公司是他的？"方晴的语气略带嘲讽。

这个问题要怎么回答呢？

还真是。

但她不敢说。

她换上撒娇的语气："妈，现在网络舆论这么厉害，万一大众听信了谣言，出个什么问题，胜华这本土企业多可惜啊。而且我们刚跟胜华签了合约，万一他们有个三长两短，引起蝴蝶效应，没准真会波及我呢。"

还真管用。

"行了行了。"方晴竟然笑了，"我跟他们接触接触。"

"真的？"

"但是不能保证结果。"方晴打开手机备忘录，快速打了几个字，"行了，一点半了，你还上不上班了？"

"上上上。"路栩嘿嘿一笑，"谢谢妈妈。"

她正在想要不要绕过办公桌，抱着妈妈亲一口。

妈妈虽然各方面都很强硬，包括对她，但心里还是爱她的。

她正思考，方晴皱着眉："你已经工作了，怎么还穿得随随便便的？"

她低头看了看自己的穿着，一件带了些设计元素的 V 领衬衣，搭配一条宽松的休闲裤。她这套衣服是时尚博主张晚忆搭配的，简单又带了些小心机。

除了一些正式的会议，她们公司没有严格的着装要求，商务休闲即可，可妈妈律所里的人全部西装革履，也不知道这么热的天气，他们怎么出门。

面对妈妈，她感觉比面对安妮还要紧张。

还是不亲了。

她含糊过去，说自己上班要迟到了，转身就跑。

路栩回到公司，正好午休结束。

高层会议刚刚结束。

安妮召集大家，通知会议结果——跟胜华暂不解约，等胜华内部的问题解决后再议。

杰西卡挨着路栩，小声说："你中午突然丢下我们，跑去哪儿了？"

路栩实话实说："找我妈。"

"啊？"杰西卡明摆着不信，"中午咱们正聊胜华的事，你撂下筷子就跑，还以为你找你的老同学去了。"

路栩没吭声，打开打车软件的行程记录，给杰西卡看了一眼。

"好吧。"杰西卡半张着嘴，硬生生把八卦问题吞了下去。

路栩暗笑，毕竟这么说并不会让人产生什么联想。

过了一会儿，杰西卡又凑了过来："你知不知道曲总现在怎么样呀？"

路栩想到杰西卡装醉坐曲修宁的车，再想到她中午吃饭时看热闹不嫌事大的样子，突然有些烦躁。

路栩语气里带着明显的不耐烦："不知道。"

"他肯定焦头烂额的。"杰西卡撑着下巴，用食指敲着脸颊，"他们现在都没出来澄清，也不知道内部出了什么问题。"

朱迪补刀："我看你倒是有些幸灾乐祸。"

"哪有，我这是关心曲总。"

杰西卡表示自己很冤，自顾自地分析了半天，意思无非是舆论发酵，胜华一直没发声的原因就是没有公关。

"我朋友开了家公关公司，也不知道能不能帮上忙。"杰西卡转向路栩，"你不是有曲总的微信吗，推给我吧，没准还能帮到他。"

路栩学着妈妈的语气反问道："人家这么大一个企业，能没有自己的公关团队和律师顾问吗？"

当天下午，胜华就通过微博和公众号发布了官方声明。

声明表示，胜华关闭的两座胜华城属于内部经营调整，正在停业装修整顿，整顿结束后会恢复营业，希望大众不要听信谣言，对于不正当竞争的公司，他们也会用法律武器去捍卫自己的合法权益云云。

尽管跟胜华的合作并不会影响到日常工作，市场战略企划部的同事们还是很关注事情的进展。

大家给出的理由是，谁让曲总人帅心善能力强，最重要的是，人家曾经请大家吃过饭。

路栩隔三岔五就会问一问妈妈进展如何。

每次问这事之前，她总会先铺垫一番，对妈妈嘘寒问暖，无一例外被妈妈一眼看穿。

但她乐此不疲。经过这段时间，她跟妈妈的关系似乎也亲近了一点。

一开始，妈妈还会回复一些具体的内容，例如正在跟胜华高层接触，了解范围什么的。

后来，妈妈跟胜华签订了专项合同。

再后来，进展就很慢了。

妈妈经常回消息只回两句，"有消息了跟你说"或者"你不工作吗"。

七月结束，事情没有进展。

八月离去，还是老样子。

谁也没想到这件事会拖这么久。渐渐地，同事们也很少提起胜华了。

路栩再和曲修宁见到，已经是九月中旬的一个下午。

那个周末，路晓明和赵欢自驾去了外地，家里没人，路栩便没有回家。

她记得那天下了入秋后的第一场雨。她懒得做饭，随便套了件外套，缩在出租屋小区的楼下便利店里吃关东煮。

前一晚刮了很大的风，叶子全被吹落，层层叠叠，覆盖住整个地面。透过便利店的玻璃，她看到外面满地金黄，拿起手机拍了几张照片。

窗外，一个人影出现在她手机的取景框里。

跟某个人很像。

她愣了半晌，一直没摁下拍照键。怎么可能呢？曲修宁怎么可能出现在这里？她接着低头咬她的鱼子丸子。

吃完关东煮，她又忍不住掏出手机，上网查了查事情的进展。

有几条新鲜出炉的新闻。

那两家停业整顿的胜华城受舆论影响和对手打击，一直拖到今天才重新开业。至于胜华和宛城那家公司的官司，还没有报道。

又呆坐了片刻，她决定回家，然后再打电话问一下妈妈。

走到便利店门口，雨突然变大了。

她出门时看天上只飘着些雨滴，便没有带伞。

走出便利店前，熟识的店员叫住她，想借给她一把伞，她没有接："你还是留着自己用吧，我住得近。"

还好外套有帽子。

就在她准备冲进雨里时，一把撑开的伞从旁边伸了过来，罩在她头顶上。

她愣了愣，转头，就看到了撑着伞的曲修宁。

他的小臂伸在自己面前，青筋微微凸起。

曲修宁瘦了许多，眼里布满了血丝。这样的变化让他五官看起来更加立体，却更让人心疼了。

他看起来形色匆匆，像是从什么地方刚赶来。

路栩眼中闪过一丝茫然，一时分不清眼前的画面是否真实。

"好久不见。"她说出口的，竟然是这句从前她瞧不上的对白。

"好久不见。"曲修宁语气深沉，也回了句同样的话。

她突然有点怀念那个意气风发的少年，还有他那句简短的"嗨"。

初次在工作场合见他时，她提前知晓，精心补妆。

而现在，她素颜朝天，他消瘦如斯。

两个人都如此狼狈，就这么毫无准备地见了面。

她有很多话要问，却都哽在喉头，讲不出口，但从他消瘦的外形，就已经能猜出这漫长的过程里他一定很辛苦。

"你怎么会在这儿？"路栩问他。

每次话出口，都换成了另一句话。

"路过。"

这个答案很……容易让人"多想"。

"这样啊。"路栩不知该摆出什么表情，小心翼翼地试探，"公司的事……解决了吗？"

"刚解决。"曲修宁微微点头。他似乎还想说点什么，又把话咽了回去。

妈妈怎么没告诉她？

"出了事之后，公司很动荡，才解决完内部的事。"

看得出来。

"对方属于恶意诉讼，败诉了。"曲修宁脸上的表情有所松动，"但他们又上诉了。"

"那怎么办？"路栩忍不住紧张起来。

"律师说，大概率会维持原判，让我放心。"

他说的律师，大概就是路栩的妈妈，方晴女士吧。

她相信妈妈，于是心也放下了一半。

"终于结束了。"她轻声说，没有直视曲修宁的眼睛。

"你没有关注吗？"

"一开始关注了，后来……没有。"路栩笑了笑，自嘲道，"我又帮不上什么忙。"

曲修宁眼中闪过一丝失望。

这时便利店里出来一个人，他们两人堵在门口挡了路，曲修宁便伸手把路栩揽到他那边去。

待那个人顺利通过后，他及时放开手，路栩也灵活地后退了一步，跟他保持距离。

很有默契。

他们有好几个月没见了，上次分别也并没有很愉快，突然离得这么近，还是有些尴尬。

"那……我先回去了。"路栩看着脚尖说。

这句话便是告别了。

曲修宁示意她等下："伞拿着。"

路栩匆忙拒绝："不用了，我跑两步就上去了。"

"你淋雨容易发烧。"他语气坚定。

这句话让路栩愣住了。

她犹豫着接过伞柄，上面还留有他手上的温度。

分开之前，曲修宁看着路栩："你……最近好吗？"

她不敢直视他疲惫的双眼，只是点点头。

他笑了笑，说："那就好。"

他似乎还想说点什么。

他想告诉她，他不是路过这里，他是专程来的。公司危机解除，他第一时间跑过来，只是想看看她。

却无从开口。

他知道她已经不再单身，不想给她徒增烦恼。

路栩撑着伞，掌心的温度还没有散去。两个人就这么无言地站着，似乎都贪恋在同一把伞下的时刻。

高中的秋雨中，路栩假装没有带伞，没有等来那个少年。那场充满少女暗恋心思的梦，总算在多年后的这场雨里实现。

他们却都清楚，不会再有什么故事发生了，她也不会再因为淋雨发烧了。

最后，曲修宁是被一通工作电话叫走的。

电话那头似乎催得很急，他跟路栩用手势示意，边打电话边离开。

他的车就停在路边，路栩在便利店门口目送他上车。车子启动，消失在她的视线里。

没有告别，也免去了很多尴尬。

路栩回到家，刚出电梯就拨通了妈妈的电话。

妈妈很快接起来。

她歪着头，把手机夹在耳朵和肩膀之间，在玄关处换鞋："妈，胜华的案子结束了？你怎么没告诉我啊？"

妈妈反问她："谁跟你说结束了？"

妈妈总是能让她无话可说。

她硬着头皮接着问："那现在是什么进度？"

妈妈利落地说："一审判决那边败诉，属于恶意诉讼构成不正当竞争，但对方提起上诉了。终审应该会维持原判，但还没到尘埃落定那一刻，我就没跟你说。"

路栩无话反驳："好吧。"

妈妈语气确定："胜华受影响是肯定的，可能需要一段时间的品牌修复期，但时间应该不会太长，毕竟胜华的底子很扎实。"

路栩问："我看新闻上说，他们停业的那两家店也已经开了？"

"对，一审胜诉基本可以宣布危机解除了。"妈妈说，"他们跟我聊了聊，说希望我能接下以后胜华所有的法律业务，之前他们的律师团队只负责顶层规划，不负责具体执行，公司内部的规范性文件他们都不肯梳理，确实是个大问题。"

路栩脱下外套，倒在沙发上："那你怎么想的？"

"这个还需要后续跟他们曲总面谈。"

路栩一激灵，从沙发上弹起来："哪个曲总？"

"曲胜华，五十多岁，他们内部都叫他老曲总。他有个儿子是公司副总，公司里的人都叫他小曲总。"

路栩假装没兴趣："哦。"

"本来以为就是个玩票的富二代，上次见面的时候我们简单聊了一下，才知道他很厉害，英国留学回来的，跟你一般大。"

"你们还聊天了？！"路栩惊呼，随后又把语气收了收，"我是说……跟我一般大又怎么了。"

"随便聊了两句。"妈妈语气愉悦，"公司出了这么大的事，他还能保持专业冷静，一般你们这么大的孩子，没有这么稳。这小伙子倒是一点也没有纨绔子弟的架子，是真厉害。"

强者欣赏强者，妈妈语气中全是"别人家孩子"的说辞，可她一点都不嫉妒。

妈妈感叹道："我说我女儿跟你一样大，还跟个小孩似的。"

路栩无奈道，"他那么好，你认他当儿子好了。"

妈妈笑了一声："算了吧，别人家的再好，还是自己的闺女最好。"

路栩开玩笑道："好吧，我就当这句是你的真心话。"

妈妈接着跟她说："他们内部确实存在一些问题，这次出事前，他们预警机制不好，都需要调整。听说老曲总以前出过车祸，身体好像不怎么好。他嫌儿子压力太大，而且现在他有些力不从心，想找个家庭实力相当的未婚妻，帮衬一下小曲总。"

路栩没有说话，她的心里忽然空了一块。

"妈，你说他们这种家庭，怎么样才算实力相当啊？"

妈妈却不知情，顺着这个话题延伸到了她身上："别人的事这么操心干吗，你的个人问题，你考虑了吗？"

路栩哭笑不得："怎么连你也催婚？"

"恋爱可以多谈谈，又没催着你结婚。上次张晚忆她妈，你孙阿姨，看见你跟一男的在一块儿，还拍了照片问我呢，我一看，这不是赵欢那儿子嘛。"

张晚忆八卦，还真是遗传。

妈妈试探着说："我认识一风水师傅，也会看八字……"

路栩不耐烦地打断："我知道他，这都多少年了，他怎么还没失业？就靠你们爱的供养吗？"

"别胡说八道。你要是想看呢，我就让他帮你看看事业和婚姻。"

"不想看。"

路栩心烦意乱地挂了电话。她坐起来，正好正对着穿衣镜，镜子里映出真实的自己。

她早上起来只简单地洗漱了一下，没有化妆，随便在脑后绾了个马尾。外套是件松松垮垮的帽衫，底下却又穿了条颜色完全不搭的阔腿裤。

瞧瞧她现在的样子，怎么看都有些失败。

可曲修宁，他是天之骄子，他是可望而不可即的曲总，就算他眼下有困难，那也是暂时的。他的人生是可以预见的。

本就该如此，早就该如此。

她没由来地想到了高级中学以前的校花，任晋萱。不知道任晋萱现在在哪里。但曲总的择偶标准，总不会低于任晋萱那样的吧。

他有众人瞩目的过去，也会有门当户对的未来。

她到底在失落些什么？

过了两周，路栩接到张晚忆的电话，要她陪着去试婚纱。

最近她心情不佳，大概跟曲修宁的什么未婚妻有关，但她不想承认。

张晚忆到鑫苑接路栩时，赵斯然也笑嘻嘻地站在旁边。

"天仙姐姐，恭喜结婚。"

张晚忆的整张脸都皱起来："他不会也要去吧？"

赵斯然脸皮厚，他才不会在意张晚忆的态度："天仙姐姐，就让我看看嘛，我也想坐坐 MINI COOPER（迷你库珀），我也想看漂亮新娘子。"

路栩差点就吐了。

张晚忆无奈，对于任何赞美她的人，她都会变得温柔美丽大方。反正多一个人也多个参谋，她大手一挥："上来吧。"

去的路上，路栩始终一副有心事的样子，看着车窗外。

张晚忆问她："你还好吧？"

"没什么，最近工作有点忙。"路栩收回目光，"韩硕怎么没来？"

张晚忆回答："我有 first look（婚礼前新郎不能看到婚纱）环节，不能让他看到。"

"哦。"路栩接着看窗外。

张晚忆看了眼她的脸色，试图挑起话题："有个事，我不知道该不该跟你说。"

路栩反应不大，倒是赵斯然，一脸八卦相。

路栩回头看了一眼赵斯然，说道："说吧，没事。"

"曲修宁喜欢你，你知道吗？"

路栩低头，不知在想什么。

赵斯然听到这么劲爆的八卦，直接把耳朵凑上前来，语气抑制不住地兴奋起来："谁是曲修宁？曲修宁是谁？"

张晚忆接着说："我也不知道他是什么时候起的心思。他前段时间跑到我工作室，别别扭扭地塞给我两份礼物，明里暗里提示半天，就是想让我给你。结果我打开一看，你说他怎么这么瞎啊，居然买你们公司的产品。"

路栩猛地看向张晚忆。

"什么时候的事？"

"两个月前还是三个月前？我记不清了。"张晚忆想了想，没想起来，"他那天在街上看见你跟你那倒霉弟弟，还以为你有男朋友了，才跑来问我的。"

倒霉弟弟？

赵斯然意识到是在说自己之后，提醒道："天仙姐姐，我人就在这儿呢。"

路栩的心却倏地空落落的，原来几个月前他们姐弟俩看到的那辆迈巴赫，真的是曲修宁的。

张晚忆不耐烦地说："安静点，大人说话小孩别插嘴。"

一物降一物，赵斯然立马安静了。

"你说你们俩，怎么就完美错开了呢？你上学时喜欢他，他不喜欢你，你现在不喜欢他了呢，他又喜欢你。"张晚忆摇了摇头，语气里都是遗憾，"孽缘啊。"

路栩从余光里看到赵斯然张大了嘴巴，仿佛知晓了什么天大的秘密。

她不动声色地问："你跟他怎么说的？"

"你现在又不喜欢他，我就说我不知道。我也没说那就是你弟，如果你也有意思，再聊呗。"张晚忆顿了顿，"结果没过多久，他们公司就出事了，我也没上赶着去问。"

路栩心里一阵苦涩。

张晚忆看她半晌没说话，便追问："你现在是什么想法？"

赵斯然也着急地等着她的答案。

"他们家要给他找个家世相当的对象结婚。"她假装平静，吸了一口气，"我们本来就没什么可能。"

"啊……"张晚忆的声音弱下去，没有再继续这个话题。

遥远的暗恋，注定抓不住。

那家婚纱店是安城唯一一家拿到正版 Vera Wang 婚纱授权的店铺。

一进店里，就有宜人的温度和香气，四周挂着各式各样的婚纱和礼服。工作人员笑脸相迎，送上茶水和甜点。

张晚忆提前预约过了，店员已经为她准备好了要试穿的款式。

在一个弧形的帘子后面，有两位工作人员帮她试穿。路栩和赵斯然坐在外面的沙发上等她。

婚纱店的一名工作人员走到路栩面前："您好，您贵姓？"

"免贵姓路。"路栩瞥了一眼她胸前的工作牌，是店长。

"路小姐，你好漂亮，男朋友好帅气。"店长语气亲昵，同样的话不知说了多少遍，"您要不要也试一两件？"

路栩摇头："不用了，谢谢。我是来陪朋友的。"

店长礼貌退到一边。

赵斯然小声说："她是不是以为咱俩是一对？"

路栩翻了个白眼："我配你绰绰有余。"

弧形帘子被拉开。张晚忆试的第一件是缎面抹胸婚纱，她个子高挑，身材纤细，穿上婚纱很漂亮，但她自己不太满意。

"好像有点撑不起场子。"张晚忆苦恼。

路栩站起来，同意道："这件适合户外婚礼，你在室内办，宾客也多，得穿件重工而且够闪的。"

赵斯然茫然地望着她们俩，完全听不懂，他挑不出任何毛病。

他当然不会懂缎面和纱面有什么区别，他将来在自己的婚礼上没准会穿成海贼王。

店长及时走过来："我们的重工婚纱都在二楼，张小姐您先换下这件，我们带您去二楼挑。"

张晚忆换下抹胸婚纱，套了件店里准备的浴袍。

店员正要收好婚纱，张晚忆突然定定地看着路栩："要不，你试试这件？"

路栩正要拒绝，店长已经过来挽着她的胳膊了。

"女孩子的梦想都是穿婚纱，只有上身试了，才能看出真正的效果。"

店长拉着她换了拖鞋，"我们不是逼着您下单，就是想完成您一个梦想，让您男朋友也帮忙参谋参谋……"

路栩稀里糊涂就被推进了弧形帘子里。

婚纱里有裙撑，自己没法穿。两个店员扶着她的手，让她踩进婚纱中间，然后帮她把婚纱提上来，绑上背后的带子。

她不太习惯被人这么热情地围着，更何况是帮她穿脱衣服。

"你真瘦。"其中一个店员笑眯眯地说，"带子要绑紧一点，不然容易掉下来。"

说话的店员是个个子很小的女孩子，力气却大得惊人。她在路栩背后猛地将带子抽紧，路栩一个趔趄，差点被拽倒在地上。

店员手脚麻利地帮她盘了个简单的丸子头，最后，往她手里塞了一捧鲜花。

她抬起头，认认真真地看着镜子里的自己，这就是她穿婚纱的样子吗？

她很适合缎面婚纱，这件婚纱能很好地显现出她漂亮的颈部线条和锁骨。

两个店员不住地点头称赞。她终于理解为什么穿上婚纱的人都忍不住热泪盈眶了。

她流连在镜子前，才明白原来幸福是这么让人恋恋不舍。

"我拉开帘子啰。"

店员拉开弧形帘子。

婚纱很重，路栩艰难地转身。

"人靠衣服马靠鞍，还真是……"赵斯然啧啧道，试图从他贫瘠的大脑里搜刮出一点美好的形容词。

门口有一对刚进来的顾客，女人看到路栩身上的抹胸婚纱，回头拉了拉身边的男人："你觉得那种缎面的怎么样？"

那瞬间，路栩恍了神。

怎么会在这里遇到曲修宁？他为什么会来这里？

他身边的年轻女人精致漂亮，从头到脚都是名牌。而他，身材挺阔，恢复了以前的精神。

门当户对，这大概就是门当户对吧。

看到路栩的表情，赵斯然也转过身去。尽管比学生时期要成熟一些，他还是一眼认出了曲修宁就是路栩藏起来的照片上那个人。

曲修宁明显愣住了，但很快就调整过来。他似笑非笑地对路栩点了点头，算是打过招呼，之后便打开店门，匆匆离开。

有点像逃。

女人看他离开，回头看了眼路栩，表情疑惑，随后跟了出去。

他一定以为她要结婚了。

不是这样的，不是这样的！

路栩如大梦初醒，提起笨重的裙摆朝门口冲过去。

为什么偏偏让他在这个时候看见她？！

路栩慌慌张张，满头大汗，像个落跑的新娘，又差点绊倒，可他早就消失在视线中。

店长惊呼一声，过去拉住路栩："路女士！"

赵斯然也跟过来："姐，你要干吗啊？"

他这一声喊出来，几个店员都石化了，人物关系太复杂，她们理不过来了。

"我就是想告诉他，我没有结婚，这身婚纱不是我的，我只不过试试而已。"路栩顿觉缺氧，缓了片刻，才觉得自己能正常呼吸。

"他知道了又能怎样呢？"赵斯然用力握着她的手腕，语气认真，"你不是说，你们本来就没可能吗？"

她泄气地站着。

是啊，他知道了又能怎么样呢？二十五岁提起自己高中时暗恋的男生，别人大概会让她醒醒。

她冷静下来，还是陪张晚忆试完了婚纱。

她换回自己的衣服，全程没再提这事。

这一刻她终于明白，穿着婚纱的路栩和穿着校服的路栩并没有什么两样。

十七岁的那道坎，她迈了整整七年，还是没能迈过去。

一个月后，法院作出终审判决，驳回上诉，维持原判。

宛城的那家公司属于恶意诉讼，不仅要停止使用"胜华中心"进行宣传，还要公开道歉，赔偿经济损失及合理支出三千万元。

胜华趁着终审判决刚出来，又发表了一篇官方声明，阐述了整件事情的始末，希望消费者能对胜华有信心。

胜华的事情终于尘埃落定。

终审结果出来那天，天气晴朗，是安城入秋后少有的好天气。

胜华办公楼里充满久违的轻松氛围，同事们起哄，要曲修宁请客。

老马提议："曲总，你不是说过要带我们去清峪口露营嘛，最近银杏正好看呢，这周再不去，可真要变冷了。"

这都过去多久了。

曲修宁一怔，想了片刻，不想扫大家的兴，还是点点头。

大家都欢呼起来。

曲修宁进了自己的办公室，打了个电话给方晴，邀请她参加他们内部的活动。

方晴声音干脆："你好，曲总。"

"方律，不知道您这周末有时间吗？您这次帮了大忙，我们这周末要去清峪口露营，想请您和方诚的同事们一起去。"

方晴顿了顿："清峪口……是仰望星空营地吗？"

曲修宁回答："没错，您知道那里？"

"嗯，你们去吧，我就不去了。"方晴推托，"你们年轻人才能玩到一起。"

曲修宁一再邀请。

方晴顿了顿，最终坦诚道："小曲总，谢谢你的好意。我跟你说实话吧，这个露营地是我前夫跟朋友合伙开的，我……还是不去比较好。"

曲修宁握着手机，身体瞬间僵住。

方晴说，这个露营地是她前夫开的。老马曾经说过，这个露营地是路栩的爸爸开的……

所以，方晴其实是路栩的妈妈？！

刹那间，像是有一条无形的线，把过去的记忆碎片一一串了起来。

"好的，方律。"曲修宁的舌头好像打结了一样，"我先不打扰您了。"

挂掉电话，他觉得有些不真实。

秋日的阳光洒满了整个办公室，他站在桌前，只觉得太阳穴附近有根筋在有节奏地跳动。

当初胜华出事的时候，胜华现有的律师团队不愿意处理这些具体事务，事态紧急，方晴是第一个主动上门来面谈的。

方律曾经提过，她女儿有朋友在胜华工作，所以专门去求她一定要代理胜华的案子。

是路栩。

她为什么要帮他？他想，答案他已经知道。

他打电话给张晚忆，直截了当地问路栩到底有没有男朋友。

张晚忆在电话那头沉默着。

"你先说说你那天去陪人试婚纱是怎么回事。"她指的是在婚纱店遇见那天。

曲修宁整个手掌覆住脑门："那是我表姐。"

是大爷爷家大女儿的女儿……算了，这不重要。

"你们两个……算了，我跟你说实话吧。"她的声音里充满了不确定，"我本来想跟你开个玩笑的，没想到玩笑开大了。路栩还是单身，你看到跟她在一起的那个男生是她弟。"

"你确定？"

"千真万确。"赵斯然那厮，她还是认得出的。

剩下的话，他要自己问路栩。

他跟张晚忆要了路栩家的地址，直奔而去。

路栩接到妈妈的电话时已是傍晚，她刚下班回到家。

冬天白昼越来越短，这个时候天已经黑了。

妈妈跟她说了胜华案子终审结果出来的事，她颓然地站在窗前，望着外面的繁华夜景，兴趣缺缺。

妈妈有些诧异："没别的问题了？"

"没了。"

"之前你不是挺关心的吗，怎么有结果了又态度变了？"

她听到自己冰冷的声音："这不是结束了嘛。"

"也是。"妈妈爽快承认，但也听出了她的异样，"你没事吧？"

"没事，挂了。"

尘埃落定了。

挂掉电话后，她翻箱倒柜，找出单反相机。

那个相机爸爸早就送给了她，不过很久没有碰过了。里面也没几张新照片，大多数照片还是高三时拍的。

里面有一段尘封许久的视频，她从来没打开看过。

她犹豫片刻，点开那段视频。

镜头对准水泥地几秒后，安城一中天台的景色出现在她面前，夏天闷热的空气似乎也扑面而来。

镜头摇摇晃晃的，带着她走入记忆中。

过了一会儿，张晚忆费尽心思，现在看着有些土气的鬈发先入镜，之后就是她十八岁的脸。

脸颊通红，还有点泛油，鼻头上布着细细密密的汗珠，少女举着相机，努力让自己和远处的少年同框。

时隔七年，当时那种酸涩的心情，她仍然能够体会得到。

镜头里的少年走远。

"就这样吧。"

就这样吧。这些年劝过自己的那些话，真的该兑现了。

她摁下删除键。

就在屏幕上提示"是否确定删除"时，门铃响了。

很急促。

她起身，趴在猫眼上，能看出门外人的轮廓，却看不清是谁。她摸到手机，正准备拨物业电话——

"是我。"

路栩浑身一激灵，那个声音再熟悉不过。

她缓缓打开门，曲修宁就站在眼前。

楼道的灯坏了，房间里也没有开灯，借着不知从哪里来的一点点光线，他深深地盯着她。

眼里的光，仿佛来自十七岁的少年。

他曾经来过两次，两次都在楼下，欲言又止。

他不想让误会再成为阻隔，也不想再听什么借口。

路栩仰头看着他。

"为什么帮我？"黑暗中，他声音低沉，眼里像闪着什么一般，湿漉漉的。

路栩问："你喝醉了吗？"

可他身上并没有酒气。

他又一次问："为什么帮我？"

"你在说什么？"路栩低着头说。

"是你让方律师帮我的，对吗？"

路栩没有说话。

"你不喜欢我，为什么要帮我？"

曲修宁又往前走了一步，顺手关上了门。

路栩往后退，抬眼道："我没——"

在一片黑暗中，突然间，她被抵在门上，身子一软。

曲修宁的气息铺天盖地覆了上来，毫不留情地堵住了她的借口。

他不想再听解释了，他也不需要再听解释。

/ 第十一章 /

兜兜转转到你身边

黑暗之中，周围安静极了，只剩下两个人的呼吸声。

路栩觉得自己大概是疯了。

他们连手都没有牵过，第一次亲密接触，竟然是接吻。

但她没有挣脱，也不想挣脱。

他们急切地吻着，没有任何技巧。

不知过了多久，路栩有点站不住了，身子一斜，肩膀碰到客厅灯的开关，周围一下子亮起来。

橘色的灯光洒在他们身上，他们就这样面对面站着。

曲修宁松开她。她睁开眼，没有抬头，也没有低头，就那么盯着曲修宁胸口的位置。

仿佛这样，时间就可以静止。

他大衣里是件质感很好的羊毛衫，领口处露出衬衫的领子，刚才接吻的时候，她的下巴触到了他的衬衫衣领，柔软又温暖。

"你不打算看我了吗？"曲修宁问她。

她仰起头，迎上他的视线。

"你来干吗？"

曲修宁表情认真："来拿我的东西。"

她疑惑。

曲修宁环视整个屋子，她家的客厅很小，一眼就能看完。最后，他的视线落在玄关处那把黑色雨伞上。

"你拿了我的伞。"

她倔强地盯着他的眼睛："那你拿走好了。"

明明是他自己给的，又上门来要。

明明是来拿伞的，不知怎么就亲上了。

"这些年我一直习惯随身带把伞。"曲修宁表情认真，"你知道为什么吗？"

路栩摇摇头，想起些什么，又点点头。

"我怕哪天遇到你，又正好是雨天，怕你淋雨。"

她以为曲修宁是看到现在的她才有了心思，没想到他早就动了心。

这把伞，来得一点也不迟。

曲修宁接着问她："是你让方律师代理我们的案子，对吗？"

路栩点头。

"方律师是你妈妈，对吗？"

她又点点头。

"为什么？"

也许是因为害羞，两个人都知道的答案，她反而不好意思说出来："我乐意。"

曲修宁被她逗笑。

一个吻结束，她没有推开他，就已经说明了一切。他也不用急吼吼地刨根问底，非得从她嘴里要个答案出来。

反正来日方长。

曲修宁轻抚她的头发，软软的，毛茸茸的。

"我很想你。"他顺势把她搂进怀里。

路栩的脸埋进他的衣服中，发出一声可爱的、龇龇的"嗯"。

他轻轻点头："有时会想到我们第一次见面的场景，想到我们一起在老章头办公室里做题，聊一些没边际的话，还会想到一起在天台上看校庆演出……"

路栩紧紧靠着他的胸膛，听见他有力的心跳声。

那些场景，也如同电影一样在眼前播放。

"那时候真的很好，我经常想，如果时间能停在十七八岁的时候就好了。"

十七八岁是很美好，但年少时想得太多，看得太少，喜欢胡思乱想，总觉得自己什么都懂。

相比那时候，路栩更喜欢长大后的自己，更自信，更自我。

路栩问："现在不好吗？"

曲修宁语气颓然："现在……我已经不是以前的那个我了。"

家里出事，公司出事，外界不看好，确实狠狠挫了他的锐气。

他苦笑道："有时候我都在想，为什么只有我这么倒霉？可根本没人会理解。"

他是高高在上的天之骄子，接二连三的意外，外人看不到，更无法理解。在别人看来，他拥有一切，他的痛苦就不算痛苦。

可这有什么关系？

以前的曲修宁，想要自由，不想活在别人的期待里。

他高高在上，他遥不可及。

可人生在世，总有羁绊，什么都要经历。

现在的他，才更真实。

"这几年我家里出的那些事，我从来没跟任何人说过。"他抬眼望着路栩，眼眶红红的。

他只对路栩一个人讲过。

路栩望着他，有个大胆的念头在跳动。

她突然很想抱住他，然后无所顾忌地亲他。

去她的理智，她只想像个成年人一样尽情表达她的感情。她已经二十五岁了，可以为自己的任何决定负责。

路栩踮起脚，搂住曲修宁的脖子，用力吻着他，然后手慢慢摸到他的外套边缘。

曲修宁猜出她要做什么，他艰难地放开她，扳着她的肩膀，沉重地喘气："路栩，我不是来……"

路栩打断他："我知道。"

她眸子明亮，盯着面前的少年，她都知道，但她确定自己要做什么。

她不是早有预谋，她是一时兴起，但她知道，无论怎样她都不会后悔。

她主动捧住曲修宁的脸，在他唇上啄了一下。她没有喝酒，此时却有一点醉意。

路栩的肩膀又蹭到了那个开关，客厅重新回归黑暗。

他们都默契地没开灯，也没有说话。

她脑中飘过一个念头，完了，不能好好做同学了。

随即又把这个念头抛之脑后，反正她也没想跟他好好做同学。

她不知道应该怎么做，她只知道，暗恋的酸涩她不想再经历，说不出口的纠结也暂时抛到一旁。还有那些乖乖女的条条框框，不遵守也罢。她好像从没有如此大胆过。

路栩的沙发很小，她自己平时甚至都不能恣意地躺直，此刻却承载了两个人的重量。在美国的那段恋爱经历短暂无趣，她没有这方面的经验。

黑暗中，他们生涩又疼痛地痴缠。

可路栩的愉悦却大大盖过了疼痛。

她曾难过无法走出那段没有结果的感情，却又在七年之后亲自尝到它的美妙。

那种感觉真的很奇妙，跟一个连手都没拉过的人突然跳过所有步骤，直接到肌肤之亲，她却一点也不觉得陌生。

她盯着天花板，只觉得这一天来得太晚了。

第二天早上，路栩是自然醒的。

房间里窗帘拉得严实，一片漆黑。

她分不清现在是几点，在床头摸了半天，没摸到手机，却触到坚实的小臂。枕边的男人翻了个身，背对着她，却没被她的动静弄醒。

大脑宕机了片刻之后，她终于想起昨晚发生了什么。

她不记得自己是怎么跑到床上来的，只记得最后睁眼的时候她疲惫至极，没力气说话，就在沙发上睡了过去。

身边的曲修宁也一样，睡得很沉。

头有点重，但四肢却很舒展，没有平时上班前的那种倦怠感。之后她的大脑才终于回到现实世界，想起今天是工作日。

路栩拿到手机，打开一看，正好是早上八点。

这是她唯一一次没上闹钟还能准时起床。

她起床洗漱的一系列动作都没能吵醒曲修宁。什么都收拾好后，她站在卧室门口看了一会儿，看到曲修宁若隐若现的臂膀时，怎么看都觉得不真实。

她的床上第一次多了一个人，她回头看仍旧不习惯。

要不要叫醒他呢？叫醒后要说点什么？她思考着。

她站了半晌，还是没思考出答案。

最后她做了个决定，跑。

她穿好外套，轻轻关上门。

上班路上，路栩的心还是忍不住狂跳。

把曲修宁就那么丢在自己家，实在不算上策，可她想不出更好的办法。

轻声叫他起来，然后说"亲爱的我要上班去了"？太难为情，她可说不出口。

路栩在办公室里坐立难安。同事的眼神只是扫过她，她都会觉得心虚。早上安妮还特意叫她和朱迪进办公室聊了聊胜华后续合作的事宜，她一度觉得安妮看出来她跟曲总睡了。

最后，她给张晚忆发了条微信。

她丢了几个字过去，她敢肯定，这爆炸性的新闻绝对会让张晚忆惊掉下巴。

张晚忆平时把晚睡晚起贯彻到底，在国内过着美国的生物钟。

路栩本以为这个时间点她在补眠，结果不到两秒，张晚忆的消息就回了过来，一副吃瓜相。

果不其然，张晚忆发了一连串的感叹号和问号，外加几条长语音。

手机一时间振得停不下来。

越忙乱越容易出错。

路栩本打算语音转文字，不料摁错，张晚忆夸张的声音公放了出来。

"天哪，快给我详细说说！我要所！有！细！节！"

一时间，办公室里所有人都看向路栩。

路栩对同事们含糊其词，说自己在跟朋友讨论最新上映的电影。

应付完同事，她手忙脚乱地给张晚忆回消息：你还想要什么细节？

张晚忆急不可耐，直接打了语音电话过来。

路栩怕被别人听到，赶紧摁断电话。在办公室打电话不安全，办公区旁边的区域也不行。

纠结了一会儿，她鬼鬼祟祟地跑到楼下花坛边才回拨过去。

一接通，张晚忆就对她劈头盖脸地一顿输出："你到底在想什么啊？谁要那方面细节啊？！不过，你要想说也行。"

"那你想要什么细节？"她别扭地问。

张晚忆急得嘴被烫了一样："你们俩是怎么突然就……"

路栩跟她把前一天发生的事大概说了一遍。

张晚忆吃吃笑了两声："我以为他只是跑去跟你表白了，没想到你俩进展这么快。"

"你知道？"

"不然他怎么知道你家楼层和门牌号？"张晚忆说，"你就庆幸吧，如果你没搬出来住，昨晚的一切就不会发生了。"

还真是。

路栩陷入沉思。

张晚忆追问："对曲总的服务还满意吗？"

路栩装傻充愣："啊？"

其实仔细回想，说实话，第一次的体验还……挺好的。他很温柔，也足够尊重她，但她说不出口。

"你跟韩硕也这么直白？"

"当然了，我们还要互相点评呢。"张晚忆回得理所当然，"曲修宁人呢？"

路栩用脚来回踢着花坛的边缘，声音没底气："不知道，我走的时候他还在睡。"

"啊？你把人家扔家里了？"张晚忆愣了片刻，随即哈哈大笑。

路栩心里却生出忐忑。

回到办公室，路栩点开曲修宁的头像。快中午十二点了，他也该醒了吧，怎么一点动静都没有？

她死死盯着他们两个人的对话框。

虽然是她跑掉在先，可是这人什么都不打算说吗？就算发个"昨晚很愉快"也行啊。

她用下巴抵着手机，等了一会儿，还是没有任何动静。要不给他发个红包，感谢一下他？

曲修宁很久没有睡过这么安稳的觉了。

他甚至连梦都没做，一觉到天亮。

他醒来时，周围是完全陌生的环境。他只记得，他在跟路栩说话时，路栩没有应声，已经睡过去了。他抱着路栩，她像只安静的小猫，温热的气息弄得他肩头痒痒的。

他一路摸黑走到卧室，轻轻把路栩放到床上，又动作轻缓地给她拉上被子。

尽管身心疲惫，他还是用了很久才入睡。公司那一大摊子事总算是尘埃落定，而路栩，也真真实实地躺在他身侧。

他总觉得有些不真实，好像所有好运气突然一下子聚到身边。他害怕这一切又会悄无声息地溜走。

胡思乱想过后，他不知几点才睡着。

曲修宁起身，只觉得嗓子干痒。安城秋冬的天气干燥，他平时住的房子里有空气自动调节系统，常年保持恒温恒湿，很少有这种体验。

他偏头，发现身边空空荡荡，路栩不知什么时候已经起床了。他叫了路栩的名字，发现没人应声。

没打声招呼就走了？

曲修宁看了眼手机，已经接近中午十二点。他这一觉睡得可真够久的。

手机上也没有路栩的消息。她连个字条都没留，微信也不发，那昨天晚上算怎么回事？

他摩挲着手机，没想好要发点什么。

他索性先起床，从餐桌上拿了瓶矿泉水，一口气灌了大半瓶。

他实在是太渴了，不仅仅是因为天气，还有……前一晚的某些原因。

手机突然振了一下，有新消息提示。

曲修宁打开手机，发现他收到五百块的转账，来自路栩。

等了大概有一刻钟，除了这条转账信息，路栩没有再发任何消息。

曲修宁对自己产生了怀疑。

他小心翼翼地发了个"？"过去。

几分钟后。

路栩：你醒啦。

他当然醒了！

扔下他就跑，还若无其事地发这么一句话。曲修宁盯着手机，生出了些报复心理，点了收款。

他在路栩的小房子里转了一圈。

一室一厅，小小的，被路栩布置得很温馨。

电视柜上放了些相框。有路栩和方律师的合影，还有路栩和现在家人的合影。他在四个人中认出了赵斯然，他笑着摇摇头，自己怎么会蠢到把赵斯然错当成路栩的男朋友。

他躺在自己空荡荡的房子里，时常不知道该做些什么，在这个小小的房间里，他却新奇地走着看看，心里暖暖的，好像很容易就被填满。

电视柜旁边是书柜，书柜满满当当，里面的书按不同体裁分门别类摆放。

曲修宁看到一本熟悉的书，《树上的男爵》。他从书柜中抽出，不料，从里面掉出两张照片来。

他弯腰捡起，发现两张照片中的人都是他。

一张是他跟家人去芬兰拍的，曾经班里办板报，要每个人交一张生活照，这张照片是他随便选的。

后来辗转搬教室，很多人的照片都找不到了，他以为他的照片也丢了，从未在意过。没想到，一直在路栩手里。

另一张是他穿着校服，只有侧脸，眼睛不知在看哪里。这张照片他从来没见过。从照片的背景看，似乎在老城区。他仔细辨认了半天，才断定这是安城一中的天台。

他们只成功上去过一次天台，就是学校百年校庆的时候。

那天的记忆冲破时间，逐渐清晰。他记得路栩为了给张晚忆拍 Allen，在上课时间跑到天台上，还专门带了单反相机。

单反相机……他的余光好像瞥到了什么。

路栩的单反相机就躺在茶几上。

一种奇怪的预感驱使着他打开了相机。

里面是路栩藏了七年的秘密。

相机里有很多校庆当天的照片，光是 Allen 的表演就拍了不下两百张。

接着是天台的景色，还有……那张他的侧脸。

原来这张照片是路栩偷拍的。当时他怎么就完全没注意到？

接着就跳到了毕业典礼那天。

大多数照片里都没有路栩自己，她是掌镜的，躲在相机背后，记录下了高三最后的美好时光。

然后他翻到了那张多人合影，有邹铭琦、韩硕、张晚忆、吴清睿，还有很多其他人，也有他们俩。路栩偏过头，看着他。只看着他。

那一眼，恍如隔世。

再往后翻，基本都是同学们的照片了。曲修宁正准备点返回键，突然翻到一段视频。

视频是自动播放的。

女孩的声音随着场景的变化，记录下 2013 年安城一中的样子，学校天台、教学楼、行政楼，最后……镜头中出现了他自己。

直到镜头翻转，路栩举着相机，努力让自己和他同框。

"他走了。"

"就这样吧。"

他沉默着，像是有东西堵在胸口一般，有点难受，也有点心疼。

他已经不记得当时在校门口做什么。如果当时他回头看一眼，发现了行政楼下的女生，是不是故事从当时就会改写？

从一句话，到一本书，一张照片，最后到一段视频，这些零零碎碎的片段，串起了一个女孩的少女时代，而唯一的线索，就是他。

这些东西像是一份珍贵的礼物，七年前就包装好，而时至今日他才打开，让他知道，他傲人的学生时代，有人替他好好珍藏着。

下午下班，路栩第一时间冲出了写字楼。她不知道曲修宁在哪儿，但一整天都没有联系，她还是想尽快回家看看。

不承想，曲修宁就在楼下等她。

他松松垮垮地站在路边，余晖拂过他的脸庞，整个人像是被描了一圈金色的轮廓。

路栩恍神，这像极了他们第一次见面的场景。

回过神来，她赶紧扯着曲修宁的胳膊，快走了一段路。

"怎么了？"

路栩紧张地回头："我怕被同事看见。"

"你这么紧张干吗，我就这么见不得人？"

"不是。"路栩急着为自己辩解，"我只是不想让他们在背后八卦。"

拐了个弯，路栩松开手，两个人放慢速度。

她顿觉难堪。他们已经一起走了好几分钟，却都没提起昨晚的事……

他收了转账的钱却没任何回复，这让她心里有点发毛，但总不能不开口。

路栩先问他："你今天怎么过的？"

"在你家过的。"

"你哪儿也没去？"

曲修宁点点头。

"那你现在要去哪儿？"

"跟你回家。"

曲修宁反客为主："今天为什么跑？"

路栩心虚道："我哪有跑，我是去上班。"

"去上班为什么不叫醒我？"

"谁让你睡得那么死。"

曲修宁接着问："转账是什么意思？"

什么意思，你都收了还好意思问我什么意思。

路栩回答他："就是犒劳犒劳你的意思。"

这个答案颇有深意，曲修宁一时没反应过来："嗯？"

"表彰你，让你吃点好的，再接再厉，行了吧。"路栩说了些不着边际的话，又逃走。

曲修宁眉头一皱，这是话里有话啊。

曲修宁追上她，说："我看到那段视频了。"

路栩忽然停下，看着他。

她想起前一天准备删除的视频，因为曲修宁的到来，她把相机随手放在了茶几上。

那些她撒过的谎，她做过的蠢事，那些天知地知我知而已的秘密，就这样被男主角揭开。不敢回首的秘密，就像伤疤，揭开的时候还有些灼痛。

"你、你看完了？"

曲修宁点点头。

路栩垂下眼睛："那你应该知道了，我有很多话都是骗你的。"

比如，她带了伞却谎称没带伞。比如，她伪装成群发消息的短信。

"那时候的我很讨厌吧？"

曲修宁摇了摇头。

"我没有亲戚家的孩子要上安城一中，我那样做只是想要你的QQ号。还有那天下雨，你跟任晋萱走了，看到你发短信问我，我撒谎说没带伞，想着你会不会来接我，哪怕一起淋雨也行……"她声音很小，"这些不过都是因为我当时喜欢你。可能爱让人盲目，喜欢一个人，真的会让人有一些奇怪的举动吧。"

曲修宁拥她进怀里，轻拍着她的后背。

路栩的脑袋抵着他的胸口。

"我也骗了你。"曲修宁用脸颊蹭了蹭她的头顶，"那年过年的短信，我其实也不是群发的，我只发给了你一个人。"

路栩抬头看着他，一脸错愕。

她十八岁的生日愿望，原来那么早就实现了。

"还有什么两个前女友，也是我瞎编的。"

曲修宁接着说："还有跟任晋萱，我们其实什么都没有。别人说我去P大是为了她，其实……我是博有没有一点可能，能在P大遇见你。"

"可惜我不争气。"路栩轻轻笑道，"没考上P大。"

"你没去P大，甚至连北京都没去，直接去了上海，也没有联系方式。我当时以为，我们可能就这样了，才又申请了出国。"

路栩难为情地问他："你是什么时候……喜欢我的？"

"那时候日子过得稀里糊涂的，我也记不清了。可能是看你们逃课跑去吃狮子头的时候吧，当时我就想，你肯定是个很有意思的人。"曲修宁有些不好意思，"去邹铭琦家放书那天，我们俩在学校门口喝饮料，我那时候忽然觉得，跟你站在一起真的很好。"

路栩记得那天。

"在英国的时候，有一天在学校里，我上了一栋之前从没上去过的楼，那栋楼的楼梯跟一中特别像，走到尽头，竟然也有一扇门用铁丝锁着。那天我突然很想你，但是我知道你已经在美国了。想起我在昏暗的灯光下叫住你，说再聊'两块钱'的，我当时很怕你会走，结果你留下来了，还坐在了我身边。我费劲地套你的话，想知道你到底会去哪里。你知道吗？我那天甚至有冲动直接坐飞机去找你，结果当天就知道我妈生病了。"

他认真盯着路栩："妈妈病情稳定后，我有一段时间都在国内，那时候是寒假，我就想，会不会你也回了国，会不会某天在街上碰见你。如果遇见了我一定要跟你说，我一直都很想你，还有以前的这些事，不管你是什么想法。后来家里又接二连三地出事，我回国，进公司……结果一晃就是这么多年。"

一晃这么多年，兜兜转转，拉拉扯扯，来来回回，终于可以把所有的话都摊开来讲。

不用费尽心机，也不用满心苦涩。

原来他们曾经互相喜欢，却互不知晓。

原来她的青春不是"就这样吧"。

昔日的少年抱着她，语气认真："喜欢我这句话如果真的很难说出口，那就换我来说。"

/ 第十二章 /

有人爱了你这么多年

听到曲修宁的表白，路栩愣了一下。

她从未知晓他少年时代的内心，她以为他对她没有感情，却不知在很早以前，她就成了上天眷顾的幸运儿。

尽管他把他所有心意都摊开说出来，可最重要的那句话来的时候，她还是觉得有些不真实。

"我前段时间回学校看过。"曲修宁说。

路栩也是，但她还没开口，曲修宁就又接着讲述。

"是儿童节那天。"曲修宁突然准确地想起了日期，"其实我们内部做儿童节企划已经做了很久了，但企划部不是我直管的，就没怎么在意。结果那天行政部门在公司内部做了六一专题活动，我突然想起来，我们毕业典礼的时间好像就是儿童节。那天下班，我直接跑去了学校门口，但保安没让我进。"

路栩一激灵："我那天也去了，也是下午去的。"

真的是巧。

"毕业典礼那天，我在天台待了很久，你都没有来。那天没遇到你，前些天也没遇见你。"曲修宁握住她的手，拇指摩挲着她的掌心，"如果早点遇见你，我们也许就不用等那么久了。"

对她来说，七年已经够久了，这几个月不算久。

曲修宁问她："所以，你愿不愿意……做我女朋友？"

路栩低着头，心里感慨万千。她想说愿意，可是一开口她就会哭。

曲修宁绕到她面前，歪着头看她脸上的表情："我猜答案大概是可以吧？"

路栩用力地点点头。

他拉着她："走！带我女朋友吃好吃的去。"

在路上，路栩望着天，说了句："也不知道今年什么时候下雪。"

"下雪有什么好的。"曲修宁不知被踩到了哪条神经，"我最讨厌下雪。"

"你怕冷啊？"

"不是。"

路栩不懂为什么有人不喜欢下雪，她追着问："那为什么？你在下雪天滑倒过？冻伤过？打雪仗打不过别人？下雪天多浪漫啊，你记得吗，咱们都说世界末日那天，下了好大的雪。"

她不知道，她精准踩上了曲修宁的雷区。

曲修宁心想，浪漫你个头，邹铭琦也在那个下雪天出现过你知不知道？

曲修宁闷声扯着她的手放进自己的大衣口袋。

新晋情侣，还不知道怎么好好相处。他抓着自己的手往口袋里这么一放，好像两个人真的就亲近起来了。路栩的脸倏地红了，也不再追问他为什么讨厌下雪天。

讨厌就讨厌吧，不影响他俩谈恋爱就行。

还真是奇怪，急吼吼确认了关系的是他们，同床共枕了一晚的也是他们，那时候她怎么就没发现在这么害羞呢？

她低头看了好多次曲修宁的大衣口袋。

"你老看我的衣服干吗？"

糟糕，被抓包了。她还以为他没发现。

"没看什么。"

"骗子。"曲修宁笑笑，觉得她有点可爱，用另一只手揉了揉她的头。

头顶像过电一样。她看着他，好像又回到了十七岁。

她就是个骗子。

因为喜欢他，骗了他很多很多次，但时至今日，她已经不需要道歉。

"想什么呢？"

"感觉回到高中了。"她突然有男朋友了，而且还是当年暗恋的那个人，这种感觉真的好奇妙。

曲修宁带路栩去了一家巷子里涮羊肉的馆子。

从外面看店面不大，也不显眼，里面却很雅致，这会儿几乎满座，想来味道也不错。

老板认识曲修宁，直接带他们进到最里面唯一的空桌上。

"他们家肉都不错，随便点不会出错。"曲修宁看了眼菜单，递给路栩，"有必须要吃的菜吗？"

路栩一只手接过菜单，另一只手撑着脸颊，仔细看着。

"青笋、竹笋，还有竹荪。"她点了这三个，把菜单还给了曲修宁。

捅了笋窝了。

曲修宁没看菜单，娴熟点菜，之后老板便去准备菜品和锅底。

店里热气腾腾的，把寒气隔离在外面，路栩觉得，他们也要做一对热气腾腾的小情侣。

她问他："吃完饭你去哪儿呀？"

"回公司，昨天直接就走了，有一点事要处理。"

路栩耸了耸肩，反正也不怪她，是他自己找上门来的。

她接着问："处理完工作呢？"

"今天得回我爸妈家。"

曲修宁心想，本来昨天就应该回的，昨天……算了，一会儿回去赔罪吧。

"哦。"她低头夹了一筷子小菜。

曲修宁自然知道她问这些是出于什么目的，他盯着她，不料她认真地观察着那一碟小菜，怎么都不跟他对视。

他坏笑道："想让我去你那儿？"

路栩赶紧摇头："没有，我就随便问问。"

但脸上的表情明显是在说谎。

"说到这个……你能说说，你发五百块给我的心路历程吗？是不是把我当——"

"我可没！"路栩抢过话头为自己辩解，"不是我抠啊，发一千块呢，就感觉真的有点奇怪，五百块就有感谢的意味在里面。"

曲修宁被她奇怪的五百一千理论打败，只好一摊手："嘴长在你身上，当然你说了算。"

"你收都收了，现在还来说这些。"路栩凑到他面前问，"哎，那天跟你试婚纱的人到底是谁啊？"

还记着这个呢。

曲修宁耸了耸肩："我表姐，大爷爷家大女儿的女儿。她老公是外国人，暂时回不了国，让我帮忙看看。"

关系可真复杂，不过听说他家是大家族，她相信他。

曲修宁睚眦必报："那你呢？"

"我什么？那是我弟。"

"我知道那是你弟。"曲修宁已经知道了，但他想问的是，"你干吗要在那儿试婚纱？"

"张晚忆说我穿那个好看，我就试试咯。"路栩觉得逗他可真有意思，"你不会真以为我要结婚了吧？你是不是吃醋呀？"

曲修宁没抬头："结就结，我给你随五百的红包。"

路栩斜了他一眼，真记仇。她拿出手机，不知道在回谁的消息。

"我还有事要问你呢。"曲修宁瞥了一眼，"你给我的备注改了吗？"

路栩捧着手机，打字的手停了下来。

曲修宁自然而然地从她手里抽走手机。

"还是曲总？"曲修宁蹙眉，"就不能改得亲密点？"

路栩想了想："小曲？宝贝？宝宝？"

说得她自己都觉得脸红。

曲修宁却一本正经地说："都可以啊，反正不要用现在这个。"

"那可不行。"路栩找时机把手机抢了过来，"我怕同事看到，我同事都如狼似虎。"

曲修宁想到杰西卡装醉，笑了一声："见识到了。"

吃完饭，曲修宁送路栩到楼下。

车子停下，他突然蹙眉："哎呀。"

路栩看向他。

"说来拿伞的，又忘了。"

路栩知道他在说什么，便故意说："你等着，我上去给你拿。"

曲修宁挠了挠鼻头："不用了，怪累的，下次吧。"

"哦。"路栩笑嘻嘻地，"那要常来哦。"

"会的。"他语气平静，"毕竟有钱拿。"

这人怎么这么记仇？

"真记仇。"她看着曲修宁，语气变得迟疑，"那我先走了？"

她在想要不要来个吻别啥的，可是又没做过这样的事，突然亲上去好像有点奇怪。

看着陷入沉思的她，曲修宁用手在她眼前晃了晃。

后面的车子按喇叭催促，路栩不习惯麻烦别人，着急忙慌地解开安全带，说了声再见就跳下了车。

曲修宁看她站在路边，用手势示意他先走。看出她的口型是在说"注意安全"，他无声地笑笑。

这个时间点，这个路段很堵，她就那么站在原地看着他。他往前挪一点就看一眼右边后视镜，车流之中，路栩的身影在慢慢缩小。

但他一眼就能认出来。她的身影在沿途车灯的照射下，是那么耀眼而独特的存在。

路栩一直等到看不到曲修宁的车子之后才回了家。她打开门，手习惯性地摸到灯，却又收回了手。

她想起二十四小时前，就在这里，她没有开灯，却发生了很多很多。

回味了一会儿，她觉得有点傻，还是按了开关。

房间里什么都没变，又好像什么都变了。到底是她的错觉还是什么？

她在房子里走了好几圈。好像干净了点，房间里面曲修宁打扫过了？

她跑去卧室，发现曲修宁收拾了床，其他变化好像没有。

单反还在茶几上放着。前一天曲修宁敲门前，她正在看里面的照片，还打算删掉她本来不会再回看的视频。

但她现在改变主意了。

有时候做决定就是那么一瞬间的事，而曲修宁的时间卡得刚刚好。峰回路转，只一天时间，他们的关系就变得不一样。

她靠在沙发上，又打开相机。

她点进去，发现多了一段视频。

是曲修宁在她这个小家里拍的。

一开始，镜头从玄关扫过，紧接着，曲修宁的声音从相机里传出。

"这个小家，是我喜欢的女孩的家，这里是她家的玄关、沙发，还有电视柜。"

镜头扫过电视柜。

"这些相框里都是她和家人的合影，我觉得少了一张我们俩的，只有我们俩的，改天去拍一张。这些书柜里，有我们共同喜欢的一本书，《树上的男爵》。"

路栩脸上带着不自知的笑意。

这时候，曲修宁把镜头翻转过来，里面出现了他半张脸，他开始讲述他们两人之间的七年。

他们因发错卷子而相识，那时候他还没太注意到这个女孩。她逃课去吃狮子头，她跟异父异母的弟弟插科打诨，让他觉得这个女孩特别有意思。他开始觉得看到她会变得心情好，为他们能单独相处改卷子而开心，有很多话，一直以来他只对她说过……

还有除夕夜纠结了很久才发出的"群发短信"，和给她送去的那个没有署名的十八岁生日蛋糕……

还有很多很多。

他眼神笃定，镜头也不像她拿的时候那样晃动，因为他知道一定会有人看到他漫长的告白。

"路栩，也许我来得有些晚了，但我还是要告诉你，我喜欢你，我想让全世界都知道。"

路栩眼角潮潮的。

她的十八岁愿望,终于在二十五岁的时候实现。有人爱了你那么多年,是一件多么幸福的事。

路栩对着相机又抹泪又傻笑,像个神经病,她不在乎,反正此刻没人比她更开心。

这是他们成为情侣之后的第一个惊喜,于是她决定还他一点什么。

她捧着手机,开始认真想到底给她的男朋友换个什么样的备注。

路栩:我要给你换备注了,你有没有什么好的建议?

胜华 – 曲总:终于等到这一天。

路栩:我刚刚才想通,换了备注他们看到才不怕,总是顶着个曲总,别人看到了才会以为我们有什么。

胜华 – 曲总:我们没什么吗?

路栩:在同事面前装装样子嘛。你觉得给你备注"299"怎么样?

他们俩第一次见面就是因为曲修宁那张考了 299 分的卷子,用"299"又有纪念意义,又像"007"一样是个编号,别人也看不出什么。

她故意逗曲修宁,可是曲修宁很久都没有回消息。

二十多分钟后,他连回三条信息:

不行。

不好。

难听。

路栩:为什么,我觉得挺好。

胜华 – 曲总:感觉像收集的男友编号。

路栩:我体力可没那么好。

胜华 – 曲总:昨晚看出来了。

路栩把手机扔到一边。

过了一会儿,她又忍不住拿起来看。

胜华 – 曲总:没事,多锻炼锻炼就好了。

没恋爱之前,可看不出来他有这么不正经的一面。他们才刚恋爱,就开始讨论这种没羞没臊的话题。

路栩点了修改备注,想了一会儿,改成了"男神"。没错,以前他确实是她的男神,只不过那时候没这词罢了。

曲修宁说,嗯,很写实。

喊。

晚上洗漱的时候,路栩看着镜子里的自己。恋爱之后好像也没什么不同。过了一会儿她又笑自己,这才确认关系不到二十四小时,能看出什么变化来！

　　洗漱完路栩敷着面膜，又跟曲修宁聊了几句，光晚安就说了五六个来回。

　　好像不管什么人，只要谈了恋爱成了情侣，行为都会变得幼稚。

　　管他呢，反正我有男朋友了。路栩想着想着就睡着了，睡得特别香。

　　嗅到路栩变化的还有同事。

　　第二天上班，路栩哼着歌踏进办公室，杰西卡闻着味就过来了。

　　——化了全妆，没有迟到，没有狂奔，从容不迫，竟然还哼歌。不正常，太不正常了。

　　"面色红润有光泽，昨天遇到什么好事了？"杰西卡对她上下打量。

　　路栩把咖啡放在自己桌子上："哪有什么好事。"

　　"没有好事你哼什么歌。"杰西卡靠在她桌前，"你昨天下班还跑得那么快。"

　　路栩反问她："'下班不积极，脑子有问题'，这话不是你经常说的吗？"

　　"对啊，但是你昨天积极得不太正常。"杰西卡问她，"你是不是谈恋爱了？"

　　路栩当然否认，她摇了摇头。

　　杰西卡试图把刚到的朱迪拉到她的阵营里："朱迪，你有没有觉得路栩有变化？"

　　朱迪风尘仆仆的，没太在意杰西卡的话，匆匆瞥了眼路栩："没什么变化呀，妆浓了？"

　　"你看吧。"路栩朝杰西卡挑了挑眉。

　　"看什么看，我闻到了荷尔蒙的味道。"

　　杰西卡又逼问了几个来回，路栩坚决否认。

　　"好吧，看来是我雷达出问题了。"杰西卡哀号一声，坐回自己工位上，"也不知道我什么时候能跟我的曲总有点进展。"

　　朱迪抬眼，问曲总怎么成她的了。

　　"他单身，为什么就不能是我的？你要是抢先了，他也可以是你的。"杰西卡说得理所当然，"曲总人可好啦，聚餐那天我喝多了，曲总还专门送我回家呢。"

　　朱迪才不信。路栩在场，知道杰西卡说话只说了半截，她俩便都没接话。

　　这时候，安妮踩着高跟鞋走进来："开会。"

　　大家赶紧拿着电脑往会议室里钻。

对完了近期工作后，安妮宣布了一个新消息：胜华要办一年一度的商业年会，会邀请多家品牌方参与。

听到"胜华"两个字，路栩打起十二分的精神。

"现场以展会的形式布置，本来每个品牌是三个名额，但今年曲总给了我们公司七个名额。除了老板，我跟市场部和工程部也沟通了一下，让他们也各出两个人，下个月去参加。"

过去路栩没有亲自跟过胜华的项目，自然也不知道胜华还有商业年会。

朱迪低声说："就是请品牌吃个饭，搞个签约仪式什么的。往年每个品牌只有两个名额，大老板一般不去，都是副总带着安妮去。"

路栩立刻想到，这会不会是曲修宁为她开的绿灯，好让她也参加。

也许是心有灵犀，曲修宁正好这时发了条消息给她，跟她说了商业年会的事，说今年是以体验展加晚宴的形式筹划的，形式很新颖，她可以来看看。

她兀自笑了笑，享受着被默默关照的感觉。

但很快，安妮就浇了盆冷水。安妮的眼神根本没从其他人身上扫过，直接就指定了杰西卡。

其实也没什么意外的。杰西卡性格外向擅长社交，跟谁都不会没话聊，而且部门内部的行政事务也一直是杰西卡在处理。

路栩没有很沮丧，只是有点小失望。毕竟她也想跟曲修宁上演那种偶像剧情节——男朋友被镁光灯包围，她坐在台下，悄悄仰望着他。

"还有一件事忘了说。"安妮在手机上划拉着，快速浏览自己的工作安排，"下午曲总要来公司，跟工程部面谈。"

部门里的人幸灾乐祸，说曲总折磨完他们部门，现在开始折磨工程部了。

路栩心里竟然有点紧张。

"工程部跟他们不太熟，杰西卡，你下午去接待协调一下。"

"好嘞。"

会议结束，安妮要杰西卡和路栩留下来。她示意路栩稍等片刻，先跟杰西卡确认商业年会要统筹的人员，还叮嘱了几句下午接待的事。

接着安妮转向路栩。

路栩自己抢先问："商业年会和下午开会我这边也要配合吗？"

"嗯？"安妮被路栩打乱了节奏，愣了一下，随即开口，"不需要你配合，我要跟你说年终总结的事。"

路栩的心情突然就没刚才那么好了。

昨天的喜悦冲昏了头脑，她差点忘了他们之间的差距。在正常工作中，她根本接触不到曲修宁。

从安妮办公室出来时，曲修宁正好问她有没有在商业年会参会人员之列。

她回复：你要来开会？

男神：嗯，下午。商业年会有你吗？

路栩：没有我。

曲修宁很快回她：不应该啊。算了，你走 VIP 通道。

路栩：不要。

男神：为什么？

路栩：别给我安排了，我不想搞特殊。

曲修宁没有再回她，不知道是生气了还是去忙别的了。

下午胜华一行人来的时候，杰西卡闹出好大的动静。她欣喜地过来跟路栩和朱迪说，她要去见她的曲总了。

结果十分钟后，她灰溜溜地回来，说曲总亲自打发她回来，说是无关人员不用参会。

快下班的时候，曲修宁给路栩打了个电话："一会儿直接下负一层，我在地库等你。"

路栩跑到没人的地方小声问："你们开完会了？"

"四点就开完了。"曲修宁说。

她语气欣喜，却也不敢外露太多："你在等着接我？"

曲修宁反问她："不然呢？下午这趟我本来不用来的，老马来就好。"

路栩有点感动，但该叮嘱的还是要叮嘱："我没车，下地库怪怪的，你还是开到外面路口吧。"

曲修宁虽然不大理解，还是听话地把车停在路栩说的地方。路栩从写字楼里出来，要走五六分钟才到。

下班时间到，路栩又是第一个飞奔出去的，杰西卡想追她，没追上。

走了几分钟，拐过路口，路栩看到路边停着的那辆熟悉的车子。

路栩打开车门，男朋友朝她微笑，有人等着的感觉真好。

"直接停在你们楼下不行吗？"

"你的车太惹眼了，我怕被别人说傍大款。"

曲修宁哭笑不得："这就傍大款了？"

"因为你开豪车呀。"

一辆迈巴赫停在楼下，不知道有多少双眼睛盯着呢，她才不要在众目睽睽之下打开车门。

曲修宁不太明白："那下次我不开车，直接在楼下等你？"

"别别别。"

"我们男未婚女未嫁，又年纪相当，谈个恋爱怎么了？"曲修宁问，没意识到语气有点急。

"没怎么。"路栩把头转向窗外，没打算跟他继续理论，像是在闹脾气。

曲修宁让她把头转过来，她偏不，他只好伸手过去，把她"绑架"过来。

"看着我。"他假装生气，"你是要恋爱第二天就闹别扭吗？"

路栩没说话。

"我们都在一起了，你为什么还想跟我撇清关系？你不想告诉别人吗？"他的眼神里带了点委屈，有点像怨妇。

还有点好笑。

路栩心想，可能因为杰西卡会杀了我吧，还可能因为……会有很多流言蜚语。虽然在一起了，她好像还没习惯站在耀眼的他的身边。

如果方晴女士在场，一定会痛斥她是个窝囊废。

"想什么呢？闹脾气都能走神？"他用手轻轻捏着她的下巴。

路栩盯着他，说："你怎么一点也不像以前了？我记得你上学时话挺少的。"

"可能因为那时候没有女朋友吧。"曲修宁看着别的地方，"我只对女朋友这样。"

路栩笑了笑，在曲修宁脸上啄了一下："再给我一点时间，可以吗？"

"多久？"

"我也不知道。"

曲修宁没有说话。这个"不知道"，可能是一两周，也可能是一两个月，或者更久。

路栩望着曲修宁，想让他心情好一点，便说："我可以带你去见我的家人。"

曲修宁还是不吭声，直接发动车子。

"行不行啊？"路栩不太确定，看了他一眼。

"现在去买礼物，然后去你家。"

"这么快？"

她本来想说元旦假期或者找个周末，没想到他说风就是雨，现在就要去。

曲修宁哪管这些，只顾着往路栩家的方向开。反正她承诺了，他现在立刻马上就要一个名分！

车子在路上行驶，路栩想起下午开会的事，便问："下午开会，你为什么不让杰西卡接待？"

曲修宁坦率回答："我们约的是工程部，会议内容也不是她的专业，在场也尴尬。"

"你记得她是谁吗？"

"记得。你们部门的，聚餐的时候还送过她。"

路栩想说，杰西卡喜欢你，但她说不出口，就好像自己成了曲修宁女朋友，就居高临下地在背后评判别人。

于是她低头玩手指头。

曲修宁看她那样子，有些想笑："有话可以直说。"

路栩摇了摇头："没有。"

过了几个路口，曲修宁才慢悠悠地说："如果你要说的是杰西卡喜欢我，我想说，我知道这件事。"

路栩一惊："你知道？这么明显？"

"不然她为什么装醉？"曲修宁暗笑，不是每个人都跟她似的，见了迈巴赫就躲着走。

"你知道她是装醉？"

"演技还差点火候。"曲修宁笑笑。

杰西卡一共加过曲修宁两次好友。一次是在上次送她回家后，她说想表示感谢；另一次是在今天中午，说要跟他确认商业年会的事。

这些路栩都不知道。她以为杰西卡只是过过嘴瘾，没想到真的会付诸行动。

路栩抬眸："你加了吗？"

"没有。"曲修宁说，"我从来不主动加别人好友。"

除了你。

路栩偷看了他一眼，嘴角不自觉上扬。

她总觉得不真实。学生时代暗恋的男神，现在居然成了她的男朋友。那时她所有纠结的、嫉妒的、患得患失的，都变成了对她一个人的好。

曲修宁的余光瞥见她偷笑："你笑什么？"

路栩立马板正脸："我笑了吗？"

曲修宁自然知道答案，便没再接茬。

车里很安静，路栩瞥了左边一眼，旁边的人脸上似笑非笑的，也不知道在盘算些什么。

她也问了句同样的话："你笑什么？"

"我笑了吗？"

"笑了。"

"我有女朋友了，偷着乐总行吧？"

路枂感觉被他拿捏了。

"你真的要去我家？"路枂语气不确定，"我说可以去见，没说就是今天。"

曲修宁心想，谁让你不说。

路枂还想劝说一番："赵斯然在学校，我爸跟赵阿姨也不一定在，他俩习惯吃完饭出去遛弯。"

结果曲修宁根本不吃她这一套："先回去看看呗，不看怎么知道。"

看曲修宁轻车熟路的样子，路枂突然想起多年前过生日时的那个蛋糕。她问："你是怎么知道我家地址的？"

曲修宁一笑："有你那个大嘴巴闺密，还怕套不出话来？"

"哦。"

曲修宁先开车去了一个朋友那儿，拿些上好的茶叶。那朋友打量了路枂几眼，跟他小声嘀咕了几句，两个人兴高采烈的。

路枂知道肯定跟她有关。

"你们刚才在说什么？"

"他问我是不是去见老丈人。"

"你怎么说的？"

"当然说是啊，难道否认？"

路枂没话说了。

他们又去旁边一家生鲜超市买了些水果。这家生鲜超市所有商品的价格都高得让人咋舌。路枂家离这里不远，但从来没进来消费过。果然高端商场只割有钱人的韭菜。

看曲修宁出手阔绰，路枂劝他别拿那么多，又不是上门提亲。

"要不……我再买点，顺便提亲？"

路枂干脆闭嘴，不再干涉，谁知道他会说出什么奇怪的话来。确认关系第一天就带男朋友回家，已经够荒唐了。

他们一起从超市出来，曲修宁把东西放进后备厢。趁这个空当，路枂给爸爸打了个电话，说一会儿要回家。

路晓明问她有什么事，她支支吾吾说带个朋友回来。

电话里和电话外两个男人同时皱着眉质问她："说是你男朋友有那么难吗？"

路枂的脚在地上蹭了蹭："好吧，就是我男朋友。"

路晓明又跟查户口似的问了几个问题，什么时候谈的、怎么认识的、人怎么样诸如此类。

"一会儿就要见面了，你自己当面问不就行了。"

"吃饭了吗？"路晓明问完又觉得这句话挺多余，刚下班没多久，肯定没吃，"我跟你赵阿姨再加几个菜。"

"今天先买这么多。"曲修宁坐进车里，对路栩说，"我们找时间跟方律师一起吃个饭吧，顺便把这个消息告诉她。"

路栩一惊："啊？"

"怎么了？"

"你让我缓缓，别这么着急。"

"是你说要带我见家人的，不得每个人都见到？"

"我怕……我妈骂我。"

曲修宁被逗笑："我觉得方律师挺和气的啊，还干练。"

路栩在心里说，那是因为你们这些精英互相欣赏。

车子开到鑫苑，路栩跟门卫打了个招呼，曲修宁的车子直接开进来，停在楼下。路栩本来要拎个袋子，曲修宁却什么都没让她拿。

路栩紧跟着他，笑嘻嘻道："心疼我啊？"

"不然呢？"

高三的时候，曲修宁就帮路栩搬过很多次作业。每次去老师办公室，他都会习惯性地抱走两个班的作业和资料，这样就不用路栩来回跑。

只是路栩从来不知道罢了。

走到单元楼下，路栩看见一个学生模样的女孩在门洞口来回踱步。女孩大概十八九岁，短发，头发乌黑，皮肤雪白。院子里住户不多，大家都认识，从没见过这女孩。

路栩从那女孩身边经过，看了一眼，女孩似乎紧张，背过身去。

她已经上了几级台阶，又停下脚步："你找人？"

女孩没回答，直接朝外面走去。

曲修宁顺着她的眼神看过去："有什么问题？"

"以前没见过。"

"可能在等人吧。"

路栩迟疑了一下，算了算他们这栋楼里的人家。他们这个单元的长辈都跟路晓明差不多大，孩子们要么结婚了，要么自己搬出去住，还住在家里的跟女孩差不多年纪的，好像只有赵斯然。

她想到了那个跟赵斯然同名同姓的女孩。她只在八年前见过女赵斯然一面，样貌实在记不清了。

"我怎么感觉她是在等赵斯然呢……"路栩掏出手机，给赵斯然发了个消息。

赵斯然不知在忙什么，没有回，路栩重新把手机揣回兜里。

"说到赵斯然，要不我给你弟弟买双鞋？"

曲修宁只见过成年后的赵斯然两面，但还是判断出他会喜欢什么。

路栩赶紧替赵斯然拒绝，一是赵斯然喜欢的鞋并不便宜，二是赵斯然这家伙，谁给他买鞋，他下一秒就成为谁的走狗，她可不愿意他因为一双鞋就倒戈站在曲修宁那边。

进门前，曲修宁转过身来，盯着路栩。

路栩扬了扬下巴，小声说：“怎么不敲门？”

“还有事没做。”

曲修宁突然凑上来在她唇上啄了一下，看她呆住，又伸出舌尖舔了舔她的嘴唇。

赵欢似乎听到门口有动静，下一秒便开了门。

路栩脸上红一阵白一阵的，再晚一秒，他俩的这个吻就得在赵欢眼前直播。

曲修宁回头，脸上抹过一丝坏笑。

这个人就这么若无其事地转过身去，问赵阿姨好，然后反客为主：“路栩，快进来呀。”

她分明看见曲修宁脸上狡黠的笑，她愣了一下，跟上去。

路晓明也出来迎接他们。他和赵欢买了情侣围裙，赵欢围裙上是“厨神”两个大字，他胸前是“吃货”。

路栩觉得这场面有点滑稽。

路晓明见着曲修宁，看小伙子一表人才，热情招呼。

曲修宁举止得当，毕恭毕敬地说：“叔叔好，阿姨好，我叫曲修宁，路栩的男朋友。”

都打电话提前介绍了，他还要自己强调一遍，果然是来给自己要名分的。路栩看着他小肚鸡肠的样子，觉得有点好笑。

路晓明笑呵呵道：“你俩先坐，饭马上就好。”

赵欢小声说：“这小伙子可比上次相亲那个长得周正多了。”

路晓明挑了挑眉：“那当然，我闺女的眼光还能差？”

换完鞋，路栩看见餐桌上摆满了菜，她数了数，整整八道。

“爸，这么丰盛？”

路晓明赶紧钻进厨房：“还有一菜一汤，马上就好。”

赵欢说，他们俩本来准备随便炒两个菜，一听路栩要带男朋友回来，赶紧去楼下餐馆买了几个凉菜，又自己下厨添了几道热菜。

跟过年的规格相差无几。

饭桌上，曲修宁先是夸饭菜好吃，接着便提起路晓明的露营营地，上来就是一顿夸，一会儿说自己在英国的露营经历，一会儿又说这个营地选址很棒，活动在安城也很有影响力，不少同事都去过，他们团建也首选那里。

路栩都被他说蒙了，这人是什么时候做的功课？

路晓明点点头：“看来咱共同语言比较多。我是真爱这个，只是最近天冷了，营地去的人也少了。”

路栩跟赵欢插不上话。夏天露营还尚可理解，为什么会有人大冬天放着好好的暖气房不睡，跑去山里受冻，然后用最原始的方式取暖？

他接着说：“叔叔，这个好办，没人去营地，可以在城市里办活动聚集人气，为营地引流。”

路晓明有点兴趣，但不是很懂：“城市里怎么办活动？”

“现在有很多玩法，可以把您的露营营地做成创意市集和沙龙，在市里面做个活动。比如弄来一辆‘越野之王’奔驰乌尼莫克，停在那儿就能聚集不少人气。活动可以分享美食、露营知识、循环经济什么的，您可以去当分享人啊，顺便还可以给您的店宣传。”

路晓明一听这个就来劲了，说：“真的？感觉还挺新颖的，可是我没场地。”

曲修宁说：“我可以提供场地，活动公司的资源也有。”

路栩看他积极得有些过头，便用膝盖顶了顶他。

同时，赵欢也在餐桌下踢了路晓明一脚。

路晓明这才问了第一个该问的问题：“小曲啊，我看你有点眼熟，你们怎么认识的？”

“是吗？”曲修宁礼貌微笑道，“我和路栩是高中同学。”

路晓明总算想起来这个人是谁了，路栩书里夹了两张照片，可不都是眼前这位吗？

路栩瞪了爸爸一眼。

“你在哪里工作，是做什么的？”

曲修宁毕恭毕敬，如实回答：“在胜华，做招商。”

胜华他们都知道，路晓明和赵欢同时“哦”了一声。

赵欢站起来给曲修宁盛了一碗汤，笑道：“叔叔阿姨也不太懂你们的工作。”

“其实就是给我们商场找商家，让人家来我们商场里开店，我就负责跟各个商家谈判。”曲修宁耐心地用通俗的话解释，“我们跟路栩她们公司还有合作呢。”

路晓明和赵欢默默对视，他们大概明白是怎么回事了。无非是上学的时候路栩对人家有意思，工作场合又遇见，两个人就走到了一起。

“不错不错，缘分，都是缘分。”路晓明笑眯眯地从酒柜里拿出一瓶茅台，问曲修宁，“喝点？”

路栩拦住爸爸："他开车了，明天还要上班呢。"

曲修宁拦住路栩："没关系，可以叫代驾。我还想跟叔叔深入聊聊露营活动的事，这个事可操作。"

曲修宁经常跟各大品牌商打交道，应酬必不可少，酒量尚可。

僵持不下之时，门口突然有钥匙转动的声音。他们四个人齐刷刷看向门口。

两秒后，赵斯然喘着粗气闯进来。他收到路栩消息时正在球场，立刻扔了篮球往回赶。

一进家门，就被屋里四个人其乐融融吃饭的场面惊得愣了几秒。

"你怎么也回来了？"赵欢站起来。

赵斯然心虚道："我、我、我不能回来吗？"

"算你运气好，赶上我们吃饭。"赵欢习惯性地在他背后拍了一下，"你姐今天带男朋友回来了。"

赵斯然一看，这人他熟啊。他刚要走近打招呼，转眼又想起了什么，变了脸色："姐夫，楼下那辆迈巴赫，难道是你的？"

路晓明和赵欢都愣住了。

四双眼睛齐刷刷盯着赵斯然，赵斯然心里发毛。

听了赵斯然的话，屋里的人心思各异。

路栩：什么什么？谁允许你叫姐夫的？

路晓明：什么什么？迈巴赫？

赵欢：什么什么？迈巴赫是什么车？

曲修宁：这么上道？我还没买鞋呢。

路晓明不淡定了，他想起几个月前，路栩曾经问过他一辆迈巴赫多少钱。他当时根本没多想，难道从那个时候就有苗头了？

路晓明又重新打量了一番曲修宁，他气质出挑，外形确实比普通人更好，穿着讲究，从头到脚的行头看得出来价格不菲，家教良好，举手投足都非常得体。

看得出来这小伙子家境不错。

路晓明没有刨根问底，直接拿了酒杯跟曲修宁喝酒。

曲修宁自然作陪。

路晓明接着聊自己喜欢的话题："其实啊，现在喜欢户外活动和露营的人越来越多，我反而有很多担心。"

"叔叔您不妨说说。"

"对于全社会而言，活跃的消费是可以促进经济发展，但是过度消费带来的资源浪费和环境破坏也是个难题。这点在我们营地体现得很明显。"

路栩在一旁听得一脸黑线。

不是说露营吗，怎么还扯到社会和经济发展上了？

更没想到的是，曲修宁这也能接招。

曲修宁拿着酒杯跟路晓明碰杯，杯沿略低："叔叔，我觉得您的眼光特别前卫。我也看过相关资料，社会发展到一定程度之后呢，就进入'第四消费时代'，大众不再盲目进行炫耀性消费，而是慢慢具有社会共享意识和简约消费。"

路晓明点头同意道："对，落到我们做的事上就是，我们倡导的是一种回归自然的生活方式，并不是想要大家来攀比装备。"

"叔叔，我觉得可以这样，咱们整合一些理念契合的品牌和机构……"

路晓明几两酒下肚，脸颊微红，心里特别高兴。

曲修宁开始跟路晓明讲胜华的会员和社群体系，这些都可以跟露营营地进行资源嫁接。

曲修宁反应迅速，条理清晰，不到一个小时，他已经给路晓明规划出了一整套营地活动方案，场地、资源、媒体渠道一条龙服务。

曲修宁酒量不错，任何话题都能聊上几句。

除了和路晓明聊，他还跟赵欢探讨了一番社保体系，和赵斯然聊了一会儿篮球和动漫。

路栩在一边冷眼瞧着他们几个人聊得热火朝天。仿佛他们四个才是一家人，而她是个插不进话的小媳妇儿。

一顿饭结束。

路栩按着爸爸的手："爸，不能再喝了，曲修宁明天还要工作呢。"

路晓明幽怨地盯着路栩，自己从小到大的小棉袄，胳膊肘开始往外拐了。

这家里所有人明天不是要上班就是要上课，路栩怎么就只关心曲修宁一个人呢？

路栩可没精力揣摩老父亲复杂的心情，屁颠屁颠跟在曲修宁身后，又是问他难不难受，又是忙着送他出门。

司机还没来，他们就一起站在楼下等。

虽说曲修宁酒量尚可，但他喝得比路晓明多，此时脸颊红红的，还是有点晕，他眼神迷离，伸手想要抱路栩。

路栩闪身躲开："我家人肯定在楼上看着呢。"

他们抬头，路栩家阳台玻璃上果然齐刷刷贴了三个脑袋。

曲修宁坏笑着："怕什么？"

曲修宁大方揽她入怀，用鼻尖蹭了蹭她的头发。

路栩身上有股清新的、好闻的味道。他有些醉了，干脆把整个脸埋进她的发间，肆意蹭着。

蹭得她心痒。

路栩觉得难为情，想要挣脱，不承想被他抱得更紧。

路栩捧着他的脸："你怎么样，没喝多吧？"

她知道，爸爸是在探曲修宁的酒量呢。

曲修宁摇了摇头："如果不是明天要工作，我还能再陪叔叔喝点。"

"得了吧你。"路栩轻轻捶他的肩膀，"你真的要做什么露营主题活动？"

曲修宁点点头。

"这一场活动费用不低吧？要整合那么多资源，还要用你们的场地。"

"我觉得这个主题很好，跟我们的社群也匹配。"

路栩抿着嘴："我觉得你不用这么做。"

"我是真的觉得叔叔理念好，有热情，只是不太了解资源整合和渠道的重要性，我正好能提供这些帮助，一拍即合罢了。"曲修宁趁机在她唇上落了个轻轻的吻，接着说，"而且得了个你，不管怎么样，我都赚了。"

路栩也不知该接着劝什么。

曲修宁笑着问："我算不算是个合格的女婿？"

算你个头啊，这才哪儿到哪儿！

送走曲修宁，路栩回到家里，看到爸爸仍坐在餐桌边。

爸爸年轻时酒量不小，但现在毕竟年纪已不小了，只要喝一点就有点上头。

"爸，不能再喝了啊。"她收掉酒杯，把空了的盘子端去厨房给赵欢。

路晓明问她："小曲这孩子，家境不错吧？"

路栩点点头。

曲修宁涵养、家教都极好，明眼人都看得出来。

"爸爸认出来了，他就是你偷藏照片里的那个男孩。"爸爸喝了口水，"怎么，高中就打上人家主意了？"

路栩像个早恋被抓的小孩，不敢随便回答。

"你马上都二十六岁了，爸爸也不会干涉你恋爱。"路晓明看出了她的心思，"但我希望我说过的话，我女儿能听进去。恋爱容易，婚姻不易，我相信你自己能把握好。"

"爸爸不想让你受委屈。"

"我知道，爸。"

路栩心里五味杂陈，正准备回房间，身后又传来爸爸的声音。

"不过小曲这孩子真不错，聊了这么长时间，有两下子，也不是徒有其表。"

路栩默默回房，嘴角划过一抹笑。

路栩晚上就睡在家里，洗漱完，赵斯然敲门，鬼鬼祟祟地探了半个身子进来。

"姐。"

路栩斜了他一眼，明知故问："有事？"

"你今天看见那女孩……"

路栩放下手机："我微信不都跟你说了吗。"

"你再详细说说。"

路栩回想了一番："短发，头发乌黑，皮肤特别白。"

"没了？"

"没了。"

"她是不是特别瘦？脸上有没有雀斑？手背上是不是有个胎记？"

路栩被他的问题堵住，努力回想，是挺瘦的，其他的真没看清。

她半天才回了句："我没看那么细。"

赵斯然像泄了气的皮球。

"是不是你那青梅竹马'藤井树'？"

赵斯然点点头，又摇了摇头。他好像知道那个女孩是谁，又不太敢确定。

路栩安慰他："她应该会再来。"

"真的？"赵斯然眼睛一亮。

"她没找到你，肯定还会再试试的。"

路栩觉得赵斯然有时虽然气人，但真的很好哄。

"姐，你要是回家再碰到她，一定要问问她是不是找我。"

他说得真挚，路栩没忍心再开玩笑，点头答应。

说完了他的事，赵斯然还赖着不走。

"还有事？"路栩抬眼问道。

"姐，我什么时候能坐坐姐夫的车啊？"

路栩看他没皮没脸的样子，没好气地回他："自己打专车去，什么豪车都有。"

"专车里能有帅姐夫？"

既然他自己提起来了，她倒要好好问问："你今天怎么回事，进门就叫姐夫？！"

"你男朋友不就是我姐夫吗？姐夫走之前还说要送我双限量版的鞋呢。"赵斯然嘿嘿一笑，溜了。

还有没有点骨气？

喝酒时聊的事曲修宁真的上了心。他让公司企划部出方案，联系活动公司和品牌方，筹备活动。

在此期间，曲修宁还做了另外一件"丧心病狂"的事。

韩硕和张晚忆的婚礼将近，他三番五次跑去张晚忆那里自荐当伴郎。张晚忆被烦得要死，直接打电话给路栩："让你男朋友别再来了！"

最终，曲修宁靠一己之力挤掉邹铭琦，当上了韩硕和张晚忆婚礼的伴郎。

"你干吗非要当这个伴郎啊？"他们窝在路栩家看电影的时候，路栩问他。

"伴郎伴娘成双成对的，你跟别人站在一起，我不高兴。"

路栩知道他说的这个"别人"是邹铭琦。

她觉得他较真的样子很好玩，便故意说："好多年没见邹铭琦了。"

这句话一出口，曲修宁立刻警惕起来："都没交集了，你见他干吗？"

路栩下巴抵在他肩膀上："你们俩还有联系吗？"

曲修宁假装对她的亲昵示好看不见，只说："有次去广州出差，他正好也在广州，一起吃了个饭。"

路栩没说话，曲修宁又补了句："我们俩有联系可以，你们俩不行！"

路栩接着小声说了句："也不知道邹铭琦现在是不是单身。"

这话把曲修宁惹火了，他跟被谁咬了一口似的："他单不单身跟你有什么关系？"

"我关心关心老同学嘛，说不定还能给他介绍个女朋友什么的。"路栩笑嘻嘻的，"杰西卡啊朱迪啊，那可都是适龄女青年。"

曲修宁轻哼了一声："咸吃萝卜淡操心。"

其实她毕业后就没了邹铭琦的消息，没加好友，也无心打探。

她纯粹是觉得逗曲修宁好玩。

她接着惹曲修宁："为什么我一提邹铭琦你就炸毛啊？"

"你说因为什么？还能因为什么？"

2012年12月21日，那个雪夜，他就在不远处静静地观察着一切。

他心里不屑那些有关世界末日的说法，可邹铭琦赶在那天跟路栩讲了那么多真心话，却让他耿耿于怀。

路栩看他若有所思，用讨好的语气问他："在想什么呢？"

"在想世界末日那天。"曲修宁态度缓和，"那天下了很大的雪。"

"哈？"这个回答让她有些意外。

曲修宁也不再回避那个名字："那天晚自习之后，邹铭琦跟你在校门口的路灯下，说了很多话。"

　　"你怎么知道？"

　　"我在旁边啊。"

　　路栩一惊，任她怎么回忆，那天那个场景里都没有曲修宁。

　　年少时的犹豫不决让他只能在暗处看着这一切。后来很长一段时间里，他都很后悔，没能抓住那次天公作美的机会。

　　曲修宁抱她入怀："如果能回到那一天，我会抢在他前面的。"

　　她清楚地记得，那天在回去的公交车上哭了一路。只是遗憾这么浪漫的好天气，曲修宁却不在。

　　原来他一直都在啊。

/ 第十三章 /

故事的结局是甜的

韩硕和张晚忆的婚礼日期在圣诞节的第二天,是个周六,张晚忆让路栩前一晚去酒店帮忙装饰婚房。

而那个周五晚上正好是胜华的品牌商业年会。

胜华商业年会每年年底都会举办,是胜华为维系品牌代理商的关系而搭建的商业信息交流平台和资源共享盛会。现场会有行业交流会、媒体发布、战略签约之类的环节。在年底这个节点上,很重要。

举办者重视,参与者也不含糊。

杰西卡第一次拿到商业年会的入场券,几乎每天都要在办公室里聊起商业年会的环节。安妮安排给她的任何事,只要跟商业年会有关,她都要在路栩和朱迪面前说上一嘴。路栩虽不参加,也了解了个七七八八。

今年胜华的商业年会有走红毯、演讲和晚宴的环节,要求嘉宾着正装出席。

杰西卡纠结要不要拿下一条华伦天奴的礼服裙,她让路栩和朱迪帮忙参谋,路栩一看两万多的价格,倒吸了一口冷气。

杰西卡却不以为意:"这次商业年会是展会形式,没准还能跟曲总搭上话呢。"

朱迪不屑道:"别做梦了,能跟曲总搭上话的只有安妮。"

杰西卡并不生气,她一向喜欢年轻多金的异性,是曲总,也可以是别人。

她冲朱迪挑了挑眉:"就算跟曲总搭不上话,现场那么多人,总有年轻有为长得又帅的吧，穿得漂亮点，多认识几个人，不亏。"

路栩无心在意杰西卡的那些小心思。

品牌商业年会的时间是曲修宁定的，他想和路栩一起参加完商业年会，之后两个人可以直接去婚礼酒店。

为此，他还专门为路栩订了一套礼服，她可以不用入场券，直接进入会场。

他并不是为了借此机会公开女友，他只是希望路栩在场，如果正好有人问起，他也可以大方介绍。

曲修宁每每提到这个事，路栩的态度就是四个字，蒙混过关。

她没有参加商业年会的资格，也不想在会场碰到杰西卡和安妮，更不想被她们审视。

他们两个人的关系，她还没想好要怎么让同事知道。

可她也没有理由正面拒绝曲修宁。她便想着车到山前必有路，到了那天，也许会临时蹦出个什么事，能让她脱身。

圣诞节当天下午，安妮和杰西卡早早出发去了会场。

老大不在，部门里的所有人都表现得很松懈。还没下班，办公室里就乱哄哄的，大家都蠢蠢欲动，准备六点整冲刺，夺门而出。

路栩盯着手机上曲修宁的消息发愣。

曲修宁很早就联系她，要派车去接她，被她拒绝了。

他打了个电话过来："我已经在会场看到安妮了。七点就要开始了，你还在忙什么？我让司机现在去接你。"

"我觉得……我还是不去了。结束后再联系吧，我们一起去张晚忆那里。"

旁边似乎有人催促曲修宁，他不耐烦地说了句马上过来。

他从来都是那么冷静，很少有这样表露情绪的时候。

路栩猜他这时一定蹙眉不悦。

曲修宁今天安排很满，又要接待，又要出席签约仪式，还要接受媒体采访，能打电话给她，已经是挤出来的时间。

看她坚持，曲修宁没再多说什么，挂了电话。

路栩自己打车过去，抱着曲修宁买给她的礼服，坐在会场外的一家星巴克里。

杰西卡在工作群里发了直播链接，路栩缩在卡座上，镜头里有曲修宁出现的时候就看几眼，有好看的角度就顺便截屏保存。

媒体采访结束后，曲修宁抽空给她打电话，问她在哪里。

她听出曲修宁的语气不太好，乖乖说自己就在会场外的星巴克。

几分钟后，曲修宁的车停在路边。

他还穿着西装，头发喷了点发胶，整个人看起来很精神，只是表情不太好。

　　路栩上车坐好，系安全带，曲修宁全程没讲话。

　　她问："你怎么提前出来了？"

　　语气里有些讨好的意味。

　　"基本上结束了。"

　　"这样啊。"路栩点点头，"你不用留到最后吗？"

　　老曲总还在现场，现场以老曲总为主，曲修宁是可以提前走的。只是他年轻出挑，又负责招商工作，免不了要跟各个合作方寒暄。

　　他的流程走完，便急着撤了，话到嘴边，又变得不太中听："公司又不是只有我一个管理层。"

　　"哦。"

　　路栩端坐着，紧紧抱住装礼服的盒子。

　　曲修宁虽生气，却也没对着路栩发脾气。

　　他瞥了一眼右边："你一直抱着不累吗？"

　　路栩看了他一眼，把盒子放在后座上。

　　两个人一路没说什么话。

　　进了酒店地库，曲修宁停好车，只说了句："走吧。"

　　路栩不明白他们算不算是吵架了。

　　她下车，又回头看了眼后座上的盒子。她觉得自己好像辜负了曲修宁，又感觉一句轻飘飘的道歉好像解决不了什么问题。

　　他们先去了张晚忆接亲的房间。

　　路栩打电话给张晚忆时，电话那头很吵，她没听清房间号，只听见在八楼。

　　出了电梯，她发现根本不需要房间号，门大敞着，人来人往的那间就是。

　　张晚忆素颜，甚至有点蓬头垢面，黑眼圈几乎遮住了半张脸。

　　"你们来了啊，先进来坐。"张晚忆看见路栩，无精打采地打招呼。

　　路栩跟曲修宁一前一后进门，张晚忆没察觉到他们俩之间气氛不对。她神色慌张，在房间里来回穿梭，一会儿找不到这个，一会儿又找不到那个。

　　路栩指着张晚忆的两个大眼袋问："你干什么了，怎么看着这么憔悴？"

　　"别提了，外地的亲戚朋友这几天都过来了，今天陪这个吃饭，明天陪那个逛景点，昨晚三点才睡的。邹铭琦飞机晚点了，估计一会儿到。

吴清睿有事，明天早上接亲时过来。我还叫了老章头和范老师。"张晚忆噼里啪啦说了一大堆，这才注意到曲修宁，打趣道，"你怎么穿这么正式？"

曲修宁正要回答，张晚忆却拉着路栩去看伴娘礼物，留他一个人在原地。

曲修宁跟在场的人是有些格格不入的。大家大多穿着毛衣卫衣之类的休闲装，只有曲修宁一个人穿着正装，跟走错房间的新郎似的。

"哥们儿，没事来帮我们打气球吧。"旁边一个男生说。

男生是张晚忆的朋友，看曲修宁一个人站着尴尬，试图分给他一些活干。

曲修宁看了一眼路栩，她们俩脑袋凑在一起，也不知道在看什么说什么。

这两个人，从高中开始就天天在一起，怎么到二十五岁了还有这么多话聊。他们两人之间的问题还没解决，她还真就心大到把他一个人扔在这儿。

男生递给曲修宁一个打气筒："我叫马思睿，是晚忆的发小。你呢？"

"高中同学。"

曲修宁就这么不明不白地开始帮忙打气球。西装外套太碍事，他干脆脱掉，顺便把袖子挽到小臂。

过了一会儿韩硕来敲门，看到曲修宁逆来顺受的样子，忍不住大笑。

韩硕习惯叫马思睿的小名："马三，你知道这是谁吗，就让人家干苦力？"

"人家说了，是晚忆的同学。"马思睿觉得很平常。

"这是胜华集团的少爷曲大公子，你可真会挑人使唤。"

马思睿愣了，手中的动作也跟着滞住，气球漏了气，飞出去满屋子乱窜。

"行了啊你。"曲修宁在韩硕肩上捶了一拳，"这是新娘的房间，你赶紧出去。"

韩硕晃了晃手上的纸袋："我来给我媳妇儿送鞋。"

曲修宁自然地接过来，准备关门："我帮你转交。"

"你这人！"韩硕挤在门缝里，"你是我的伴郎，你得站在我这边。"

"慢走不送。"曲修宁直接带上了门。

这个东西来得正好，不然他不知道要怎么去路栩和张晚忆身边开口。跟路栩的尴尬还没过去，他不愿意拉下脸主动搭话。

曲修宁走到张晚忆面前，伸出手："喏，你老公给的。"

路栩没看他。

张晚忆一眼认出那是什么，拍了拍脑门："我找了一下午，原来在他那儿！"

"你们俩干吗呢？"

张晚忆嘿嘿一笑，把手上不知什么东西捂着："在想明天接亲的游戏，明天你们得好好受着！"

"房间布置得差不多了。"曲修宁回头看了一眼说。

张晚忆朋友多，大家都在忙活，大部分气球和喜字已经弄好了。

她极聪明，看出曲修宁和路栩之间好像有点什么，便夸张道："我的曲大公子，您这白嫩的小手怎么受得了这个罪啊……"

曲修宁心想，这两口子指定有什么毛病。

路栩的视线落在他手上，修长的手指因为绑气球而被勒出了两道红印子。

张晚忆推着路栩往外走，说："你俩直接去前台领房卡，回房间早点休息。"

"行。"曲修宁说。

张晚忆小声问路栩："怎么了？"

"没事儿。"路栩心神不宁地说。

"我在前台登记的都是标间，你俩跟工作人员说一声，可以换成大床房。"张晚忆朝曲修宁挤了挤眼，"床头吵架床尾和嘛。"

"知道了，谢谢啊。"曲修宁倒是听进去了，还道了谢。

谁要换大床房。

到了前台，曲修宁把身份证拿出来，前台妹子主动问："是明天结婚那对的亲朋好友吗？"

曲修宁点头："换成大床房。"

"不用了，就标间。"路栩开口道。

在场的人齐刷刷看向路栩。

曲修宁眼里好像有两团火，这个路栩，长本事了啊！

他们俩拿了房卡，一路沉默到房间。关上房门后，曲修宁终于忍不住质问："路栩，你什么意思？"

她不知道曲修宁是在问她商业年会没出现的事，还是坚持开标间的事。也许两件都有吧。

她说："你不是在生气嘛，我猜你不愿意跟我睡。"

"你还知道我在生气。"曲修宁把西装外套扔在外面那张单人床上，一步步逼近路栩，幽幽地盯着她，"所以你要怎么让我消气？"

"分床睡。"

他有点看不懂路栩是怎么想的了。这么多年了，他们好不容易走到了一起，她却不愿意承认他男朋友的身份。

看她楚楚可怜的样子，他又有点不忍心。

或许真如她所说，不想让同事八卦？可他不觉得那有什么。他们是老同学，很多年前就互相喜欢，现在在一起，是顺理成章的事。

他又想不明白了。

管她怎么想的，反正今晚她得有所表示。曲修宁用一只手握着路栩的下巴，把她的嘴捏成一个"〇"形。

还怪可爱的，但他忍住没有亲一口。

路栩往后退，他便紧跟着往前。退了几步，她后背便贴到了窗户上。

"说吧，怎么补偿？"

路栩正要开口，他们两人的手机同时响了。

他们各自拿出手机，是张晚忆和韩硕通知伴郎伴娘四十分钟后到婚礼大厅排练，餐厅里还准备了消夜，大家可以下去吃。

曲修宁皱眉："都这么晚了，还排练什么。"

"走流程啊，这都不知道。"

"我又没结过。"

路栩想说，没吃过猪肉还没见过猪跑吗？但看曲修宁气还没消，便没说出口。

她准备往外走，却被曲修宁扯住衣角："干吗去？"

"吃消夜。"

"吃什么消夜，咱俩的事还没解决呢。"

曲修宁搂她进怀里，手开始不老实。

"一会儿就要彩排了。"

"还有四十分钟。"曲修宁力气大，用一只手就能锁住她的双手，"我只能说，目前我还完全没看到你的诚意。"

他穿着衬衫，怎么看怎么像斯文败类。

路栩忍不住，用舌尖舔了舔他的嘴角，然后事情就收不住了。

两个人折腾得忘了时间，气也消得差不多了。

张晚忆给路栩打电话时，她刚冲完澡。

张晚忆大喊："所有人都到了！要排练了！你俩干吗呢！"

路栩一看微信，五六条消息，她都没看到。

"马上来。"她红着脸解释，"我俩刚才太累了，睡着了。"

曲修宁从卫生间里探出半个身子，盯着她笑道："睡着了？"

路栩懒得理他，催促道："快走，别让别人等我们。"

他们俩加速收拾妥当，说笑着从房间里出来，隔壁房间的门正好打开。

三个人的目光撞到一起，路栩看到一张久违的脸。

那人脸上的表情一滞，看了看他们俩，缓缓说："好久不见。"

看到邹铭琦的那一刻，路栩第一个念头便是：酒店房间的隔音效果应该还行吧……

他们刚才动静到底大不大，她也没注意。她唰地红了脸。

邹铭琦穿了件棒球服，他比高中时黑了不少，轮廓也更锋利了。因为长期运动，他身材紧致，相貌也没有太大变化，依旧帅气阳光。

时间对好看的人真是宽容。

看路栩和曲修宁从一个房间里出来，他也明白了他们两人的关系，没有多问，只是打了个招呼。

曲修宁倒是淡定，冲邹铭琦扬了扬下巴："回来了？"

邹明清淡淡地笑着："嗯。"

"我们去排练，你也一起吗？"

"好。"

邹铭琦走在左边，曲修宁在中间，路栩在右边。曲修宁紧紧攥着她的手，防止她逃跑。

他们两人稀松平常地聊着，话题全是近况，没有人提起曾经。

他们到时，工作人员正忙着搭建舞台和吊顶，估计要弄到后半夜。

司仪、新郎、新娘和伴郎、伴娘到齐，彩排开始。

其实就是大概走一遍流程，谁送戒指，谁递捧花，提前安排好，免得到时候出错。

邹铭琦就近找了张椅子坐下，视线却一直跟着路栩。

路栩根本不敢看邹铭琦一眼，可她感受得到他的目光，后背灼热得如同在火上烤。

这一切都被张晚忆看在眼里。司仪和韩硕讨论接亲相关事宜的时候，她跑过来搂住路栩的脖子，说了句悄悄话："你们怎么跟邹铭琦一起下来的？"

路栩叹了口气："出门碰见了。"

"采访一下，心情如何？"

她拱了拱鼻子："想死。"

"你猜他是跟曲修宁一样一直等你呢，还是已经有女朋友了？"

怎么说得她到处留情似的。

她没好气地回了句："我怎么知道。"

"路栩。"这时候，邹铭琦在背后叫她。

路栩扯着张晚忆不让她走。张晚忆却小步跑开，脸上还笑嘻嘻的："你心里又没鬼，怕什么。"

心里是没鬼，但有点尴尬。

刚才下楼的时候，从邹铭琦和曲修宁聊天中，路栩大致了解邹铭琦日常就是训练、比赛、短暂休假，循环往复。

路栩转过身，嘴角扯出一个笑。

邹铭琦笑了笑："我们好像有七年没见了。"

"是啊。"路栩点点头。

"你还好吗？"

"挺好的。"路栩一笑，"你呢？"

"还行。"

接着便没了话。

他没有问路栩和曲修宁的事，也没有问路栩多年前喜欢的人是否是曲修宁。结果已经摆在面前，过程也不再重要。

成年人见面，寒暄几句，差不多能猜出彼此的心思。

不会像十七岁那样较真，把真心剥开掏出来给对方看，非得要个答案。

只是曲修宁此刻幽幽地看过来，路栩正好跟他对上视线。曲修宁别扭地转过头，继续和韩硕讨论。

路栩知道他又醋意大发，心里盘算着要怎么跟他解释。

这时，张晚忆在大厅门口喊了句："下雪了！"

大家都被她的话吸引了去，跑出去看雪。

"又下雪了啊。"邹铭琦双手插在口袋里，顿了顿，接着说，"你要去看雪吗？"

她知道，他们都想到了多年前那场雪。

这么多年过去，世界末日没有来，但她爱的人，已经来了。

路栩笑着摇了摇头："我想等曲修宁一起看。"

邹铭琦明白，也不再坚持，指着外面说他先去了。

这是今年冬天的第一场雪，也是路栩和曲修宁在一起之后的第一场雪。

韩硕跟曲修宁和另一个伴郎交代完事，也跑出去看雪，偌大的厅里只有路栩和曲修宁两个人。

路栩没有跟着大部队跑出去，一直安静地等着，那个样子让人心疼。

曲修宁不忍心晾着她，晃晃悠悠地走过来，脸上却还装作心不在焉的样子。

"吃醋了？"路栩逗他，伸手捏他的脸。

"没有。"他躲开，走了几步才问，"忆往昔呢？"

就知道他在计较这个。

她强行拉着曲修宁的手，走到酒店外的草坪上，雪花正大片大片落下。

已经是凌晨，周围很安静，雪落在地上的声音都能听得一清二楚。

他们站在雪地里，路栩望着身边的人，突然觉得应该说点什么。

她踮起脚，双手搭在曲修宁肩上，在他唇上落下一个冰冰凉凉的吻。

"你不用吃醋。"她用实际行动告诉他，"因为我喜欢的从来都只有你一个人。"

这一晚上路栩跟曲修宁只睡了不到三个小时，而且都没睡好。

曲修宁把这一切都归结于路栩要了标间。他们俩挤在一张一米二的床上，不敢翻身不敢随意动，醒来时都浑身酸痛。

路栩在雪地里的告白，将昨晚的不愉快一笔勾销。

伴郎的服装很简单，衬衫、西裤，外加一个小领结。

路栩换好伴娘裙，化好妆出来时，曲修宁正在低头扣袖口的扣子。

张晚忆给伴娘选的裙子很好看，路栩不经常穿这样风格的衣服。裙子是一字领，露出她的肩膀和锁骨。

她身材极好，现在似乎比上学时瘦了些，该丰满的地方却也丰满。曲修宁抬头看见路栩的样子，眼睛里好像有一把火。

路栩捂住胸口："你想干吗？"

他忍不住眼里的笑意，过去把她的衣服往上提了提。

左看右看，满意地点点头，这样才对嘛。

他抱住她，在她的嘴唇和额头各亲了一口："真好看。"

本以为路栩会跟他缠绵一会儿，没想到路栩嘟囔着他弄乱了自己的衣服，又把领口扯了回去，然后赶紧去照镜子，看自己的口红和粉底有没有掉，把他晾在一旁。

曲修宁坐在床边，想不通，昨晚告白时的那个动人劲儿呢？

他突然想起平时张晚忆对韩硕的样子，忽然自顾自地笑了。

过去他也说不清路栩跟他在一起的状态，她好像总是绷着。而现在的她越来越放松，大有跟他嬉笑怒骂之势。

这才是他理想中的情侣相处状态。她把他当自己人，愿意流露情绪。

随后他们分头行动，路栩去新娘房间，曲修宁去新郎房间。出门的时候，隔壁房门没有再打开。

张晚忆的化妆师和跟拍摄影师已经到了，一堆人都围在她身边夸她漂亮。

路栩在旁边看了一会儿，张晚忆是真的美，从小美到大的那种。

"韩硕真是捡到宝了。"路栩啧啧道。

"那当然。"张晚忆对自己的老公毫不手软，"韩硕昨晚说，要在十分钟内结束战斗，接亲的时候，咱们多为难他一会儿，不能让他得逞！"

接亲环节热闹又温馨，第一个接亲游戏是在毕业照里找新娘。

安城一中的毕业照是一千多人在同一张照片里的长卷轴，在里面快速找到一个人，难于登天。

韩硕早就忘了当时的站位，眼睛贴在上面也找不到张晚忆在哪儿。

"给红包就给提示。"路栩伸手示意。

"不给不给！"韩硕瞎嚷嚷道，"省下来都是我们两口子的！"

没想到曲修宁一股脑给路栩塞了一沓红包。

韩硕愣住了："恋爱脑，你是不是'恋爱脑'！你到底是哪边的！"

曲修宁理直气壮："我是我媳妇儿这边的。"

路栩的脸腾地就红了。他还是第一次叫自己"媳妇儿"。

听着亲昵，也怪让人心痒的。

韩硕气不打一处来，说下次结婚再也不叫曲修宁当伴郎。这话一出口，他被亲友团追着殴打，不得已把身上的红包全部贡献了出来。

伴娘们笑作一团，只有韩硕一个人在干号惨叫。

接亲虽闹腾，仪式上却是满满的温馨感动。

宣读誓言的环节，韩硕回忆了他和张晚忆从初一同桌开始，到现在十几年的经历。一个小胖子的怦然心动，终于有了美好的结局。

韩硕平时总是不着调，偶尔正经一回，真叫人受不了。

路栩在旁边听着，泪如雨下，递戒指的时候，她已经哭花了妆。

"同桌，你要是敢对晚忆不好，我第一个冲过去扇你。"路栩哽咽着说。

送完戒指，她想起了高中时代的种种。

夏天的风，秋日的雨，冬夜的雪，每一样都跟曲修宁有关，而这个人，现在就站在她身侧。

路栩和曲修宁相视一笑。褪去少年的稚嫩，她庆幸他们在更成熟的时候拥抱了彼此。

仪式结束后，伴郎伴娘的使命算是结束了，吴清睿帮他们俩占好了位置，喊他们过去。

这一桌都是五班六班的同学，仿佛同学聚会现场。还有老章头和范旻婷，周老师有事，托老章头带了红包来。

"章老师，范老师。"曲修宁和路栩跟老师和同学们打招呼。

老章头指了指路栩，又指了指曲修宁："你们俩该不会是……"

"对，我们在一起了。"路栩主动答道。

曲修宁眼底滑过一丝惊讶，但很快收回。

"真的？"范旻婷难掩惊喜，"你们俩怎么会走到一起的，高中的时候你们俩互相还不熟吧？"

曲修宁一笑："我高中时就喜欢她了。"

众人长长地"哦"了一声，大家七嘴八舌地说着难怪。

"以前可一点都看不出来。那么多人喜欢你，没想到你喜欢路栩！"

曲修宁在众人起哄之下，说了句极肉麻的话："没办法，我只看得见她一个。"

过去他可是绝对不会说这些的。

"挺好，郎才女貌。"老章头嘀嘀笑了两声，"你们俩是不是应该感谢我？当年要不是我让你们一起去改作业，没准还没这段佳话呢。"

在场的人都笑起来。

路栩瞪了他一眼，小声说："太肉麻了。"

"我就是要让所有人都知道。"他凑近她耳边，"我还要问你呢，今天怎么跟同学们承认得这么爽快？"

路栩冲他一笑："我不是怕你生气嘛。"

"只是因为这个？"

还因为，那些往昔，已经不是天知地知我知而已的秘密了。

婚礼结束后，他们两个筋疲力尽，钻进车里。

"媳妇儿，回哪里？"曲修宁好像故意要把这个称呼用起来。

他也有点不好意思，说的时候，食指在鼻子下面搓了搓。

"回哪儿都行，我只想好好睡一觉。"路栩低头系安全带，脸红得可疑。

"行。"

前一晚几乎没睡，又忙活了大半天，路栩的眼皮直打架。前一秒还在说话，后一秒就睡过去了。

曲修宁看了她一眼。

扔手捧花的环节，张晚忆直接把花递到了路栩手上。她此刻在睡梦中还端正地捧着那束花，生怕磕了碰了。

她这副样子可爱极了。

外面大雪弥漫，有她的地方温温暖暖。

参加完两位老朋友的婚礼，曲修宁突然间萌生出一个念头，如果跟路栩就这样热气腾腾地一起生活，应该是一件幸福的事。

他想象得出那幅画面。

圣诞过后，临近跨年，路栩工作上的事情也多了起来，又是年终总结，又是新的战略规划，忙得头昏脑涨。

偏偏这时候，烦心事又扎堆找上门来。

她和曲修宁有了一点小摩擦。

周末吃饭的时候，曲修宁开玩笑说他们俩以前真有意思，都隐藏自己的心意假装群发短信，还骗对方说自己谈过恋爱。

路栩抬头，真诚地看着他："这我真没骗你，我真的谈了。"

曲修宁的筷子在空中停留了片刻，然后那顿饭他就吃不下了。

他用勺子在碗底拨来拨去，有意无意地问："那人谁啊？"

"你不认识。"路栩想了想，"留学时候的学长，也是安城人。"

曲修宁哼笑了一声。

路栩抬眼："又吃醋啦？"

"没有。"都过去几年的事了，他吃什么醋。

嘴上倔，心里却酸得拧巴。

"你以前怎么没说过？"

"以前你又没问。"

曲修宁心想，谁知道你真的跟别人谈了恋爱。

"你们在一起多久？"

"三个月吧，没多久。"

"你们俩……"

"什么也没干。"路栩抢了他的话头，解释道，"他想让我搬过去跟他住，我拒绝了。"

"为什么？"

路栩想了想，说："真的到了那步才发现，我心里有放不下的东西。"

"放不下什么东西？"曲修宁坚持问。

路栩看了他一眼，心想还能是什么东西，不就是你这个东西吗！

她放下筷子，认真地盯着曲修宁："他拉我手的时候，我脑子里在想，如果旁边坐的是你该有多好。那个时候我就知道，我跟那个人是继续不下去的。"

曲修宁得了甜头，但嘴还硬，不肯拉下脸来和解。

其实路栩觉得这样挺好的，哪有情侣不吵架的。他们在一起没多久，还有很多摩擦需要解决。

元旦假期前一天，办公室里大家都在低头忙各自的事，杰西卡突然发出一声惊呼。

她故意跑远，叫了几个人到身边，神秘兮兮地讨论着什么，时不时还往路栩这边瞟一眼。

杰西卡经常在办公室里咋呼，路栩并没有在意。她只想抓紧时间做完工作，准时下班，跟曲修宁跨年去。

过了一会儿，朱迪过来敲了敲她的桌子。

她扬起脸回应，眼睛却依旧盯着电脑屏幕，疾速敲着字。

"给你看个东西。"朱迪提醒她。

她这才把视线从电脑上挪开："怎么了？"

朱迪亮出自己的手机屏幕。

屏幕上是个新的群聊，杰西卡往里面扔了几张图。

路栩不在群聊里。

这些照片有点眼熟。路栩一一放大，才看清是张晚忆婚礼的照片。

张晚忆婚礼结束后，当天晚上就发来了婚礼的精修照片。张晚忆挑了些发在朋友圈和各个社交平台上。

她有上百万粉丝，她的婚礼从筹备阶段就一直上传网络记录，也备受粉丝关注，不少人在催着她发图。

那些照片里，有两张路栩和曲修宁同框的。

一张是接亲时拍的，韩硕俯身给张晚忆穿鞋，曲修宁和路栩在旁边大笑，表情一致，有点夫妻相。另一张是在仪式上，她哭得不能自已，眼眶通红，而曲修宁则盯着她。

这两张照片里，他们俩都不是主角，但也足够吸睛。

"你跟曲修宁一起当的伴郎伴娘？"朱迪问。

"嗯，新娘是我高中同学。"

路栩愿意跟她说，是因为朱迪并不是出于八卦的好奇心。

"大家都不知道。"朱迪朝杰西卡努了努嘴，"她就是爱咋呼，你别理她。"

路栩笑了笑。

那个群里似乎有某种暗语，大家都默契地发着阴阳怪气的表情包，还在猜她和大名鼎鼎的曲总究竟是什么关系。

杰西卡为路栩没有告诉大家这件事而愤愤不平。

路栩觉得心里不痛快，中午跑去曲修宁那边，等他一起吃饭。

去曲修宁那边单程就要一小时，就算下午翘班她也不管了。不巧曲修宁有客户要见，没看到她发的消息。

他给路栩回电话的时候，路栩已经打车回到公司了。饥肠辘辘，两个小时都在路上。

"刚才在开会，怎么了？"

"没什么，中午突然想找你吃饭。"

"你过来了？"

"没有，来回时间不够。"

听到曲修宁的声音，她突然觉得委屈。可她已经回来了，便没多说什么。

曲修宁好像很忙，没有追问。她觉得他可能还在生自己的气。

曲修宁挂了电话，觉得路栩的情绪有些奇怪，但没放在心上。

过了一会儿，他发现老马和几个员工在会议室里聊着什么，从表情看，估计又在说什么八卦。

他轻轻地走到老马身后，看了一会儿，他们盯着一个聊天界面在窃窃私语。

"给我看看。"

老马被吓了一跳，差点连手机都扔了。

曲修宁摊开手掌，语气坚定："给我看看。"

老马一脸窘迫，垂头丧气地交出手机。

曲修宁发现那个界面是某个群聊，而那个群的群主叫 Jessica（杰西卡）。

嘿，八卦到自己头上来了。

下班时间到，大家都在互相说着"明年见"，陆续离开公司。

"路栩，今晚没安排？"杰西卡背着包过来问路栩，眼神里有些打量的意味。

路栩摇了摇头，没给她什么好脸色。

"不应该啊。"

路栩双手盘在胸前，做出防备的姿态，抬眼看着她。

"这么严肃干吗？"杰西卡笑了一声，"我是说，你深藏不露，只不过不愿意跟我们说罢了。"

杰西卡就是这样的人，她很擅长跟各种人打交道，即使她嫉妒你、羡慕你，但她不会背着你诋毁，也不会跟你撕破脸皮，什么时候都一副有话直说的样子，让你没法把气撒在她身上。

路栩一天没吃饭，饿得没力气，也懒得解读她的层层内涵。

曲修宁赶在六点前赶到了路栩公司楼下。

他靠车站着，动作虽松散，人却依旧挺拔。别人都裹着厚厚的羽绒服，他穿了件大衣，看着很单薄，但他似乎不会冷。

没等来路栩，倒是看到了杰西卡。

曲修宁把头偏向一边，中午他翻完了那个群的聊天记录，自然知道她都做了些什么。

杰西卡迎上前，大方打招呼："曲总。"

曲修宁微微点头，算是回应。

"新年快乐，曲总。"杰西卡搓着双手，"您打算怎么跨年？"

曲修宁没有回答，他饶有兴趣地盯着杰西卡，心想难道还指望我邀请你？

杰西卡这种性格外向的人完全不会在乎这尴尬的空白，她自然地笑了，接着问："您等人？"

"是。"

"该不会是等路栩吧？"

曲修宁歪着头看她，似笑非笑："为什么不会是她？"

他的眼神让杰西卡发毛。

"路栩什么时候搭上您了？"她那语气，仿佛在说她更有资格。

曲修宁眯起眼睛看她，他不喜欢她的用词。

他疏离而冷漠地回答："我和路栩是男女朋友。"

不等杰西卡回答，曲修宁又说："从高中起我就喜欢她，也是我先追她的。"

"这样啊。"得到这么直接的回答，杰西卡反而不知怎么接招。

"所以你不必费心了。"曲修宁云淡风轻地说。

"嗯？"她假装听不懂。

"假装喝醉让我送你回家，多次私下联系，还建群八卦……"曲修宁笑着说，"我不知道贵司对合作方一贯如此，还是只对我这样。不如我问问安妮？"

杰西卡如临大敌，讪讪一笑赶紧告辞。

路栩下楼，发现曲修宁和杰西卡正在说话。他就在楼下最显眼的位置，只要走出来，第一眼就能看到他的人和车。

他好像从未如此高调。

不知他们俩说了什么，杰西卡离开时有些慌张。

路栩快走了两步，走到他面前，还没说话，肚子先叫了一声。

"中午没吃饭？"曲修宁主动拉她的手。

路栩点点头。

"你都到我们公司楼下了,怎么不上来？我在忙,你就不吃东西了？"曲修宁揉了揉她的头发，"路栩，你是不是有点傻？"

"你怎么知道……"

那一整栋楼都是他们胜华的，他怎么能不知道。

"从今天起准备好，只要有时间，我都要来接你下班。"

"宣示主权呢？"

"嗯。"他揽她进怀里，轻抚着她的头发，"愿意吗？"

路栩紧紧地抱着他，用力点头。

写字楼的人来来往往，周围人的目光怎样她现在一点也不在乎，只有在她爱的人怀里，才最有安全感。

近日那一点隔阂在此刻烟消云散。

曲修宁带路栩吃了晚饭，看她大口大口吃什么都香，他有点心疼。

他能想象到她打车过来没见到自己，又落寞回去的样子。她真的如张晚忆所说的那样，无论什么时候，都把别人放在前面，只愿意委屈自己。

这个傻姑娘。

吃完饭，他们去了中心广场。

中心广场的跨年烟花秀依旧是保留项目，可人却比以前少多了。大概是因为烟花每年都如此，并没有什么新意，而年轻人却有了更多娱乐选择。

可路栩很开心，自从上大学后，她再也没有来过中心广场跨年，那些年她甚至都不在安城。

现在，他们再也不用挤在人群中，听不见彼此的声音。

烟花依旧在十二点准时绽放。

又是新的一年。

在烟火的映照下，他们都望着天空，眸子明亮。曲修宁仍然是最耀眼的那个存在，而此时，她与他并肩。

"新年快乐。"曲修宁先对她说。

他紧紧搂着他，在她脸颊落下轻轻一个吻。

路栩嘴角挂起一抹灿烂的笑："你也是。"

她想到七年前看烟花时，她许下的那个愿望。当时她希望爱的人幸福快乐，得偿所愿。

而现在，她想她不需要再许新的愿望了。

跨过年，春天来临的时候，胜华城前面的广场上举行了一场活动，主题是"城市露营"，由胜华、仰望星空营地和路晓明的户外装备品牌联合举办。

曲修宁真的弄来一辆奔驰乌尼莫克，还把老马他们都拉来做执行，亲力亲为。

路晓明感动得不行，整天小曲长小曲短的，一点不拿曲修宁当外人。

活动当天是周六，路晓明和赵欢一大早就赶去了活动现场，路栩在曲修宁家里，睡到中午才起床。

他们和所有庸俗情侣一样，窝在一起就是玩手机、看电影、吃吃喝喝。

路晓明给路栩发来活动现场的照片，现场很热闹，来了特别多爱好户外运动的人。

路栩趴在曲修宁肩头，想谢谢他，又觉得有点不好意思。

"做这个活动，动用了不少资源吧？"

“都是内部资源，没什么。”曲修宁说得风轻云淡。

就算不做这个活动，企划部也要找别的资源，策划别的活动，花费更高，效果还未必好。路晓明既然是这方面的专家，他不如做了这个活动，顺便帮胜华城提升人气，双赢的事。

“你这么做是为了讨好我爸吗？”

曲修宁刮了刮她的鼻子：“是为了讨好你。”

路栩噘嘴：“他现在可把你当宝贝捧着。”

曲修宁嘴角一勾：“是当女婿捧着吧。”

路栩的心突然跳得很快。曲修宁察觉到她呼吸滞住，回头看了一眼，问她：“想结婚吗？”

“是、是不是有点太快了……”路栩结结巴巴的，“我还没准备好。”

过了会儿，她看了看他的脸色，像表决心似的：“不过我还是愿意跟你结的！”

“这么紧张干吗？”曲修宁被她逗笑，摸了摸她的下巴，“我就是确认一下。”

“确认什么？”

“确认你心甘情愿。”

路栩小声嘟囔：“我当然是心甘情愿的。”

曲修宁被她逗笑，起身穿外套：“走，带你去个地方。”

两个人开车出发。下了车，眼前是熟悉的安城一中校门。

曲修宁提前跟老章头打好了招呼，进门时很顺利。

“又来这儿？”

“什么叫又来，毕业后你回来过几次？”

路栩不吱声了。

曲修宁伸手，一定要牵着她：“上次没能进校门，今天把以前的遗憾都补上。”

“要去天台吗？”路栩问。

曲修宁不说话，拉着她上楼，先去了他们高二的教室。

教室外面的墙漆重新刷过，门口的班级牌已经换成了高三（9）班和高三（10）班。

幸好他们的回忆没有抹去。

曲修宁指了指脚下的位置：“你还记得吗，我们第一次就是在这里见的。”

她当然记得，记得那天下午的每一个细节。

那个耀眼的少年漫不经心地朝她走来，他们的故事便从那时开始。

她记得那天下午是她第一次见曲修宁，也是第一次见赵斯然。然后路晓明就告诉她，赵欢和赵斯然要搬进来，他们要以新家庭的方式开始新的生活。

"那天我的心情其实不算很好。"路栩将手放进曲修宁手心，"马上高三了，爸爸要结婚，过去十几年习惯了的生活突然要改变，有一种突如其来的慌乱。"

"但你什么都没说，对吗？"

路栩点点头："我不希望爸爸为难，因为那个时候我突然意识到，爸爸也是需要爱，需要人照顾的。但那时候说到底还是小孩，我在网上搜了很多关于单亲家庭父母再婚的帖子，越看越没信心，赵阿姨还没住进来，我就已经脑补出她打骂我的场景了。这些我都没跟爸爸说过，我自己其实无所谓的，我还是希望爸爸能幸福。"

"那你自己呢？"曲修宁心疼道，用另一只手抚着她的头发。

"我遇到你了呀。"路栩冲他一笑，"你知道吗，那天晚上我睡不着觉，耳朵里只有两个声音，一个是蝉鸣，另一个就是你的声音。"

曲修宁的心好像被什么撞了一下。

钝痛。

"你的出现，冲淡了我那段时间有关家庭的烦恼。"路栩风轻云淡地讲述着往日的思绪，"那时候你太优秀了，简直是神一般的存在，我拼了命的努力，想在名次表上跟你挨得近一点，再近一点，后来我伤心地发现，我再怎么努力也追不上你的成绩，第一名跟我的两百多名，甚至都没法打印到同一页纸上。过了这么多年，我依旧是个普通人，而你依旧这么耀眼。"

"你一点也不普通。"曲修宁一字一句地说，"至少在我眼里是这样。"

可路栩知道，他们之间的距离，不只是理综299分和180分的距离。

"你记得吗，你当时身边的女孩子真的很多。"路栩笑道，"喜欢你的人那么多，比我优秀的更多，你自然看不到我。"

任晋萱是最出挑的一个，剩下的都是她、周及还有很多和她们一样的女孩。

她羡慕吴清睿和张晚忆，可以不带任何私心地跟他见面打招呼开玩笑。她嫉妒任晋萱，她甚至不如周及坦荡。

她遮遮掩掩，像个胆小鬼，又像个吃不到糖，眼巴巴望着的孩子。

她最初想要的，不过是能像他的同班同学一样，跟他亲密无间地说笑打闹。可他们认识了，熟悉了，她又不满足于此，想得寸进尺。

她只能偷他的照片，说谎话，做一些不能言也上不得台面的事。

曲修宁静静地听她说着。他自己又何尝不是如此？

那年暴雨，他看到抽屉里的雨伞，又听说路栩发烧，一时自责慌乱。

他要了她的手机号，却不敢直接关心她，只能用邹铭琦当挡箭牌，发一些吊儿郎当的话。

少年的思绪不过如此，视野也不过如此。他们都被困在自己的暗恋之中，走不出来。

"你没觉得我们现在反过来了吗？"

路栩不解："嗯？"

"你又是前男友又是相亲又是跟弟弟一起试婚纱的，弄得人心烦。"曲修宁幽幽地看了她一眼，"怎么，打击报复我呢？"

路栩"扑哧"一声笑了。

"我记得胜华的官司终审判决下来那天，我妈说你家人要给你找个门当户对的女孩帮衬一下，我那会儿有点心灰意冷。"

"他们所谓的门当户对，也未必会在困难的时候出手相助。那段时间那么艰难，别人都避之不及，我想我父母应该也看清楚了。"曲修宁紧紧攥着她的手，"还好有你，还好我们在一起了。"

虽然是周六，但距离高考不到一百天了，高三照旧上课。

这会儿正是自习时间，他们在教室外的走廊上，两个人外形瞩目，又手拉着手，引得不少学生侧头看过来。

那些学生并不认识走廊上的这对男女是谁，他们也不会知道，在这两个教室里，两个少年人的故事是如何开始。

路栩回头看了一眼教室里那些年轻的面庞，感慨万千。

他们的故事有了结局，而此时，就在同样的教室里，同样的校服下，一定还有同样年轻炽热的心在跳动。

他们俩爬到教学楼的顶楼，上了天台。

以前一口气就能走到顶，现在小腿竟然有些酸痛，身体的变化好像提醒着她不再是十七岁。

通往天台的门没有上锁，天台周边的栏杆加固了一圈，变成了一块活动空间，学生可以自由进出。

早春的夕阳投到他们身上，柔软明亮，曲修宁像笼着一层金黄色的光，而他的侧脸，一如从前。

她的脸红得可疑，好像又回到了十七岁。

曾经的那些温柔岁月一一浮现在眼前，只是那时的她还不知道，她喜欢的人，也偷偷地喜欢着自己。

曲修宁从背后轻轻拥着她，下巴抵在她的头顶。远处近处的风景，让人觉得恍惚，好像什么都没变，但又好像什么都变了。

他们有一搭没一搭地聊着，关于过去的，关于未来的。

曲修宁很喜欢听路栩跟他讲这些细碎的事，这样能补全他记忆中路栩的样子。

"你还记得百年校庆的时候吗？你就在这里帮我调相机。"路栩跑到当年拍校庆舞台的角落，转头问他。

"记得。"

路栩仰头看着他："你怎么什么都会啊？"

"我当时紧张得要死，万一参数调得不对，被你嘲笑了可怎么办。"

"我不会嘲笑你的，我只会怪我爸的相机有问题。"

还好这话路晓明没听到，不然他得多伤心。

晚上路晓明叫他俩回家吃饭。

他们俩走到鑫苑楼下时，看到单元楼门口站了个熟悉的身影。

那个短发女孩又出现了。

站在她对面的，是傻大个赵斯然。他摸着后脑勺，似乎有点脸红，还有点不知所措。

你看，又一对少年人在重逢，又一段新的爱情在上演。

"年轻真好啊。"曲修宁感叹道，顺手把胳膊搭在路栩肩上。

路栩看着赵斯然，不自觉笑了，也回想起她和曲修宁的这些年。

八年前的夏天，因为一张发错的试卷，她和曲修宁第一次有了交集。也是从那时起，她尝到暗恋的滋味。

七年前的夏天，她没有勇气跟曲修宁单独合影，他也未曾发现她的小心思。

那之后的夏天，她尝够了暗恋的苦，决定忘记他。

事到如今，世界末日没有来，她曾经日思夜想的那个人，重新出现。

春天到了，她知道白天会逐渐变长。虽然才三月，可她似乎已经能感受到那熟悉的、夏天的风。

从漫长而孤单的暗恋，到喜欢的人也喜欢自己。故事的开始有些酸楚，结局却是甜的。

对她来说，这已经足够了。

/ 番外一 /

转校生

一开始，曲修宁在高级中学乐得自在，从没想过要转学。

安城有五大名校：安城一中、工大附中、师大附中、交大附中、高级中学。

五大名校之间也有鄙视链，比如，高级中学就排在最后。

安城的五大名校都有初中部和高中部，大多数学生会从本校初中部直升高中部，这样简单方便。其中特别拔尖的，会报考安城一中。

高级中学为了留住好学生，每年都会出台一系列奖学金政策。这个办法对大多数人奏效，但还是有少数人想赌一把。

吴清睿就是少数人中的一员，她中考超常发挥，考上了一中。

大家都奇怪曲修宁为什么不去一中。有人说曲修宁留在高级中学太屈才，一中才是他最好的去处。

他不在乎这些。他懒得转学，在高级中学上学方便，不用换校区，他早就习惯了。

再说学习这事，老师领进门，剩下的就看努力和天赋。他聪明也努力，在高级中学也能考得比一中学生好，去不去一中，不重要。

高级中学除了 2002 年出过一个理科状元后，十年过去，再与状元无缘。

但现在，学校有指望了。高二（1）班的曲修宁，几次五校联考成绩都一骑绝尘，大有冲击状元的势头。

高级中学和新加坡的某名校有合作的升学名额，拿到 offer（录取通知）的人可以拿全额奖学金，从高中念到硕士毕业，但有个限制条件——毕业后要在新加坡工作五年才能回国。

高二的竞争特别激烈，尖子生们挤破了头都想去，毕竟这意味着不用高考，意味着未来至少五六年安稳的生活。

曲修宁高一就拿到这个名额了，但他放弃了。

曲家的亲戚遍布世界各地，家族观念也重，总是秉持着互相照应的心态。一直到曲胜华这一辈，大家还都维持着很密切的联系。

曲修宁刚拿到名额，曲胜华就给在新加坡的亲戚打了电话报喜，顺便让他们关照一下曲修宁。

曲修宁有些不自在，他还没决定要去，父母就已经把他留学住在哪儿给定下了。

他对这些关系比较淡漠，可能因为从出生到现在，从没见过那些亲戚。

他不习惯跟太多人有羁绊和瓜葛，更不喜欢父母什么都不问就为他做决定。

最后他放弃了这个名额。

高一的时候，没人理解曲修宁的这个决定。但高二文理分科之后，他的成绩优势逐渐显露，校领导开始庆幸，还好没把这根好苗子送出国。

可这个决定，给了另一个人无限遐想的空间。

这个人就是任晋萱。

任晋萱是高级中学公认的校花，也是文科班稳坐头把交椅的学霸。

在学校，同学们最喜欢做的事就是当红娘，撮合他跟任晋萱。只要他俩同时出现，就会伴随有起哄声。

学校偏偏还添乱，把他们俩组成"官配"。

校领导觉得他俩学习好，形象好，代表学校正好。今天把他俩的照片一起贴在光荣榜，明天找他俩一起接受电视台采访，共同露面的机会和场合源源不断。

一时间，金童玉女，郎才女貌，什么说法都跑出来了。

有流言说他放弃去新加坡的名额，就是为了跟任晋萱一起成为安城的高考文理状元。

他烦透了。

任晋萱长得漂亮不假，可不是他喜欢的类型。当然，他还从来没喜欢过谁。

高二快结束的时候，曲家搬家了，搬进了安城最新的豪宅楼盘。

曲胜华跟一中的教导主任是旧相识，主任从高一起就想挖曲修宁去一中，但一直被曲修宁拒绝。

这个小区离一中很近，于是主任又动心思了。

曲胜华又找曲修宁聊了一次，谈话内容跟以往没什么区别，无非是一中的教师资源和学习环境比高级中学都好。

曲修宁想到在学校的烦心事，竟然一反常态，答应了。

— 2 —

到安城一中的第一天，曲修宁就觉得自己来错地方了。

这里的学生活得太板正了，不如高级中学有活力。虽然他自己看着也是拒人于千里之外的清冷，可他就是觉得气场不合。

高级中学是没有校服的，而安城一中规定每天必须穿校服。更离谱的是，校服的上衣和裤子必须同时穿，不然就会被扣班级分。

他是转校生，新校服还没发，每每走在蓝色的人潮中，仿佛一个异类。

高级中学是不管学生发型的，而安城一中也要管。女生不准披发，男生头发不能太长。

唯一不变的是，仍旧有不少人会在课间来看他，也偶尔会有女生被同伴怂恿着来要联系方式。

一开始，曲修宁在班里是没朋友的。

可能因为他外表太出色，又显得那么容易接近，和其他人更多的是互相看不惯。

青春期的男生女生都有点小骄傲，突然来个帅得不一般的转学生打破了原有的平衡，大家自然都采取远观的态度。

曲修宁觉得一中的同学假正经，其他人觉得他徒有其表。

他转学来一周多都没融进班里，这些老章头都看在眼里。

老章头沉得住气，没给曲修宁什么特别优待。他倒想看看，这个传说中的状元苗子，到底有多大能耐。

曲修宁转学过去的时间点不算平常，刚去就赶上高二期末考试，这是他在一中的首次亮相。

结果这首次亮相，曲修宁就翻车了。

年级排名出来的时候，老章头差点昏过去。二百多名？别说冲击状元了，冲击个重点大学都危险。

老章头心里不太明白，校领导塞过来的这是个什么玩意儿？高级中学，果然跟一中还是有差距。

老章头叫曲修宁到办公室，曲修宁也不说话，有点跩跩的。

老章头酝酿了半天后，觉得有点压迫感："咱们坐着说吧。"

他把名次表摊在曲修宁面前。

曲修宁知道自己的真实水平，也知道因为什么没考好，便没有急着

· 299 ·

解释。

"我记错时间了。"他坦然道。

曲修宁记错英语考试时间，迟到了近一个小时，他力挽狂澜，考出二百多名已经算不错的成绩。

可老章头不这么想。

别的考试都没迟到，偏偏他教的英语迟到了。老章头觉得曲修宁在挑衅他。

在老章头办公室听了一会儿训话，有某个瞬间，曲修宁想回高级中学去。毕竟在高级中学，没人会像老章头一样对待他。

那次考试，曲修宁的成绩没进班级前五。

高级中学的传言让大家对这位长得帅的学神充满期待，结果也不过如此。即使知道他考试记错了时间，大家依然觉得他的真实水平就是这样。

课间，班里一个个子很高的女生过来安慰他："别理老章头，他就那个德行。"

前排男生也转过来搭话："对，我们每次考完试都要被他叫去办公室，排着队羞辱。"

曲修宁虽然看着冷冷的，基本修养还在，他冲这两个人扯了扯嘴角，算是友善的微笑。

一来二去，就这么认识了。

那女生叫张晚忆，长得漂亮，性格张扬。前排的男生叫邹铭琦，长得不赖，人缘也不错。

张晚忆的抽屉就像哆啦A梦的口袋，零食、化妆品、杂志，堆满了抽屉。有次自习课，她甚至掏出卷发棒开始卷头发。

而邹铭琦是体育特长生，他偶尔借口训练跑去训练场打球，美其名曰"热身"。

相处了几天，曲修宁发现，安城一中的学生们在"假正经"的外表下，还是藏着躁动的心的。

有意思。

交到了朋友，曲修宁心情有所放松，但眼下最要紧的，还是用成绩证明自己。

第二次考试，曲修宁打起了十二分的精神对待。不是为了名次，只是不想再听老章头废话。

早上考完语文，大多数人都跑去吃饭，剩下的人就在考场里找熟识的人聊天或对答案。

曲修宁不喜欢在人多的时候去食堂排队，便也留在考场。

考场里有女生偷偷看他，他察觉到了，但选择忽略。他开始后悔来考场没拿本书——进考场他是什么都不带的，临时抱佛脚不是他的风格。

考场人少，他只能双手盘在胸前，直视前方，眼神就这样不经意落到前排女生身上。

他看不到她的面貌，却被她雪白的皮肤吸引了注意力。

女生拿着物理课本，埋头在草稿纸上算着什么，很专注，她的脖颈弯出美好的弧度，马尾的碎发散落下来，随着她的动作轻轻抖动。

思考的时候，她会用手腕撑着脸颊。她的手臂纤细，青色的血管明显地分布着。

很安静，也很干净。

曲修宁看着，心像是被什么挠了一下，他从来没有过这种感觉。

教室门口有人清了清嗓子，曲修宁下意识抬头，发现是张晚忆。他准备打招呼，可张晚忆似乎没看见他。

只见前排女生收拾了桌上的课本和文具，朝教室门口小跑了几步，两人嘻嘻哈哈地打成一团，走远了。

她跟张晚忆认识？他转念一想，张晚忆性格好爱交际，肯定在各个班都有熟人。

曲修宁回过神来，才发现自己还在盯着教室门口。

他这是怎么了？

考试间隙那一瞬间的悸动很快就被曲修宁抛在脑后，毕竟连女生的正脸都没看到。

他把那一瞬间的奇妙感觉归结为意外。

— 4 —

公布成绩当天下午，他的卷子迟迟没有发下来。

放学后，张晚忆叫他到教室外，说有人找他。

曲修宁疑惑起身，走到教室门口，看到一张陌生的、好看的脸，旁边还跟了个小胖子。

女生皮肤很白，在几个人中很是显眼。

女生递来了卷子，曲修宁看着这张陌生的脸，还有她手里的理综卷子，瞬间明白怎么回事。

女生声音不大："你卷子发错，发到我手里了。"

曲修宁看了看卷子，又忍不住看了眼她。她的皮肤很好，吹弹可破，没有任何瑕疵。眼角有一颗泪痣，给她增加了辨识度。

　　余晖打在她脸上，棕色的瞳仁在阳光下清澈透亮。她不算出挑的美女，却让人觉得干净，舒服。

　　曲修宁将卷子翻来覆去地看，嘴角勾起一抹不易察觉的浅笑。

　　这奇妙的相遇让他差点控制不了自己的表情。

　　这是他们的"初见"，他却一眼就认出了她。

　　那天晚上，曲修宁到家后，曲胜华问他在学校适应得如何，毕竟他前几天一直闷闷不乐。

　　曲胜华是看得出儿子心情好坏的。虽然他总是一副云淡风轻的样子，但心情不错的面无表情和不开心的面无表情，还是有细微差别。

　　"为什么这么问？"

　　"我看你心情不太好，以为你不适应一中的环境。"

　　"谁说我不适应？"曲修宁耸了耸肩，"我很喜欢。"

　　他说完就回房间了，面无表情，脚步却很轻快。

-1-

高三的寒假放得很晚，一直要上课到大年二十九。

曲修宁年前最后一天上学前，发现一家人已经开始为过年忙活。

出门前，妈妈特意嘱咐："爷爷、姥姥、姥爷他们晚上就过来了，还有几个堂叔也会过来。今天放学早点回来，别又玩到凌晨才回来。"

曲修宁知道她是说元旦跨年那天，他听完音乐会又跑去看烟火，玩到凌晨两点多才回家。

"这都多久的事了。"他无奈笑道，"再说我那是跟同学一起，你有什么不放心的。"

妈妈头一歪："我不能保证你会突发奇想，跟同学再去跨个农历新年什么的。"

妈妈这是话里有话。

自从曲修宁熬夜抢新年音乐会门票的时候，她就觉得儿子有点异常。

曲修宁赶紧溜，溜之前敬了个礼："保证准时到家，孙教授。"

年前最后一天，大家蠢蠢欲动，老师也懂学生的心思，课堂上只讲了一些小的知识点，下午就基本是自习外加布置作业了。

中午刚过，各科课代表就抱着卷子进教室了。

好像每次放假前，老师都觉得假期学生们只会做自己带的科目的作业。

卷子一张一张传过去，摞在每个人桌子上，比外面的积雪还要厚。

只放七天假，卷子却堆成了小山，这哪是过年？

可大家都知道离高考很近了，就算心里苦，也没人抱怨。

邹铭琦忍不住自嘲道："不知道的还以为咱们要放一年假呢。"

曲修宁一言不发，翻了翻那些卷子，从里面挑出几张理好，塞进书包，剩下的放进桌洞里。

邹铭琦看得目瞪口呆："你这是干吗？这些都不做了？"

曲修宁抬眼："你要是考年级第一，也可以这么做。"

邹铭琦被噎得没话说，转了回去。

下午放学，教学楼里人声嘈杂。

其他班已经进入假期状态，窗户外面有人跑过，有人喊"过年喽"，好不热闹。高三阶段的最后一次假期，又是春节，还是能撩动大家死气沉沉的心。

六班的教室门却紧闭着，与世隔绝。

老章头不为所动，他在讲台上反复强调假期的安全问题，又说了些英语作业的要求。

底下的人已经不耐烦，老章头每说一句，就有人故意发出一些怪声音。

老章头就是这样，学生越急，他越要拖。

曲修宁拿出手机看了眼时间，才放学十五分钟。按照老章头的习惯，不讲上半个小时是不会放他们走的。

孙教授发了张照片给他。家里已经被装扮得喜气洋洋，花瓶里插了年宵花，玻璃上是充满年味的玻璃贴。

这是催他回家呢。

他无心听下去，往窗外瞟了一眼，就发现了路栩的身影。

他想起那天跨年夜里，空中灿烂的烟火，映照着女生的脸。

她转过头，眼眸干净而明亮，对他说新年快乐。

烟火转瞬即逝，那句新年快乐却留在了他心里。他感谢拥挤的人潮，才能让他离她那么近。

路栩在教室外来回踱步，时不时打个哈欠，模样可爱。

曲修宁时不时就往教室外看一眼，就连他自己都没注意到。过了一会儿，路栩又盯着教室里某个地方笑个不停。

曲修宁顺着她的眼神看过去，发现张晚忆正对着她悄悄比画。

"张晚忆，演哑剧呢？"老章头厉声道。

张晚忆顺民意说道："章老师，该放学了吧，我们还要回家过年呢。"

老章头四处看了看："今天谁值日？"

底下稀稀拉拉五六个人举起手。

"你们放学直接走，张晚忆留下值日。"

张晚忆不服："凭什么啊。"

"凭什么？你说凭什么！就这么一会儿，别人都忍得了，怎么就你忍不了？"

张晚忆小声嘟囔了两句，没人听清，但肯定不是什么好话。

"你再顶嘴，开学后连着打扫一周！"

张晚忆瘪着嘴，没再说话。

曲修宁不由得暗笑，不承想，这一笑，就跟张晚忆对上了眼神。张晚忆看他幸灾乐祸，还了他一个白眼。

他是有理说不清。

张晚忆留下，路栩势必会一起等。他哪是在幸灾乐祸，他是在庆幸偷来与路栩相处的一小会儿时光。

又等了十几分钟，老章头终于讲完，说了句"过个好年"。

又是一阵鬼哭狼嚎，这么多卷子，怎么能过个好年？

班里人陆续离开，曲修宁的手机又收到一条孙教授的消息，问他什么时候放学。

他倒是不着急，拿了本书优哉游哉地看着。

张晚忆去卫生角扯了块抹布，来回走了几圈，又懒洋洋地瘫在座位上。

她回头看了他一眼，问："曲大神，你不急着回家过年啊？"

曲修宁风轻云淡地说了句："这会儿晚高峰。"

张晚忆皱眉，说瞎话也不打个草稿，大年二十九了，哪来的晚高峰？但她没说。人家没什么事，她可是要打扫整个教室的人。

人走得差不多了，路栩才进了六班教室。

张晚忆哭丧个脸："你要不先走？我还得一会儿。"

路栩的眼神往旁边瞥了一眼，随手摸了本杂志："我等你吧。"

正合曲修宁的意。

张晚忆干活干得不专心，擦个黑板也要骂老章头几句，或者停下来跟路栩聊一会儿再继续。

曲修宁捧着书，一个字也看不进去。他全神贯注偷听两个女生的对话，又努力让自己看上去置身事外。

聊着聊着，张晚忆想起了什么，回头问："对了，你今年生日怎么过啊？"

只听路栩说："正好撞上大年初一，随便过吧。"

曲修宁的耳朵动了动，迅速记下这个日期。

张晚忆笑着说，要给路栩快递个生日蛋糕，路栩并未当真，只说大过年的，没有开门的蛋糕店，让张晚忆别费心。

"现在过年商家都不休息，总能找到的。"张晚忆转向曲修宁，"是吧，曲大神？"

曲修宁耳朵一红，缓缓抬头："你们在说什么？刚在看书，没听到。"

他性格如此，两个女生也没在意，换了话题接着聊。

可她们没发现，他盯着那本书这么久，却一直没有翻过页。

— 2 —

除夕当天下午，曲修宁家里热闹非凡，全家人忙前忙后，都在为年夜饭做准备。

曲修宁在一边打打下手，偶尔偷个懒，瞄一眼手机。

张晚忆在六班 QQ 群里发了一段视频，视频里近处有小孩在放爆竹，远处是连绵不断的鞭炮声。

曲修宁觉得不对劲。

她发的视频里，地上是土路，身后的平房挂着灯笼，不像是在城市里。

有人问这是在哪儿。

张晚忆回复，是在她乡下奶奶家。

曲修宁"噌"地从沙发上站起来。

张晚忆这人怎么这么不靠谱？说好的给路栩送生日蛋糕，她怎么跑回乡下过年去了？

他点开短信页面，想问张晚忆点什么，转念一想，他有什么立场生张晚忆的气？

回过神来，发现全家人都盯着他，眼神异样，他便只好又坐下，只是心不在焉。

曲修宁问了几个朋友，试图找个除夕夜还开门的蛋糕店，却都没收到好消息。

孙教授看出他有心事，过来问他怎么了。

曲修宁别扭了一会儿，还是说了："妈，你知道现在还有哪儿卖蛋糕吗？"

孙教授诧异道："今天？"

"明天。"

孙教授想了想，还真有。她通讯录里有个做私房蛋糕的，最近在做一些走亲访友的自制春节礼盒。

但她没直接说，而是问："明天可是大年初一，谁要过生日？"

"同学。"

"哪个同学需要曲公子这么记挂？"孙教授狡黠地笑着。

曲修宁没说话。

孙教授接着问："是为了请人家听音乐会，结果请了一堆人的那个人吗？"

知子莫若母。

曲修宁就这样被孙教授看透，无处可藏。

他觉得没面子，打算走开，孙教授却给了他老板的电话："赶紧的，不然赶不上你同学生日了。"

说完，孙教授深深地看了他一眼。

曲修宁管不了那么多了，他拨通老板的电话，听筒那头传来声音清脆的女声："喂，你好？"

他没意识到自己的声音有点着急："你好，请问明天您这边能加急做个生日蛋糕吗？"

"明天？"

"对，就是明天。"

"明天是大年初一啊。"

曲修宁一笑："大年初一，也总有人过生日不是？"

对方停顿了片刻，爽快道："你说得对，有人过生日，就得有人做蛋糕。你这单我接了。"

曲修宁总算是放下心来，连说了好几个谢谢。

"地址呢？送到哪儿？"

前一天他们一起离开学校的时候，曲修宁从张晚忆口中套出了路栩家的地址。

张晚忆性子直，嘴巴又大，曲修宁拐弯抹角问了三两句，她就把路栩家住哪儿抖了出来。

只是他只套出了小区名，却不知道具体门牌号。

"到了让小哥打电话吧。"

这种情形老板见得多了，又听出他声音年轻，便问："送喜欢的人？"

曲修宁看着窗外，迟缓地"嗯"了一声："她的十八岁生日，很重要。"

老板被他逗笑："收蛋糕的人应该很幸福。"

— 3 —

吃完年夜饭，老人不跟他们熬夜，早早休息了，大人们开始打麻将，剩下的人聚在电视前看春晚。

曲修宁一直捧着手机，考虑要不要在零点给路栩发个生日快乐。

他不知道自己什么时候活成了一个纠结的人，在面对路栩时，心里总是在来回拉扯。

他还在纠结，就收到路栩的群发短信：新春佳节之际，路栩祝大家春节快乐，万事如意。

简单，利落，清晰，明了。

他有时会有一种路栩也喜欢他的错觉，而那些错觉在此刻全部被打碎。

她大概是不喜欢他的，也许是相识一场，她出于礼貌才发给他罢了。

手机在手中摩挲着，外面鞭炮声，烟火声四起。

农历新年来了。

曲修宁站在窗前，突然失去了除夕夜里该有的喜悦。

他编了一条短信，点了发送：祝各位新春大吉，万事如意。曲修宁敬上。

只发给了一个人。

群发短信，就是礼尚往来，应该不会有回复了。

那他还在期待什么？

曲修宁几乎一夜没睡。

心烦，睡不着，干脆看了会儿书。

第二天一早，孙教授看见他干涩通红的双眼，吓了一跳："你一夜没睡？"

曲修宁点点头："守岁。"

"守到现在，总该结束了吧？"

曲修宁摇头。

他像是在等着什么。

一直到中午十二点多，私房蛋糕店的老板发来消息，说蛋糕已经送到。

曲修宁总算是放下心来，回房间倒头就睡。

— 4 —

开学当天，曲修宁刚到学校，就看到路栩跟张晚忆在教室外聊天。

教室外有很多人，他一眼就看到了路栩。

他不动声色地靠近她们："在聊什么？"

张晚忆笑嘻嘻地说："在路栩同学十八岁生日那天，有人送了个生日蛋糕，但没留名。我们正在猜是谁做的好人好事。"

"还有这种好事？你们找到了吗？"曲修宁尽量让自己面色平静，低头系袖口的扣子，掩饰脸上不淡定的表情。

张晚忆摇头，没留电话，没留卡片，查无此人。

他云淡风轻地转向路栩："补个迟来的生日快乐。"

总算是说出口了。

之后，他若无其事地走开，心跳得扑通扑通的。

却没看到路栩通红的脸。

/ 番外三 /

心归处

路枫和曲修宁在一起后，两个人黏在一起的时间并不多。

她朝九晚五，曲修宁更是有开不完的会和出不完的差，经常只有周末能碰面。

没跟路枫在一起的时候，曲修宁出差工作完，周末总会在出差的城市逛上一天再回程。

自从跟路枫在一起后，他总是把时间安排得很紧凑，头天晚上能回来，绝对不会拖到第二天早上。

出差回来后，他一般会直奔路枫的小窝。如果是晚上九点多，一开门就能看到刚洗完澡正在擦头发的路枫，或者躺在沙发上看电影的路枫。

这样的场景让他有安全感。

农历年前的一个周末晚上，曲修宁下飞机没回家，直接赶去路枫家。

睡前路枫敷上面膜，问曲修宁："你家不是有四百平方米吗，你干吗总窝在我这儿啊？"

这不是明知故问吗！

曲修宁偏要逗她："谁告诉你我家有四百平方米？"

"上学时大家都这么说呀。"路枫漫不经心地说，"是不是真的？"

曲修宁把路枫拉到自己怀里，摸着她的头发："大家还说过我什么？"

路枫想了想，过去大家对曲修宁有很多好奇，关于他的传言不少，一时间不知该从哪儿说起。

"都说你家住四百平方米的房子，你高一的时候就放弃了别人梦寐以求的留学机会……"

曲修宁摸着下巴："你信吗？"

"以前信。"

曲修宁哭笑不得："这种谣言你也会信？"

"以前我又没法直接问你。"路栩转头笑嘻嘻地盯着他，"你要辟谣吗？"

她脸上还敷着面膜，表情看起来滑稽又可爱。

"第一条就不真实。"曲修宁补充道，"我家比四百平方米还多一点，四百五。不过现在那房子只有我父母在住。"

曲修宁自己在外面的房子是套将近二百平方米的大平层，他们周末有时也会在那里过。

路栩忍不住啧啧："人家家里又是四百平方米又是二百平方米的，最后居然最喜欢这种小破地方。"

曲修宁看她阴阳怪气的样子，突然就想治治她。他把手伸到路栩腰两侧，挠她痒痒，她滚到沙发上，笑成一团。

曲修宁顺势扑上去，把头埋进她的肩窝里。

他闻了闻她身上的香气，说："你说我为什么喜欢这小破地方？"

路栩想到什么，跳起来："你要不要我这儿的钥匙和小区门禁卡？以后你过来的话，就能自己进出了。"

曲修宁看着她，欣喜在脸上藏不住。

他什么都没说，路栩却都明白了。她站起来："我现在就去找。"

她一共有三把钥匙，一把平时带着，一把在张晚忆那儿，还有一把在电视柜的抽屉里。

她扒掉面膜，蹲在电视柜前认真翻找。

"我记得在这里面的。"路栩把抽屉里零碎的东西都取出来，"怎么找不到了……"

房间里有暖气，路栩只穿了件薄薄的睡裙，里面没穿内衣，看得曲修宁心里发痒，说话有些前言不搭后语。

曲修宁凑到路栩面前，鼻尖几乎要碰到她的脸。路栩看他眼神不太对，以为他要吻她，已经做好了准备。

没想到曲修宁往后一退，问："找到了吗？"

原来只是虚晃一枪。

"你干吗？"路栩笑着轻轻打了他一下。

曲修宁勾着她的下巴坏笑道："这么急啊？"

路栩不理他，脸几乎要埋进抽屉里。

这次换他急了。他耐不住性子，直接横抱起他心爱的女孩，朝卧室走过去："先别找了，办正事去。"

"放我下来！"路栩虽然挣扎，脸上却是笑着的。

曲修宁把她扔到床上，开始解衬衫的扣子。

路栩一只手撑着脑袋，笑意盈盈地看着眼前这具美好的身体。

曲修宁从前打篮球，现在健身，衬衫扣子解到一半，结实的腹肌若隐若现。

真是奇怪，同样的场景看了好多次了，她还是会心跳加速。

曲修宁发现她在盯着他，动作慢下来，问："这位女士，你看得是不是有点太认真了？"

"我男朋友，有什么不能看的？"路栩也不示弱，"不光看，我还敢摸呢。"

说完，她从床头柜里拿了个小包装袋出来，朝曲修宁甩了甩。然后她故意把睡裙撩起来一点，做出一副诱惑的模样。

卧室的大灯没开，只有一盏床头灯亮着，颜色暧昧。

昏暗的灯光下，睡裙里若隐若现的雪白肌肤让曲修宁瞬间血脉偾张。

他扯掉衬衫，抽掉皮带，脸上表情认真得让路栩有点害怕。她自然明白经过刚才她的言语挑逗，接下来会发生什么。

曲修宁在外人面前永远是一副云淡风轻的模样，曾经她眼中的他，也是这样的。

而现在，他又是另一种样子，别人永远都看不到。

这种反差让她疯狂。

学生时代的她曾经日思夜想，希望能跟曲修宁有比邻班同学之外更近一点的关系，却始终没什么进展。而现在，他就在她眼前，身体完美得如同雕塑。

那时的她从未曾想过，有一天他们能发展到如今的地步。

这样的夜最美好不过。外面寒风阵阵，她和她的爱人在温暖的小屋里大汗淋漓地纠缠着，温存着。

冬天才不算白过。

兴致最浓之时，曲修宁靠近路栩的耳边，吐出的气息喷在她的耳垂上："搬来和我住吧。"

路栩双眼迷离，被他折腾得失去力气也说不出话，咿咿呀呀地应了几声，也不知是答应还是不答应。

好不容易闹腾完，路栩侧躺在床上，懒得动。

曲修宁拖着路栩去冲澡，在浴室里，他又问了一遍刚才的问题。

路栩这次听清了，却拒绝了他。

曲修宁抬头："为什么？"

"房东阿姨常年在国外她儿子那里，她准备卖掉这套小房子，我想买下来。"

这里地段不错，小区也不旧，房东阿姨看在她是熟人的分上，也没狠心要价。

她手里正好有父母给的那笔钱，存了很多年了，加上她自己攒的钱，能付百分之八十的房款。

"你之前怎么没告诉我？"

路栩捧了一捧水，泼在脸上："房东阿姨也是才跟我说的。"

曲修宁问："你不想跟我住吗？"

"想啊。"路栩似乎觉得没什么，"你不是经常过来嘛，我也经常去你那里。"

成为情侣之后，他们的生活习惯都改变了许多。

各自的住处都多了新的睡衣、新的洗漱用具、新的毛巾，还有数不清的、零碎的小东西，一点一点把彼此融进对方的生活里。

曲修宁觉得还不够。

"我们现在跟同居有什么区别？"曲修宁扯下自己的浴巾，浴巾还是路栩买的情侣款。

"我觉得再亲密，还是要有自己的空间。"路栩很认真地说，"在这里上班方便，我也住习惯了。"

"那我搬过来呢？"

路栩没有说话。

曲修宁想，他已经知道答案了。

她更喜欢现在的状态，周内两个人各自工作，各自生活，周末黏在一起，反而更珍贵。

"我们在一起还没多久，保持现状是不是更好一点？"路栩抹了一把脸上的水。

"可是你给了我钥匙。"

"我只是觉得，以后你来可以不用等保安开门禁，也不用等在门口。"路栩解释道，"不是说就这么快要住在一起……"

曲修宁盯着她，水珠顺着发梢滚落："如果结婚呢？"

"结婚当然一起住啊。"路栩盯着他，"可现在不是还没结婚吗？"

曲修宁突然觉得没了兴致继续聊下去，草草冲了澡就出了浴室。

路栩也看出他情绪不太对，便不再说话。

曲修宁擦干头发，穿好睡衣，躺在床上。他其实有点想走，可又觉得直接走显得他气量太小，毕竟路栩的话没有什么错。

曲修宁强迫自己不要对路栩有情绪，路栩不再是从前默默暗恋自己的小女生了，她有自己的想法，他应该尊重。

过了一会儿，路栩也从卫生间里出来，躺在另一侧。

两个人背对背躺着，都睁着眼睛。

很长时间后，路栩轻声问："你睡了吗？"

曲修宁瓮声瓮气地"嗯"了一声。

"你知道吗，我一直很想要自己的小房子。"

隔了片刻，曲修宁才说："现在知道了。"

"没关系，我们才在一起几个月，以后会相互了解更多的。"路栩顿了顿，"我想说，即使我们现在没有同居，我还是很爱你的。"

曲修宁又"嗯"了一声，转而问她："买房子，钱够吗？"

路栩回答："够。"

之后又没有话了。

路栩回头看了一眼，曲修宁一动不动。

如果曲修宁现在转过来抱住她，没准她会心软，答应他搬过去。

可他们一整晚都保持这样的姿势。

第二天一早，曲修宁早早就醒来了。

路栩还在睡。他起床，穿好衣服，离开前，他在茶几上发现一把钥匙。应该是路栩半夜找出来的。

离开前，他在门口犹豫了一会儿，还是折返回来，在路栩额头上留了一个浅浅的吻。

他回头看了眼卧室，没有拿那把钥匙。

门轻轻合上，路栩睁开了眼睛。

路栩光着脚跑去客厅，发现钥匙完好地躺在茶几上。

临近农历新年，胜华年末一大摊事，路栩被借调去企划部协助公司年会，两个人就这么实打实地忙了两周，除了微信上"吃了吗""吃了"这种对话之外，两个人都没再去触碰同居的话题。

有点冷战的意思。

周五晚，曲修宁从外地飞回安城，飞机延误，落地时已经凌晨十二点多。

从机场赶回家的路上，天上开始飘雪，曲修宁望着车窗外萧条的夜景，突然很想路栩。

他们都明白，这不算吵架，只是两个人的一点小摩擦。

一开始他在想，如果那天晚上他没有急着问出那句话，或许一切会在不言中慢慢推进。或许是他没有注意到分寸，忘了即使是情侣也需要各自的空间。

而不是像现在，卡在中间让人难受。

后来他又觉得路栩说得对，即使不住在一起，她仍然爱他。

这就足够了。

他还需要什么样的保证？

她给备用钥匙，他就急着要同居；她留了钥匙给他，他却浑蛋地没拿。

曲修宁觉得自己愚蠢。

他让司机直接调转方向，往路栩家开去。

他给路栩发了条消息：睡了？我一会儿过来，可以吗？

路栩没有回复。

而后又打电话给路栩，却没人接。路栩睡觉不算沉，有电话一般都会接。

他心里没由来地不安。

一路上，他拨了很多个电话，全都无人接听。他慌了神。

到了路栩家，一出电梯，曲修宁便看到她蹲在楼道里，旁边有个大叔在开锁。

路栩外面裹着羽绒服，底下却是睡裤和拖鞋。楼道里温度不及房间，她脸颊有点红红的，头发散着，脚边还放着外卖纸袋，怎么看都有点狼狈。

她看见曲修宁，瘪着嘴，倔强的表情里带着点委屈。

看到她可怜的小模样，他心疼了一下，这些天的不快瞬间烟消云散。

"钥匙锁家里了？"曲修宁轻声问。

路栩像个做错事的孩子，点点头："手机也锁家里了。"

"张晚忆那儿不是有一把备用钥匙？"

"她今天在她爸妈那儿，我没好意思让她跑一趟。"

"这是什么？"他指着外卖纸袋，"为了吃都不拿钥匙？"

"我多点了一些，我记得你是今天回来，想着万一你过来，还能一起吃个消夜……"

曲修宁心里像被什么凿了一下。

"都怪我。"他把她拉进怀里，捏了捏她的脸蛋。

"嗯，怪你。"路栩轻轻捶了捶他的胸口，"消夜都凉了。"

两人相视笑了笑。

也不知是不是他俩你侬我侬硌硬到了开锁师傅，他俩抱在一起，师傅立刻加快了速度，不到两分钟，一个类似螺丝的小零件应声落地。

"门开了。"开锁师傅说，"A、B、C 三种锁芯，现在普遍用的都是 C 级，你们要换个 C 级锁芯吗？"

路栩问："有什么区别？"

"防盗性最强，价格也最高。"

"就换 C 级锁芯吧。"路栩本想问问价格，曲修宁替她回答了。

换好锁，曲修宁抢先付了钱。

送走师傅后，两人进房间里放东西，曲修宁语气严肃，对路栩说："你也不说借物业手机给我打个电话，就一个人在门口等？多不安全。"

"这师傅在公安局备过案，应该没什么问题。"

"还是多个心眼更好。"

新换的锁有五把钥匙，路栩取出一把，放在曲修宁手上。

曲修宁接过钥匙，冰凉的触感渗透他的掌心。

路栩抱着他的胳膊，声音轻轻的，软软的："还是有你更好。"

/ 番外四 /

旅程

韩硕和张晚忆在结婚小半年后才去蜜月旅行。

路栩上班时看到张晚忆在海边发的朋友圈，随手截图扔给了曲修宁。

曲修宁可能在忙，并没有及时回。

过了大半天，快下班时，曲修宁直接拨了电话过来。

他开门见山地问道："想出去玩了？"

"啊？"路栩一时没反应过来，她已经把发消息这件事抛在脑后了。

"你发了韩硕和张晚忆度假的照片，我以为你也想出去玩。"

"这个啊。"路栩一拍脑门，想起来了，"想是想，可没有假期啊。"

曲修宁问她："你的年假呢？"

"一共只有五天，已经用掉三天了。"她叹了口气。

过年路栩为了逃避上班，在家多赖几天，多请了三天年假，她现在有点后悔。

下班后，杰西卡看路栩不急着走，便知道她应该是在等曲修宁来接。

"路栩，还不下班？"杰西卡一边整理工位，一边问她。

"嗯，准备走。"路栩回答道。

"真羡慕你，有豪车接送。"

路栩没搭腔。

杰西卡也看出路栩的态度，可她不在乎，还是冲路栩抬了抬手："我先走咯，拜拜。"

杰西卡就是这样的人，无论你跟她之间发生过多么尴尬的事，她好像永远都会自己翻篇，该沟通沟通，该寒暄寒暄。

她私下勾搭曲修宁的事，路栩没有提过，也不主动招惹她，杰西卡也跟什么都没发生过一样，看到路栩用了新的口红色号，还是会凑上去问一问，点咖啡奶茶的时候，也照样会给路栩带上一杯。

她拥有让人没办法跟她撕破脸皮的超能力。

"她就那样，你别往心里去。"朱迪安慰路栩。

路栩抿嘴一笑："没关系。"

朱迪问她："等曲总来接你？"

路栩点点头。

朱迪笑道："曲总的车只要停在楼下，大家的心都会抖一抖。"

路栩不太明白。

她跟曲修宁在一起后，公司里有些话题她便无法参与进去了。能说的，朱迪会跟她说，不能说的，朱迪也不会告诉她惹她心烦。

"工程部那帮人看见曲总都要烦死了。"朱迪觉得很好玩，"每次看见他，都以为他是过来盯工作的。"

路栩也跟着暗笑。

他原本也不是这般高调的人，只是刚在一起的时候她没给足他安全感，他只能用这种方式宣示主权。

"可他接我都是下班时间啊，怎么可能是来盯工作的。"

朱迪斜着眼看她："你是真不知道还是装不知道？"

"什么啊？"

"有时大家看见他的车三四点钟就在楼下了。"

路栩有些意外，因为曲修宁从来都是临近下班的时候才发消息给她。有时她工作没做完，需要加一会儿班，他也是毫无怨言地等着。

他从未提起过，她也一直不知道。

路栩收到曲修宁的消息后下楼，他就等在路边。

曲修宁靠在车子上，动作松散却笑意盈盈。

跟路栩对上视线后，他拉开副驾驶的车门，做了个"请"的手势。

路栩系好安全带，转头问："几点来的？"

"刚到十分钟吧。"

"真的？"

曲修宁不明白什么意思，歪头看着她道："这有什么真的假的，我骗你干吗？"

路栩看着他，认真地问："你平时工作不是很忙吗？"

这个问题让曲修宁摸不着头脑："嗯？"

"你为什么三四点过来也不提前跟我说？"

"这都谁跟你说的？"

"同事说的。"路栩戳着他的胳膊，"是不是真的？"

"有时在这附近谈事，顺路过来等你啊。"曲修宁有些奇怪，"就算提前跟你说了，你也不能翘班，还不如等到你下班。"

"那你好歹告诉我一声，我还能下来请你喝杯咖啡什么的。"路栩噘着嘴，"同事看到你的车，还以为你来开会呢。"

"我接我女朋友，乐意等多久就等多久，别人怎么看跟我没关系。"曲修宁把她的嘴撅回去，"你不想让我等吗？"

路栩觉得心里不是滋味，低头讲："不是……你在外面等着，多辛苦啊。"

原来是心疼他。

曲修宁勾起一抹笑，揉了揉她的头："不辛苦。"

路栩抱住他，在他脸颊亲了一口："你这么一说，我总觉得太亏待你了。"

曲修宁脸上浮起笑意："那就给你一个补偿的机会。"

路栩捂住胸口："你要干吗？"

曲修宁笑她想歪了，敲了敲她的脑袋："我是说，下周陪我出去旅行吧。"

"哈？"

"你不是说想出去玩吗，就下周吧。"曲修宁一副了然于心的样子，"你只剩两天年假，可以连着周末休，我们周三晚上出发，周日下午回来，正好。"

"去哪儿啊？"

"三亚。"曲修宁温柔一笑，"你不是想看海吗？"

这个消息让路栩意外，她只是随口说说，曲修宁却上了心。

他的工作很多，只能协调出两天来，路栩正好有两天年假，一切都刚刚好。

"真的？"

"不然呢，我骗你好玩吗？机票酒店我都看好了。"

路栩算了算时间，说："我明天去跟安妮请假，只有两天，应该问题不大。"

"嗯，时间充裕着呢。"曲修宁笑道，"我们先找个地方吃饭吧，我饿坏了。"

路栩从前喜欢曲修宁，只是单纯的喜欢而已，她没有想象过能跟他一起做些什么事。可以说是没有奢望过。

而现在，跟曲修宁在一起，每天都有新的惊喜。

一路上，路栩一直在说喜欢海。

路栩和张晚忆都是土生土长的安城姑娘，长期生活在北方，对大海都有一种向往。以前寒暑假，爸爸带她去过一些不太有名但风景很好的小岛，妈妈带她去过冲绳和巴厘岛。

"我爸那人你也知道，就算去海边，他也要找有山的，能徒步的。我妈嘛，就是花钱享受，完全是两种风格。"路栩的语气轻松平常，"所以他俩离婚了。"

曲修宁以为她有些伤感，便说了几句安慰她的话。

路栩转头看他："没关系，我爸妈分开对他俩来说是好事。"

曲修宁看她脸上全是掩藏不住的喜悦，一直在兴奋地说个不停，便问她："你这么期待出去玩啊？"

"当然了，我特别想看海。"

"是因为跟我一起去吗？"

路栩点点头。

两个人总是忙，时间凑不到一起，一直没机会出去旅行。

下午在办公室，曲修宁突然有些冲动，想跟她说走就走。没有十天半个月的假期，三五天总还是有的。

"我现在特别想回到高中，告诉十七岁的我，快点长大，就能跟你在一起做很多很多事了。"

曲修宁问她："你高中时有想过跟我一起做点什么吗？"

路栩摇头："那时候跟你多说一句话、一起改个作业都能让我高兴好长时间，其他的就不敢多想了。"

高中时虽然喜欢他,可好像所有情愫都只停留在喜欢这一步。只喜欢，却不说出来。

过了一会儿，路栩接着说："如果说有什么想做的事的话，就是有点遗憾，毕业的时候没能跟你单独拍一张照片。"

毕竟那是最好的年纪，我想留住最好的你和我。

曲修宁心疼了一下。

等红灯时，他摸了摸路栩的脸颊，心里默默说，我会慢慢为你补上。

接下来的几天，路栩都在看度假的装备。

泳衣、墨镜、防晒霜……她有空闲就加购物车,有时还会发给曲修宁,让他帮忙参谋。

曲修宁一般会蹙眉看完她发来的链接，然后一一点评。

男神：你这么白还要涂防晒？

路栩：就是因为白才要涂。

男神：你不是都跟别人说你晒不黑？

路栩：要特别努力，才能看起来毫不费力。都是装的。

男神：……

路栩：我发你的链接都看了吗？

男神：墨镜好看，帽子好看，人字拖好看，泳衣不行。

路栩：我觉得这几个里面，泳衣最好看。

男神：太露了，不许穿。

路栩：好的，就买这件了。

男神：你要坚持穿的话，我就生气了。

路栩：我买回来先穿给你看。

男神：已经下单了。

路栩：……

出发当天。下班后，路栩一路飞奔到楼下，一眼就看到了曲修宁的车子。

曲修宁戴了副墨镜，一改工作时的穿衣风格，穿了件颜色鲜亮的T恤。路栩上车后，才发现他下半身穿着短裤和一双平底鞋。

路栩看到他的装扮，惊呼道："咱俩是情侣装！"

她身上穿了件淡黄色的吊带裙，外面披着纱质的防晒衫，雪白的肩膀若隐若现，好看极了。

曲修宁轻轻一笑。他翻看了她的每套衣服，特意用心搭配了相近的色系。

"路女士，准备好了吗？"

路栩系好安全带："准备好了！"

"出发！"

飞机抵达已经接近深夜，出了航站楼，便有司机在等着接他们。

曲修宁安排好了这趟旅程的一切，路栩只要跟着他就好。

他选了一家有私人海滩的酒店，就算不出门，只躺在房间里，也能随时看到大海。

进到房间里，路栩第一时间跑去阳台上，盯着远处漆黑的一片，看得出神。

曲修宁放好行李，也跟在她身后，轻轻抱住她，下巴抵在她头顶。

"那边是海。"虽然看不清，但她还是很兴奋。

曲修宁轻抚着她的肩膀："看海明天有的是时间，我们现在是不是该办点正事了？"

路栩笑着逃回房里，却被他抓住手腕。

"今天坐了这么久的飞机和车，你不累啊？"

曲修宁头一歪："累啊，我说的是睡觉，你想到哪儿去了？"

路栩脸一红，赶紧改口："我也说的睡觉啊。"

下飞机的时候，她就脱掉了防晒衫，身上只穿吊带裙。

殊不知，曲修宁的眼神一直没从她身上移开过。

吊带裙虽然是宽松款式的，但还是很好地展现了她的身材，雪白的肩，笔直的背，好看的锁骨，没有一丝多余的赘肉。

路栩骨架小，整个人很瘦，曲修宁握着她的肩膀，舍不得用力。

她捧着他的脸，盯着他看，眼睛里好似有星星。

他忍不住吻了她的睫毛。

阳台的推拉门敞开着，海浪的声音传入耳中，房间的灯光交叠出两个晃动的人影。

路栩艰难地挤出一句话："这都是你计划好的，对不对……"

曲修宁莞尔，这趟旅程的所有都在他计划之中，这只是第一步。

两个人折腾到半夜，都精疲力竭。

结束后，曲修宁要去冲澡，路栩趴在床上不肯动。

"今天太累了。"

曲修宁却笑道："你又没怎么动，怎么还累了呢？"

她本意是说昨天舟车劳顿，不承想被曲修宁曲解。

"流氓。"路栩脸红，却理直气壮，"我用嗓子了。"

曲修宁捏了捏她的脸颊："你呀你。"

路栩一只手撑着下巴，另一只手在曲修宁嘴唇上来回拨弄，曲修宁没有躲，享受着情侣间互相挑逗的小情趣。

路栩看了眼手机，想查一下攻略，曲修宁摁着她的手："没力气洗澡，倒有力气查攻略？"

"滑手机的劲还是有的。"路栩说，"你都没告诉我住哪个酒店，攻略都没法查。"

"你要是相信我，就跟我走。"

"你以前来过？"

曲修宁点头："我都计划好了。"

"怪不得。"路栩问他，"那我们明天去干吗呢？后天干吗呢？"

她的眼睛清澈纯净，像个小孩一样追着他问个不停。

曲修宁非要吊她的胃口："明天你就知道了。"

曲修宁的计划并不是从早到晚紧锣密鼓地踩点参观，而是完成一个愿望清单。

他有很多事都想和路栩一起做，他想在那张愿望清单上一项一项打钩。在这趟旅程里，就有那么几项需要完成。

第二天一早，路栩睁开眼，发现曲修宁的脸离她很近，正目不转睛地盯着她。

她吓得往后一仰，却被曲修宁及时托住了后脑勺。

曲修宁在她额头轻吻了一下："醒了？"

她眼神迷离了一阵，一开始甚至没反应过来现在是在哪里。

她四下看了看，酒店装潢终于把她拉回了现实。她现在在海边。

她揉了揉眼睛，彻底清醒了。她猛地坐起来："几点了？"

"十点。"曲修宁看了眼手机，"没事，我们又不赶时间。"

路栩鬼鬼祟祟地用被子裹住自己。

曲修宁笑了："遮什么，又不是没看过。"

路栩倔强地在被子里穿好衣服，然后跳下床。

洗脸的时候，她随口问："今天是什么安排？"

曲修宁在外面不知在捣鼓什么，回答道："你出来再说。"

路栩化好妆收拾妥当，发现曲修宁不知去哪儿了。他们住的房间是个套间，路栩往客厅那边瞅了一眼，也没人。

她回卧室，一转身，便看见床上平铺着一套崭新的安城一中的校服。

款式很多年没有变过，但是他们那一届，却是独有的蓝色。路栩忍不住拎起衣服来在自己胸前比画。

这时候，曲修宁出现在她身后，穿着一身校服。

他挠了挠头，脸颊泛红。二十多岁的人穿上高中校服，还是有点难为情的。

路栩盯着眼前的曲修宁，觉得时间对他真是宽容。

他的样子一如当年，一时间，她有些恍惚。

曲修宁用手在她眼前晃了晃："想什么呢？"

"没什么，就是……就是有点感慨。"

"我以为你在笑我。"

路栩认真摇头："不会的。"

怎么可能会？穿着校服的那个少年是她记忆里最美好的存在，她怎么会笑他？

只是那时她触不到的，现在都已实现。

他是在一周多以前，听到路栩的一句话时有这个想法的。

那时他问路栩高中时有没有想跟他做的事，路栩的回答让他有点伤感。

路栩当时说："如果说有什么想做的事的话，就是有点遗憾，毕业的时候没能跟你单独拍一张照片。"

最简单的年纪，愿望自然也简单纯粹。

可就连这最简单的愿望，路栩都不曾实现。

所以，他决定让十七岁的路栩不留遗憾。

平时在工作场合，他的发型总是会打理得成熟一些。现在穿上校服，他洗过澡，只吹了头发，就让头发保持着最原始的样子。

这样更有少年气息。

路栩一看他的样子，也来了劲。

她穿好校服，努力回想高三时自己是什么样子。

那时候的她头发总是半长不短，写作业时嫌麻烦就扎个马尾，其他时间就那么散着，也没什么发型。

她找出皮筋，扎了个简单的马尾，露出光洁的额头。

这样就够了。曲修宁看着她，不自觉地笑了。

记忆中路栩的样子也逐渐清晰。

可能是因为她白吧，皮肤看着光滑又通透，眼角有颗泪痣，在人群中总是独特又发光般的存在，让人过目不忘。

曲修宁在行李箱里捣鼓了一阵，拿出相机和三脚架。

他连她的单反都扛来了。

"你准备这么齐全啊？"

曲修宁把相机背在身上："那当然。"

这个相机里不能只有她偷拍的照片，要留下他们两个人的印记。

路栩涂好防晒霜，两个人走到沙滩上。他们一路手牵着手，身上的校服吸引了不少目光。

曲修宁逗她："怎么，害怕了？"

"才没有！"

他们架起三脚架，背后是碧蓝色的大海，镜头前，曲修宁紧紧搂着路栩。

只有他们两个，青春洋溢，光明正大，将美好定格。

有人路过他们俩身边，路栩听见"郎才女貌"和"般配"，笑得合不拢嘴。

路栩跑过去确认照片，她大声说："你没看镜头！"

看着他早有预谋的表情，路栩突然明白了什么。

快门倒计时的最后一秒，曲修宁忍不住看向路栩。

他想给十八岁的路栩一个回应，希望她不再那么孤单，希望她能知道，有人爱着她。

他们在海边拍了很多张照片。

曲修宁原来觉得自己不是这样的人。韩硕热衷于和张晚忆拍照、吃饭、逛街，乐此不疲。

他过去对这些事嗤之以鼻。他的性格虽然不高冷，但也绝对算不上活泼，在海边边打闹边拍照这种事，他觉得自己是做不来的。

可跟路栩在一起，他又觉得这一切都很自然。

跟她同框的时刻，多年前已经错过一次，这次他绝对不能再错过。

接近傍晚的时候，曲修宁带路栩去了一家海边餐厅。

路栩很欣喜，海鲜在哪里都能吃，可在海边吃饭，是在北方城市体验不到的氛围感。

路栩啃着一只蟹腿，夸赞道："这家餐厅味道很好。"

"你喜欢的话，明天还来。"

路栩点点头。

曲修宁盯着她，总是不自觉就嘴角上扬。

海风轻轻拂过她的肩膀，她的脸被晒得有点发红，可她一点不在乎，自顾自地喝椰子水。

有种不自知的可爱。

他想起高中的时候，路栩总是很自然地走进六班教室，跟张晚忆分享零食，两个人经常凑在一起讲八卦，那时的她也是这副样子。

"你笑什么？"

"笑你可爱，不行吗？"他捏了捏她的脸，只听她"嘶"的一声。

"有点疼。"

他凑近看她的脸，发现不光是脸颊，她脖子后面也有一小片通红："晒伤了？"

路栩点点头，说："嗯，我就是这样，虽然比别人白，皮肤屏障也比别人薄，稍微一晒就晒伤了。"

曲修宁生出一点愧疚感。他被晒一晒，皮肤并没有什么异常，反而更显得健康结实。

"没关系，回去敷一敷面膜，涂一点芦荟胶就好了。"路栩咧嘴一笑，"我恢复得很快的。"

"早知道就不拉着你在大太阳下拍照了。"

"真没事！"路栩轻轻打了他的胳膊一下，"跟你拍照更重要。"

曲修宁叫服务生拿来了冰袋，敷在路栩脸颊上。

太阳慢慢落下，与海平面重合，落日余晖的美逐渐显现。

路栩背对着夕阳，一直不知道背后是怎样一幅景象。

天空不断变换着颜色，延绵不绝的海浪声和人群的嬉笑声交织糅合，路栩终于被这些声音吸引，转过头去看。

路栩回头，对曲修宁惊喜地喊道："好美啊！"

这正是他此行的目的。

她一直盯着夕阳，很久都没转过身来。

天空的颜色从血红变成淡粉色，浅滩上的云彩也不断变换着。

曲修宁举着相机，拍下她的侧颜。

路栩眼底也染上温柔的颜色，她对曲修宁说："曲修宁，我真的很开心。"

天逐渐黑下来，他们一直在海边坐到深夜。人声逐渐减少，只剩下潮起潮落的声音。

整个世界好像很热闹，但又好像只剩下他们两个人。仿佛这么坐着，就能到天荒地老。

路栩靠在曲修宁肩膀上："你知道吗，我想跟你看日落，也想跟你看日出。"

曲修宁笑了。

他们的愿望如此简单，又如此一致。

看日出日落正好是他这次旅程里的另一个计划。

半夜，他们回房间裹了件薄外套，又回到沙滩上。

从深夜等到凌晨，看着朝阳拨开云雾慢慢升起，海天一线，晨光迸裂开来，他们在沙滩上拥吻，新的一天来临了。

而这一美好的时刻，也被曲修宁记录下来。

回到酒店后，曲修宁把照片导出来，发了条朋友圈，配文"我爱你，想让全世界知道，仅此而已"。

有他们两个人穿着校服在海边的，有路栩专注看夕阳的，也有他们两个人靠在一起在海边看日出的。

他平时很少发有关私人生活的朋友圈，大多是工作。而这条朋友圈，他大大方方地发了，没有屏蔽任何人。

他拍照技术很棒，路栩看着自己的照片都忍不住赞叹："我有这么好看吗？"

他拍拍她的头："当然有。"

张晚忆留言：还穿校服，真肉麻啊你俩！

曲修宁回复她：我俩乐意，你管得着吗！

韩硕回复她：老婆老婆，我们也拍一样的照片吧！

理直气壮，名正言顺。

曾经，路栩小心翼翼的喜欢，是天知地知她知而已。

而现在他们终于在一起了，就像他写的那句话一样，他爱她，想让全世界知道，仅此而已。

　　路栩保存下那些照片，也发了条朋友圈，复制了那句话。

　　她想，这是这趟旅程最好的见证。

/番外五/
藤井树

赵斯然上小学第一天就觉得自己的人生走错路了。

世界上为什么有比幼儿园规矩还多的地方?

上课不能吃东西，不能说话，不能上厕所，放学回家还要写作业。

他一拍面前的小课桌，不行！我要重新选择人生道路！告辞！

老师一拍面前的讲桌：“赵斯然！你给我坐下！”

比幼儿园老师凶多了。

吓得赵斯然一哆嗦。

角落里的一个小姑娘也一哆嗦。

赵斯然回头轻蔑一笑，瞧她那㞞样，又没叫她，她哆嗦什么。

没想到老师安抚那个小姑娘：“赵斯然，没说你，你坐好。”

赵斯然心里直呼好家伙，居然同名。

班里同学看看他，又看看那个小姑娘，表情怪异，哄堂大笑。

赵斯然气得又想拍桌子，这些没见过世面的小屁孩，笑什么笑!

他忍不住回头瞧了一眼小姑娘。

小脸肉嘟嘟的，眼睛骨碌碌的，哪哪都圆，像个元宵！头发乌黑，扎了两个小鬏鬏，像元宵里漏出来的黑芝麻馅!

真难看。

一下课，赵斯然就冲过去，对女赵斯然说：“回去让你妈给你改名。”

小姑娘噘嘴：“凭什么！”

赵斯然凶神恶煞：“因为‘赵斯然’这个名字只有我这样的绝世美男才能叫！”

小姑娘哭丧个脸："我要告诉老师，你欺负我！"

赵斯然抓住她的小鬏鬏："去啊！你以为我怕你啊！"

小姑娘"呜呜呜"地跑去办公室。

说实话，赵斯然不怕小姑娘，但他有点怕老师。

他的表情特别悲壮，他感觉自己的结局不会太好。

小学跟幼儿园不一样，这里的老师好像都是动真格的。

他突然有点想回幼儿园。

赵斯然预料到自己的结局不会太好，但没想到这么差。

过了一会儿，老师领着小姑娘过来说："不如你们俩坐同桌吧。"

赵斯然瞪大了眼睛，什么什么！我才不要跟这个黑芝麻元宵坐同桌！

老师又思考了一番："你们俩名字一样，我要怎么区分呢……"

赵斯然说："她改名。"

小姑娘瞪了他一眼。

老师没理他，接着问："你俩都是几月份生日？"

小姑娘说："我 10 月的。"

赵斯然双手盘在胸前，高冷道："射手座。"

老师瞪了他一眼，做了个深呼吸，从牙缝里挤出几个字："几月生日？"

赵斯然气鼓鼓又蔫巴巴的："12 月。"

老师点点头，说："你比她小，以后在班里，就叫你'小斯然'，叫她'大斯然'。"

小姑娘乖巧点头。

赵斯然皱眉："不行！"

老师和小姑娘异口同声："为什么？"

赵斯然正色道："'12'比'10'大，应该是我大！"

老师觉得这孩子有点缺心眼。

小姑娘眨巴眨巴眼睛，说话了："老师，要不在学校叫我赵斯斯吧，我小名就叫斯斯。"

老师也懒得跟这两个小屁孩纠结这种小事，便爽快答应，这事算是有个结果了。

问题解决了，赵斯然却不痛快。

他还在想"12"比"10"大的事。

课间，赵斯斯默默地搬了自己的书包过来。

赵斯然不开心："你不是要去告状，为什么老师还让我俩坐同桌？"

赵斯斯嘿嘿一笑："我跟老师说的，我想跟你坐同桌。"

赵斯然往后一仰："好你个毒妇，你想干吗？"

赵斯斯说："因为你长得好看。"

赵斯然脸腾地红了。

不对呀。

他对她凶神恶煞，她反过来夸他好看，一对比，显得他人很不怎么样。

这个小丫头片子，好厉害！

赵斯然决定跟这个小丫头片子保持一定距离。

可赵斯斯不，做操、上课、放学，她都要喊他。

"赵斯然，认真听讲。"

"赵斯然，你快点交作业。"

"赵斯然，你怎么就放学最积极？"

赵斯然不爽，很不爽。

她一天要叫他一百次，而且跟叫自己名字一样自然！

不对，她就是在叫自己名字。

别看赵斯斯假正经，装出一副好学生的样子，她根本不是班里的尖子生，甚至有点笨。

老师教了拼音，她一定要把拼音写得特别特别圆，跟打印出来的一样。稍微没那么圆，她就要擦掉重写。

本子都擦烂了，她还没写到第四个。

赵斯然看不下去了，写那么圆干吗，跟你一样吗！

他扯过赵斯斯的作业本，"唰唰唰"写了一排"α"。

"看，多整齐！"赵斯然骄傲道。

赵斯斯皱眉，但没擦掉。

她翻了一页，重新写。

"嘁！"赵斯然不再管她。

赵斯然都写完作业，看完半本漫画了，她还没写到第六个拼音。

那天她还值日。

赵斯然急得要死，就她这个写作业速度，天黑了都打扫不完卫生！

放学了，赵斯斯还在埋头写拼音。

赵斯然气不打一处来，拿起扫帚就是一顿狂扫，又拿起黑板擦一顿狂擦，最后拿起抹布一顿狂抹。

赵斯斯抬头，眼神茫然："今天不是你值日，你在干吗？"

赵斯然大喊："我乐意，管得着吗你？"

教室里同学都走完了，赵斯斯终于写完了。

她一抬头，赵斯然正坐在门口看漫画。

赵斯斯问："你怎么不走？"

赵斯然翻了个白眼，心想这不是担心你一个人害怕吗！

但男子汉大丈夫，怎么可以把真心话说出口！

他回答："哼，我现在就走！"

赵斯斯站起来，把文具一股脑扒拉进书包："那你等等我。"

赵斯然路过自己家小区门口，面无表情地继续往前走。

赵斯斯不解："你不是说你家很近吗，怎么还没到啊？"

赵斯然脸皱着："你怎么话那么多！"

赵斯斯不说话了。

到了赵斯斯家楼下，赵斯然折返回家。

赵斯斯跑出来偷看，她乐了，觉得赵斯然不坏。

虽然他屁话很多，还特别装。

回到家，赵斯然发现家里有点异样。

赵欢脸上红红的，还肿肿的，眼角是青色的。

往里走两步，地上还有一些玻璃碎片。

赵斯然问："他又来了？"

赵欢捂着眼睛，点点头。

当他瞎吗？！

赵斯然气得跳脚，在学校刚打扫完垃圾，回家还要打扫"垃圾"！

他抄起拖把就要找"垃圾"算账。

赵欢拉住他，让他别做傻事。

他不听，拎着拖把就冲出家门。可出门之后，他却不知道该往哪儿冲。

赵斯斯看出赵斯然在学校心情不好。

她问，赵斯然就凶她。他又变回一开始让人讨厌的样子。

期中考试，赵斯然语文考了零分。

全班五十个人，三十个满分，十五个99分，赵斯然竟然考了0分！

赵斯斯考了70分，主要是因为她写得太慢，还没答完就打铃了。

赵斯斯不开心，不过她不是倒数第一，赵斯然考了0分，她是全班倒数第二。

赵斯然看了一眼她的分数，嘴角一抽，真笨。

赵斯斯说："你好意思说我？"

她不太理解。考的那些拼音，赵斯然作业都写得出来，怎么到考试就写不出来了？

他眼睛往卷子上一瞥，第一道题就是看拼音写字，写"我爱爸爸"。

什么玩意儿？

他没撕卷子走人已经很好了。

赵斯斯凑过去："你怎么考了0分？"

赵斯然哼了一声："我交了白卷！"

赵斯斯脸一红："你该不会是为了我才考0分吧？"

赵斯然翻了个白眼："你放屁！"

赵斯斯不信："那你为什么不答卷子？"

赵斯然没说话。

老师叫赵斯然去办公室。

老师敲敲卷子："解释一下。"

赵斯然不说话，他的眼神落在第一道题上。

老师接着问："平时写作业不是都会吗？"

赵斯然还是不说话。

老师又问："你该不会是为了你同桌才考0分吧？"

赵斯然又生气："你胡说！"

老师差点昏过去。

老师把赵欢叫到学校，打算好好问问这女人是怎么教育儿子的。

老师看到她脸上还没好的淤青，又看了一眼卷子的第一题，就什么都明白了。

赵斯斯是离赵斯然最近的人，能很清楚地感受到赵斯然每天的情绪变化。

她知道他崇拜路飞，知道他喜欢吃鱼丸，知道他聪明就是不用功，还知道他爸爸从没在他口中出现过⋯⋯

赵斯然这个人很简单，什么都写在脸上。

他心情不错的时候会说大话，心情差的时候就不说话。

虽然他什么都不跟她说，但她总能猜到一些。

他们俩同桌一坐就是好几年。

别人的同桌来回换，就他俩还一直坐在一起。

老师说，斯斯脾气好，能带带赵斯然。

赵斯然听了不屑："嘁，就她？"

老师说："那给你换个同桌吧。"

赵斯然一拍桌子："谁说要换同桌了！"

有段时间，赵斯然心情一直很好。

一起回家的时候，赵斯然送赵斯斯到家门口，自己继续朝前走。

赵斯斯叫住他："你家不是在那个方向吗？"

赵斯然吹了个口哨："我搬家了。"

虽然新家离学校很远，虽然以后新家只有他和妈妈生活，但他不在乎，因为这是新生活的开始。

他已经很久没这么高兴过了。

一转眼，小学就要毕业。

赵斯斯让赵斯然买个同学录。

赵斯然大手一挥："买那个干吗，我才不买！"

赵斯斯脸沉下来："我要给你写同学录。"

赵斯然嘿嘿一笑："放学你陪我去挑。"

最终赵斯斯挑了本粉色的同学录，封面还画了可爱的小兔子。

赵斯然指着她说："这是给你自己买的吧！换一个！"

赵斯斯说："反正咱俩名字一样，你拿到这个就会想起我。"

赵斯然："老板，付钱。"

赵斯斯给赵斯然写同学录写了整整两天。

赵斯然气不打一处来，都六年了，写字怎么还这么慢？

中考怎么办？高考怎么办？

赵斯斯露出两排大白牙："你有没有觉得，你这六年变化好大？"

赵斯然用大拇指划过鼻子下面："变帅了。"

赵斯斯一副不忍直视的表情。

因为他大拇指划拉出一串鼻涕。

赵斯斯说："你脾气变好了，开学第一天，我还以为你会打人。"

赵斯然从鼻子里"哼"了一声："我才不打女生！"

两天后，赵斯斯郑重交出了那一页同学录。赵斯然看了一眼，正面是画，背面是字，写得满满当当，一点空隙都没有。

赵斯斯学了几年画画，画得还真不赖。

上面画了两张课桌，课桌后面有两个小人。

背面贴了赵斯斯的大头贴，写着：赵斯然 to 赵斯然，跟你坐同桌很开心，我发现你是个很好的人，希望你天天开心！

赵斯斯问："画得好吗？"

赵斯然摇头："不好，我比这个画帅多了。"

赵斯斯不开心："那你还给我。"

赵斯然捂住同学录："我才不给。"

回到家，他郑重其事地把赵斯斯的那一页放在了最前面。

毕业那天，赵斯斯哭了。

赵斯然不理解有什么好哭的。

虽然还有初中和高中要上，可在那之前，不还有两个月暑假吗？整整六十天，难道不应该喊欧耶吗？

他大喊："虽然我们以后不会在一个初中，但是……"

他话还没说完，班里同学哭得更凶了。

赵斯然不理解："他们在哭什么？"

赵斯斯抽抽搭搭地说："还不是因为你说的话，你真冷血。"

赵斯然不在乎："这有什么好哭的，我跟你初中在一个学校就好了。"

赵斯斯边抽抽，边扯出一个难看的笑。

小学毕业的暑假，赵斯然的生活有了大变化。

他的妈妈要结婚了。

那个叔叔他见过几次，看着和善，对他也挺好的。

他挺开心。

他的心态跟《家有儿女》的刘星一样坦然，反正他生来就是给人当儿子的，给谁当都一样。

只要不给那个打妈妈的人当儿子就行。

搬家之前，他打包好所有漫画书和手办，心里琢磨，他要是改名，就叫路飞。

他喜欢路飞，正好他的新爹也姓"路"，一举两得！

他觉得自己是天才，赶紧跑过去跟赵欢说。

赵欢一个漂亮的回旋踢让他打消了念头。

他偷偷打电话给赵斯斯，说我又要搬家了，我还要有姐姐了。

赵斯斯问："你姐姐叫什么呀？"

赵斯然回答："路栩。"

赵斯斯问："你姐姐漂亮吗？"

他其实不记得了，他只记得，第一次见姐姐的时候，泡菜锅很好吃。

赵斯然想了想："忘了。"

搬进新家后，赵斯然才知道，姐姐要上高三了。

也许以前赵欢说过，只是他没放在心上。

赵斯然每天看着路栩苦大仇深的样子，忍不住幸灾乐祸，高三真恐怖，还好他不用暑假上课。

然后赵欢就给他报了个暑期班。

他鬼哭狼嚎："我不去我不去我不去！"

赵欢说："你别让姐姐看笑话！"

他已经让路栩看过笑话了。

他假期跟赵斯斯在书店见面的事，被路栩发现了。而且他还告诉了她有关赵斯斯的事。

赵欢说："找姐姐看一下你的作业！"

他满地打滚："我不去我不去我不去！"

赵欢给了他一巴掌，他还是去了。

第一次进路栩房间，赵斯然觉得震惊。

她是不是有点毛病？所有东西都整整齐齐，看得他不舒服。

赵斯然递了他的本子过去："这是我的作业。"

他没指望她说出什么好话来。

结果路栩冷笑一声，说："这是你的作业本？我还以为是擦屁股的卫生纸。"

赵斯然正要发火，又听见路栩说了句："我开玩笑的。"

一点也不好笑！

路栩看了几眼他的作业，问他："最近没去看你那藤井树？"

什么藤什么井什么树？看作业就看作业，废什么话！

路栩见他不说话，又问："你看过《情书》吗？一部电影。"

他头扭到一边，理直气壮："没有！"

"你可以看看，跟你和你的小同桌情况很像。"

赵斯然看了。

男主角一开始就死了。

他硬着拳头往下看，发现男主角和女主角也同名。

原来路栩是这个意思。

他看完，觉得虽然男主角死了，但还是很帅的。

他摸了摸下巴，觉得自己的长相跟柏原崇不相上下。

还有，他一定要活得久一点，英年早逝的话，赵斯斯跟别人跑了怎么办！

开学了，赵斯然没能跟赵斯斯分到一个班。

他课间去赵斯斯班里找她，发现她身边坐了个男生。

赵斯然冲进去："你新同桌也太丑了。"

新同桌涨红了脸："我人还在这儿呢！"

赵斯然对他说："我告诉你，不要对你的同桌抱有任何想法。"

赵斯斯脸一红："你干吗？！"

新同桌很生气："要不我转学？"

他这一番操作下来，所有人都知道赵斯斯有个不好惹的朋友兼保镖。

送早点，送礼物，送她上学，送她回家。

赵斯然不亦乐乎，谁也别想跟他抢元宵！

可赵斯斯过得没那么开心。

赵斯然拍拍她的肩，说："我理解你，毕竟世界上的完美同桌只有我一个……"

赵斯斯摇了摇头，她是在为成绩的事烦心。

她不是学习特别好的学生，小学时不是，上了初中更不是。

上课听不懂，作业不会做，考试成绩差，恶性循环。

初一这样，赵斯然安慰她才开始；初二这样，赵斯然说很多人初三才爆发。

初三，她的成绩依然在班里中下游。她很着急。

赵斯然成绩也不好，但他很坦荡。

不会就是不会，嘿嘿！

赵斯斯很没信心，垂着眼说："你好歹还有个学霸姐姐，我家只有我一个。"

赵斯然拍拍胸脯："我姐马上就放假了，等她放假，我把她抓来，给你恶补一个月的课！"

他话都放出去了，结果路栩要出国，那个假期压根儿没回安城。

赵斯斯安慰道："没关系，不怪你。"

赵斯然咬牙切齿："对，不怪我，怪路栩！"

路栩当时在上海，突然打了个喷嚏。

这种情况一直延续到高中。

文理分科后，两个赵斯然的成绩都直线下滑，在各自班里吊车尾。

老师有时候都开玩笑，你们俩名字一样，成绩也差不多。

赵斯然心想，看不起谁呢，我们高考惊艳你们一次，吓死你们！

他高三哼哧哼哧学了一年，结果赵斯然走了狗屎运，居然上了一本线。

而赵斯斯，自作主张失联了。

高考完，两个人说好即使不报同一个学校，也要去同一座城市。

对答案那天，赵斯然就察觉到赵斯斯不对劲，但他以为，她只是对成绩不满意。

赵斯然的表白都呼之欲出了，她居然玩消失？

她拉黑了他的所有联系方式，还把他送她的所有东西都退了回来。

赵斯然去老师那里打听，只听说她换了个学校复读了。

他跑去那个学校，发现是一所全封闭式的寄宿学校。

他去她家找她，可冲到楼下他才发现，他从来只知道她家在哪个小区哪栋楼，却不知道在哪一户。

他抬起头，楼上起码有一百户。

他只能站在赵斯斯家楼下，大喊她的名字。

赵斯斯没来，保安来了。

两个保安要把他架出去。

赵斯然气得跺脚："你们想干吗，小心我报警！"

保安说："你扰民，还威胁到我们小区居民的安全！"

赵斯然眼睛一瞪："我多帅啊，能威胁到谁的安全？"

保安说："你喊这么大声，是不是叫人家下来打架？"

赵斯然差点吐血："打什么架，我喊我女朋友不行吗？"

保安不信："你这么大声，人家肯定听见了，不下来就是不想见你呗。小伙子走吧，一厢情愿容易受伤，时间会冲淡一切。"

原来保安大哥才最懂爱情。

赵斯然突然就悟了。

他走回家，走啊走啊走啊，走到天都黑了，走到眼前一片模糊。

他原来觉得安城很小，学校、家、赵斯斯家，三个点连成一条线，是他十八岁以前身处的大部分场景。

他现在才知道，原来安城这么大，大到连一个熟悉的人，都能这样消失不见。

大学这一年赵斯然过得浑浑噩噩。

他窝在宿舍里打游戏，回家也打游戏，偶尔还翻出他送她的东西，还有那本粉嘟嘟的同学录发呆。

同学录的第一页，有一幅丑丑的画。

怎么会有人这么瞎，能把一个绝世帅哥画得这么丑。

同学录的第二页，有一行丑丑的字：跟你坐同桌很开心，我发现你是个很好的人，希望你天天开心！

怎么会有人这么不会写祝福语，他现在就很不开心。

路栩看出他不对劲，问他怎么了。

他说心情不好，需要抚慰。

路栩心滴着血，送了他一双五千块的球鞋。

穿上新鞋，赵斯然只开心了一会儿，接着对着粉嘟嘟的同学录发呆。

路栩觉得自己被骗了。

但她还是咬牙对他说，老弟，失恋很正常，下一个更香。

呸！谁失恋了！

呸！什么下一个更香！

呸！这位姐虽然嘴上这么说，书里还不是一直夹着一个男生的老照片！

但他还是装出一副浪子的模样。呸，什么一往情深，见鬼去吧！

前脚刚说完要洒脱，后脚就有了变数。

赵斯斯这个人，实在是太过分！

突然消失，又突然出现。

还出现在他家楼下好几次，搞得他心烦意乱。

再见面，他要装不认识，他要装看不见，他要用冷酷的态度告别他的青春！

他明明说再见面他要装作不认识这个人，还要把她当空气。可是当她出现的时候，为什么他不会走路了？

怎么回事？他以前走路很帅的，绝对不会同手同脚。

她皮肤还是白白的，头发黑黑的，只是变瘦了，头发也剪短了，一点也不像元宵了。

赵斯然装冷漠："你谁啊？"

赵斯斯盯着他："我不信你这么健忘。"

赵斯然鼻孔朝天："我就是健忘！"

赵斯斯盯着他，不说话。

赵斯然心想，你不是会删吗？你不是会拉黑吗？你不是会把所有东西都还回来吗？哼，我的心比你还硬！

赵斯然不看她。

她自顾自地讲她这一年复读的经历，就像她自顾自把他拉黑一样。

她说她想静下心来好好拼一把，就是为了跟他考同一所学校。她讲她很想他，在学校碰不到他，只好来他家楼下，已经偷偷跑来好几次。

她看上去像是要哭。

赵斯然心软了，赶紧说："你别哭，我错了。"

"你没错，是我错了，我怕我会忍不住联你，然后又考不好。"赵斯斯摇头，"我不该直接拉黑你。"

赵斯然说："你还不该把我送你的东西都给我。"

还要他重新送，女人真麻烦。

赵斯斯擦了擦眼泪："你的东西我还留了一样。"

她掏出一张皱皱巴巴的纸。

什么东西？

赵斯然接过来一看，那是他一年级的时候抢过她的作业本，给她写下的那一串"α"。

这个大傻子，留一张皱皱巴巴的擦屁股纸干吗？

赵斯然摸了摸后脑勺，眼睛里好像进了沙子。

十二年前的那条人生路，总算是没走错。

/番外六/
同桌的你

– 我初初见你 –

张晚忆全家都没有高个子基因，她却在小学毕业的时候，蹿到了一米七。

妈妈归功于她每天乖乖喝牛奶，而她自己觉得，自己就是未来超模的料。

张晚忆成绩从小就一般，她总是爱把心思放在别的地方。

三年级的时候，她迷上了S.H.E组合，天天埋头抄歌词，放了学就去音像店买磁带买海报。

五年级的时候，她又迷上了大头贴，三天两头跑去照相，攒了一堆指甲盖大的照片。

小学刚毕业，她又觉得自己发型不好看，去垫了发根。

小升初的考试她考得一塌糊涂，但她一点也不在意。

在她眼里，安城一中跟其他普通学校没什么区别。

父母担心她学坏，也担心她这样下去，别说大学，考高中都难。

那个暑假，全家人都急得像热锅上的蚂蚁，只有张晚忆一个人置身事外。

张晚忆才不管这些，只要按学区分，有学上就行，如果没学上，那更好。

妈妈实在没法子，死马当活马医，找来个算命先生，想看看自己闺女到底有没有上名校的命。

先生说别急，你女儿运气不错，福气在后头。

妈妈觉得这事八成要凉了。看着女儿没心没肺的样子，她只想上去抽一巴掌。

最后父母托熟人，把她塞进了安城一中。

开学那天，她挎着颜色夸张的单肩包，站在安城一中初中部的校门口。学校很大很漂亮，门口左手边是图书馆，右手边是天文馆，都气派得不得了。

她双手叉腰站在校门口端详着，小声地说："安城一中也不过如此嘛。"

她右手边突然传来一个声音："那你为什么进来了？"

她往右边一看，没注意身边什么时候站了个小胖子，看上去年纪跟她差不多。

张晚忆斜了一眼小胖子，肉墩墩的，还挺可爱。

张晚忆嘴硬："我才不想进呢。"

小胖子反问她："那你现在退学还来得及。"

张晚忆翻了个白眼："你让我走我就走啊，你算老几？"

小胖子也不生气，只问："你知道你分在哪个班了吗？"

张晚忆摇了摇头。

小胖子拉着她去告示栏里找名字。

"你叫什么呀？"

"张晚忆。"

小胖子露出两排白牙："我叫韩硕。"

韩硕贴着告示栏从一班开始找，终于在八班找到了张晚忆的名字。

他的眼睛一下子就亮了："好巧啊，咱俩一个班！"

一开始的座位是每个人自己挑的。

张晚忆个高漂亮，长相颇有全智贤野蛮女友的风采，但也有种"生人勿近"的气场。

进了教室，她自觉坐到最后一排。反正她也不爱学习。

只见韩硕屁颠屁颠跑过来，把书包放在她旁边的桌上。

韩硕说："我是育才小学的。"

韩硕的嘴像开了闸似的，叭叭个不停，一会儿说自己小升初没考好，不然自己会分在双语班，一会儿说自己是育才小学里"唯二"考进来的。

张晚忆嫌他聒噪，便回了一句："我是我爸妈托关系塞我进来的。"

韩硕突然就感动了，原来他的同桌不光漂亮得像公主，还对他掏心掏肺。

韩硕看着憨憨的又嘴碎，其实很聪明。

明明他一整节课都在吐槽老师、接老师的话、讲一些无聊的笑话，可课堂上讲的，他其实都听进去了。

张晚忆有不会的部分，他就耐心给她讲。

张晚忆虽然不爱学习，可架不住人捧。做出几道小题之后，在韩硕夸张的夸奖下，她产生了一点自己也可以做学霸的幻觉。

那一次的小测验，张晚忆破天荒考了90分。

韩硕比她还要开心，两个人说好一起去吃棒冰。

下课后，数学老师表情严肃，叫张晚忆去教室外。

张晚忆还以为老师要表扬她，哼着歌跟出去。

老师盯着她："张晚忆，你说实话，这次考试是你真实水平吗？"

她不明白："什么意思？"

"小测验作弊没有用，期中、期末考试，还有未来的中考，都是要你自己一个人去面对的，总不能到那个时候还抄吧？"

张晚忆脸色一变："我没抄。"

老师接着说："你平时什么成绩，老师心里很清楚，这次我就不叫家长了，下次希望你诚实答卷。"

张晚忆又气又急，眼泪在眼眶里打转，就是倔强地不肯落下来。

她可以考0分，甚至可以因为别的原因被老师批评，可她不能被诬蔑。

她不想解释，跑回教室，趴在桌子上。

过了许久，张晚忆才抬起头。她用手抹眼泪，又擦在韩硕的校服上。

她对韩硕说："我没有作弊。"

她双眼通红，声音委屈。

他当然知道。

韩硕看不得张晚忆哭，跑去跟老师理论，结果被老师说他包庇同学，罚两个人放学后留下来抄公式一百遍。

到了放学时间，韩硕背着书包第一个冲出教室："老子才不抄公式呢！"

张晚忆一脸错愕。

然后他就被叫了家长。

妈妈从老师办公室出来之后，看见韩硕已经在外面等着了。

"妈，老师跟你说什么啦？"

"英雄救美呢？骑士守护公主呢？"妈妈掐了掐他的脸颊。

"明明是老师诬陷我同桌。"

"你呀。"妈妈伸出手指，在他额头上戳了一下。

韩硕扯着妈妈的胳膊到教学楼外面，指着张晚忆的身影说："那就是你未来的儿媳妇。"

"你少给我想那些没边的事！"妈妈重重在他脑壳上敲了一下，"好好学习。"

妈妈回头看了一眼女孩，别说，长得还挺顺眼。

– 友情的拥抱 –

2012 是众所周知的世界末日。

可是末日并没有来，日子还得继续过下去。

那年跨年，韩硕计划跨年夜带张晚忆去看烟火，为了防止计划失败，他还打算带上路栩。

他试想了 N 种备选方案，却没想到被隔壁班的曲修宁截和了。

曲修宁那里有好几张新年音乐会内部赠票，邀请了张晚忆去听新年音乐会，她打算和路栩一起去。

张晚忆掏出几张票，在韩硕面前晃了晃。

韩硕抢过去，发现票价不便宜，而且上面并没有赠票字样。

他奇怪道："他为什么要给你这个啊……"

这个曲修宁到底是什么居心？他很紧张。

跨年夜，音乐会一结束，韩硕就扯着张晚忆和路栩到中心广场看烟火。

十二点来临的那一刻，周围的人在亲吻、拥抱，庆祝新年。望着身边张晚忆的侧脸，他突然很想拥抱她。

可张晚忆的注意力完全在天空中，他不想强行抱她，因为那样会让她难堪，而且没准还会挨一拳。

"我们也抱一个吧，为了我们三个认识的这几年。"韩硕朝两个女生张开双臂。

路栩和张晚忆相视一笑，都没有拒绝。

他们三个抱在一起，笑得有点傻。

韩硕喊了一声"友谊万岁"，周围便沸腾起来。迎接新年的氛围正浓，大家不断重复着友谊万岁这句话。

张晚忆认真地盯着他："这算什么？"

他回答："友情的拥抱。"

张晚忆眼底闪过一丝失望，但还是在他耳边说了句："新年快乐，韩硕。"

他说："新年快乐，我的晚忆公主。"

他的声音被淹没在嘈杂的环境中，没人发现他有点哽咽。

– 爱情的拥抱 –

高考完，所有人都兴冲冲地走出考场，一件人生大事终于落幕。

只有韩硕慌慌张张，有事没办完的样子。他穿过重重人群，打车跑到城市另一端。

城里正堵得严重，离目的地还有两公里的时候，车流彻底堵住不动了。

"怎么回事啊师傅？"

"这块儿每天都堵，今天高考完，比平时更堵。"师傅说，"走路都比坐车快。"

韩硕一听，那可不行。他下了车，一路跑着去了。

十几分钟后，他出现在另一个考场门口。

校门口空空荡荡，考生和家长们早就离开，只有几个志愿者在收拾高考临时服务站。

张晚忆坐在路边的花坛边沿，无聊地晃着腿。

看见喘着粗气的韩硕，张晚忆跳起来，先是惊喜，转而蹙眉。

"你有病吧韩硕，跑过来的？"

张晚忆嘴上不饶人，脸上却是心疼的表情。

韩硕点点头又摇摇头，大口喘着气。他说不出话来，但他此刻的心情比谁都要雀跃，他生怕没有按时赶到这里。张晚忆却一直毫无怨言地等待着。

他乐呵呵的，看着张晚忆笑。

"傻笑什么？"张晚忆掏出一张纸巾递给他。

他嘴角一勾，向前一步，一把抱住了她。

张晚忆靠着他的肩膀，嘴角忍不住上扬，却又在下一秒推开他："一身臭汗，黏死了。"

韩硕不生气，又一次把张晚忆揽入怀中。

此时的韩硕已经不是当年那个小胖子，他比她高了，减肥后线条也更明晰了，整个人在少年和成熟的交界线上，在他怀里，让她安心。

张晚忆挣扎："干吗！"

他稳稳抱着她："祝贺我的小晚忆高考结束，迈入人生新阶段啊。"

"你怎么不问我考得怎么样？"

韩硕回答："问这个干吗，你去哪儿我就去哪儿。"

他不问她考得怎么样，好的坏的，现在已经尘埃落定，问那些没什么意义。反正无论她去哪个城市，他都会跟着一起去。

"只是祝贺我？"张晚忆问，"那这算什么？友情的拥抱？"

韩硕摇了摇头，认真说："是爱情的拥抱。"

张晚忆咬着嘴唇，不说话了。

她听见自己和韩硕混杂在一起的、快到数不过来的心跳声。

韩硕摸了摸她的头发，问："晚忆公主，我喜欢你好多年了。"

张晚忆眨眨眼："我知道。"

这是他第一次向她表白，尽管他的心意从未刻意隐藏。

在他眼里，她就是骄傲的公主，而他，不做王子也无所谓，他情愿做守护她的骑士，也甘心做逗她开心的小丑。

他可以为了她一句话就去减肥，也愿意跟着她去任何地方。只要能看见她，跟她在一起，他不在乎自己扮演什么角色。

他从来都坚定地选择她，而她，又何尝不是一开始就认定了他？

他们从来没谈过什么天长地久，却坚信彼此就是未来的陪伴。

"做我女朋友好吗？"

她早就习惯了他在身边，以后的日子，他怎么可以不在。

/番外七/
结婚吧

路栩跟曲修宁周末总是黏在一起，如果恰逢曲修宁出差，路栩就跑去张晚忆的工作室窝上一整天，有时闲聊，有时从张晚忆那儿淘一些衣服和包。

路栩看着张晚忆工作室里的拍照背景板，突然说："你有没有想过做一些创新的内容？"

路栩平时接触品牌和市场比较多，经常跟企划部的同事打交道，也能接触到不少时尚博主资源。她一直在关注张晚忆的社交账号，觉得张晚忆不能一直待在现在的舒适区。

张晚忆反问："比如？"

路栩建议："我觉得你可以带韩硕适当出镜。"

在张晚忆过去的所有推送中，韩硕基本没露过面。粉丝们知道她有个稳定的男朋友，却都没见过他的庐山真面目。

张晚忆不太明白："可是我的定位是时尚博主啊，怎么带他呢？"

"不管是什么博主，都要不断打磨自己，不断推出更好的内容。"路栩跟她分析，"你的强项我们都知道，化妆和穿搭，加上韩硕一样可以做啊。在你原来的基础上加一些新的选题，比如情侣穿搭。"

"好像可行，我怎么没想到过！"

"因为你懒。你不太关注别人在做什么，只埋头做你自己的，这是不行的。"路栩毫不留情地拆穿她，"我向市场部推荐过你做我们公司长期合作的博主，为你争取过品牌推广的机会，但市场部的同事经过评估，把你筛掉了，原因是你的内容没什么创新，数据下滑得很厉害。"

路栩接着说："你之前的粉丝积累是因为你漂亮，化妆技术好，穿衣有品位，输出内容有干货，讲话有趣，可当你长时间只做一类内容，大家是会审美疲劳的。内容没创新是一个问题，你的账号现在还有一个问题，就是场景很单一，内容和视觉却很杂乱，没有统一的 VI，让别人一眼辨识出是你。你可以去看看头部博主的文章排版和视频模板，都是精心设计过的……"

张晚忆也有自己的理由："可不管是拍照片还是拍视频都特别费神，过去我没考虑过这些，也没时间考虑。"

"这就是另一个问题了，你的工作模式和工作习惯。"路栩帮她梳理，"现在你工作室一共就两个人，你主要输出内容，摄影师拍照和修图。你需要定阶段目标，学习别人的长处，策划自己的新内容，逐步树立你的个人品牌。工作习惯上，你也需要列计划。"

接着她又跟张晚忆讲了她们合作的头部博主都是怎么选题，以及她们平时在工作中针对一个选题是如何从雏形到最终敲定的。

"你可以先列一些选题，然后我们讨论。"

张晚忆忍不住感叹道："你好专业啊。"

路栩无奈道："职业病。"

说了这么多，路栩自己都有些惊讶。当年她们十几岁的时候，她一定没想到有一天她们会坐在一起聊事业。

她们陪伴彼此成长很多年，如今已经到了一定年纪，不能总还跟学生时代一样，无忧无虑地聊一些八卦和废话。

路栩身处的行业正好能接触到很多张晚忆的同行，她希望能帮到张晚忆。

张晚忆一直觉得路栩是她的贵人，对于路栩的话，她从来都是言听计从。即使路栩说的话并不怎么好听，她也坚信是忠言逆耳。

她想了想，好像是那么回事。她从学生时代起就是这样，没有太强的上进心，却在人生的重要节点都拥有不错的运气。

路栩突然跟她严肃地灌输了这么多内容，她有些吃不消，便说："我要慢慢来，你监督我。"

"嗯，慢慢改变就好。"

"那就从这次的婚礼 Vlog 开始吧，我刚有了点想法，说给你听？"张晚忆有些脸红，"我想到什么就说什么，可跟你们专业的没法比。"

路栩扬了扬下巴："跟我还扭捏什么，说来听听。"

"我原本的想法是，只给大家呈现我美美的一面，现在我觉得可以把韩硕也剪进来，我录了他不少素材呢。"张晚忆边思考边说，"我可以把备婚、结婚和蜜月做一个系列，又有有趣的内容，又有分享的干货，你觉得怎么样？"

张晚忆看向路栩，眼神不太确定。在张晚忆脸上，很少能看到这种不自信的表情。

路栩朝她竖了个大拇指："特别好，你看，你自己是可以发散思维，做出很棒的企划的。"

张晚忆是个行动派，说干就干，她拿出电脑和硬盘，给路栩看婚礼和蜜月的视频素材。

看到接亲的片段时，她们好像又回到了婚礼当天欢乐的氛围里。

曲修宁不管那些堵门规则，把身上的所有红包一股脑塞给了路栩。

韩硕气得不行，大喊曲修宁这个伴郎是废物，是恋爱脑，还扬言下次结婚再也不叫曲修宁当伴郎。

然后他就被亲友团围殴了。

路栩笑道："多好的素材。"

"你看曲总的眼神，只在你一个人身上。"张晚忆却提起了另一个话题，"话说，你们俩有没有结婚的打算啊？"

张晚忆拿曲修宁开玩笑时，总是叫他曲总。

"说工作呢，怎么又聊到我身上了？"

张晚忆撒娇："你这是在逃避问题。"

路栩摇了摇头。他们之间，有七年的时间需要跨越，只靠高中时的互相喜欢和久别重逢的激情是不够的。

他们在互相了解，互相包容，在寻找最好的相处模式。可好像到目前为止，结婚对她来说还是个遥远的话题。

"没聊过？"

路栩沉默着。

好像模模糊糊地提过几次，在吵架的时候。

曲修宁总会说"你打算结婚以后也这样吗"，路栩也总会回"现在不是没结婚吗"，然后就没了下文。

张晚忆曾经以为他们两个去海边那次，曲修宁会跟她求婚。回来发现没动静，才知道他并没有求婚。

张晚忆扶着额头："就这些？"

"就这些。"

"那你想跟他结婚吗？"

路栩开始认真思考这个问题。

看她想的时间有点久，张晚忆瞪眼："你不会说不想吧？渣女！"

"想是想的，只是总觉得时机没到。"

张晚忆露出"我懂"的表情，说："那你见过他父母吗？他见过你父母吗？"

路栩点头："见过。"

他们俩确认关系第一天，曲修宁就跟路栩回了家。而路栩见孙教授，则晚了几个月。

那是一个下雪天，曲修宁带路栩去音乐厅听了一场音乐会，是孙教授学生的演出。

也是在那天，孙教授终于见到了曲修宁这么多年来第一个主动带来见她的女孩。

路栩长得白净，长相和性格没有攻击性，孙教授喜欢极了。

曲修宁是自己买票去的，孙教授提前并不知情，她怪曲修宁没提前告知，她都没准备见面礼。

孙教授年轻时是个美人，生过一场病后，她心态很好，积极配合治疗，看起来精气神依旧不错。孙教授拉着路栩的手，非要跟路栩一起吃饭。

吃饭的时候，孙教授问路栩跟曲修宁是怎么认识的，路栩实话实说，说很早就认识了，他们是高中同学。

孙教授当时看了一眼儿子。

她突然想起了多年前，曲修宁为了请某个同学听音乐会，结果抢了一堆票送人。还有那个除夕，全家人都其乐融融地聚在一起，只有曲修宁心神不宁，急着给大年初一过生日的某个同学买蛋糕。

煞费苦心。

孙教授了解自己的儿子，他的情绪没写在脸上，但她还是能猜出个八九分。如今见了路栩，她基本确定了，路栩就是曲修宁当年那个同学。

曲修宁这么多年没有恋爱，虽跟家里接二连三地出事有关，但后来一切稳定下来，他仍维持单身。真正的原因，或许是他从一开始，就没放下过某个人。

"这不就得了，你家人都喜欢他，他家人也都喜欢你，你俩感情也稳定，可以考虑结了。"张晚忆坏笑着问，"你有没有想象过，他跟你求婚的样子？"

其实想象过。

路栩不喜欢太热闹的求婚场景。

她希望的求婚，不需要那么多仪式感，也许只是平平常常的一天，曲修宁像聊天似的提起结婚的话题，也许只是一句简单的"结婚吗"，都能让她点头。

"就这？"张晚忆在手机上打字，顺便问道，"是不是过于朴素了？"

戒指，鲜花，这些都无所谓，有他们两个人足矣。

— 2 —

曲修宁是在周日晚上回来的。

他一进门，就看到路栩正在跟张晚忆视频，边说还边在电脑上敲些什么，便问她："你俩周末不是一起过的吗，怎么又视频？"

路栩专注地跟张晚忆聊，头都没回，只回了他一句："我俩刚分开就思念彼此，不行吗？"

他脱下外套，放好行李箱，跑过去坐在路栩对面，脸冷冷的："我周末两天不在，也没见你多打几个视频通话给我。"

这话听着酸溜溜的。

路栩这才抬眼瞧他。

视频那头的张晚忆大叫："肉麻！你俩怎么这么肉麻！"

曲修宁一把搂过路栩："怎么，不行吗？"

曲修宁衬衫的袖子卷起到手肘处，露出结实的小臂。

这一幕让张晚忆看到，意味深长地说："哟，曲总看着挺结实啊，健身啊？"

"嗯，平时周末会练练。最近连周末都忙，没顾上。"曲修宁以为只是个正常的问题，便随口答道。

"健身好，多锻炼，身体才会好。"张晚忆挤了挤眼睛。

路栩当然知道张晚忆在阴阳怪气什么，匆匆说了几句便要挂断。

张晚忆急忙说："我的那个提议，你认真考虑一下哦！"

曲修宁自然看出这两个人状态不太对，便问："你俩打什么哑谜呢？"

"没什么。"

曲修宁自然是不信的，可路栩不打算多说，他也便作罢。

他接着问："她刚说让你认真考虑，考虑什么？"

"她想拉我一起创业。"

"创业？她的自媒体工作室？"

"没错。"路栩点头，"我们周末聊了很多工作上的事，她现在输出的内容质量下降，又分身乏术，一开始我只是提了些建议，刚才视频的时候，她说想拉我入伙。"

"继续以工作室的形式做？"

"如果我加入的话，就要注册公司了。"路栩认真地说，"现在只有她和摄影师，她想我们三个一起做合伙人。"

"资金呢？需要支持吗？"

・ 348 ・

"不用。"路栩大手一挥，"我和张晚忆都有存款。"

曲修宁挠了挠眉毛："她容易头脑发热，但行动力强，冲劲足，也听得进去别人说的话。你擅长规划策略方向，也有工作经验，可以试试。你是什么想法？"

"我有点想试，可是朋友和工作混为一谈，我不知道未来会不会有分歧。你有什么建议吗？"

曲修宁想了一会儿，认真道："你现在就职的公司是跨国大企业，薪水不错，福利体系完善，继续待下去是稳妥不出错的选择。如果跟张晚忆一起，虽然会有风险，不过应该也会有不错的发展，因为你加入了呀，我相信你。"

路栩一笑，曲修宁这样无条件地给她信心，让她觉得心里暖暖的。

"虽然现在只有你们几个人，股份怎么分配，谁主导未来的发展方向，该说清楚的一定要在开始做之前沟通清楚，牵扯到利益方面的事，不要不好意思。"

"嗯，我再好好想想。用这钱去创业，我就没办法买这间小房子了。"路栩撑着下巴，自说自话，"不过没关系，我马上就辞职了，不住在这里也无所谓了。"

聊完这个话题，路栩又自己在文档里敲了些内容。曲修宁看着她的背影，觉得认真的她特别可爱。

- 3 -

经过认真考虑，路栩接受了张晚忆的提议，决定跟她一起开公司。
但她还在职。从提离职到流程走完，需要将近一个月的时间。
路栩敲响安妮办公室的玻璃门，跟她聊起离职意向时，安妮很惊讶。
"我还没跟 HR 报备，觉得应该先告诉您。"
安妮沉默了许久，跟路栩说了句："我能抽支烟吗？"
安妮很好地展现了一个精英的样子，她对自己要求是真的严格，工作时人狠话不多，像个女战士，生活上几年如一日，发型、妆容无一不精致，身材和穿衣品位也极好，雷打不动地运动健身。
路栩怕她，却也视她为榜样。
路栩点头答应，但心里很惊讶。她从不知道安妮抽烟。
安妮从抽屉里拿出一盒烟和一个打火机，站在窗户边，熟稔地点着。
纤长的手指，边角分明的红唇，连抽烟都这么有风情。
安妮大概也看出她的想法，自己说："压力太大时就会来一根。"
路栩在心里默默想，她现在让安妮压力很大。

"我还记得你刚来的时候。"安妮看着窗外说，"你是第三轮面试到我这里的，我第一眼见你时，知道我是什么想法吗？"

"不知道。"

"我当时在想，你到底用的什么美白产品？后来发现你是天生的。"安妮盯着她，"你在人群里，是很吸睛的。"

她们两个都笑了。

"决定了？"安妮冷不丁地问。

路栩点头。

"后面有什么打算？"

路栩没有瞒着安妮："跟朋友创业。"

"哦？什么项目。"

"时尚美妆相关的自媒体。"路栩报了张晚忆的名字，"我跟她是好朋友。"

安妮立刻点头说知道，她不做媒体资源，却也经常关注。

她看过这个号的内容，同时也指出了一些问题，其中一些路栩考虑到了，还有一些是让路栩茅塞顿开的。

安妮真的很厉害。

"说实话，我没想到团队里第一个离开的会是你。"安妮告诉她，"路栩，你很优秀，也很适合做战略企划。"

安妮其实很欣赏路栩。她聪明、专业，有很好的工作习惯。更重要的是她性格好，能跟不同的人协作得很好。

"谢谢安妮，谢谢你对我的肯定。"路栩发自肺腑地说。

路栩在安妮办公室谈了将近两个小时，安妮给了路栩很多实在的建议。

出来后没多久，办公室里便有了路栩要升职加薪的传言。

想都不用想，时刻盯着这些的，除了杰西卡，不会有第二个人。

但路栩已经不在乎。别人问她什么，她都微笑，闭口不谈，倒像是真的坐实了那传言。

— 4 —

张晚忆在家埋头剪了半个月片子，用备婚、结婚和蜜月的素材，剪出了两条有韩硕出镜的视频。

第一条视频发出去的时候，数据虽然好了一点，但和之前并没有太大的差异。

就在第二个视频发出去的第二天中午，视频突然就爆了，韩硕凭一己之力把一个浪漫视频变成了搞笑视频。

路栩被张晚忆电话吵醒的时候，还在午睡。

办公室里同事们的午休床横七竖八，路栩半睁着眼睛避开同事们的午休床，好不容易才走出来，给她回了个电话。

张晚忆声音里是掩饰不住的激动："栩栩，我要火了，怎么办怎么办！"

"啊？"路栩还没完全醒，声音魖魖的，"什么啊？"

"我从昨天发视频到现在，已经涨了七万粉了！每刷新一次，就涨好几千的粉丝！"

"真的？！"路栩一个激灵，清醒了。

那几天路栩跟张晚忆都沉浸在这种快乐之中。

数据一直刷新，粉丝不断增长，找上门来的合作络绎不绝，还有头部 MCN 机构抛出橄榄枝。

张晚忆乘胜追击，又出了几期情侣穿搭，韩硕表现力强，站在一起甚至抢了自己老婆的镜。

这一组照片发出去，依旧热度不减。

张晚忆没应付过这种情况，也不知各种商务跟合作要怎么处理，急得不行："你什么时候能离职啊，我现在太需要你了！"

"马上马上，你再忍忍。"

因为涉及工作交接，路栩离职的事很快大家都知道了。

朱迪知道的时候，没问为什么，只是默默地坐在路栩身边。

"干吗这么愁眉苦脸的，我只是离职，以后又不是不联系了。"

"真不习惯没有你啊。"朱迪感叹道。

这句话是真的。朱迪话少，嘴也毒，不少同事觉得她个性古怪，跟她处不来。路栩跟她一直是工作搭档。只有路栩知道，朱迪人真的很好。

"你离职之后要去哪儿？"朱迪问过之后，又补了一句，"不方便说的话就算了。"

很多人都不会告知前同事自己的去向，但路栩不想瞒着朱迪，便如实说："跟我朋友创业。"

朱迪知道张晚忆，便说："你肯定可以的。"

"以后市场部如果有资源，一定要想着我！"

朱迪挑了挑眉，做了个"OK"的手势："必须的。"

"混不好的话，没准还得回来，当您手下的小弟。"路栩开玩笑说。

"呸呸呸！"朱迪连呸了几声，"不带这么咒你自己的。"

在公司的最后一天，路栩请部门所有人喝下午茶。路栩跟曲修宁说起这事，曲修宁自告奋勇说他来买单。

以往同事离职时，都会请大家喝咖啡或者奶茶，只是这一次下午茶送过来的时候，所有人都惊了。

不光每个人有咖啡，还有一块蛋糕，口味都不重样，除此之外，每个人还有包装精致可爱的饼干。

下午茶自然也有路栩的份。路栩的那份比别人的都要大，上面写着她的名字。

大家都围上来。有人谢谢她，有人感叹路栩是隐形土豪，也有人舍不得她走。

杰西卡在人堆里说了句："还是交个有钱的男朋友好啊。"

朱迪看了眼路栩，小声说："别理她。"

路栩笑了笑，自然不会在意。

等大家都散去后，她给曲修宁打电话："我以为你只买了咖啡，怎么买了这么多？早知道我自己买了。"

曲修宁一直在等她的电话，等一声谢谢，没想到等来一通数落。

他委屈道："我这不是感谢大家对我女朋友的照顾嘛，买这么多也是应该的。"

"好吧。"路栩意识到了他的心思，顿了一下，"谢谢你，男朋友。"

路栩的生活变得充实起来。

她先是找了个离工作室近的房子，并且拒绝曲修宁帮她付房租。她希望她能保持清醒和独立，曲修宁没办法，只能依她。

搬家的时候曲修宁可没听她的，他花大价钱找了日式搬家公司，完全不用自己动手，师傅会帮忙打包。

路栩不让他付房租的事，他耿耿于怀，找到机会就要替她采购点什么。他拉着她去商场，给她买了新的床垫和四件套。

"床品买两套就够啦，衣柜都放不下了。"逛商场时，路栩想阻止这位购物狂，却没什么用，"真用不着这么多。"

他振振有词："这是买给我自己的，床品质感不好，我可不会经常来睡。"

路栩盯着他："流氓！"

流氓就流氓，他无所谓她怎么说他，反正全世界就他跟她最亲密，反正他只对她一个人流氓。

安顿好房子后，路栩开始跟张晚忆投入到工作中。

先是忙公司注册的事，这个过程曲修宁帮了不少忙，没有太费神。

真正开始工作后，才发觉有很多不知如何下手的难题。

路栩和张晚忆都身兼数职。张晚忆既要出镜，还要写脚本、剪片，路栩又做策划又做文案又做商务，什么事都得自己上手。

路栩和张晚忆先定了个短期目标——稳定更新，做出个人风格，保证口碑。

最让她们头疼的是商务合作。过去张晚忆一直保持着佛系的态度，接一些美妆产品的广告，拍一拍试用就结束了，价格也不高。而现在，既需要过硬的内容，也需要谈价格的技巧。

路栩和张晚忆一起去见客户，她带着熬出来的策划去提案，张晚忆谈商务。有遇到实在搞不定的客户，她就去请教曲修宁。

很多工作从前并不属于她的范畴，现在不得不硬着头皮上。

虽然有些磕绊，好歹她们跌跌撞撞，也累积出来一些经验。

似乎从她决定跟张晚忆合伙开始，她就没有闲下来的时候。

她的工作热情也感染着她的好姐妹。张晚忆说自己本来只是一条咸鱼，现在也不得不支棱起来。

曲修宁开玩笑说："路总，记得劳逸结合。"

路栩回他："曲总，彼此彼此呀。"

有时太忙，她们俩就睡在工作室。

有一次，曲修宁和韩硕都找不到媳妇，两人急坏了，跑来工作室一看，这两个人正在工作室的地上躺着呢。

她们跑出去拍摄了一整天，手机相机都没电了，回来连充电器都来不及插，就昏睡过去了。

曲修宁看了这一幕，心疼坏了。

两个大男人相视一眼，叹了口气，驮着各自的媳妇回家。

上车的时候，路栩迷迷糊糊醒来一次，曲修宁帮她系好安全带，她又睡了过去。在车上，这人还说梦话呢，曲修宁仔细一听，全都是选题啊稿子啊什么的。

他没好气地说了句："你劲头怎么这么足呢？也不知道歇歇？"

路栩没再嘟囔。曲修宁瞟一眼，她睡得沉，头发乱得不成样子，又舍不得说了。

回家后，曲修宁帮她脱掉鞋袜，抱着她轻轻放在床上。

她一点也不听话，工作的时候像拼命，可现在又乖乖的，像只小猫，雪白雪白那种的。

看着她的睡颜，他忍不住在她额头上落了个吻。看了一会儿，好像自己也被催眠，索性抱着路栩一起睡。

路栩睡了很久，醒来时，觉得浑身哪哪都是酸痛的。

她坐起身来，随手摸到手机，发现手机已经充满电了。她又环顾四周，曲修宁正躺在旁边。她揉了揉眼，大脑反应了一会儿，才分辨出这是曲修宁家里。

　　"我怎么在这儿啊？"

　　曲修宁哼笑了一声："被别人快递过来的。"

　　"你接我过来的？"

　　"不然呢，还有谁愿意接你。"曲修宁虽然嘴上不饶人，却还是心疼她，把两只手掌搓热了，放在她腰上慢慢地揉。

　　路栩脸上挂着讨好的笑："昨天拍摄完太累了，本来想联系你的，结果睡过去了。"

　　"你知道我跟韩硕进了工作室是什么心情吗？"曲修宁跟她讲，"两个人直挺挺地在地板上躺着，不知道的还以为中毒了呢。"

　　路栩凑近他，睫毛擦过他的脸，轻声问："心疼了？"

　　"我干吗要心疼一个大傻子。"曲修宁口是心非道。

　　路栩知道他是假生气真心疼，一直笑嘻嘻的，想哄他开心。

　　揉了一会儿，他趁路栩不注意，手快速向上移动抓了一把，然后跳下床。

　　"讨厌。"路栩脸红，喊了一声，"你回来！"

　　"我去做饭。"

　　曲修宁打开冰箱，里面躺着一个保鲜饭盒。孙教授知道他们俩工作都忙，不时会煲些汤送过来。

　　他热了汤，蒸了饭，还打算做两道菜，喂饱那位饥肠辘辘的工作狂。

　　路栩追过来想要帮忙，曲修宁不想让她动手，把她赶了出去。

　　她便坐在餐桌前乖乖等着。

　　曲修宁回头看。她正襟危坐，表情呆呆的，很是可爱，一如多年前坐在教室里的样子。

　　曲修宁切菜炒菜很熟练，看着他的背影，路栩感叹，这个男人怎么任何时候都这么有魅力。

　　说起来很滑稽，曲修宁的厨艺还是在英国留学时锻炼出来的。留学生都练就了好厨艺，路栩在国外时，一颗中国胃水土不服，也经常自己做饭，比如油泼意大利面，各种各样的吐司夹油泼辣子。

　　曲修宁做的菜色香味俱全，搭配孙教授的鸡汤，简直绝了。路栩想拍照纪念，却又实在挪不开脚步去拿手机，干脆一心一意享用美食。

　　吃到一半时，外面传来雨打窗户的声音。

　　"下雨了？"路栩跑到窗前去看。

　　就那么一会儿，雨肉眼可见地变大了，从小雨变成中雨，再变成大雨。

路栩望着雨出神，突然回头说："咱们吃完饭去雨中漫步吧！"

也不知从哪儿突然冒出来的念头，没有紧急工作的一天，她想放肆一下。

曲修宁捧着碗，想都没想就点头道："好。"

"你怎么就答应了？"路栩低头喝鸡汤，暖暖的，"我以为你会说我发神经。"

现在是深秋，外面的温度并不高。

曲修宁耸肩："我有什么办法。"

其实他内心的潜台词是，陪你一起发神经，我心甘情愿啊。

路栩绕到餐桌另一侧，在他脸颊留下一个吻："有你真好。"

曲修宁面无表情地说："把你的油嘴擦擦。"

吃完饭，他们俩一起收拾残局，路栩擦餐桌，曲修宁把碗筷放进洗碗机。

曲修宁回头看了眼路栩擦桌子的身影，心里冒出一股暖流，这不就是过日子的感觉吗？

他突然冒出个念头来。

－ 6 －

出门时，曲修宁盯着路栩套上厚外套，又拿了把伞。

"一把伞够吗？带两把吧。"路栩打开玄关柜，打算再拿一把。

"我想跟你一起撑伞。"曲修宁说这句话的时候，眼神深深的。

路栩又把手缩了回来："好。"

到楼下后她才发现，雨比她想象中还要大。

"要不……我们回去吧？"路栩抬头望着天说。

曲修宁撑开手中的伞，路栩才发现这把伞有多大。巨大的伞面足以将他们两人遮得严严实实。

他说过不会再让她淋雨，就一定会做到。

曲修宁瞥她一眼，搂过她的肩膀："走吧。"

大雨几乎赶走了路上所有行人，行道树的枯叶被雨水打落在地上，人行道都被铺成了金黄色，仿佛走在地毯上。

他们俩慢慢悠悠的，成了这场雨中唯一的惬意。

路栩走一步踩一片叶子，脚感好极了。

曲修宁跟着她一起犯傻，两个人不亦乐乎。

胡闹了一会儿，雨变小了。

曲修宁冷不丁地说："我要送你个礼物。"

路栩一时没反应过来："今天是什么日子？"

"不是什么日子就不能送女朋友礼物了吗？"

"可以。"路栩摊开手心，笑嘻嘻的，"什么东西呀？"

"你闭上眼睛。"

路栩听话地闭上双眼，突然感觉手心冰冰凉。

"什么啊？凉凉的，也没个盒子。"

那东西小小的，却很有分量。她的手心感受不出那个小东西的形状。

"可以睁眼了吗？可以睁眼了吗？"

曲修宁无奈，只能让她睁眼。

只见一枚钻戒安安静静地躺在她的掌心。

张晚忆是曲修宁的卧底。他早就通过张晚忆的嘴向路栩本人打听过了，她不在乎求婚的仪式感，也不想太过热闹。

路栩不在乎，但该有的还是要有。

曲修宁很早就买了戒指，筹划着在情人节，或者圣诞节，或者初雪，或者路栩生日……反正总有一天能用上。

可刚看到路栩帮忙收拾餐桌时，他好像看到了他们过日子的样子。他突然意识到，他也许根本就不需要等到某个特别的日子。

路栩惊得嘴变成了"〇"形。

她连话都说不利索了："你这是，你这是……"

曲修宁却似是早就料到她这番反应似的，淡淡笑了笑。笑完，他用手轻抚着她的脸："路栩，结婚吧。"

雨就这样渐渐沥沥地下着，好像又变大了。

很吵，可还是听见她说好。

/番外八/
婚礼

在张晚忆的强烈要求下，曲修宁和路栩的婚礼是在户外草坪举行的。

备婚的那段时间，张晚忆跟韩硕成了最操心的人。

他们已经结过一次婚，对各个流程都很熟悉，从婚纱、妆发，再到邀请函、喜糖，应该先准备什么，后准备什么，有条有理的。

"这周末先去试婚纱。约的化妆师是男的，化得特别好但特别难约，我当时想找他都没排上，这次好不容易才约上的。"

路栩被她连珠炮似的话说蒙了，只得听话地点头。

张晚忆又警告她："还有，试婚纱不许带曲修宁，这是最应该保密的环节。你俩现在跟连体婴似的，不工作的时间都黏在一起，肉麻不肉麻啊。"

张晚忆本来想把婚礼的大小事务都揽过来，但曲修宁觉得太没参与感，便联合韩硕把婚礼策划的部分抢了过去。

他想给路栩一个特别的婚礼，可张晚忆一点也不信任他。

张晚忆看了看手机备忘录："也不知道他们俩负责的策划部分靠不靠谱，我都想抢过来一起弄了得了……"

这段时间，曲修宁有意无意地会问路栩准备到哪步了，路栩一直都很神秘，什么也不透露。张晚忆想刺探点情报，没想到两位男士也统一了战线，打探不来半点消息。

"喊，不说就不说，堵门的时候让你老公好好出点血！"

路栩被张晚忆说得有点紧张，还是忍不住偷偷跑去跟曲修宁透露了一点。

"干吗，你现在是双面间谍吗？"曲修宁亲了亲她的头发，说，"那我也透露一点。上周我去量西装尺寸了，这周末去跟策划师沟通第一轮方案。"

"什么样子的？"

"这个不能说。"曲修宁狡黠地笑着，"总得留点悬念。"

路栩假装生气："我怕堵门的时候人家被为难，结果人家什么都不告诉我。"

"不会的，我还能怕张晚忆？"曲修宁笑着摸她的脸。

路栩给伴郎伴娘拉了个群，结婚当天，曲修宁跟四个伴郎早早就在群里叫嚣，被伴娘们一一反击。

张晚忆不是伴娘，但一副伴娘统领的样子，比任何人都要操心。

化妆时，路栩不停地问他们出发了没，张晚忆双手叉腰，恨铁不成钢的样子："干吗，你对你老公也太心软了吧！"

没一会儿，外面响起敲门声，张晚忆立刻发号施令："姐妹们，给我严防死守！"

结果门外响起路晓明的声音："小栩，准备得怎么样了？"

伴娘们正要去开门，张晚忆大喊一声："慢着！"

张晚忆冲过去，把门开了小小一条缝，确定外面没有新郎那边的人之后，才放心打开门。

路晓明、方晴、赵欢和赵斯然一起走了进来，后面还跟了个女孩。

张晚忆看到这几个人，愣了一下，快速在脑海里整理他们的关系。

路栩的亲爸、亲妈，还有后妈、异父异母的弟弟，身后还跟了个女孩，应该是赵斯然的女朋友。

赵斯然看见张晚忆，开心地打招呼："嗨，美女姐姐！"

说完就拉着那女孩往路栩卧室里去了。

路栩看到家人来了，喊了一声："爸，妈，赵阿姨。"

"还有我呢！"赵斯然说，"姐，我们也来学学经验。"

方晴过来，在镜子里看着盘好头、化好妆的女儿，本来想笑，泪花却又涌了上来。

在路栩印象里，妈妈好像很少有这样感性的时刻，弄得她心里也不大好受。

路栩说："妈，今天是好日子，应该高兴。"

方晴用指尖抹泪："是，是，高兴，高兴。"

赵欢和赵斯然帮忙检查房间里装饰是否牢固，路栩跟父母说着话。

虽然是重组家庭，但方晴跟赵欢也相处得很融洽，大家都不觉得尴尬，关注点都在新娘子身上。

一家人还在房间里温温馨馨说着话，曲修宁和伴郎已经在外面敲门了。

大人们没守住第一道门，他们轻轻松松就进了路栩家的大门。

张晚忆听见响动，来了精神，冲到门口："红包红包！"

还想好好周旋一番，结果一下子从门缝里塞进来三五十个红包！

门里瞬间就安静了。

曲修宁像是有预料似的，隔着门喊道："快点开门！红包要多少有多少，我要接我媳妇！"

张晚忆也喊："好哇，红包都拿出来！"

又塞进来好多。

门外面，韩硕拎了两个大袋子，里面装满了红包。他满头大汗地往门缝里塞，边塞边说："老婆，你开门吧，不开门被整的是我！"

张晚忆跟伴娘们这才把门打开一条缝隙。

曲修宁和伴郎们撞开门，涌进来。

路栩穿着一袭洁白的露肩出门纱，正坐在床前，等着曲修宁的到来。

从试婚纱起，路栩就一直保密，只告诉他进度，他是真的没见过她穿婚纱的样子。

曲修宁有点看呆了，怎么会这么好看？他甚至有点忘记要说什么了。

路栩轻轻推了她一把，嗔怪道："发什么呆你。"

张晚忆抢了司仪的活，准备了好几道关卡考验他。

"说出路栩最喜欢吃的五样东西！"

"是在哪儿求婚的？"

"新郎伴郎一起跳一下我们安城一中的广播体操！"

年轻人们玩得热闹，亲戚们也看得开心。

"说出你们第一次见面的时间！"

曲修宁想了想，说："2012 年 8 月 3 日。"

这是他们第一次见面的时间吗？

路栩跟张晚忆对视了一眼，年份对，月份对，只是日期……比她们准备的答案早了一点。

张晚忆看了看手中的备忘录，提醒他："要不再想想？"

曲修宁笃定地说："不用想，就是那一天。"

张晚忆还想再问，司仪却开始催流程，后面时间紧张，还要赶紧把新娘子接回去。

路栩想了想，好像明白了什么，便说："这个答案是对的。"

之后就是找婚鞋、接新娘、去酒店办仪式，一个环节接着一个环节。

在婚车上，他们十指紧扣，曲修宁问路栩："累吗？"

路栩用力摇头："这才哪儿到哪儿。"

中午十二点，在翠绿的草坪上，在蓝天白云下，路栩挽着路晓明的手缓缓入场。

路栩换了一身缎面抹胸婚纱，搭配珍珠耳环和珍珠项链，漂亮又灵动。

曲修宁身着黑西装，身姿挺拔，在台上微笑地等他的新娘过来。

婚礼现场是嫩黄色的主色调，活泼明艳。路栩入场时才发现，整个婚礼现场到处都藏着小心思。

背景板上有安城一中的校服，他们曾经做过的月考卷子也被印成了桌布，还有雨伞、相机……他们一起经历过的岁月中，好像所有能牵起两人共同回忆的物件都变成了小摆件，每看到一样，就能想起当时的故事。

照片墙上，是她偷拍曲修宁的照片，少年看着远方。围绕那张照片的，全都是他们在一起之后，曲修宁为她拍的照片。

观众席上，曾经的老师同学也一一到场，为他们祝福。

曲修宁忍不住走下台，走向路栩。

路晓明把路栩的手交到曲修宁手中，抹着泪退场。

曲修宁望着面前的路栩，满眼笑意。他拿着话筒说："现场很多朋友一定特别好奇，早上在接亲的时候，伴娘问我的一个问题，我的答案好像跟正确答案对不上。"

"我们第一次见面的时间，确实是在 2012 年 8 月 3 日，那天月考，路栩就坐在我的前面。"

观众席上的张晚忆惊讶地张大了嘴巴。

"我想说，我从很久以前就暗恋路栩，在后来的这些年里，我最后悔的事，就是没在高三毕业的时候向她表白。

"如果那时候说了，也许就不用兜兜转转这么多年了。

"路栩，谢谢你也喜欢我，谢谢你愿意跟我在一起，也谢谢你愿意嫁给我，能跟你结婚，真的是一件再幸运不过的事。"

路栩站在他面前，早就泪流满面。

曾经遥不可及的少年，现在就牵着她的手，共同奔向只属于他们两个人的未来。

曲修宁掀开她的头纱，亲吻她的时候，她又不由自主地想到了刚进入高三的那个夏天。

很闷热，很迷茫，很懵懂。

还好她遇到了一个少年。

那个夏天，是他们的初遇，却不是故事的结局。

/ 后记 /
为青春做一件事

我家对面是我的高中母校，在阳台上能直接看到操场和教学楼。

或许是对母校有种情结，或许是因为离得太近，我经常趴在阳台上，看那群鲜活的少男少女恣意奔跑。

有次回家撞上他们放学，在路口等绿灯的时候，正好被一群高中生包围了。他们穿着我当年穿过的校服，聊着那些熟悉而遥远的话题。走在一群学生中间，我也不要脸地幻想我跟他们一样大。幻想得太兴奋，有一瞬走神，差点跟一个骑车的少年撞上。少年猛地刹车，无奈又温柔地说了句："看着点路，姐姐。"

瞬间把我拉回残酷的现实。

说实话，现实不算太糟，目前的人生阶段，其实我挺满意的。只是有时候难免会有点恍惚，总觉得一件事不久前才发生过，算一算竟然是四五年前的事了？总感觉自己还是什么都不用操心的小孩，怎么忽然就要遵守成年人世界的规则了？

于是就浑浑噩噩，离那个世界越来越远。

不再是十七八岁了，我却很怀念那时候。

怀念迟到但在教导主任眼皮子底下溜走的日子；

怀念给老师偷偷起外号的日子；

怀念自己画了假条逃出学校的日子；

怀念用百米冲刺的速度去食堂抢饭吃的日子；

……

更怀念那时纯粹的情感，和只属于少年人的悸动。

也许是在回教室的路上，也许是在升旗转头的一瞬间，好像就瞬间喜欢上了一个人，不知道这份感情从何而来，更不知道能持续多久，明明可以告诉他，却选择自己消化。

我想为青春做一件事，写一个故事，把那些饱含喜怒哀乐的情感记录下来。

这是一个有关暗恋和久别重逢的故事，如果你可以感受到一点点的共鸣，都能让我有莫大的欢喜。

谢谢小马，谢谢你对我无条件的支持。

谢谢无数个夜晚陪我写字的两个作者朋友，有人一起做喜欢的事，真的很幸运。

最后，谢谢每一个看到这个故事的你。也许我们未曾谋面，但用这样的方式相遇，谁说不算一种奇妙的缘分？

秦方好
于西安